HEYNE <

DEBBIE JOHNSON

Weihnachten mit Zimt und Happy End

ROMAN

WILHELM HEYNE VERLAG
MÜNCHEN

Die Originalausgabe *A Gift from the Comfort Food Café*
erschien erstmals 2018 bei HarperCollins Publishers Ltd., London.

MIX
Papier aus verantwortungsvollen Quellen
FSC® C014496

Penguin Random House Verlagsgruppe FSC® N001967

Deutsche Erstausgabe 09/2021

Redaktion: Lisa Scheiber
Printed in Germany
Umschlaggestaltung: Eisele Grafik Design, München
unter Verwendung von Bigstock
(AmadeyART, Jeni Foto, Phongphan)
Satz: Leingärtner, Nabburg
Druck und Bindung: GGP Media GmbH, Pößneck
ISBN: 978-3-453-42433-3

www.heyne.de

Für Barbara Tomkinson (und Tinkerbell!)

ERSTER TEIL

Auf die Plätze …

1. KAPITEL

Ich heiße Katie Seddon. Ich bin wieder sieben Jahre alt und fest entschlossen wegzulaufen.

Es ist das erste Mal, aber es wird nicht das letzte bleiben.

Wir haben den ersten Weihnachtsfeiertag, und ich habe alles, was wichtig ist, zusammengepackt, einschließlich einer Auswahl an Geschenken: meine Meerjungfrau-Barbie, ein Malbuch und Filzstifte, ein Schmuckkästchen mit einer Spieluhr mit einer aufziehbaren Ballerina darin, flauschige rosa Ohrwärmer, Wollsocken mit Weihnachts-Elfen und eine Viererpackung Vanillecremekekse. Die Kekse lagen heute Morgen nicht unter dem Baum, die habe ich aus der Küche mitgehen lassen.

Ich werfe einen Blick auf die gehorteten Sachen und komme zu dem Schluss, dass ich für alles, was das Leben mir entgegenzusetzen hat, gerüstet bin.

Ich packe meine Beute in meinen Toy-Story-Rucksack und beschließe, richtig weit wegzulaufen. Oder zumindest bis zum Haus meiner Oma. Sie wohnt nur zwei Straßen weiter, es ist also nicht unbedingt eine intergalaktische Weltraumexpedition.

Ich sitze auf meinem Bett, um erst einmal durchzuatmen,

nachdem ich alle Reißverschlüsse zugezogen habe. Ich frage mich, ob meine Eltern mich hören werden, wenn ich mich nach unten schleiche, mir meinen Regenmantel schnappe und verschwinde – doch nachdem ich ein paar Sekunden dagesessen und mit zur Seite geneigtem Kopf ihrem Streit gelauscht habe, bin ich mir ziemlich sicher, dass sie das nicht tun werden.

Ich verstehe nur einzelne Worte, und ich habe auch gelernt, nicht so genau hinzuhören. Ich würde nichts Gutes hören. Es ist eine furchtbare Mischung aus Kreischen und Gebrüll und dumpfen Aufschlägen, während sie sich durch das Wohnzimmer jagen. Das Scheppern von Aschenbechern, die durch die Luft fliegen, schrille Flüche und das Zerschlagen von Tellern sind für mich völlig normal. Es gehört zum Soundtrack meiner Kindheit; ein paradoxes Schlaflied, das mich wach und ängstlich macht, statt dass ich mich schläfrig und geborgen fühle.

Wenn ich heute, als erwachsene Frau, zurückblicke, ist mir klar, dass meine Eltern zu den Paaren gehören, deren ganze Beziehung auf gegenseitiger Verachtung basiert. An einem guten Tag tolerieren sie einander, an einem schlechten sind sie von nichts als Hass und Bitterkeit erfüllt. Von der überwältigen Enttäuschung darüber, wie sich ihr Leben entwickelt hat.

Ich weiß inzwischen, dass das nicht unüblich ist – und dass ihre Konflikte der Klebstoff waren, der sie zusammengehalten hat. Vielleicht fanden sie es aufregend, als sie sich zum ersten Mal begegnet sind. Vielleicht haben sie ihre ersten ernsthaften Kräche für einen Ausdruck der Leidenschaft gehalten. Vielleicht waren sie anders, als sie jung waren, und haben gedacht, sie seien ineinander verliebt – doch jetzt, wo mein Dad in einem Beruf ohne Aufstiegschancen feststeckt und meine Mum zu Hause sitzt, ist das keine Leidenschaft. Es ist Wut.

Mit sieben verstehe ich nichts davon. Ich weiß nicht, was in der großen, hässlichen Erwachsenenwelt vor sich geht – aber ich weiß, dass ich die Nase voll habe. Dass dies das schlimmste Weihnachten ist, das ich je erlebt habe. Dass sie beide richtig, richtig gemein sind, wenn sie sich streiten. Dad ist größer und stärker, aber Mum ist wie eine Wespe, die ständig heranprescht, um zu stechen. Es ist furchtbar, und ich werde gehen. Für immer.

Auf Zehenspitzen schleiche ich die Treppe hinunter und aus dem Haus, obwohl ich mir diese Mühe nicht hätte machen müssen – sie haben inzwischen die kritische Masse erreicht und würden selbst nicht aufhören zu streiten, wenn ich mit meinem leuchtenden Rudolph-Haarreif im Wohnzimmer eine Conga tanzen würde. Den Haarreif habe ich übrigens an – ich finde, dass er in der Dunkelheit draußen zu meiner Sicherheit beiträgt.

Der Weg zu meiner Oma ist ein bisschen unheimlich. Ich bin ihn zwar schon oft gegangen, aber immer mit einem Erwachsenen. Diesmal bin ich allein, es ist Abend, und ich habe niemanden, nach dessen Hand ich greifen kann, wenn ich die Straße überquere. Ich bin ein gutes Mädchen und tue, was man mir gesagt hat, ich warte, bis das grüne Männchen auf der Ampel erscheint, obwohl keine Autos kommen. Mum geht auch manchmal, wenn der rote Mann da ist, sie sagt, Erwachsene dürfen das.

Ich klopfe an die Tür meiner Oma, und sie öffnet mir in ihrem gesteppten Morgenmantel und ihren karierten Hausschuhen. Sie lässt mich herein, ohne Fragen zu stellen.

Heute weiß ich, dass sie keine Fragen stellen musste – sie wusste genau, was bei uns zu Hause ablief und warum ich einen Zufluchtsort brauchte. Einen Ort, der mir Schutz vor dem Sturm der toxischen Beziehung meiner Eltern bot.

Meine Oma war eine sehr liebe Frau, und sie roch immer nach Veilchenpastillen. Selbst heute noch finde ich es beruhigend, wenn ich in einer großen Tüte Swizzles Veilchenpastillen finde. Halloween kann da bittersüße Erinnerungen wachrufen.

Ich setze mich, und sie gibt mir einen Teller mit Biskuitrolle in Vanillesoße, die sie in der Mikrowelle warm gemacht hat, und macht mir eine Tasse heiße Instant-Schokolade. Ich darf sogar in dem großen Sessel mit dem unter einer Decke versteckten Knopf sitzen, mit dem man die Fußstütze hochfahren kann. Ich höre sie telefonieren, doch ich habe es so gemütlich und schön, und ich bin so glücklich, dass es mich überhaupt nicht interessiert, mit wem sie spricht. Die Lichter des kleinen Plastikweihnachtsbaums machen das Zimmer hell, und die Welt ist in Ordnung.

Als sie zurückkommt, lächelt sie über das ganze Gesicht, und wir sehen uns zusammen *Emergency Room* an. Es ist eine spannende Folge mit einem großen Feuer, und alles ist sehr dramatisch. Vielleicht hat diese frühe Bekanntschaft mit Schwester Carol Hathaway ja den Samen für meine spätere Berufswahl gelegt.

Als meine Mum sich endlich von dem Streit losreißen kann, hat Oma mich längst bei sich zu Bett gebracht. Ich liege in dem Gästezimmer, das früher einmal Mums Zimmer war und in dem immer noch ein riesiger Schmuselöwe steht, der groß genug ist, um darauf zu sitzen.

Ich habe mich, warm und satt, unter der Bettdecke

zusammengerollt und höre sie unten reden. Das Haus meiner Oma ist eins dieser kleinen Reihenhäuser, in denen die Treppe direkt ins Wohnzimmer führt, sodass man alles hören kann. Mum klingt weinerlich, ihre Stimme ist wackelig, mal laut, mal leise, wie deine Stimme nun mal ist, wenn du dich bemühst, nicht zu weinen, und deshalb nicht richtig atmen kannst. Oma sagt, dass sie mich für die Nacht hierlassen und selbst auch bleiben soll. Sie rät ihr zu überlegen, ganz zu bleiben – ihn endgültig zu verlassen.

»Bei euch wird es nie ein Happy End geben, Sandra. Ihr habt beide euer Bestes getan, doch genug ist genug, Liebes«, sagt sie, und ich höre, wie traurig sie klingt. Manchmal vergesse ich, dass meine Mum nicht nur meine Mum, sondern auch Omas kleines Mädchen ist. Das ist schon verrückt.

Als ich am nächsten Morgen aufwache, liegt Mum neben mir im Bett, sie hat sich wie ein weicher Löffel, der mich beschützt, um mich zusammengerollt. Sie ist bereits wach und beobachtet mich im Schlaf, während sie mir sanft das blonde Haar aus dem Gesicht streicht. Für einen Moment ist die Welt in Ordnung.

Dann sehe ich, dass ihre Augen vom vielen Weinen ganz verklebt sind und ihr Gesicht geschwollen ist und dass sie fingerförmige Blutergüsse auf den Armen hat, die wie kleine violette Pfotenabdrücke aussehen. Ich grabe mich bei ihr ein und umarme sie – sie sieht aus, als könnte sie das brauchen.

2. KAPITEL

Das zweite Mal, als es mir mit dem Weglaufen ernst ist, bin ich vierzehn. Die meisten Wochenenden verbringe ich bei meiner Oma, ihr Haus ist so etwas wie ein zweites Zuhause für mich geworden. Bei Mum und Dad hat sich nichts geändert, mit den Jahren haben sich zwar ihre Stirnfalten vermehrt, nicht aber ihre Selbstbeherrschung.

Sie werden nicht mehr so oft handgreiflich bei ihren Streitereien, doch es kommt immer noch vor, dass ich Reste von zerbrochenem Geschirr in der Küche finde oder dass die Scheibe in der Wohnzimmertür auf mysteriöse Weise zu Bruch gegangen ist und gezackte Glasscherben über den Fußboden verteilt sind, wenn ich morgens herunterkomme, um in die Schule zu gehen.

Ich schleiche mich immer leise hinunter und hoffe, dass sie noch schlafen und dass ich in der Küche in Frieden eine Schale Cornflakes essen kann, bevor ich losmuss. Ich habe gelernt, vorsichtig aufzutreten in unserem Haus, in jeder Beziehung.

Doch als ich vierzehn werde, ändern sich die Dinge. Sie ändern sich, weil meine Oma stirbt und ich meinen Zufluchtsort verliere. Es kommt plötzlich und unerwartet –

eine mit ihrem Diabetes verbundene Komplikation. Wahrscheinlich von den ganzen Veilchenpastillen, würde ich vermuten. Ich trauere und leide und werde von Schuldgefühlen überschwemmt – denn sosehr ich sie auch vermisse, mache ich mir auch Gedanken um mich. Wie soll ich ohne sie zurechtkommen? Ohne ihr liebes Lächeln und die gemütlichen Abende, an denen wir *Emergency Room* oder *Holby City* gucken, über nichts reden und doch so viel sagen.

Mum und Dad waren zum Essen ausgegangen, zu einem vorweihnachtlichen »Date«, wie sie es nannten. Wie gewöhnlich bei diesen seltenen Anlässen endete das, was gut begonnen hatte, im Streit. Es hatte irgendwas damit zu tun, dass Dad vier Pints Cider getrunken hatte, obwohl er fahren sollte. Ich weiß es nicht.

Die verbalen Raketen fliegen, sobald sie das Haus betreten, und wahrscheinlich war das schon auf dem ganzen Rückweg von ihrem *romantischen* Date so. Ich ziehe mich eilig zurück, die Bühne ist frei. Ich weiß nicht wirklich, wohin ich gehen und was ich tun soll in so einem Augenblick.

Sie sehen mich nicht einmal, und ich stehe kurz in der Einfahrt vor unserem Haus und beobachte, wie sich das Drama entfaltet. Es ist dunkel, und es ist bald Weihnachten, und ihr Streit nimmt eine feierliche Wendung, als Dad Mum einen Schubs versetzt, während sie ihn anschreit. Es hat mehr etwas von dem Verjagen eines lästigen Insekts aus seinem Gesicht als von einem gezielten Stoß.

Sie verliert das Gleichgewicht, taumelt nach hinten und macht ein paar wankende Schritte, bevor sie mitten im Weihnachtsbaum landet, der mit ihr zu Boden geht.

Ein paar Sekunden bleibe ich wie angewurzelt stehen,

um mich zu vergewissern, dass es ihr so weit gut geht – bin jedoch beruhigt, als ich sie aus dem Plastikbaum krabbeln sehe, voll mit rotem und grünem Lametta. Sie greift nach der nächstbesten Waffe – dem Stern oben auf dem Baum –, schwenkt ihn wie ein Klappmesser in einer Gefängnisserie und droht, ihm ein Auge auszustechen.

Okay, denke ich. *Gott mit euch, ihr Glücklichen*, und weg bin ich. Es ist sehr kalt, die Straßen sind glatt durch den festgefahrenen Schnee, und langsam fahrende Autos bewegen sich im Zeitlupentempo durch den Matsch. Ich trage einen Hoodie und Leggins, was wirklich zu wenig ist, und habe auch nichts gepackt wie das letzte Mal, nicht einmal ein Ersatzpaar warme Socken.

Ich streife durch die Straßen und frage mich, ob ich nach London trampen kann, ohne ermordet oder in irgendjemandes Keller eingesperrt zu werden, bevor meine Füße mich schließlich dorthin bringen, wohin ich wahrscheinlich die ganze Zeit auf dem Weg war.

Ich sitze auf dem Bordstein vor dem alten Haus meiner Oma, eiskalter Schnee durchnässt fast augenblicklich den Hosenboden meiner Leggins, und ich stütze das Kinn in die Hände, während ich die Straße hinunterblicke.

Inzwischen wohnt hier natürlich jemand anderer. Das Haus ist nur wenige Monate nach ihrem Tod verkauft worden, was mich immer, immer anpissen wird. Ich bin jetzt ein Teenager und fluche viel mehr als mit sieben. Und das hier? Betrüger in ihrem Haus? Das pisst mich an. Es hätte als Museum erhalten werden sollen. Zumindest sollte es draußen eine Denkmalschutz-Plakette geben. Stattdessen ist es, als wäre sie nicht einmal hier gewesen.

Ich ziehe die Kordel meines Hoodies fester, damit die

Kapuze enger um mein Gesicht anliegt, und sehe durch das Vorderfenster hinein. Sehe den hell erleuchteten Weihnachtsbaum und das gemütliche Zimmer und hin und wieder eine Frau, die mit einem Baby auf dem Arm herumläuft. Ich habe keine Ahnung, wer diese Leute sind, aber ich bin sauer auf sie. Sie mögen zwar nichts dafürkönnen, dass meine Oma gestorben ist, aber das hilft mir auch nicht. Die Leute, die da leben, pissen mich trotzdem an.

Ich habe die Dramen meiner Eltern so satt. Die Anspannung, nicht zu wissen, wann alles von vorn beginnt. Nach Omas Tod war eine kurze Zeit Ruhe, und beide haben sich zusammengerissen, aber es hat nicht angehalten.

Manchmal beginnt es, wenn eine kritische Situation ihren Höhepunkt erreicht hat, manchmal nach Tagen schwelenden Ärgers und abfälliger Bemerkungen wie »dein Essen habe ich dem Hund gegeben«. Er geht von der Arbeit direkt in den Pub; sie sitzt zu Hause und schmiedet Rachepläne.

Und ich weiß jetzt, dass ich der Grund für ihr Festhalten an ihrem ehelichen Elend bin – das hat meine Mutter mir gesagt.

»Wir wollten nicht, dass du aus einer Scheidungsfamilie kommst«, hat sie gesagt – als ob das hier besser wäre. Als ob es besser wäre, meine gesamte Kindheit über Zeugin ihrer dauernden Kriege zu sein, als würde mich das nicht mit Grauen erfüllen.

Jedes Mal, wenn ich von der Schule nach Hause komme, bin ich total nervös und bleibe noch im Mantel in der Diele stehen, um die Stimmung im Haus einzuschätzen. Um zu entscheiden, ob ich es riskieren kann, ins Wohnzimmer zu gehen, oder ob ich besser gleich nach oben in mein Zimmer laufe, meine Kopfhörer aufsetze und so tue, als würde das alles nicht passieren.

Das ist mein Leben. Ich verstecke mich mit meiner Musik in meinem Zimmer, verstecke mich zum Übernachten bei meinen Freundinnen, und ich laufe weg. Manchmal laufe ich hierher, zum Haus meiner Oma. Manchmal in die Stadt. Und manchmal kaufe ich mir auch nur ein Tagesticket für den Bus und fahre den ganzen Tag herum.

Es ist kein leichtes Leben, und sobald ich alt genug bin, gehe ich aufs College, um Krankenpflege zu studieren. Ich suche mir ein College, das so weit entfernt ist, dass ich dort wohnen muss, und werde es für das Paradies halten. Andere Teenager haben Heimweh – ich werde erleichtert sein. Erleichtert, mein eigenes Reich zu haben, meinen Raum, meinen Frieden und meine Ruhe. Erleichtert, allein zu sein.

3. KAPITEL

Mit Mitte zwanzig teile ich meinen Raum und meine eigene Wohnung und habe nicht mehr viel Ruhe und Frieden. Und ich bin definitiv nicht mehr allein.

Als ich das dritte Mal weglaufe, bin ich eine erwachsene Frau mit einem sechs Monate alten Baby, einem Job, einer Mietwohnung und einem Freund, der nie wirklich Vater werden wollte.

Dieses Mal laufe ich endgültig weg. Dieses Mal ist ein weiterer lautstarker Krach der Grund, dass ich weglaufe – ein Krach mit meinem Freund Jason.

Es ist nicht schön. Das sind diese Dinge nie. Als wir uns kennengelernt haben, hat er als Krankenhauspförtner gearbeitet, und ich war Krankenschwester. Damals habe ich gedacht, dass wir ineinander verliebt wären – doch heute sehe ich es als das, was es war. Viel Lust, ein bisschen Spaß und das seltsame Gefühl, dass genau das von mir erwartet wurde. Dass Frauen meines Alters nach »dem Mann fürs Leben« suchen und eine Beziehung eingehen sollten.

Es hat nie wirklich gestimmt zwischen uns, doch als ich schwanger wurde, haben wir beide so getan, als täte es das. Weil jeder weiß, dass nichts einfacher ist, als ein Neugeborenes zu haben, und weil es die Risse in jeder Beziehung kittet, nicht?

Natürlich hat es nichts besser gemacht. Es hat alles verschlechtert. Die Wohnung war zu klein. Das Geld reichte nicht. Wir waren zu jung und hatten nicht die geringste Ahnung, was wir taten. Und vor allem denke ich, dass wir uns nicht sonderlich mochten.

Während ich schwanger war, ist es uns sehr viel besser gelungen, so zu tun, als ob. Wir sind zu Ikea gefahren und haben gelacht, als wir dann nach den Anweisungen ein Kinderbett aufgebaut haben und über kleine Babyschlafanzüge in Verzückung geraten sind. Er hat gesagt, dass er aufhören werde zu trinken, und es sogar ein paar Wochen geschafft.

Nachdem unser Sohn, Saul, auf der Welt war, sind die Spannungen zwischen uns größer geworden. Ich habe keinen Schlaf bekommen. Jason hat Extraschichten übernommen. Wenn wir uns gesehen haben, waren wir beide von siedendem Ärger erfüllt – ich, weil ich zu Hause festsaß, er, weil ich nur gestöhnt und gemeckert habe, wenn er nach Hause gekommen ist.

Das einzig Gute an allem war das Baby. Er war perfekt – und den Spannungen zwischen uns völlig ausgesetzt, dieser pausbäckige, blonde Engel, von dem ich insgeheim immer gedacht habe, dass wir ihn nicht verdient haben.

An dem Abend, an dem es zu dem lautstarken Streit kommt, bin ich besonders müde. Ich war so lange allein, dass ich angefangen habe, mit dem Wasserkocher zu reden. Er antwortet mir nicht, doch in meinem deliriösen Stadium der Müdigkeit ist das nur eine Frage der Zeit.

Saul zahnt und schreit und ist reizbar. Jason hat zusätzliche Schichten übernommen und springt für Kollegen ein, die über Weihnachten freihaben, und ich beobachte, wie der große Zeiger der Uhr in der Küche vorwärtskriecht, und zähle die Minuten, bis ich Saul an ihn übergeben, mich auf das Bett fallen lassen und ein paar Minuten leise in das Kissen weinen kann, während ich mich frage, was aus meinem Leben geworden ist.

Wir haben keine Windeln mehr, und Jason soll auf dem Weg von der Arbeit nach Hause welche mitbringen. Nur, dass er nicht kommt – zumindest die nächsten zwei Stunden nicht. Und als er kommt, riecht er nach Bier und Zigaretten und Calvin Kleins Obsession, einem Parfüm, das ich definitiv nicht benutze. Das einzige Parfüm, das ich dieser Tage trage, riecht nach Babykotze und Verzweiflung.

Ich könnte das alles übersehen, wenn er wenigstens an die Windeln gedacht hätte – aber natürlich hat er das nicht. Dafür bringt er ein Sixpack Bier und schlechte Laune mit.

Ich schreie. Er schreit. Wir sagen beide Dinge, die uns leidtun werden, die wir wahrscheinlich jedoch genau so meinen. Es wird lauter und hitziger und wütender. Wir sind wie Geysire, unsere ganzen Frustrationen steigen in einer großen, heißen Explosion an die Oberfläche.

Ich greife nach dem Nächsten, das ich finden kann – einer schmutzigen Windel –, und schlage damit nach Jasons Kopf. Er reagiert darauf, indem er mir eine so harte Ohrfeige verpasst, dass ich die roten Abdrücke sofort auf meinem Gesicht brennen spüre.

Das lässt uns beide verstummen; ich stehe still da und halte mir meine brennende Wange, er starrt mich an und schüttelt den Kopf, während er eine Entschuldigung stammelt.

Es tut mir so leid, sagt er. Ich weiß nicht, was da über mich gekommen ist, sagt er. Es wird nie wieder passieren, verspricht er. Er ist total zerknirscht, voller Bedauern, hasst sich dafür. Auf eine seltsame Weise tut er mir fast leid – unsere Beziehung hat eine Seite von ihm offenbart, von der er wahrscheinlich selbst nicht gewusst hat, dass es sie gibt.

Ich bin verletzt und erschüttert und seltsam erleichtert. Es ist, als hätten wir uns endlich in einen Abgrund gestoßen, aus dem wir nicht mehr herauskommen können. Seltsamerweise habe ich keine Angst – ich weiß, dass er mich nicht mehr schlagen wird. Auf jeden Fall nicht dieses Mal.

Ich versuche, Worte zu finden, als ich Saul entdecke. Saul, meinen wundervollen Sohn, der mit einer vollen Windel in einem Weihnachtschlafanzug in seinem Babystuhl sitzt und alles mitangesehen hat.

Seine Augen sind weit aufgerissen und tränennass, während er sich mit seinen rundlichen Fäusten die Ohren zuhält, um das Geschrei auszublenden. Er ist so verängstigt und verwirrt, dass er selber weint. Vielleicht weint er schon eine ganze Zeit – aber keiner von uns hat es bemerkt, weil wir ganz mit unserem eigenen Drama beschäftigt waren.

Ich eile zu ihm, um ihn zu trösten, und weiß, dass ich sehr bald wieder weglaufen werde – nicht um meinetwillen, sondern um Sauls willen. Vielleicht sogar um Jasons willen.

Wenn ich heute zurückschaue, kommt es mir vor, als gehöre das Weglaufen zu vielen wichtigen Momenten in meinem Leben – wie auch zu diesem. Ich könnte eine

Zeitkarte zeichnen, wann die Dinge angefangen haben schiefzulaufen, und eine Cartoonfigur von mir hinzufügen, die in die andere Richtung abdüst, Dampfschwaden hinter sich herziehend.

Das Problem bei all diesen Erinnerungen – diesen Aktionen und Reaktionen und Interaktionen und Überreaktionen – ist nicht wirklich das Weglaufen. Das Problem ist, dass ich nie die geringste Ahnung hatte, wohin ich lief, und gewöhnlich von der Brise herumgeweht wurde wie die zarten Samen einer Pusteblume, ohne Sinn für die Richtung und ohne jegliche Kontrolle.

Inzwischen sind ein paar Jahre vergangen. An seinem nächsten Geburtstag wird Saul vier, und das Leben hat sich sehr verändert. Ich habe weniger von einer Pusteblume und gebe mir die größte Mühe, Wurzeln zu schlagen.

Es hat sich verändert, weil ich das letzte Mal, als ich weggelaufen bin, hierhergelaufen bin – in einen kleinen Ort mit dem Namen Budbury an der wunderschönen, postkartenwürdigen Küste von Dorset. Ich habe einen Job. Ich habe ein kleines Haus. Ich habe Freunde, denen ich widerwillig Zutritt zu meinem Leben gewährt habe. Ich habe im Comfort Food Café, das das Herz von Budbury bildet, eine Gemeinschaft gefunden, zu der ich gehöre. Ich habe Ruhe und Frieden, und, was am wichtigsten ist, ich habe einen prachtvollen, gesunden kleinen Jungen. Der definitiv die Ruhe stört, aber auf eine gute Weise.

Ich habe mehr, als ich mir je hätte vorstellen können – und diesmal laufe ich nirgendwohin. Diesmal durchbreche ich den Teufelskreis.

Diesmal bleibe ich, wo ich bin – egal, wie schwierig es wird.

4. KAPITEL

Dieses Jahr, Heiligabend

Mir reichts. Mein Kopf hämmert, meine Augen tun weh, und jeder Zentimeter meines Körpers, vom Kopf bis zu den Zehen, fühlt sich an, als wäre er total verkrampft.

Ich höre nur das Gebrüll, die spitzen Schreie, die die festliche Musik übertönen. Es ist eine Playlist von Weihnachtsliedern, die ich auf meinem Handy habe und mit denen ich versuche, alles andere auszublenden. Die Mischung ist grauenhaft: Der erhabene Gesang von *Hark! The Herald Angels Sing* wechselt mit lauten Beschimpfungen ab.

Saul schläft, wenn auch unruhig, wie nur Kinder schlafen können – ich sehe, wie seine Augen sich hinter den Lidern bewegen, seine kleinen Fäuste sind geballt, und hin und wieder zucken seine Beine wie bei einem träumenden Hund. Es ist der Abend vor Weihnachten – vielleicht träumt er vom Weihnachtsmann, der in seinem Schlitten über die Dächer fliegt. Jedenfalls hoffe ich das. Ich hoffe, dass er nicht gleich aufwacht und das ganze Geschrei und Gepolter und die wütenden Stimmen hört. Ich habe hart gearbeitet, um ihn hiervor zu beschützen, doch es hat mich eingeholt, mich aufgespürt.

Ich bin in meinem eigenen kleinen Haus, aber ich fühle mich hier nicht mehr sicher. Ich bin in meinem eigenen kleinen Haus, und da sind zu viele Stimmen. Zu viele Konflikte. Ich bin in meinem eigenen kleinen Haus, und ich verstecke mich oben, kauere mich unter den Laken zusammen, von alldem paralysiert.

Ich bin in meinem eigenen kleinen Haus, und ich muss hier raus. Ich muss weg. Ich muss weglaufen.

ZWEITER TEIL

Fertig …

5. KAPITEL

Sechs Wochen vorher

Es ist Wochenende. Samstag, um genau zu sein. Doch wie jeder, der kleine Kinder hat, weiß, haben Kinder nicht den geringsten Respekt vor dem geheiligten Konzept des Ausschlafens.

Saul war schon immer ein Energiebündel. Ich meine, ich habe nicht viele Vergleichsmöglichkeiten, doch selbst die kleinen Jungen in den Spielgruppen, in denen wir waren, und in seinem Kindergarten im nächsten Dorf wirken gegen ihn, als stünden sie unter Beruhigungsmitteln.

Er ist eine Naturgewalt. Ein Wirbelwind in einem Paw-Patrol-Schlafanzug – und er hört nie auf zu reden. Ich weiß, dass das gut ist – er hat ein irres Vokabular für sein Alter –, doch manchmal erinnere ich mich wehmütig an die Tage, als er noch nicht sprechen oder laufen konnte. Was bin ich für eine schlechte Mutter.

Im Moment liege ich in der »Totenstellung« im Bett, wie meine Freundin Lynnie das bezeichnen würde. Lynnie ist Mitte sechzig und hat Alzheimer – doch sosehr sie auch nachlässt, sie erinnert sich noch gut an ihr früheres Leben als Yogalehrerin. Saul betet sie an, und sie hat es sogar geschafft, ihn ein paarmal in die Haltung des nach unten schauenden Hundes zu bekommen – manchmal sogar für einige Sekunden.

Doch das hat ihn nicht zu einem Zenmeister gemacht – und er scheint der Meinung, dass 5:45 Uhr morgens die perfekte Zeit ist, um in mein Bett zu klettern.

Wir wohnen in einem kleinen Reihenhaus im Zentrum von Budbury. In Budbury gibt es nur eine Straße, die wie eine Schleife durch das Dorf läuft und von ein paar Geschäften und einem Pub gesäumt wird, einem Bürgerhaus und einem Tierfriedhof sowie von einigen anderen kleinen Häusern. Sie sind ziemlich alt und gehen direkt auf den Bürgersteig hinaus. Wahrscheinlich sind sie in der guten alten Zeit einmal für die Fischer gebaut worden.

Einige meiner Freunde – Stammgäste des Comfort Food Cafés, das ein paar Gehminuten entfernt oben auf den Klippen liegt – wohnen in derselben Straße. Zuerst habe ich es ein bisschen klaustrophobisch gefunden, so nahe mit Leuten zusammenzuwohnen, die darauf erpicht sind, meine Freunde zu sein. Ich hatte das Gefühl, nur allein unabhängig und sicher zu sein. Manchmal geht mir das immer noch so – aber ich versuche, dieses Gefühl mit einem großen Stock niederzuknüppeln, weil es wirklich nicht gesund ist, nicht?

Von meinem ersten, grauenhaft frühen Besuch des Badezimmers im grauen Novemberlicht der Vordämmerung weiß ich in etwa, was alle um mich herum so treiben. Edie May, die zweiundneunzig ist und fast genauso viel Energie hat wie Saul, ist noch im Bett, die Gute.

Zoe und Cal sowie Cals Tochter Martha scheinen auch noch zu schlummern. Martha ist siebzehn, und soweit ich mich an dieses Alter erinnern kann, sind die Morgenstunden heilig. Die Glücklichen.

Um genau zu sein, ist nur noch in einem anderen Haus Licht – nämlich bei Becca und Sam. Sie haben ein kleines Mädchen, das gerade ein Jahr alt geworden ist. Die kleine Edie ist einfach hinreißend, und beide beten sie an – doch sie gehört nicht zu den Langschläfern.

Ich fühle mich ein bisschen besser, als ich sehe, dass sie auch wach sind, und mir vorstelle, wie Sam übernächtigt und wie ein Zombie die kleine Edie zu bespaßen versucht. Ein Baby hat keine Schlummertaste – er wird wach sein, umgeben von Plastikobjekten in Primärfarben, und ellenbogentief in dreckigen Windeln stecken. Haha.

Saul hat auch keine Schlummertaste – doch er ist leichter abzulenken. Heute Morgen um sechs Uhr früh liege ich nicht nur in der Totenstellung – ich spiele auch mit ihm Schönheitssalon.

Es ist eins von Sauls Lieblingsspielen, und ich habe nicht die leiseste Ahnung, wo er es herhat. Keine der Frauen in Budbury interessiert sich besonders für Beauty-Kram.

Willow, eine von Lynnies Töchtern, hat einen ziemlich ungewöhnlichen Stil mit viel selbst gemachter Kleidung, einem Nasenring und hellrosa Haaren. Die Teenager – Martha und ihre Freundin Lizzie – benutzen definitiv Massen an Eyeliner. Doch im Dorf gibt es keinen Schönheitssalon – und vielleicht auch nirgends mehr im 21. Jahrhundert. Selbst das Wort klingt nach den 1950er-Jahren und lässt einen an diese außerirdisch aussehenden Haartrockner denken, unter denen in den alten Filmen immer die Frauen sitzen, bevor sie zu einem heißen Date mit Cary Grant aufbrechen.

Egal – ich weiß nicht, wo er es herhat, aber ich bin froh, dass er es kennt. Es ist ein Spiel, bei dem ich absolut nichts tun muss. Das beste aller Spiele.

Er hat sich mein Make-up-Täschchen und eine Auswahl an Haarbürsten und Haarschmuck geholt, sogar Haarspray und Parfüm. Ehrlich gesagt, brauche ich beides so gut wie nie, doch wie die meisten Frauen habe ich es irgendwie geschafft, ohne guten Grund eine gigantische Menge an halb aufgebrauchter Kosmetik und Haarprodukten anzuhäufen.

Er sitzt mit übereinandergeschlagenen Beinen neben mir, das blonde Haar auf der einen Seite zerzaust und auf der anderen ganz glatt, und arbeitet mit der Foundation. Ich wusste nicht einmal, dass ich Foundation habe, und vermute, dass es eine tiefbraune Schmiere ist, die ich mit einundzwanzig nach einem Urlaub auf Mallorca benutzt habe. Er trägt sie mit der Zartheit eines Mike Tyson auf, doch das ist mir egal.

Hauptsache, ich kann noch etwas im Bett bleiben, deshalb brumme ich auch nur zustimmend und schließe fest die Augen, als er anfängt, Lidschatten aufzutragen. An die Mascara lasse ich ihn allerdings nicht heran, schließlich möchte ich gerne mein Augenlicht behalten.

»Du siehst wunderschön aus, Mummy«, sagt er, als er innehält, um seine bisherige Arbeit zu begutachten. »Doch ich denke, du solltest deine Wangenknochen noch ein bisschen mehr betonen. Ich trage noch etwas Rouge auf.«

»Okay«, murmele ich im Halbschlaf. *Woher* hat er das? Ich höre, wie die Deckel von verschiedenen Töpfen aufgeschraubt werden, und das scharfe Anhalten seines Atems verrät mir, dass er wohl etwas verschüttet hat. Wahrscheinlich wird der ganze Deckenbezug voller Puder und Cremes sein – aber, hallo, dafür gibt es schließlich Waschmaschinen, oder?

Er tupft mit den Fingern in meinem Gesicht herum und trägt das Rouge wie bei einem Clown in zwei großen Klecksen auf, bevor er zufrieden seufzt. Als Nächstes kommt der Lippenstift, nachdem er mich angewiesen hat, einen Kussmund zu machen. Ich wette, ich sehe richtig sexy aus.

Ich schiele zum Wecker und sehe, dass es inzwischen 6:20 Uhr ist. Wow. Wenn das kein Ausschlafen ist.

»Wie sehe ich aus?«, frage ich, während ich ein Gähnen unterdrücke.

»Richtig gut. Richtig schön. Ich denke, ich bin fertig. Sollen wir aufstehen, dann können wir Zeichentrickfilme gucken, bevor wir zum Frühstück ins Café gehen?«

Urrgghh. Zeichentrickfilme. Innerlich schrumpfe und sterbe ich ein bisschen und mache einen Gegenvorschlag: »Hey – warum holst du nicht meinen Nagellack und lackierst mir Finger- und Zehennägel?«

Das füllt die nächste halbe Stunde und gibt dem Bettbezug den Rest. Ich muss allerdings zugeben, dass er gute Arbeit geleistet hat, als ich noch meine brandneuen bunten Fingernägel bewundere, während er schon wohlbehalten auf dem Sofa sitzt und fernsieht. Er schiebt sich Bananenscheiben in den Mund und lacht über die Streiche einer Zeichentrickmaus, die in die Schule geht.

Ich stopfe den Bettbezug in die Waschmaschine und ziehe einen neuen auf – es wird jetzt ohnehin kälter, und ich freue mich schon darauf, mich später unter dem sauberen Flanell zusammenzukuscheln. Ich lebe schon ein wildes, irres Leben, was soll ich sagen?

Ich hole ein bisschen Kursarbeit für das College nach – ich versuche, meine Krankenpflegekenntnisse auf dem neuesten Stand zu halten, und seit ich Lynnie kenne, interessiere ich mich auch viel mehr für psychosoziale Gesundheit – und ordne meine Unterlagen. Ich bügele ein paar Sachen in dem vergeblichen Versuch, mich auf die kommende Woche vorzubereiten, und checke meine E-Mails. Bis auf eine Mail von einem nigerianischen Prinzen, der mir ein unschlagbares Investmentangebot macht, ist da nichts.

Mein Telefon zeigt drei verpasste Anrufe von meiner Mum, doch im Moment bin ich noch nicht für dieses Gespräch bereit. Es ist nie lustig, Mums wöchentliche Updates zu bekommen, zu hören, welch furchtbarer Vergehen sich mein Dad in der letzten Zeit schuldig gemacht hat. Ich liebe sie beide, doch ich habe das Gefühl, zwischen zwei wütende Pitbulls geraten zu sein. Nur mit mehr Gehässigkeit und Geifer.

Zwischendurch sehe ich immer wieder nach Saul und versichere mich, dass er nicht den Sofatisch anknabbert oder an den Lampen schaukelt. Schließlich bringe ich ihn nach oben, um ihn für den vor uns liegenden Tag fertig zu machen.

Er ist aufgeregt, ins Café zu kommen, und ich kann es ihm nicht verdenken – das Café ist wie ein zweites Zuhause für uns geworden. Ein Zuhause, in dem es immer Kuchen gibt.

Es ist sein Lieblingsplatz auf dieser Welt. Ich denke, meiner vielleicht auch.

6. KAPITEL

Das Comfort Food Café ist mit keinem anderen Ort auf dieser Welt vergleichbar. Es thront oben auf den Klippen, ist auf einer Seite vom Meer und auf der anderen von einer grünen Hügellandschaft umgeben.

Man gelangt dorthin, indem man einen langen, gewundenen Pfad hinaufläuft und am Ende durch einen schmiedeeisernen Torbogen tritt, auf dem der Name des Cafés auf einem Rankenwerk aus Metallrosen steht. Selbst der Torbogen ist schön und einladend.

Das Gebäude selbst ist niedrig und weitläufig und steht in einem verwunschenen Garten. Hier gibt es Tische und Bänke, die im Sommer vor Menschen überquellen, sowie einen Grillbereich, eine Terrasse und seit diesem Jahr auch den dem Café angeschlossenen Comfort Reads Buchladen.

Der Buchladen hat geöffnet, als wir oben ankommen, und Zoe – klein, rothaarig und schlank – winkt uns durch das Fenster zu. Sie sitzt auf ihrem Stuhl hinter der Kasse, ein Buch auf den Knien. Saul quietscht vor Aufregung, als er sie sieht, weil sie das letzte Mal, als wir hier waren, eine Grüffelo-Tasse für ihn hatte.

Zoe ist vergangenes Jahr mit ihrer Patentochter Martha

hierhergezogen, nachdem deren Mutter gestorben war. Es war keine leichte Zeit für die beiden, doch inzwischen haben sie sich eingelebt – zusammen mit Cal, Marthas biologischem Vater, den sie bis vor dem letzten Weihnachtsfest noch nie gesehen hatte, da er in Australien gelebt hat. Ja, ich weiß – wenn Budbury eine Facebookseite hätte, würde unter dem Beziehungsstatus »kompliziert« stehen.

Ich denke, niemand hier ist einfach oder unkompliziert oder hat ein sehr traditionelles Leben hinter sich. Um ehrlich zu sein, ist das einer der Gründe, warum mich dieser Ort angesprochen hat – die Leute hier haben viel durchgemacht, haben ihr Schicksal in die Hand genommen und scheinen es jetzt als ihre Lebensaufgabe zu betrachten, andere Menschen glücklich zu machen, während sie sie mit Karottenkuchen füttern.

Es geht sogar so weit, dass sie den Leuten ihr jeweiliges Lieblings-Trost-Essen servieren – wie die Biskuitrolle bei mir, die mich immer an meine Oma erinnert. Irgendwann muss ich das einmal erwähnt haben, aber ich erinnere mich nicht mehr, wann – ich weiß nur, dass eine Biskuitrolle auf mich wartet, wenn ich besonders deprimiert oder müde bin, selbst wenn sie nicht auf der Speisekarte steht.

Ich erinnere mich noch lebhaft an das erste Mal, als ich in das Café gekommen bin. Es war ein paar Wochen nach unserem Umzug nach Dorset – nachdem ich Jason verlassen hatte. Ich hatte eine Weile bei meinen Eltern gewohnt, aber schnell gemerkt, dass das ein Fehler war. Ich wusste, dass ich ganz weggehen musste, und hatte mich für den Neuanfang nach einem Ort umgesehen, der weit genug weg lag, aber nahe genug an Bristol war, dass ich meine Eltern besuchen konnte und Saul vielleicht seinen Dad, sollten sich die Dinge dementsprechend entwickeln. Das haben sie nicht, aber so ist das Leben.

Mum hat mich erstaunlicherweise beim Umzug finanziell unterstützt – irgendetwas war da mit einem »Notgroschen«, den meine Oma hinterlassen hatte –, doch es hat Zeit gebraucht, um alles zu regeln. Anfangs hat Jason Widerstand geleistet, hat ein paar halbherzige Versuche unternommen, mich zu überzeugen zurückzukommen, doch sie haben sich hohl und falsch angefühlt – es ging uns besser ohneeinander, und das wussten wir beide. Schließlich ist er selbst weggezogen, bis nach Glasgow – Neuanfänge allerwegen.

Doch wegzugehen war härter, als ich gedacht hatte. Alleine mit einem Baby an einem Ort neu anzufangen, wo ich niemanden kannte. Ich hatte gedacht, dass es genau das sei, was ich brauchte – aber ich hatte nicht bedacht, wie einsam ich mich in diesen ersten Wochen fühlen würde. Ich musste mich zwingen, nicht einzuknicken, nicht meine Eltern oder Jason anzurufen, nicht rückfällig zu werden.

Saul war zu dem Zeitpunkt fast achtzehn Monate alt und absolut nicht einfach. Oft war er wie vom Teufel besessen, ich darf das jetzt sagen, denn ich bin seine Mum, und es ist vorüber. Er hatte eine nie versiegende Energie, es gab dauernde Kämpfe, und dann war da die Trotzphase, noch weit vor seinem zweiten Geburtstag. Ich war erschöpft, ausgepowert und insgeheim überzeugt, dass mein eigenes Kind mich hasste. Ich hatte keine Ahnung, wie ich das schaffen sollte.

Dann bin ich eines Morgens hierhergekommen. In das Café. Aus echter, reiner Verzweiflung – aus dem Bedürfnis heraus, aus dem Haus zu kommen und dem Rest der Welt zumindest etwas näher zu sein. Ich habe hier gesessen, während Saul mir voller Begeisterung Brotstreifen an den Kopf geworfen und sein Ei zu Brei zermatscht hat, als sei es sein Todfeind, und ich war so fertig und müde, dass ich das Gefühl hatte, gleich durchzudrehen.

Eine Frau, von der ich heute weiß, dass es Becca war, ist zu mir gekommen und hat mir einen Toast gebracht. Nicht Saul – sondern mir. Dann ist eine andere Frau gekommen, die ich für einen Gast gehalten habe, die aber die Besitzerin des Cafés war, Cherie Moon, wie ich inzwischen gelernt habe, und sie hat mir Saul abgenommen. Sie ist eine üppige Frau in den Siebzigern, groß und stark, mit einem wettergegerbten Gesicht und Falten, die sie voller Stolz trägt. Sie hat volles, langes Haar, das sie oft zu einem grauen Zopf flicht, und so viel Selbstvertrauen, dass es aus jeder Pore zu triefen scheint.

Jedem anderen hätte ich mein Baby nicht so einfach anvertraut – eher um seinet- als um Sauls willen –, doch ich wusste instinktiv, dass Cherie mit ihm fertigwerden würde. Sie ist mit ihm im Raum herumgegangen, während ich meinen Toast gegessen und ein warmes Getränk getrunken habe, solange es noch warm war. Die Erleichterung, die ich dabei empfunden habe, war unglaublich. Ich musste sogar für eine Minute auf die Toilette verschwinden, um mich wieder zu beruhigen – damit meine ich, dass ich unaufhaltsam in ein durchnässtes Papierhandtuch geweint habe.

Diese unerwartete Freundlichkeit und Hilfsbereitschaft mir gegenüber – einer komplett Fremden. Das war meine Einführung in das Café. In das Dorf. In die Gemeinschaft, von der ich jetzt, nach fast zwei Jahren, langsam zu sagen wage, dass es auch meine ist.

Es hat lange gedauert, weil ich misstrauisch und eigensinnig bin und immer vorsichtig, was unerwartete Freundlichkeiten angeht, doch inzwischen verstehe ich das alles besser. Dieser Ort ist wie Rudolphs Insel der Außenseiter, und irgendjemand ist immer mit einem Pflaster oder einem Löffel Medizin für die Seele zur Stelle.

Heute ist unser Leben mit dem Leben dieser Menschen verknüpft, wie ich es mir nie hätte vorstellen können. Die Cafétruppe hilft mir mit der Kinderbetreuung. Ich helfe ihnen mit anderen Dingen. Wir alle achten aufeinander. Es ist wie ein großer, wirrer, unförmiger Ball aus Schnüren, alle Richtungen führen zueinander.

Ich bin nach wie vor niemand, der auf den Festen, die das Café veranstaltet oder organisiert, gerne im Mittelpunkt steht – ich versuche noch immer, mich um die großen sozialen Events herumzumogeln –, aber es wird besser. Ich empfinde ansatzweise eine Sicherheit und Geborgenheit, wie ich sie seit dem Tod meiner Oma nicht mehr erlebt habe.

Saul sieht diesen Ort hier als sein Zuhause an. Er ist noch klein – er erinnert sich an kein Leben davor. Er hält Lynnie für seine schrullige Oma, Willow mit ihren rosa Haaren für eine Zeichentrickfigur, und Cherie ist die Königin der Welt.

Laura, die das Café leitet, ist für ihn die knuddeligste Frau überhaupt und Edie May eine magische Elfe mit einem winzigen Gesicht, die in einem Teekessel lebt.

Er denkt, dass alle Männer in Budbury – und es gibt einige davon – nur da sind, um mit ihm Fußball zu spielen oder am Strand spazieren zu gehen oder um ihm dort bei der Suche nach Fossilien zu helfen. Die Hunde von

Budbury – Midgebo, Lauras schwarzen Labrador, Bella Swan, Willows Border-Terrier-Hündin, und den Rottweilermischling Rick Grimes von ihrem Freund Tom – hält er für seine ganz persönlichen Gefährten.

Ich mag meine Eltern und Jason zurückgelassen haben, doch ich habe so viel mehr gewonnen – ein ganzes Dorf mit den großherzigsten Menschen, denen ich je begegnet bin.

Saul zieht an meiner Hand, als wir uns den Türen nähern, seine kleinen Beine stapfen vorwärts, so schnell sie können, er ist wie ein Welpe an der Leine, der so schnell wie möglich hineinwill.

Hinein, wo eine Menge Spaß auf ihn wartet. Und wo es ein wenig seltsam wird. Seltsam auf eine gute Weise. Es gibt vieles, was man in einem Café erwartet – Tische mit rot karierten Tischdecken, einen großen Kühlschrank voller Erfrischungsgetränke, eine Kühlvitrine, vollgestopft mit Sandwichplatten, Salaten und riesig großen Kuchenstücken, eine Essensausgabe und eine Kasse. So weit alles ganz normal.

Doch dann sind da die Extras. Die Dinge, die dir sofort verraten, dass dies kein gewöhnlicher Ort ist. Die vielen Mobiles, die von der Decke herunterhängen, herunterbaumelnde Kuriositäten wie alte Schallplatten und Fische aus Pappmaschee. Ein halbes rotes Kajak. Die Ruder von einem Ruderboot. Fischernetze mit Lichterketten darin. Die Regale mit den wahllos hineingestellten Dingen – einer alten Nähmaschine, einem riesigen Fossil, Reihen von Büchern und Tischspielen und Puzzles.

Es ist wie ein Anti-Ikea – als hätte sich ein Kuriositätenladen mit einer Teestube zusammengetan und ein Baby bekommen. Trotz des Durcheinanders macht alles einen frischen und sauberen Eindruck und strahlt in dem hellen Licht, das durch die Fenster an allen Seiten hereinströmt.

Auf der einen Seite sieht man in den Garten hinaus, auf der anderen auf das Meer und den Strand und die endlosen Felskuppen, die sich bis zum Horizont erstrecken. Es ist die Art von Ort, an dem man Stunden damit verbringen kann, einfach aufs Meer zu schauen.

Saul stürmt durch die Türen und nimmt eine dramatische Pose ein. Mit geballten Fäusten streckt er die kleinen Arme in die Luft, als wäre er Superman, bereit zum Abheben.

»Alle mal herhören, ich bin da!«, ruft er, nur für den Fall, dass sie es noch nicht mitbekommen haben. Laura ist hinter der Theke, rundlich und hübsch und immer im Kampf mit ihrem lockigen Haar. Sie hält mit der Arbeit inne – sie schneidet gerade eine Lemon-Meringue-Pie auf –, und ihr Gesicht verzieht sich zu einem breiten Lächeln.

»Gott sei Dank! Ich habe mich schon gefragt, wann ihr auftaucht!«, sagt sie, wischt sich die Hände an ihrer Schürze ab und kommt auf uns zu. Sie geht vor Saul in die Hocke und umarmt ihn, was er so heftig erwidert, dass sie schließlich auf dem Hintern sitzt, sein Gesicht in ihren Haaren vergraben.

Ich will mich gerade entschuldigen, doch sie sieht zu mir hoch und runzelt die Stirn. Von Laura kommt das einem ernsten Anpfiff gleich. Und ich halte den Mund.

Laura hat selbst zwei Kinder – Nate und Lizzie, die inzwischen Teenager sind – und versteht sie einfach. Sie hat mir ungefähr siebentausend Mal gesagt, dass ich aufhören soll, mich für Saul zu entschuldigen, wenn er nur das tut, was Kinder in diesem Alter tun. Sie sieht mich über Sauls

Schopf hinweg weiter an, aber ich habe keine Ahnung, was ich dieses Mal falsch gemacht habe, und tue so, als würde ich es nicht bemerken.

Ich schaue mich um und sehe Cherie an einem Ecktisch sitzen, die Füße in rot-grün gestreiften Socken auf dem Stuhl neben ihr. Ihr Mann Frank, ein 82-jähriger Silberfuchs, sitzt ihr gegenüber, trinkt seinen Tee und liest Zeitung. Beide sehen mich mit einem breiten Grinsen an. Sie müssen heute Morgen wohl besonders gute Laune haben.

Ein zahlender Gast ist da, er trägt noch seine Wanderausrüstung und studiert einen Reiseführer, während er seinen Toast isst. Das Café liegt an der Juraküste und wird oft von Leuten in wattierten Anoraks und mit Wollmützen auf dem Kopf besucht, die auf ihrer Wanderung eine Pause einlegen. Er blickt flüchtig hoch, was diesen Tumult ausgelöst hat, und seine Augen werden kurz größer, als er mir zum Gruß zunickt, dann wendet er sich schnell wieder seinen Karten zu.

Ich blicke mich um. Sonst ist niemand hier. Oder zumindest denke ich das, bis er aus dem Herrenklo kommt.

An meinen Maßstäben gemessen ist er groß – ungefähr einen Meter achtzig –, an denen seiner Familie gemessen jedoch klein, sie sind alle Riesen. Er ist kräftig und hat Muskeln, die er auf seinen Reisen um die Welt bekommen hat, während er Brunnen gegraben und Schulen an Orten gebaut hat, die man bei Dürreperioden in den Nachrichten sieht. Sein kastanienbraunes Haar ist kurz geschnitten, und er trägt seine übliche Uniform aus abgetragenen Jeans und einem langärmeligen T-Shirt.

Er blickt auf, und unsere Blicke begegnen sich über den nicht sehr vollen Raum hinweg. Er hat großartige Augen.

Hellblau, wie die von Paul Newman. Er lächelt, als er mich sieht, und ich lächle zurück, obwohl mich die übliche Aufregung erfasst, die ich in seiner Nähe immer spüre. Er guckt leicht belustigt, dann wandert sein Blick von mir zu Saul.

Das ist Van, er ist Lynnies Sohn und Willows Bruder. Er hat sein Leben in Afrika hinter sich gelassen, als es Lynnie im Frühjahr schlechter ging, und arbeitet seitdem für Frank. Ich warte, weil ich weiß, dass Saul ihn entdecken wird, sobald er aus Lauras Haaren auftaucht.

Wie aufs Stichwort sehe ich, wie mein Sohn aufblickt und sich umsieht und wie seine Augen sich vor Begeisterung weiten, als er ihn auf uns zukommen sieht.

»Van! Van! Mummy, Van ist hier, guck mal!«, schreit er. Er lässt Laura einsam und vergessen auf dem Boden und mich in einer Staubwolke zurück, als er auf ihn zurennt. Van geht in Position – wir kennen das schon –, er fängt ihn auf, hebt ihn hoch und schwenkt ihn immer wieder im Kreis herum.

Alles, was ich jetzt höre, ist das begeisterte Glucksen meines kleinen Jungen, der durch die Luft fliegt und wirbelt und auf eine Weise schreit, dass Van aufhören soll, die ihm klar und deutlich zu verstehen gibt, dass Saul alles, nur das nicht will. Laura sieht zu und grinst. Cherie und Frank gucken und lachen. Selbst der Wanderer verbeißt sich ein Lächeln.

Es ist ein Anblick, der jeden, der zusieht, glücklich macht – ein unschuldiger Ausdruck reiner, ungetrübter Freude.

Jeden außer mir, schätze ich. Er macht mich nicht glücklich. Er macht mich nervös. Er lässt den Wunsch in mir aufkommen, mir Saul zu schnappen und wieder einmal wegzulaufen. Ich habe mir gelobt, dass ich das nicht tun werde, egal, wie kompliziert es wird – doch das ist eine ganz neue Stufe von *kompliziert*.

Denn genau wie Saul zu denken scheint, dass Cherie die Königin ist, Edie eine magische Elfe und Willow eine Zeichentrickfigur und dass alle Hunde ihm gehören, hat er auch seine Meinung zu Van. In seiner Welt kommt Van so etwas wie einem echten Dad am nächsten.

7. KAPITEL

Das könnte zu einem Problem werden, denke ich langsam. Van ist ein netter Mann. Okay, er ist ein netter Mann, der zufälligerweise auch noch ziemlich sexy ist – und vielleicht ist das das eigentliche Problem. Ich mag ihn, sehr sogar.

In einer Märchenwelt wäre das wundervoll. Ich würde meinen Umzug und mein neues Leben mit einer neuen Beziehung krönen. Wir würden alle bis ans Ende unserer Tage in einem rosa Schloss glücklich sein, umgeben von Einhörnern und Regenbogen. Alles hübsch verpackt und mit einer glitzernden Schleife.

Doch das ist die wirkliche Welt – meine Welt. Und in meiner Welt habe ich nur Beziehungen gesehen, die gut angefangen und sehr, sehr böse geendet haben. Ich bin fest entschlossen, dass mir das nicht noch einmal passiert – dass das Saul nicht noch einmal passiert –, und die beste Möglichkeit, das zu gewährleisten, scheint die zu sein, keine Beziehung einzugehen.

Das klingt sehr vernünftig, wenn ich es mir in meinem Kopf vorsage. Und ich meine es wirklich, wirklich ernst. In meinem Kopf. Obwohl mein Kopf nicht das Problem zu sein scheint – sondern eher der restliche Körper. Selbst hier und jetzt, in diesem Café, an einem Samstagmorgen, umgeben von anderen Menschen, spüre ich diesen Impuls, wenn ich Van sehe. Diesen Impuls zu schreien »nimm mich, nimm mich«, selbst wenn außer einem »Hi« kein Wort aus meinem Mund kommt. Zumindest das ist ein Segen.

Van hat nichts getan, um diese lüsternen Gedanken zu provozieren, wenn man einmal davon absieht, dass er existiert, und das kann ich ihm schlecht zum Vorwurf machen. Es gibt viele gut aussehende Männer in Budbury, doch alle sind liiert. Da ist Matt, der örtliche Tierarzt und Lauras Freund. Da ist Sam, Beccas Partner, der wie ein Surfer aussieht und den süßesten irischen Akzent überhaupt hat. Da ist Tom, Willows Freund, der dieses Superhero-Streber-Ding am Laufen hat. Da ist Cal, Marthas Vater und Zoes Lebensgefährte, ein Australier, der Franks Farm führt und ziemlich gut der Wörterbuchdefinition von »wild« entspricht.

Doch keiner löst diesen Impuls in mir aus. Vielleicht weil sie vergeben sind und ich so etwas nicht mache. Vielleicht weil ich bei keinem von ihnen diese Anziehung verspürt habe, auch nicht, bevor ich wusste, wer sie sind und dass sie vergeben sind. Es ist schon merkwürdig, dass man auf manche Leute einfach steht und auf andere überhaupt nicht, oder?

Merkwürdig und in diesem Fall unpassend. Ich bin viel zu beschäftigt, um allein auch nur einen Gedanken auf solche Dinge zu verschwenden, geschweige denn, sie zu tun. Ich bin eine alleinerziehende Mutter, ich habe meinen Collegekurs, und ich arbeite Teilzeit in der Drogerie vor

Ort, die von Auburn, Vans und Willows Schwester, geführt wird. Jede Stunde meines Tags ist verplant. Nein, ich habe definitiv keine Zeit für einen Mann in meinem Leben.

Und selbst wenn ich die hätte, hat Van mir nie auch nur andeutungsweise zu verstehen gegeben, dass er an mir interessiert ist. Wahrscheinlich ist er das auch nicht. Definitiv ist er das nicht. Ich bin nichts Besonderes – ich bin in jeder Beziehung ziemlich durchschnittlich. Ich bin zierlich – das habe ich von meiner Mum – und straßenköterblond. Mit anderen Worten, recht unscheinbar. Ich bin nicht die Art Frau, der die Männer nachschauen und die sie sexy finden.

»Du siehst heute wirklich großartig aus«, sagt Van genau in dem Moment, als ich denke, wie unattraktiv ich bin. Er schwenkt Saul nicht mehr im Kreis herum. Saul sitzt jetzt auf seinen Schultern und nutzt die zusätzliche Höhe, um an einem Mobile aus Muscheln herumzuspielen.

»Ja, das muss man wirklich sagen«, stimmt Laura ihm zu und konzentriert sich voll und ganz auf die Zubereitung meines Kaffees. »Gut zu sehen, dass wenigstens eine hier etwas auf ihr Aussehen gibt.«

Ich bin inzwischen ziemlich verwirrt, vor allem da Frank und Cherie sich offensichtlich vor unterdrücktem Lachen schütteln, während sie über ihre Zeitungen hinweg zu mir hinsehen.

»Ähh … okay? Danke«, sage ich und fasse mir verlegen in die Haare. Sie fühlen sich etwas steif an. Wahrscheinlich von der salzigen Meeresluft.

Saul bekommt mit, was wir reden, und grinst mich an, bevor er meint: »Das war ich. Ich habe sie so schön gemacht. Ich habe Mummy heute Morgen in meinem Schönheitssalon geschminkt. Sie war ein richtiges Faultier und ist im Bett geblieben.«

Ich spüre, wie meine Wangen flammend rot werden, als die Erkenntnis sich langsam setzt. Zum Glück ist mein Gesicht wahrscheinlich ohnehin schon so rot, dass es niemandem auffällt.

Meine Hände fliegen zu meinem Gesicht, um es zu verstecken, und alle brechen in Gelächter aus. Selbst der Wanderer, den ich noch nie in meinem Leben gesehen habe.

O Gott, es ist passiert, richtig? Ich habe den ganzen Morgen mit Saul Schönheitssalon gespielt, nur um noch im Bett bleiben zu können, und dann war ich so beschäftigt und müde, dass ich nicht einmal in den Spiegel geschaut habe, bevor wir das Haus verlassen haben. Saul ist perfekt angezogen, sieht tadellos aus, seine Zähne sind geputzt, sein Haar ist ordentlich und gewaschen. Aber ich? Ich sehe vermutlich wie ein entlaufener Zirkusclown aus.

Das erklärt zumindest all die seltsamen Blicke bei meinem Eintreffen. Vielleicht haben sie gedacht, dass ich das absichtlich gemacht habe – ich, eine Frau, die so gut wie nie Make-up trägt und es als positiv ansieht, nicht beachtet zu werden.

Laura kommt zu mir herüber und tätschelt mir tröstend die Schulter. Sie versucht, mitfühlend auszusehen, doch die Tränen, die ihr vor Lachen über die Wangen laufen, passen nicht zu ihrem Ton.

»Das kennen wir doch alle, meine Liebe«, sagt sie und mustert meinen neuen Look. »Ich bin mal zu Tesco gegangen und hatte die Haare zu einem Iro gestylt. Das war in einer von Lizzies kreativen Phasen. Ich hatte es total vergessen, bis ich an der Kasse war, um meine Süßkartoffeln und das Toilettenpapier zu bezahlen. Wann hat er dich geweckt?«

»Ähh ... vor sechs«, antworte ich leise. Ich bin verwirrt, und mir ist das peinlich, und ich würde am liebsten im Boden versinken. Ich würde gerne noch etwas mehr sagen – die lustige Seite daran sehen und alles mit einem Schulterzucken abtun. Ich würde gerne wie Auburn reagieren und durch den Raum stolzieren, als ginge ich den Catwalk entlang, und meinen neuen Look vorführen.

Aber ich bin nicht Auburn. Ich besitze weder ihre Energie noch ihr Selbstvertrauen noch ihre Ihr-könnt-mich-alle-mal-Haltung. Ich bin ich. Ich bin ziemlich unscheinbar, und mein übliches Verhalten ist darauf ausgerichtet, mich so ruhig wie möglich zu verhalten, damit die Raubtiere mich nicht entdecken.

Ich versuche mich an einem kleinen Lächeln, als Van mich besorgt ansieht. Vielleicht sieht er das leichte Zittern meiner Hände oder dieses echt lästige Schimmern in meinen Augen. Er nickt mir nur einmal kurz zu und sagt: »Komm, Saul – wir gucken mal, was der Garten an Abenteuern zu bieten hat. Vielleicht finden wir ja einen vergrabenen Schatz. Geben wir deiner Mum eine Chance, nicht ganz so schön auszusehen und einen Kaffee zu trinken, während wir uns mal umsehen. Was meinst du, Piratenkumpel?«

Saul greift nach seinen Ohren, als wären sie Henkel, und schreit: »Aye, aye, Käpt'n!«, während die beiden Richtung Tür gehen. Ich sehe ihnen nach, erleichtert und besorgt zugleich.

Ich habe keine Zeit, mich weiterzusorgen, weil Laura nach meinem Arm greift und mich zur Damentoilette führt. Sie hat Babyfeuchttücher organisiert – sie ist eine dieser mütterlichen Frauen, die immer ein frisches Päckchen Taschentücher dabeihaben – und setzt sich auf den mit falscher Zebrahaut überzogenen Stuhl, der dortsteht, während ich mich sauber mache. Sie sieht selbst ein bisschen müde aus, fällt mir auf.

Der Spiegel offenbart mir, dass ich noch schlimmer aussehe, als ich befürchtet habe. Meine Augen sind violett, die Farbe ist um die Augenhöhlen und über die Brauen verteilt, und meine Haut hat die satte Farbe eines Terrakottakriegers – bis zum Kinn, wo sie plötzlich wieder milchig weiß wird. Zwei riesige, runde, hellrote Kleckse zieren meine Wangen, und die Reste eines scharlachroten Lippenstifts säumen meinen Mund. Mein Haar steht wie ein Zapfen von meinem Kopf ab, wie ein seltsamer Hut – er muss es einsprüht und anschließend in Form des Eiffelturms nach oben hindrapiert haben.

Ein paar Sekunden starre ich mein Spiegelbild an, dann bearbeite ich das Chaos mit der Entschlossenheit einer Frau, die sich schwört, dass ihr so etwas nie wieder passieren wird.

»Ich erinnere mich gut an diese Tage«, sagt Laura, während sie mich beobachtet und lächelt. »An die frühen Morgenstunden. Das konstante Einfordern von Aufmerksamkeit. Ich weiß, dass du dir das jetzt nicht vorstellen kannst, doch du wirst es vermissen, wenn es vorbei ist.«

»Wirklich?«, frage ich, unfähig, den Unglauben aus meiner Stimme herauszuhalten, während meine Fingerspitzen in dem gestylten Haar hängen bleiben.

»O ja«, antwortet sie und nickt. »Definitiv. Heute ist es eine Herausforderung für mich, Lizzie und Nate aus ihren

Zimmern zu bekommen und ihre Aufmerksamkeit zu gewinnen ist noch schwieriger. Sie brauchen mich immer noch – aber vor allem, um Geld und Essen von mir zu bekommen und um sie zu ihren Freunden zu fahren. Ich bin nicht mehr der Mittelpunkt ihrer Welt, und auch wenn das bedeutet, dass ich heute mehr Schlaf bekomme, vermisse ich es, dass sie nicht mehr klein sind. Natürlich war es für mich anders – ich hatte damals David.«

Laura hat ihren Kindheitsfreund geheiratet, sobald sie mit der Schule fertig waren, und sie haben ihre Kinder sehr jung bekommen. Soweit ich das mitbekommen habe, hatten sie ein perfektes Leben – bis David auf tragische Weise nach einem Unfall im Haus gestorben ist.

Ein paar Jahre später hat sie ihre Kinder genommen und ist für einen Sommer hierhergekommen. Ein Sommer, aus dem für immer geworden ist, nachdem Lizzie und Nate sich so gut eingelebt hatten und sie Matt getroffen hatte. Sie ist auch eins dieser Budbury-Stehaufmännchen, die sich in dieser entfernten Ecke der Welt ein neues Leben aufgebaut haben.

»Na ja, es ist noch nicht zu spät, nicht?«, sage ich, während ich mir fast die Augen ausreibe. »Du kannst noch ein weiteres Kind bekommen, wenn du und Matt das wollt.«

Sie lacht schnaubend und schlägt sich auf den Oberschenkel.

»Ich denke nicht!«, antwortet sie und sieht teils belustigt, teils wehmütig aus. »Ich werde bald vierzig, weißt du. Ich schätze, das habe ich hinter mir. Matt … na ja, er wäre ein großartiger Vater. Aber ich denke, er ist glücklich damit, so eine Art Stiefvater zu sein … ich weiß nicht. Wir haben nie darüber gesprochen, um ehrlich zu sein. Egal, ich finde es anstrengend genug, mich um die Kinder und Midgebo zu kümmern.«

Sie richtet den Blick auf etwas, das ich nicht sehen kann, und ich frage mich, ob ich das Falsche gesagt habe. Ob ich einen wunden Punkt berührt habe, ohne es beabsichtigt zu haben. Sie reißt sich zusammen und lächelt mich wieder an, als wollte sie mich beruhigen.

»Egal. Du weißt, wie wir es hier halten«, sagt sie. »Wir teilen unsere Probleme, und wir teilen unsere Freuden – und das bedeutet, dass wir uns alle freuen, Saul in unserem Leben zu haben. Wir sind froh, dass ihr hier seid.«

Ich empfinde eine plötzliche Dankbarkeit ihr gegenüber – für die Feuchttücher, für das Gespräch, für die Bestätigung. Dass sie mir das Gefühl gibt, willkommen zu sein.

»Danke«, antworte ich und mache mich an das Rouge. »Es hat ... na ja, es hat eine Weile gebraucht, mich einzuleben, aber das habe ich jetzt. Und ich bin auch froh, hier zu sein. Ich bin nicht ... nicht der Mensch, der sich so leicht öffnet.«

Sie nickt, und ich kann förmlich sehen, wie sie sich Mühe gibt, nicht sofort eine ganze Ladung an Fragen auf mich abzufeuern. Die Leute hier wissen nicht viel über meinen Hintergrund oder warum ich aus Bristol weggegangen bin. Sie wissen nicht, wie ich aufgewachsen bin, nichts über Sauls Vater, nur, dass er in Schottland lebt. Ich war immer sehr verschwiegen, was mein Privatleben angeht.

Selbst als Kind war ich zurückhaltend. Du bringst nur eine gewisse Anzahl von Malen Freunde von der Schule mit nach Hause in eine elterliche Kriegszone, bis du beschließt, es zu lassen. Es ist beschämend – in einem Alter, in dem du schon zu Tode beschämt bist, wenn du nur einen Pickel hast –, wenn deine Freunde sehen, wie deine Mum deinem Dad eine Bratpfanne über den Kopf zieht.

»Ich weiß«, sagt sie, als ich nichts mehr hinzufüge. »Und das ist auch in Ordnung. Wir sind alle verschieden, nicht? Aber ich hoffe, du weißt, dass wir immer für dich da sind, wann immer du ein offenes Ohr brauchst. Oder ein Stück Kuchen.«

»Oder Feuchttücher.«

»Ja! Ich habe immer Feuchttücher bei mir … obwohl ich kein Baby mehr habe. Egal, komm, trink einen Kaffee und iss einen Toast. Oder möchtest du etwas Biskuitrolle? Ich weiß, wie sehr du die magst.«

»Ist es nicht noch ein bisschen früh für Biskuitrolle?«, frage ich lächelnd.

Sie täuscht Entsetzen vor und sagt: »Halt den Mund, Kind – für Biskuitrolle ist es nie zu früh! Ich habe meine Figur nicht davon, dass ich nach der Uhr esse, weißt du.«

Sie zeigt an sich hinunter, sie ist, um ehrlich zu sein, ein bisschen rundlich. Nicht dick, ganz und gar nicht. Eher … gemütlich. Und kurvig. Und perfekt.

»Danke. Toast wäre großartig«, antworte ich, als wir zurück ins Café gehen. Es sind noch weitere Gäste gekommen, ein gesund aussehender Teenager mit seinem Großvater, wie es scheint. Ich habe sofort ein schlechtes Gewissen, dass ich Laura von der Arbeit abgehalten habe. Sie sieht mich kurz an und scheint das zu merken.

»Mach dir keine Gedanken«, sagt sie und tätschelt

mir die Hand. »Cherie hat sich um sie gekümmert, schau. Es ist sowieso an der Zeit, dass sie ihren faulen Hintern hochkriegt.«

Letzteres sagt sie extra laut, und Cherie lacht hinter der Theke und droht ihr mit einem Pfannenheber.

»Pass auf, was du sagst, Lady«, antwortet sie lachend. »Für eine gute Tracht Prügel ist man nie zu alt.«

Frank sieht von seiner Zeitung auf, seine blauen Augen funkeln, als er sagt: »Du hast ja so recht, Liebes.«

Das bringt uns dazu zu verstummen. Laura und ich sehen uns mit großen Augen an, während wir beide versuchen, uns nicht vorzustellen, wie Frank seinen 82-jährigen Hintern versohlt bekommt. Ach du meine Güte. Die Grauen Panther – sie haben definitiv ein besseres Liebesleben als ich.

Laura tut so, als würde ihr bei dem Gedanken daran schon schaudern, und bedeutet mir, mich an einen Tisch zu setzen. Sie weiß, dass ich keine Gesellschaft möchte, und besteht nicht darauf. Die Damen hier tendieren dazu, sich zu Mammutsitzungen im Café einzufinden, um den neuesten Klatsch auszutauschen und die Welt zu retten. Ich sehe sie oft um ein paar zusammengeschobene Tische gedrängt sitzen – Cherie und Laura und Becca und Zoe, Edie und Willow und Auburn. Sie scheinen sich wohl miteinander zu fühlen, wie sie dort sitzen, endlose Runden von frisch gebackenen Scones verputzen und heiße Schokolade in sich hineinschütten.

Manchmal möchte ich mich zu ihnen gesellen. Möchte diesen einfachen Schritt tun und hineingehen, mich zu ihnen setzen und mit ihnen quatschen. Doch bisher habe ich das nie getan – manchmal bin ich sogar wieder gegangen, wenn ich sie dort habe sitzen sehen, noch nicht bereit, meine Einsamkeit aufzugeben.

Vielleicht werde ich eines Tages diesen gewagten Schritt tun und an einem ihrer Treffen teilnehmen.

Aber noch nicht, beschließe ich und beobachte, wie die neuen Gäste sich verwundert im Raum umsehen. Sie werden sich immer an diesen Ort erinnern – an das seltsame Café auf den Klippen, das sie bei ihrer Wanderung entdeckt haben. Wahrscheinlich werden sie ihren Freunden davon erzählen, wenn sie nach Hause kommen und versuchen, es ihnen zu beschreiben. Ich sehe, wie der Teenager sein Handy herausholt und Fotos macht – weil Teenager sich natürlich nicht damit begnügen, etwas zu beschreiben, das sie auch über die sozialen Medien teilen können.

Cherie bringt mir einen Mokka – mein Lieblingsgetränk – und einen Teller mit Vollkorntoast. Er ist so dick mit Butter bestrichen, dass sie schmilzt und über den Rand des Toasts läuft, den Laura selbst gebacken hat, wie ich weiß. Ich muss tot und im Himmel sein.

»Bitte schön, meine Liebe«, sagt Cherie und legt mir sanft die Hand auf die Schulter. »Hau rein, wie man so sagt. Dein kleines Energiebündel wird bald zurück sein, also genieß den Frieden. Ach, hat Laura dir übrigens gesagt, dass jemand für dich angerufen hat?«

Ich habe den Mund bereits voller Toast, als sie das fragt, und kann nur den Kopf schütteln und sie fragend ansehen, während mir die Butter das Kinn hinunterläuft.

»Laura!«, brüllt sie mit einer Stimme, die wahrscheinlich Bergketten in Nepal zum Beben bringen würde. »Wann hast du die Nachricht für Katie angenommen?«

Laura hält in ihrem Tun inne – sie schneidet gerade die Tomaten für den Salat des Tages – und blickt entsetzt auf.

»O nein!«, sagt sie und beißt sich auf die Lippe. »Es tut mir so leid – das habe ich total vergessen. Ich weiß heute nicht, wo mir der Kopf steht! Katie, deine Mum hat angerufen – sie hat gebeten, dass du sie zurückrufst, ja? Und sie hat gesagt, dass du dir keine Sorgen machen sollst, dass niemand gestorben ist. Das ist doch schon mal gut.«

8. KAPITEL

In diesem Moment kommt Van zurück ins Café, gefolgt von Saul mit von der herbstlichen Kälte geröteten Wangen und zerzausten Haaren.

»Mummy!«, ruft er, während er aufgeregt auf mich zugerannt kommt. »Wir haben einen Schatz gefunden!«

Er greift mit einer matschigen Hand nach meinem Knie, während er in der anderen seine Beute schwingt – eine Ein-Pfund-Münze. Ich schätze, dass Van es irgendwie geschafft hat, ihn abzulenken, um sie im Garten zu vergraben, und dass er ihm dann geholfen hat, sie zu finden. Er winkt mir über Sauls Kopf hinweg zu, und ich blinzele als Antwort.

»Das ist eine spanische Lone«, sagt Saul und dreht sie auf der Tischdecke. Er ist so begeistert, dass ich augenblicklich von Van, meiner Mutter und meinen Grübeleien, was verdammt noch mal zu Hause los ist, abgelenkt bin.

»Eine spanische Lone? Wow!«, sage ich und reiße angemessen beeindruckt die Augen auf. »Unglaublich.«

»Einkaufen?«, fragt er hoffnungsvoll in einem leicht bettelnden Ton. Er mag zwar denken, dass es eine spanische Dublone ist – oder vielleicht sollte ich Lone sagen –, scheint aber zweifelsfrei davon auszugehen, dass er sie gegen einen Saft und einen Schokoriegel eintauschen kann.

»Später, Liebling«, antworte ich. »Wir gehen später einkaufen. Jetzt ist es Zeit, dass ich dich zu Lynnie und Willow bringe und arbeiten gehe. Wie klingt das? Du könntest ihnen deine spanische Lone zeigen.«

Er denkt darüber nach, und ich sehe, wie er mit seinem kleinen Jungenhirn das Für und Wider gegeneinander abwägt. Zum einen kein Einkaufen. Doch zum anderen – Spaß! Zum Glück entscheidet er sich für Lynnie und Willow, was genau das ist, was ich will. Das Leben ist sehr viel einfacher, wenn du nicht mit einem Kleinkind diskutieren musst. Ich meine, in der Regel gewinne ich diese Diskussionen – ich bin technisch betrachtet die Erwachsene –, aber sie sind ermüdend.

»Lynnie findet meine Lone bestimmt toll«, verkündet er und zieht auf eine Weise die Kapuze seines Mantels hoch, die mir sagt, dass er bereit ist zu gehen. Es ist sein Signal – *ich bin startklar, Mummy!*

Ich nicke und stopfe mir so viel Toast in den Mund, wie ich kann, ohne daran zu ersticken. Ich spüle ihn mit Mokka hinunter und komme mir undankbar vor – er hätte etwas Besseres verdient. Doch das Leben mit einem Kleinkind bringt oft Magenschmerzen mit sich, habe ich entdeckt.

Als ich meinen Mantel anziehe, sehe ich Cherie entschuldigend an, habe Schuldgefühle ob meiner mangelnden Wertschätzung, doch sie nickt und winkt mir zu, als wollte sie sagen: »Mach dir keine Gedanken.« Bereits während ich meinen Mantel anziehe, frage ich mich, wie ich es schaffen soll, meine Mum anzurufen, und plane, es auf dem Weg zu Lynnies Cottage zu versuchen. Ich habe ein paar Stunden in der Drogerie zu tun, während Saul bei seinem seltsam besetzten Playdate ist.

»Ich muss auch zurück«, sagt Van, der jetzt eine dunkelblaue Fleecejacke und eine Mütze trägt und aussieht, als käme er direkt aus einem Skiurlaubsort in den Alpen. »Ich begleite euch, wenn das okay ist?«

Ich sehe, wie Laura uns beobachtet, während sie so tut, als täte sie das nicht, und ich weiß, dass sie denkt, was für ein nettes Paar wir sind. Trotz ihrer eigenen Probleme und Schwierigkeiten glaubt Laura fest an Happy Ends. Ich fange ihren Blick ein und runzele die Stirn. Sie hat zumindest den Anstand, rot zu werden, während sie scheinbar ihre ganze Aufmerksamkeit auf eine Käsereibe richtet.

»Okay«, sage ich einfach, da Van auf eine Antwort wartet. Ich meine, ich kann schlecht Nein sagen, nicht? Selbst wenn ich das wollte.

Wir verabschieden uns und machen uns auf den kurzen Weg zum Cottage. Es ist ein wunderschöner Tag, kalt, aber sonnig und mit diesem frischen, klaren Licht, wie man es manchmal im Herbst hat. Ein blendend blauer Himmel schwebt über dem Meer, die Farbe ist so kräftig, dass es aussieht, als könntest du die Hand danach ausstrecken und ihn berühren.

Die Küstenwege sind etwas matschig von dem aufgetauten Morgenfrost, und der Gesang der Vögel ist im Hintergrund ebenso melodisch präsent wie der sanfte Schlag der ruhigen Wellen, die auf den Sand aufschlagen.

Wir lassen die Klippen hinter uns und kommen auf Wege, die durch Franks Farm führen. Die Felder, die eingebettet zwischen herrlich grünen Bergen liegen, sind im wahrsten Sinne des Wortes mit Möwen und anderen

Vögeln übersät, wie ein lebendiger Teppich aus flatternden Flügeln schweben sie darüber.

»Warum sind da die ganzen Vögel?«, fragt Saul und zieht an Vans Ärmel, während er fragend zu ihm hochblickt. Korrekterweise geht er davon aus, dass ich keine Ahnung habe.

»Ah«, meint Van und zeigt zu ihnen hin. »Das liegt daran, dass die Ernte vorbei ist und wir die Felder für die neue Saat vorbereiten. Wir streuen Mist darauf – Kuhkacka! –, und anschließend werden sie gepflügt, sodass die ganze Erde zermatscht und umgegraben wird. Dabei kommen viele Würmer heraus, und die Vögel kommen, um sich ein extragroßes Mittagessen einzuverleiben. Das ist wie ein Comfort Food Café für Möwen, nur dass sie statt Kuchen lange, zapplige Würmer fressen!«

Saul kichert natürlich sofort, als Van »Kuhkacka« sagt. Nach meiner Erfahrung mit Männern würde ich sagen, dass er das selbst mit dreißig noch tun wird. Er beobachtet die Vögel und verschränkt die Finger, macht Würmer aus ihnen und lacht.

Er trottet mit quatschenden Schritten vor sich hin, eine Hand in meiner und eine in Vans, und fordert uns gelegentlich auf, *Engelchen flieg* mit ihm zu spielen. Meistens gehorchen wir, und seine Freudenschreie, während er durch die Luft fliegt, sind herzerquickend. Jeder, der uns sieht, würde uns für ein junges Paar halten, das einen Spaziergang mit seinem Sohn macht, und der Gedanke raubt mir ein wenig den Atem.

Vielleicht ist es das, oder vielleicht ist es auch die unterschwellige Sorge um meine Mum, die mich auf unserem Gang schweigsam macht. Ich lächele, um nicht wie ein totaler Miesepeter auszusehen, aber ich bin nicht sehr gesprächig.

»Alles in Ordnung?«, fragt Van, während er mich von der Seite ansieht. »Du wirkst heute ein bisschen … abwesend.«

Ich reiße mich aus meinem Dämmerzustand und antworte so unbekümmert wie möglich: »Ja, alles okay. Entschuldige. Ich bin nur ein bisschen müde, weißt du.«

»Das kann ich mir vorstellen. Vielleicht brauchst du ja mal einen freien Abend. Vielleicht … könnten wir ein Pint trinken gehen. Zusammen. Erwachsene machen so was, hat man mir zumindest gesagt. Ich kenne nicht so viele.«

»Oh … ich denke nicht, dass ich das kann. Ich habe keinen Babysitter.«

Er seufzt, und als ich zu ihm hochblicke, haben sich kleine Fältchen in seinen Augenwinkeln gebildet. Er sieht teils belustigt, teils verzweifelt aus. Absolut großartig.

»Katie, du hast ein ganzes Dorf voller Babysitter. Saul könnte im Cottage bleiben. Becca und Sam könnten ihn für ein paar Stunden nehmen. Edie könnte babysitten. Cherie und Frank würden ihn liebend gern nehmen. Laura würde es wahrscheinlich als ein Vergnügen betrachten und einen ganzen Ofen voller Cupcakes für ihn backen. Es gibt mehrere Teenager, die sich verzweifelt gern einen Zehner verdienen würden, indem sie auf deinem Sofa sitzen, babysitten und mit ihren Handys spielen. Das Babysitten ist nicht das Problem.«

»Richtig«, sage ich, während ich weiterstapfe und mir beinahe wünsche, Saul würde mit dem Gesicht zuerst in einen Kuhfladen oder so etwas fallen, dann hätte ich eine Entschuldigung, dieses ganz spezielle Gespräch zu beenden.

Ärgerlicherweise fällt er nicht und trällert ein Lied von einem Wurm vor sich hin, der in seinem Garten wohnt. Ich erkenne es sofort und ertappe mich dabei, dass ich mitsinge: »Und er heißt Wiggly-Woo …«

Saul kichert erneut und singt weiter. Van ist still, aber nicht auf eine irritierte Weise – aufgrund der Familie, aus der er kommt, kann ich mir sehr gut vorstellen, dass exzentrische Frauen, die spontan anfangen zu singen, für ihn nichts Besonderes sind. Ich weiß, dass Willow das dauernd tut und uns oft ein Ständchen mit ihren sehr individuellen Interpretationen von Disney-Klassikern bringt.

»Richtig«, sage ich noch einmal, streiche mir das Haar aus dem Gesicht und ärgere mich über mich selbst. Ich weiß nicht wirklich, warum, doch ich komme mir aus einer ganzen Reihe von Gründen albern vor.

»Okay«, fahre ich fort und versuche vorzugehen, schaffe es aber nicht, da Van so viel größer ist als ich. »Vielleicht gehe ich irgendwann mal etwas trinken. Vielleicht auch nicht. Ich schätze, was ich sagen will, ist, dass ich es dann tue, wann *ich* es will – falls ich es überhaupt will. Ist das okay?«

Er grinst, dann lacht er. Ich bin mir nicht sicher, dass ich damit gerechnet habe, dass er lacht, doch es ist besser, als wenn er verletzt wäre.

»Mir gefällt das, was du da machst«, antwortet er, während er zusieht, wie Saul davonstapft, um ein paar Kuhfladen zu untersuchen.

»Was?«

»Dass du Sachen ganz leise sagst, sodass du klingst, als wärst du schüchtern und wolltest dich entschuldigen, doch wenn man sich einmal ansieht, was du gesagt hast, ist es das genaue Gegenteil von entschuldigen und schüchtern.

Du klingst total zaghaft, während du eigentlich sehr genau weißt, was du willst.«

Ich sehe ihn unter meinem Pony hervor an und muss lächeln. Er hat natürlich völlig recht. Mein neues Ich bemüht sich, eine starke, unabhängige Frau zu sein – doch mein Verhalten ist da noch nicht ganz mitgekommen. Ich bin wie eine Maus, die versucht zu brüllen.

»Ich arbeite an mir«, antworte ich und lächle ihn an. »Und ich glaube, deine Mutter ist auf dem Weg zu uns …«

Er blickt auf und blinzelt in die Sonne, um besser sehen zu können. Lynnie kommt in ihrem Schlafanzug, mit einer falschen Fellstola und in einem Paar alter Hunter-Gummistiefel direkt auf uns zu. Gut, Lynnie hat Alzheimer, doch um ehrlich zu sein, liegt es wahrscheinlich nicht an ihren Symptomen, dass sie so angezogen ist – die ganze Familie ist ziemlich locker, was soziale Gepflogenheiten angeht.

Doch die zusammengerollte Yogamatte unter ihrem Arm? Das ist in der Regel ein Zeichen, dass sie irgendwohin unterwegs ist, um eine Stunde zu geben. Eine Vermutung wäre das Café.

Willow ist ihr bereits auf den Fersen und verkürzt mit ihren langen Beinen die Entfernung zwischen ihnen immer mehr, ihr rosa Haar flattert in der Brise. Bella Swan, ihre Borderterrierhündin, kommt als Nächste.

Wir treffen uns alle in der Mitte, Willow schnauft ein bisschen, und Lynnie scheint verwirrt über die ganze Aufregung. Es ist schwer zu sagen, wie sie in Situationen wie dieser reagieren wird – manchmal bringt sie eine leise Erinnerung an das Hier und Jetzt wieder auf Kurs. Und manchmal wird sie verständlicherweise sauer, dass eine Gruppe fremder Leute versucht, sie zu kidnappen.

Zum Glück ist Saul gewöhnlich der Retter in solchen Situationen. Er rennt auf sie zu, schlingt seine Arme um ihre Beine und gibt erfreute Töne von sich, die durch seinen Schal gedämpft werden.

»Ach, hallo«, sagt Lynnie und kauert sich hin, um auf Augenhöhe mit ihm zu sein. »Wo willst du denn hin, kleiner Mann?«

»Zu deinem Cottage natürlich!«, antwortet er fröhlich und streckt die Hand nach dem falschen Pelz, der um ihre Schultern liegt, aus. »Mummy muss in der Drogerie arbeiten, und ich komme, um nach dir zu sehen.«

Ich sehe Willow an, sehe die gerunzelte Stirn und die Ängstlichkeit in ihrem Gesicht. Sie versucht, es zu verbergen, und oft gelingt ihr das auch, aber die Sorge und die Müdigkeit sind da. Sie ist eine Optimistin, sieht immer das Beste in der Welt und den Menschen, die ihr begegnen – doch ein sonniges Gemüt zu haben reicht nicht immer, wenn deine Mutter an Demenz leidet.

Wir alle warten, wie Lynnie reagiert, und der gemeinschaftliche Seufzer der Erleichterung ist fast laut zu hören, als sie sich aufrichtet und Saul ihre Hand reicht.

»Dann komm«, sagt sie und geht zurück zum Haus, während er neben ihr herschlendert. »Wenn du nach mir sehen willst, machen wir dir besser einen Toast, damit du bei Kräften bleibst.«

Sie nickt mir und Van höflich zu, als wären wir Fremde, die es verdienen, dass man nett zu ihnen ist. Das ist mehr, als Willow bekommt.

»Ich bin heute die Böse«, sagt sie traurig, als wir ihnen folgen. »Sie wollte weder ihre Tabletten nehmen noch ihr Frühstück essen noch sich anziehen. Dann hat sie gewartet, bis ich im Bad war, und ist abgehauen. Ganz schön durchtrieben, das ist sie.«

Van nickt und schweigt. Ich weiß, dass er mehr mit der Krankheit seiner Mutter zu kämpfen hat als seine Schwestern. Vielleicht weil er noch nicht so lange wieder zurück ist; vielleicht liegt es auch daran, dass er ein Mensch ist, der es gewohnt ist, Sachen in Ordnung zu bringen. Sachen zu bauen, zu sehen, dass Sachen richtig funktionieren. Und jetzt wird er mit etwas konfrontiert, das sich nicht reparieren lässt, und ich weiß, dass ihn das auffrisst.

»Wenn es zu viel wird, dass Saul da ist, kann ich ihn mitnehmen«, sage ich und berühre beim Gehen Willows Arm.

»Nein, ehrlich, das ist okay«, antwortet Willow, und ihr abgespanntes Gesicht verzieht sich zu einem Lächeln. »Es ist genau genommen leichter, wenn er da ist. Als würde die Gegenwart eines Kindes die anderen Impulse irgendwie außer Kraft setzen, die Instinkte übernehmen, und sie genießt es einfach, mit ihm zusammen zu sein und zu spielen. Und davon einmal abgesehen, kannst du dir Saul in einer Drogerie vorstellen?«

Ich grinse, als ich es versuche, und unterdrücke ein Kichern.

»Ich weiß. Es könnte gefährlich werden, nicht? Er könnte in das Proteinpulver schnauben und sich das Gesicht mit antibakterieller Creme einschmieren …«

»Gar nicht davon zu reden, dass er Talcid in sich hineinschütten, von Koffeinpillen high werden und Antibiotika möglicherweise für Kaubonbons halten könnte.«

Wir halten inne, während wir es diesen Bildern erlauben, sich zu setzen.

»Du hast recht«, sage ich schließlich. »Er wird lebenslang aus der Drogerie verbannt. Egal … wenn du dir sicher bist?«

»Natürlich bin ich mir sicher«, sagt sie sanft, aber bestimmt. »Ich würde es sagen, wenn es anders wäre, mach dir keine Gedanken. Und jetzt los – geh lieber, solange er abgelenkt ist. Wir sehen uns heute Nachmittag, okay? Er wird eine gute Zeit haben. Ich werde eine gute Zeit haben. Wir werden alle eine gute Zeit haben. Tom kommt auch vorbei, sodass er auf Rick Grimes durch den Garten reiten kann, als wäre er dieser Hundedrachen aus *Die unendliche Geschichte.*«

Rick Grimes ist eine Mischung aus Rottweiler, Golden Retriever und wer weiß was. Anderen Hunden gegenüber kann er unberechenbar sein, doch Kinder betet er an. Da wir selber keine Haustiere haben, ist das ein gutes Arrangement – Saul hat allen Spaß, und ich trage keine Verantwortung.

Ich nicke und verabschiede mich von ihr und Van und mache mich auf den Weg ins Dorf. Ich scheine mein Leben damit zu verbringen, über irgendwelche Felder und Wege zu latschen, während ich mit Terminen, Kinderbetreuung und Gefälligkeiten jongliere. Es wäre möglicherweise einfacher, wenn ich ein Auto hätte – doch da ich keinen Führerschein habe, eher nicht. Vielleicht sollte ich in eines dieser Mopeds mit Beiwagen investieren, in den ich Saul setzen könnte. Er würde es lieben.

Ich lächle noch über diese Vorstellung, als ich an der Drogerie bin. Sie liegt mitten im Dorf und heißt einfallsreich *The Budbury Chemist.* Von außen wirkt sie ziemlich pittoresk und altmodisch mit ihren Koppelfenstern und dem Holzschild, wie man es auch an alten Pubs findet. Es zeigt eine gezeichnete Version eines alten Apothekersymbols, Mörser und Stößel, und hat einen Rand aus grünem Efeu. Der Laden gehörte einmal einer Dame mit Namen Ivy Wellkettle, die letztes Jahr mit ihrer Tochter weggezogen ist, und das Schild ist als Erinnerung an sie geblieben.

Ich stoße die Tür auf und höre das vertraute Läuten der Türklingel. Die Wärme des Raums umschließt mich und macht mir bewusst, wie kalt es in den letzten Wochen geworden ist. Das wird mein dritter Winter hier in Budbury, und der letzte war nicht ohne. Zumindest läuft Saul jetzt viel mehr, sodass ich seinen Buggy nicht mehr dauernd durch den Schnee schieben muss.

Ich sehe mich zwischen den gut bestückten Regalen, der makellosen Theke und den verschiedenen Plakaten um, die für Grippeimpfung und Asthmakontrolle werben und dafür, das Rauchen aufzugeben, und sehe Auburn neben Edie May auf dem ausladenden Sofa hinten im Hauptraum sitzen.

Sofas gehören in Drogerien nicht zum Standard, doch wir sind hier in Budbury, und jeder weiß die Möglichkeit zu schätzen, sich überall hinsetzen zu können – denn sonst müsste man stehen, während man miteinander plaudert. Das Sofa ist ein Geschenk von Cherie, und das sieht man – es hat die Form eines riesigen, knallroten Lippenpaars. Es sieht wie ein riesiger Lippenstiftabdruck auf Papier aus, der ausgestopft und mit Samt überzogen worden ist und an den man Beine montiert hat. Ich persönlich finde es ziemlich grausig und habe jedes Mal, wenn ich darauf sitze, das Gefühl, gleich von einem Zeichentrickalien gefressen zu werden.

Auburn ist rothaarig, was schon ihr Name nahelegt. Alle Kinder von Lynnie sind nach ihren Merkmalen bei der Geburt benannt – Van hatte ein schiefes Ohr (heute sieht es gut aus), Willow war lang und schmal, und ihr anderer Bruder, der jetzt in Aberdeen lebt, heißt Angel, weil er wie ein Engel aussah. Er ist das schwarze Schaf der Familie – er hat seinen Namen in Andrew geändert.

Heute hat Auburn ihr Haar zu einem glänzenden Pferdeschwanz zusammengebunden, der ihr über die weiß bekleidete Schulter fällt. Sie wirkt professionell und kompetent, jeder Zoll die Apothekerin, bis du die Beule in ihrer Tasche bemerkst. Die kommt von ihrem Zippo und der Packung Zigaretten. Sie schleicht sich regelmäßig in den kleinen Hof hinten hinaus, um eine zu rauchen. Sie sagt immer, dass sie aufhören wird, und hat sogar eins der besonders schockierenden Anti-Raucher-Plakate an ein Hinterfenster gehängt, damit sie es sieht, wenn sie pfeifend atmet. Die Fotos von schwarzen Lungen haben bisher jedoch keine Wirkung gezeigt, wie es scheint.

Neben Auburn sitzt Edie, die mit zweiundneunzig die Dorfälteste ist. Sie ist klein, ihr Gesicht voller Falten und Runzeln, und sie hat leuchtend blaue Augen, die ihr wahres Alter Lügen strafen. Ihr weißes Haar hat kürzlich eine Dauerwelle bekommen und liegt wie ein wuscheliger Helm um ihren Kopf.

Edies Schrulligkeit gipfelt darin, dass sie glaubt, dass ihr lange verstorbener Verlobter noch lebt. Er ist im Zweiten Weltkrieg gefallen, aber seine Leiche wurde nie gefunden. Über die Jahre hat sie die Idee entwickelt, dass er noch da ist, wie mir erzählt wurde – sie nimmt ihm sogar Essen aus dem Café mit nach Hause.

So ist das eben in Budbury, alle akzeptieren es einfach, und es ändert nichts daran, dass Edie trotz ihres Alters noch immer eine der aktivsten und beliebtesten Bewohnerinnen hier ist. Niemand stellt zu viele Fragen, niemand denkt, dass sie verrückter ist als die anderen, und niemand zuckt auch nur mit der Wimper, wenn sie von ihrem Verlobten spricht.

Im Moment blättern die beiden – Edie und Auburn, nicht Edie und ihr Geisterverlobter – in einem Katalog, wobei sie auf irgendwelche Bilder zeigen und kichern.

Als ich auf sie zukomme, blicken sie auf, und Edie meint: »Katie! Da bist du ja! Wir denken gerade über ein neues Sortiment an Kondomen und Sexartikeln nach, die sich über die Ladentheke verkaufen lassen ... Was meinst du? Ist Budbury bereit dafür?«

Ich spüre, wie ich rot werde, und versuche, es zu überspielen.

»Ich weiß nicht ... glaubt ihr, dass da großer Bedarf besteht?«, frage ich und versuche vergeblich, nicht auf die Glanzbildaufnahmen weichgezeichneter Boudoirs zu gucken.

»Wer weiß?«, antwortet Auburn, klappt den Katalog zu, steht auf und streckt sich. »Ich denke schon, dass in dieser Stadt ein paar Abgründe lauern, Vorlieben, die im Verborgenen bleiben. An der Oberfläche ist alles süß und überzuckert, doch hinter den zugezogenen Spitzengardinen dürften schon so einige Domina-Aktivitäten und so manches andere vor sich gehen ...«

Mir kommt wieder Franks Kommentar zum Hinternversohlen in den Sinn, und ich erröte noch mehr.

Auburn, die nun einmal Auburn ist, fährt unbeirrt fort.

»Und weißt du, was? Der Katalog ist mit der gleichen Post gekommen wie eine Broschüre über Harry-Potter-Artikel zum Weihnachtsfest! Stellt euch mal vor, sie hätten aus beiden einen gemacht, und wir bekämen eine von Harry Potter inspirierte Auswahl an Sexspielzeug. Das wäre doch lustig … Voldemorts Rute, für *deine* Kammer der Geheimnisse!«

Ich schaudere und versuche, es mir nicht anmerken zu lassen.

»Na ja«, sage ich und verberge mein Unbehagen, so gut ich kann, »du könntest ja im Hinterzimmer einen Laden für Kunden über achtzehn aufmachen, nicht? Nur für Erwachsene. Mit Sexspielzeug und so was. Laura würde dir wahrscheinlich auch ein paar Kuchen backen, die die Form von einem Penis haben.«

Edie bricht in Gelächter aus und klatscht vor Vergnügen in ihre kleinen Hände.

»O ja! Ein Buttercreme-Pimmel-Kuchen. Das ist lustig – sie würden bis von Devon zu uns strömen. Wir würden berühmt für unseren Pimmelkuchen. Könnt ihr euch das vorstellen?«

Leider kann ich das – und ich biete schnell eine Runde heißer Getränke an, bevor wir unseren schmutzigen Masterplan weiterverfolgen. Im einen Moment ist es noch ein Witz, im nächsten verkaufe ich flauschige Handschellen an die Frau des Postboten.

»War viel los?«, frage ich, als ich Auburn in unser Mini-Labor folge, in dem wir nach den jeweiligen Arztanweisungen die Medikamente zubereiten. Hier ist alles klinisch sauber, es gibt einen großen Kühlschrank und gut sortierte Regale, diverse Behälter und Geräte, Handbücher mit aufregenden Namen wie *Medikamente und ihre Wechselwirkungen,* einen Computer und einen Drucker für die Etiketten und einen sicher verschlossenen Schrank für die richtig starken Medikamente. Den *Party-Schrank,* wie Auburn ihn respektlos nennt.

Von hier aus kommt man in eine kleine Küche, die nicht ganz so klinisch sauber ist, und dahinter liegt der Lagerraum. Wir bleiben in der Küche, wo Auburn sich gegen die Arbeitsfläche lehnt und ihre Zigaretten aus der Tasche zieht, um nach draußen zu gehen.

»Ein bisschen, am Morgen. Ein paar Folgerezepte für diese Frau mit der schweren Arthritis, die ein paar Meilen entfernt wohnt. Dann war da ein Typ, der die kleinen blauen Pillen wollte; er wohnt zwar eigentlich näher an Dorchester, findet es aber offensichtlich zu peinlich, sich seine Dosis vor Ort zu besorgen. Ein paar Leute wollten etwas gegen Husten und ein paar andere gegen Erkältung. Dann habe ich noch ein paar dieser Handwärmer verkauft, die in die Mikrowelle kommen, aber ein Tsunami an Kunden war es nicht, nein. Wie ist es bei dir gelaufen? Hast du Saul abgeliefert?«

Ich nicke und stelle die Tassen bereit. Sie klingt leicht gereizt, als sie fragt, und ich weiß, dass das nichts mit Saul zu tun hat – sie macht sich Sorgen um ihre Mutter.

»Ja, alles gut«, antworte ich und lächle sie an. Okay, das ist eine kleine Beschönigung der Wahrheit – doch es würde ihr nicht guttun zu hören, dass Lynnie einen ihrer Irrstern-Momente hatte. Vor allem Auburn macht das zu schaffen, da ihre Mum das erste Mal, als Auburn über Nacht auf sie aufpassen sollte, ausgebüxt und mit einem gebrochenen Knöchel im Krankenhaus gelandet ist. Es war nicht Auburns Schuld – doch wie die meisten Frauen macht sie sich gern für alles verantwortlich, was in diesem Universum schiefgeht.

»Gut … dann werde ich, solange es ruhig ist, mal kurz für etwas nicht ganz so frische Luft nach draußen verschwinden. Oh, das habe ich ganz vergessen. Vorhin hat jemand für dich angerufen – deine Mum. Sie hat gesagt, dass sich auf deinem Festnetzanschluss niemand meldet und dass sie es auch auf dem Handy versucht hat und ob du sie bitte zurückrufen kannst. Falls du Zeit hast. Aber mach dir keine Gedanken, es ist niemand gestorben.«

9. KAPITEL

Bevor ich den Tee mache, hole ich mein Handy heraus und checke die Anrufe. Stimmt, Mum hat angerufen, aber ärgerlicherweise keine Nachricht hinterlassen, was eigentlich los ist. Und dass sich auf dem Festnetz niemand meldet, dürfte daran liegen, dass ich den Stecker herausgezogen und das dann vergessen habe – Saul hat vor ein paar Tagen die Polizei angerufen, um ihr mitzuteilen, dass sich vor unserem Haus zwei Möwen einen Kampf liefern. Sie haben es mit Humor genommen, aber mit strenger Stimme davor gewarnt, »die Zeit der Notdienste nicht zu verschwenden«.

Ich werfe einen schnellen Blick in den Laden, um mich zu vergewissern, dass keine Schlange von Kunden wartet, die Handdesinfektionsmittel und Strepsils kaufen wollen, dann wähle ich die Nummer meiner Mum. Ich lande sofort auf der Mailbox und hinterlasse ihr eine kurze Mitteilung, dass ich froh bin, dass niemand gestorben ist, und dass ich mich entschuldige, weil ich nicht zurückgerufen habe. Ich teile ihr mit, dass sie mich später auf dem Handy erreichen kann.

Ich denke kurz nach, dann rufe ich auch meinen Dad an.

Auch hier meldet sich nur die Mailbox. Ich probiere es auf dem Festnetzanschluss, und ich kann mir vorstellen, wie das Telefon auf dem kleinen Tisch mit dem Stuhl daran zu Hause in der Diele klingelt – er ist ein antikes Relikt aus einer vergangenen Zeit, als die Leute noch nur von zu Hause aus telefonieren konnten.

Seltsam, dass ich keinen von beiden erreiche. Es ist Samstag, Dad könnte demnach mit seinen Kumpels im Pub sein. Doch Mum ist gewöhnlich zu Hause, sieht auf die Uhr und ärgert sich über ihn.

Ich beiße mir auf die Lippe und komme zu dem Schluss, dass ich im Moment nichts tun kann. Und schließlich ist ja niemand gestorben.

Ich lenke mich damit ab, Tee zu kochen, und bringe Edie eine Tasse. Sie vergnügt sich mit dem Sexkatalog und sieht mich über ihre Brille hinweg an.

»O mein Gott, auf was für Sachen die Leute kommen!«, sagt sie und legt ihre pergamentenen Finger um die Tasse. »Woher haben sie nur diese Ideen?«

»Ich weiß es wirklich nicht«, antworte ich und lächle über ihre ansteckende Heiterkeit. »Wahrscheinlich sollte man da besser gar nicht so genau drüber nachdenken.«

Sie nickt weise und richtet sich zu ihrer vollen Höhe von gut einem Meter fünfzig auf. Sie trägt ihre übliche beige Strickjacke und eine passende Strumpfhose mit vernünftigen Schuhen und einen fluoreszierenden orangeroten Vans-Rucksack über den schlanken Schultern. Das ist sozusagen Edies Uniform. Sie trinkt ihren Tee in einem Schluck aus – jahrzehntelange Übung.

»Wahrscheinlich hast du recht, meine Liebe … bestell deiner qualmenden Freundin einen Gruß von mir, ja? Und danke für den köstlichen Tee, aber jetzt muss ich los. Was für ein hektischer Tag … ich bin Richterin bei einem Wettbewerb in der großen Stadt … es geht um die besten Würste! Ich frage mich, was diese Sexkatalogleute wohl daraus machen würden, was meinst du?«

Ich schneide eine Grimasse und winke ihr nach. Mit »der großen Stadt« meint sie das nächste Dorf, Applechurch, eine wahre Metropole im Vergleich zu Budbury. Sie haben drei Pubs, eine Schule und ihre eigene Arztpraxis. Wahnsinn.

Ich versuche es noch einmal bei meiner Mum, doch sie meldet sich nicht. Um mich davon abzuhalten, mir Sorgen zu machen, gehe ich die Bestände durch, und als Auburn mit einer Tasse Kaffee und einem Teller mit Keksen zurückkommt, weiß ich, dass wir mehr Lippenherpes-Creme brauchen. Gott bewahre, dass die Lippen von Budbury nicht die nötige Pflege bekommen. Ich mache mir eine Notiz in meinem kleinen Block und nehme mir einen dieser verwerflichen Schokoladenkekse, von denen Auburn mir anbietet. Ich habe keine Ahnung, wieso nicht alle in Budbury übergewichtig sind – wahrscheinlich weil wir so viel herumrennen, dass wir uns die Kalorien gleich wieder ablaufen.

Ich richte ihr die Grüße von Edie aus und gehe weiter die Regale durch, zähle Kleenex-Packungen und frage mich, warum es in Drogerien immer diese Lutscher gibt, die wie Pfeifen aussehen.

Auburn folgt mir wie ein Schatten. Sie ist mir so dicht auf den Fersen, dass ich einmal sogar mit ihr zusammenstoße, als ich einen Schritt zurücktrete, um einen besseren Blick auf unsere offen gesagt verblüffende Auswahl an Duftkerzen zu haben.

»Entschuldigung!«, ruft sie und springt aus dem Weg. Sie ist kaum zu verstehen, weil sie den Mund voller Kekse hat.

»Kann ich dir irgendwie helfen, Auburn?«, frage ich und lächle sie an, um jede eventuelle Schärfe aus meinen Worten zu nehmen. Obwohl sie nach außen hin einen so selbstbewussten und kessen Eindruck macht, fühlt sie sich sehr leicht angegriffen – als würde sie nur darauf warten, dass die Welt merkt, dass sie eigentlich gar nicht so ist, wie sie sich gibt.

»Nein … ich langweile mich einfach, schätze ich. Ich habe alle Rezepte für Montag abgearbeitet, die Vorräte für die Zubereitung der Medikamente kontrolliert und schätzungsweise siebentausend Schokoladenkekse gegessen. Jetzt habe ich einen massiven Zuckerschock und weiß nicht, wohin mit mir. Ich habe übrigens mit Van telefoniert, als ich draußen war, nur um zu hören, wie es läuft.«

»Gut – ist alles in Ordnung?«, frage ich und setze mich auf den Stuhl hinter der Verkaufstheke. Nur für den Fall eines wahnsinnigen Kundenansturms – und um Auburn daran zu hindern, in meine persönliche Distanzzone vorzudringen. Meine persönliche Distanzzone ist mir sehr wichtig.

»Ja. Mum bringt Saul das Stricken bei. Van sagt, dass Saul dir einen Schal zu Weihnachten stricken will. Er hat auch erzählt, dass er dich auf einen Drink eingeladen hat und dass du Nein gesagt hast.«

»Ich habe nicht Nein gesagt. Ich habe gesagt, dass ich noch nicht weiß, ob ich komme. War er sauer? Ich wollte ihn nicht verärgern. Ich wollte … ich wollte nur nicht zu etwas Ja sagen, wobei ich mir nicht sicher bin.«

Sie lacht lauthals und scheint begeistert. Van ist ihr

großer Bruder, aber er ist nicht so viel älter als sie, und da läuft definitiv noch eine Geschwisterrivalität, die selbst Alter und Reife nicht ausgelöscht haben.

Ich bin ein Einzelkind, und die Interaktion mit großen Familien ist für mich immer eine Offenbarung – egal, wie alt die Leute werden, ein Teil von ihnen scheint immer Kind zu bleiben und den anderen am Boden halten zu wollen, während sie ihm ins Gesicht sabbern.

»Nein, er ist nicht sauer. Ich schätze, du beherrschst einfach intuitiv die Kunst, die Männer vor den Kopf zu stoßen und trotzdem bei Laune zu halten. Die meisten würden einfach lügen, wenn sie zu etwas keine Lust haben.«

»Ich denke, zum Lügen habe ich nicht genug Fantasie«, antworte ich ruhig. »Und ich habe viel zu viel Zeit meines Lebens damit verbracht, auf Zehenspitzen um die Gefühle anderer herumzuschleichen, um mich dabei wohlzufühlen. Es ist noch nicht so lange her, dass ich einfach Ja gesagt hätte, nur um ihm einen Gefallen zu tun.«

»Aber das machst du nicht mehr?«, fragt sie und zieht eine Braue in die Höhe.

»Nein. Tue ich nicht. Egal, welche Lüge hättest du ihm denn aufgetischt?«

Sie kneift leicht die Augen zusammen, als wollte sie mir zu verstehen geben, dass sie weiß, dass ich gerade das Thema wechsle, um das Gespräch von meinem Privatleben wegzulenken. Ich nicke, um ihr zu zeigen, dass ich weiß, dass sie es weiß, und dass ich ihr nicht mein Herz ausschütten werde, als wäre das hier irgendeine Dokusoap. Budbury ist trotz all seiner vielen Reize kein großer Hort der Privatsphäre. Und jetzt wissen wir beide, dass wir es wissen – und belassen es dabei.

»Na schön«, sagt sie und blickt in den Raum, als würde sie darüber nachdenken, »da wären diverse Lügen denkbar. Wenn du ihn in einem Club kennengelernt hättest, könntest du ihm eine falsche Telefonnummer geben. Und einen falschen Namen. Ich habe immer behauptet, ich sei Krankenschwester und würde Lorraine heißen. Obwohl das hier etwas anderes ist … Du müsstest mit etwas halbwegs Glaubwürdigem kommen oder mit einer faustdicken Lüge.«

»Beispiele, bitte. Ich lebe, um von Lorraine zu lernen.«

»Okay – gut, also etwas halbwegs Glaubwürdiges. Du könntest ihm sagen, dass du lesbisch bist.«

»Was? Mache ich diesen Eindruck?«

Sie bricht in Gelächter aus, und ich kann nicht anders, als einzustimmen.

»Nicht, dass da irgendwas falsch dran wäre«, füge ich hinzu. »Und es hätte bestimmt seine Reize – ich wäre die einzige Lesbe im Dorf.«

»Von der wir *wissen*«, antwortet Auburn, wobei sie nickt, als wäre sie gerade über die größte Verschwörungstheorie dieser Welt gestolpert. »Statistisch betrachtet, muss es einige geben. Vielleicht sollte ich eine offizielle Studie anleiern. Zugegeben, du hast ein Kind – aber du könntest sagen, dass es ein One-Night-Stand war und dass du erst danach dein ganz persönliches sapphisches Erweckungserlebnis hattest.«

»Okay … So viel dazu – und wie ist es mit den faustdicken Lügen?«

»Eindeutig lustiger«, sagt sie, packt einen wie eine Pfeife geformten Lutscher aus und bläst hinein. »Du könntest sagen, dass du eine Nonne bist und ein Sabbatical machst. Oder dass du eine furchtbar ansteckende Geschlechtskrankheit hast. Oder dass dein Hund deinen Fuß gefressen hat. Oder warten, bis es so weit ist, dass du mit ihm ausgehen sollst, und dann sagen, dass dir ein riesiger Flugsaurier auf den Kopf geschissen hat.«

»Oder«, antworte ich und nehme ihr den Lutscher aus der Hand und werfe ihn in den Müll – das Letzte, was sie jetzt braucht, ist noch mehr Zucker –, »ich könnte einfach ehrlich sein. Ich bin wirklich nicht an einem Punkt in meinem Leben, wo ich jemanden daten will. Nicht, dass es ein Date wäre. Nicht, dass er so etwas angedeutet hat. Nicht, dass ich so von mir eingenommen wäre anzunehmen, dass er auf diese Weise an mir interessiert sein könnte. Ich bin mir nämlich sicher, dass er das nicht ist – er ist ein sehr attraktiver Mann und steht bestimmt nicht auf mich. Und selbst wenn er das täte, ist es nicht so, dass ich auf ihn stehe. Obwohl er sehr attraktiv ist. Und …«

An dem Punkt geht mir die Luft aus, was gut ist, da Auburn sich vor Lachen schon fast in die Hose macht.

»Okay, okay, Botschaft angekommen, du bist nicht interessiert. Selbst wenn er interessiert wäre. Was alles sehr interessant ist. Und da er mein großer Bruder ist und ich immer noch in Bildern von stinkigen Socken und Akne an ihn denke, verstehe ich, dass du Nein sagst. Aber wenn nicht er, wie wäre es dann mit jemand anderem? Ich meine, du bist seit Ewigkeiten hier und, wie es scheint, seit Jahren Single und … na ja, wäre nicht langsam mal eine Nummer fällig?«

Das Konzept, dass jemand so lange zölibatär lebt, scheint sie echt zu verwirren. Auburn ist trotz ihres Auftretens fast genauso vorsichtig wie ich, wenn es um Gefühle geht – sie versteckt sie unter vielen Schichten von Sarkasmus und Unsinn.

Was ihre persönliche Geschichte angeht, ist es das Gleiche – ich weiß, dass sie über ein Jahrzehnt von zu Hause weg war, durch Südamerika, Asien und Europa gereist ist und dort auch gearbeitet hat. Es muss zahlreiche Männer in ihrem Leben gegeben haben, aber sie hat nie von ihnen erzählt. Jetzt scheint sie eine Auswahl an Typen zu haben, die sie als ihren He-Man-Harem bezeichnet und mit denen sie sich gelegentlich trifft. Vermutlich nicht, um über den Sinn des Lebens zu diskutieren.

Ich zucke die Schultern und versuche, lässig auszusehen. »Ich bin Mutter eines sehr aktiven Kleinkinds. Das verändert alles. Zunächst einmal bin ich viel zu müde, um überhaupt an Sex zu denken, geschweige denn ihn zu haben. Und … na ja, vielleicht bin ich einfach anders als du, Auburn. Du kannst Sex und Gefühle trennen. Darin war ich nie gut, und das Leben ist auch so schon kompliziert genug. Im Moment bin ich zufrieden, so, wie es ist.«

Sie denkt darüber nach und nickt.

»Du hast recht. Gefühle von so gut wie allem zu trennen ist eine meiner Stärken. Und ich verstehe, was du sagst – aber Saul wird nicht immer als menschliches Schild da sein, nicht?«

Ich bin nicht begeistert über diese Bemerkung, aber ich lasse sie ihr durchgehen. Sie will mir nichts Böses, das weiß ich.

»Nee. Und vielleicht verwandele ich mich ja in eine Nymphomanin, wenn er aus dem Haus ist, um die verlorene Zeit nachzuholen. Doch im Moment … bin ich zu sehr damit beschäftigt, mir Flugsaurierscheiße aus den Haaren zu waschen, okay?«

»Das ist die richtige Einstellung!«, sagt sie. »Heureka, ich glaube, sie hat's begriffen.«

Sie blickt auf die ruhige Hauptstraße hinaus, die durch Budbury führt und auf der selbst an einem Samstag nichts los ist. Ich weiß, dass sie an ihre Mum denkt und wie es wohl zu Hause läuft. Gewöhnlich bleibt sie bis kurz nach Mittag, um für Aufgaben verfügbar zu sein, die eine Apothekerin erfordern, und inzwischen ist es fast zwölf. Du meine Güte, denke ich – ich war heute Morgen schon in meinem Schönheitssalon im Bett, habe mein neues Image im Café vorgeführt, ein Date abgelehnt, das eigentlich keines war, Saul im Cottage abgeliefert und mir mit einer Neunzigjährigen Sexartikel angesehen.

»Warum gehst du nicht nach Hause?«, schlage ich ihr vor, während ich ihrem Blick folge. »Ich denke, der Ansturm ist vorbei. Wenn jemand mit einem Rezept kommt, kann ich ihm sagen, dass er das Medikament am Montag abholen kann. Und wenn es wirklich eilig ist, rufe ich dich an, und du kommst zurück. Ich kann um drei zumachen, und wir treffen uns dann im Cottage.«

Sie beißt sich auf die Lippe, und ich sehe, wie sie im Geist das Für und Wider abwägt.

»Wenn das für dich in Ordnung ist, denke ich, dass ich das gerne würde«, antwortet sie. »Van hat gesagt, dass Willow ins Café gegangen ist, um auszuhelfen – Laura fühlt sich offenbar nicht wohl –, das dürfte also keine schlechte Idee sein.«

Sie sieht meinen besorgten Gesichtsausdruck – ich kann einfach nicht dagegen an – und fügt schnell hinzu: »Es geht ihnen gut, ehrlich! Mum und Saul stricken, und Van guckt Fußball. Alles ist gut. Aber … wenn das für dich okay ist, würde ich gerne gehen. Ich muss mir diese Cookies ablaufen, von allem anderen einmal abgesehen.«

»Ja. Flüchte vor den Trillerpfeifen und beweg dich. Wir sehen uns später.«

Sie nickt, während sie daran arbeitet, aus ihrem weißen Kittel und in ihre Lederjacke zu kommen, und schließlich ist sie so weit. Sie zwinkert mir zu und greift nach einer weiteren Trillerpfeife »für unterwegs«.

Ich seufze leicht, als sie geht, und freue mich unfairerweise auf eine Stunde mit mir allein. Von den Kunden einmal abgesehen, natürlich.

Ich habe nie Zeit für mich allein, und wenn ich sie habe, ist sie kostbar. Nicht, dass ich Saul nicht lieb habe oder die wohltuende, vorhersagbare Betriebsamkeit meines Lebens nicht genieße, aber hin und wieder ist es Balsam für eine schmerzende Seele, allein in einem Zimmer zu sein, ohne dass jemand etwas von mir will. Während meiner Kindheit habe ich viel Zeit allein verbracht, und manchmal vermisse ich das.

Ich werde nicht faul sein – ich werde ein bisschen sauber machen oder eine neue Lieferung auspacken oder online etwas Lippenherpescreme bestellen –, doch ich werde dabei allein sein. Herrlich.

Leider hat das Universum oft andere Ideen, und buchstäblich zwei Minuten, nachdem die Klingel Auburns Abgang verkündet hat, klingelt sie erneut. Ich sehe von meinem Platz auf und Laura hereinkommen. Sie macht einen leicht verstörten Eindruck, und ihr hübsches Gesicht ist angespannt, blass und … ängstlich?

10. KAPITEL

Laura sieht sich verstohlen nach Eindringlingen um, bevor sie auf mich zusteuert. Sie ist in eine dicke, pinkfarbene Daunenjacke eingepackt, und ihre Hände stecken in schwarzen Handschuhen mit Skelettknochenzeichnungen auf den Fingern. Ich habe sie im Verdacht, sie von Lizzie gestohlen zu haben, und vermute, dass sie im Dunkeln leuchten. Draußen hat es angefangen zu regnen, und ihr Haar guckt in wuscheligen Strähnen unter ihrer Kapuze hervor. Als sie sie auszieht, sind ihre Haare total zerzaust.

»Hi!«, sagt sie, ihre Stimme ist schrill und etwas zu selbstbewusst. »Ist sonst noch jemand hier?«

»Nein«, antworte ich und komme hinter der Theke hervor. »Auburn ist gerade gegangen.«

»Ich weiß … ich habe mich um die Ecke versteckt und sie gehen sehen.«

»Okay«, sage ich ruhig. Natürlich frage ich mich, warum sie sich versteckt hat und warum sie so seltsam klingt, aber ich dränge sie nicht. Ich habe mein ganzes Erwachsenenleben im Gesundheitswesen gearbeitet, und manchmal brauchen die Menschen einfach ein bisschen Raum. Wenn sie reden wollen, werden sie das irgendwann tun.

»Möchtest du eine Tasse Tee?«, frage ich stattdessen auf diese ultrabritische Art, die eigentlich sagt: »Ich mache mir Sorgen um dich und weiß nicht, was ich sonst für dich tun kann.«

Sie sieht mich einen Moment lang an, zieht sich langsam ihre Skeletthandschuhe aus und schüttelt den Kopf.

»Nein danke. Ich bin ... na ja, ich habe gedacht, ich schaue mal vorbei und sehe, wie es so geht?«

Sie scheint nicht einmal selbst von dem überzeugt, was sie da sagt, und ich sehe, wie sie sich automatisch einen Keks von dem Teller nimmt. Sie beißt hinein und verzieht das Gesicht.

»Die sind nicht so gut, wie sie sein könnten«, sagt sie mit gerunzelter Stirn. »Ich habe sie zu Hause gemacht, um sie mit ins Café zu nehmen, und Midgebo ist ins Cottage gestürmt gekommen, weil er von einer Katze gejagt wurde. Das arme Tier war total verängstigt.«

»Die Katze?«, frage ich, was nicht unangemessen ist, Midgebo ist schließlich ein sehr großer, sehr lebhafter schwarzer Labrador.

»Nein, nein – Midgebo! Die Katze war ein Monster! Ernsthaft, der größte fuchsrote Kater, den ich je gesehen habe. Er hat Midgebo durch die Küche gejagt, in eine Ecke getrieben, und sobald er das geschafft hatte, hat er mich angesehen, als wollte er sagen, ›na, du mickriger Mensch, dein Königreich gehört mir‹, und ist wieder nach draußen stolziert. Ich habe ihn noch nie gesehen, doch ich schätze mal, dass einige Leute Katzen haben ... ich meine, viele von uns haben Hunde, nicht? Und Becca hat diese Goldfische. Vielleicht haben andere Leute ja Katzen ...«

Sie faselt vor sich hin und scheint nicht mehr aufhören

zu können. Ich identifiziere ihr Gefasel als das, was es ist: Sie lenkt sich ab.

»Laura, ist alles okay? Auburn hat gesagt, dass du aus dem Café heimgegangen bist, weil du dich nicht wohlgefühlt hast. Kann ich irgendwas für dich tun?«

Ich denke, dass sie vielleicht Darmprobleme haben könnte. Die große Mehrheit der Briten scheint nicht in der Lage zu sein, das Wort »Darm« in der Öffentlichkeit zu gebrauchen, ohne es wenigstens zu flüstern.

Sie beißt sich brutal auf die Lippe, und ich bin entsetzt, als ich Tränen in ihre Augen schießen sehe. Laura ist einer der fröhlichsten Menschen, die ich kenne, und sie weinen zu sehen ergibt einfach keinen Sinn. Ich weiß, dass sie auch ihren Teil an Härten und Tragödien in ihrem Leben erfahren hat, doch seit ich sie kenne, ist sie so ein glücklicher Mensch. Sie ist die Café-Köchinnen-Version einer Mary Poppins, immer optimistisch und positiv, und trägt eine große Tasche mit allem, was man im Leben brauchen könnte, mit sich herum.

»Ja. Nein. Vielleicht ... ist ein Apotheker so etwas wie ein Arzt? Oder ein Priester? Oder Vegas?«, fragt sie, die Worte purzeln aus ihrem Mund, eins über das andere.

»Du meinst, ob wir der Schweigepflicht unterliegen?«

Sie nickt, ihre Locken hüpfen dabei auf und ab, und die Tränen laufen ihr über die Wangen.

»Ja, ich unterliege der Schweigepflicht, und meine Regeln sind wahrscheinlich strenger als alle Gesetze, also kein Grund zur Sorge. Und jetzt komm, was ist los? Mach dir keine Gedanken. So schlimm kann es nicht sein – und verlegen brauchst du auch nicht zu sein, was immer es ist. Ich bin eine medizinische Fachkraft, das weißt du, auch wenn ich nicht so ausgesehen habe, als ich heute Morgen ins Café gekommen bin.«

Das Letzte war als Witz gemeint, und sie sieht mich mitleiderregend dankbar an und wischt sich mit den Händen die Tränen ab, als wäre sie wütend auf sich selbst.

»Ja«, sagt sie fest. »Das bist du. Und danke. Es hat in gewisser Weise damit zu tun, worüber wir heute Morgen gesprochen haben. Ich war in letzter Zeit oft sehr müde und habe es einfach darauf zurückgeführt, dass ich älter werde und viel zu tun habe und dass ich zu viel Kuchen und zu wenig Quinoa und so was esse. Doch dann haben wir uns darüber unterhalten, wie anstrengend es ist, ein Baby zu haben, und wie schnell diese Zeit vorbeigeht und wie sehr ein Baby alles in deinem Leben verändert und wie es die beste und die schlimmste Zeit deines Lebens ist, nicht?«

Wir haben über so gut wie gar nichts davon gesprochen, aber in ihrem Kopf haben wir das, deshalb nicke ich ermutigend.

»Na ja, danach war ich in der Küche und habe eine Karamellsoße für die Dessertcreme gemacht, und plötzlich fand ich die Karamell-Creme widerlich. Ich meine, sieh mich an, Katie – ich bin nicht der Typ Frau, der Karamell-Creme hasst.«

Die letzten Worte sind in einem verzweifelten Wehklagen aus ihr herausgebrochen, und plötzlich habe ich eine Ahnung, was ihr Sorgen bereiten könnte.

»Äh ... und jetzt fragst du dich, warum du Karamell-Creme widerlich fandest? Und warum du müde bist?«

»Ja, und ... also, nachdem ich auf den Kalender in meinem Handy gesehen habe, frage ich mich auch, warum ich mit meiner Periode zehn Tage zu spät dran bin, schätze ich … ich meine, wahrscheinlich hat es nichts zu bedeuten. Wahrscheinlich komme ich früh in die Wechseljahre. Und wahrscheinlich werde ich die Creme morgen wieder lieben. Aber …«

»Du hast dir gedacht, dass du dir Sicherheit verschaffen solltest? Nur um beruhigt zu sein.«

Sie nickt und sieht verloren und ernüchtert aus, nachdem sie zugegeben hat, was ihr Sorgen bereitet. Ich gehe zu dem hohen Regal hinüber, wo wir die Dinge aufbewahren, die eher für Erwachsene bestimmt sind – Kondome und Schwangerschaftstests und solche Sachen, die einen Jungen im Teenageralter vielleicht erröten ließen. Ich greife nach einer Packung, dann drehe ich das Schild an der Tür auf »geschlossen«. Ich hoffe, dass es keinen plötzlichen Ansturm gibt – doch selbst wenn dem so wäre, Auburn würde das verstehen.

»Komm«, sage ich und führe sie in den hinteren Bereich. »Bist du bereit? Oder brauchst du einen Tee?«

»Nein, meine Blase platzt gleich«, sagt sie und schafft es zu lächeln. »Ich habe auf dem Weg hierher eine ganze Flasche Wasser getrunken, nur für den Fall. Wenn du nicht da gewesen oder mit einem Kunden beschäftigt gewesen wärst, hätte ich wahrscheinlich still und leise in die Ecke gepinkelt und gehofft, dass es niemand merkt.«

Wir nähern uns der Toilette – einer gewöhnlichen Toilette mit einem kleinen Holzschild an der Tür, auf dem ein urinierender Zwerg zu sehen ist –, und ich merke, wie sie langsamer wird. Wie ein Hund, der den Eingang zum Tierarzt wittert und versucht, Zeit zu schinden, während du ihn weiterziehst.

»Es bringt nichts, es hinauszuzögern«, sage ich bestimmt, aber freundlich, wie ich hoffe. »Wenn du nicht schwanger bist, kannst du anfangen, Quinoa zu essen und vielleicht Vitamin D zu nehmen. Das kann ich dir rauslegen. Wenn du jedoch schwanger bist, wird das Problem nicht dadurch verschwinden, dass du es ignorierst. Und es ist nicht notwendigerweise ein Problem – nur eine Umstellung.«

Sie schnaubt kurz und zieht schließlich ihre Daunenjacke aus. »Es wäre wohl weniger eine Umstellung als ein Fall von ›ach du heilige Scheiße, was mache ich jetzt‹. Ich weiß nicht einmal, welches Ergebnis ich mir wünsche ... negativ wäre einfacher. Ich liebe mein Leben, wie es ist, weißt du. Aber positiv wäre ... na ja, es wäre ein Baby, nicht? Ein neues Leben. Ein verdammtes Wunder ...«

Laura flucht so gut wie nie – zumindest nicht laut –, und es ist ein Zeichen dafür, wie durcheinander sie ist. Sie gibt mir ihre Jacke, lächelt mich tapfer an und sagt: »Okay. Ich tu's ... wenn ich in zehn Minuten nicht zurück bin, ruf die Feuerwehr.«

Ich nicke und sage ihr, dass ich im Laden warte. Ich meine, niemand kann ordentlich pinkeln, wenn er weiß, dass jemand draußen zuhört, nicht?

Ich bin ihretwegen kribbelig und nervös und beruhige mich damit, dass ich unsere Vorräte an Schwangerschaftsvitaminen und Windeln überprüfe. Nur für den Fall. Als ich entschieden habe, dass wir mit beidem gut eingedeckt sind, und ich die ohnehin schon staubfreien Regale sauber gewischt habe, auf denen sie liegen, taucht Laura auf.

Sie ist immer noch blass, und ihre Lippen zittern, und sie weint wieder. Ich weiß nicht, ob vor Erleichterung, nicht schwanger zu sein, oder von dem Schock, schwanger zu sein, oder aus einer Kombination aus beidem. Ich kämpfe gegen den Impuls an, zu ihr zu laufen und sie an den Schultern zu packen und zu rütteln und zu schreien: »Was ist????«, und lächle stattdessen nur. Wie immer das Ergebnis aussieht, sie braucht keine hysterische Verkäuferin, die selbst gleich durchdreht.

»Und?«, frage ich, nur um schnell hinzuzufügen: »Natürlich nur, wenn du es mir sagen willst. Es ist total in Ordnung, wenn du das nicht willst. Ich respektiere deine Privatsphäre.«

Sie streckt die Hände aus, sodass ich danach greifen kann.

»Mach dir keine Gedanken, sie sind gewaschen …«, sagt sie lachend, als sich unsere Finger miteinander verflechten. »Und der Test war positiv, Katie. Vielleicht muss ich noch sieben weitere machen, um sicher zu sein, aber … okay, ich denke, ich bin ein bisschen schwanger!«

»Und wie geht es dir damit?«, frage ich und versuche, neutral zu klingen – sie lächelt zwar, aber ich kann immer noch nicht hundertprozentig sagen, was in ihrem Kopf vor sich geht. Wahrscheinlich kann sie das selber nicht.

»Na ja, ich bin entsetzt. Und schockiert. Und besorgt. Ich mache mir Gedanken, wie Matt reagieren wird und Nate und Lizzie und wie ich das in meinem Alter schaffen soll. Wie das mit der Arbeit passt und welche Konsequenzen es für Cherie hat. Und ich verfluche diesen Abend von Matts Geburtstag und den ganzen billigen Prosecco, der uns vielleicht ein bisschen unvorsichtig gemacht hat, und dieses Prinzessin-Leia-Outfit, das Becca mir zum Spaß gekauft hat und das uns definitiv ein bisschen unvorsichtig gemacht hat …

Und ich bin sogar ein bisschen traurig wegen David, meinem verstorbenen Mann. Was total dämlich ist – aber das ist so eine große Sache, und ich möchte wirklich mit ihm darüber reden. Und überhaupt … die ganzen Probleme. Das Haus ist zu klein. Ich habe einen Job, zu dem nun mal Karamell-Desserts gehören. Ich habe Kinder im Teenageralter. Ich habe einen verrückten Hund. Ich bin übergewichtig und nicht mehr die Jüngste und … o Gott, Katie, vor allem bin ich absolut begeistert. In dem Moment, in dem die zweite Linie auf diesem Pinkelstreifen erschienen ist, habe ich eine solche Freude empfunden … ich kann es immer noch nicht glauben, aber ich bin im siebten Himmel. Danke! Danke, danke, danke!«

Sie zieht mich in ihre Arme, und wir tanzen ausgelassen durch den Laden, rempeln Regale an, stoßen einen Verkaufsständer um, eiern herum und jauchzen und schwenken die Hände. Jeder, der draußen vorbeigeht und zufällig hereinsieht, muss sich fragen, ob wir den Medikamentenschrank geknackt haben und von unseren eigenen Vorräten high sind.

Irgendwann bleiben wir beide mit einem breiten Grinsen auf dem Gesicht stehen – Lauras hysterische Freude ist total ansteckend.

»Was wirst du jetzt machen?«, frage ich. »Außer sieben weiteren Tests? Und vielleicht solltest du auch einen Termin bei deinem Hausarzt machen. Und … eigentlich würde ich jetzt vorschlagen, dass du dir erst mal einen Drink genehmigst, um ruhiger zu werden, aber das kommt im Moment wohl nicht infrage, nicht?«

Ihr Gesicht verdunkelt sich augenblicklich – was verständlich ist, schließlich habe ich sie gerade darauf aufmerksam gemacht, dass sie die nächsten Monate nüchtern verbringen wird –, strahlt aber gleich wieder. Dann guckt sie verwirrt. Und runzelt die Stirn.

»Ich muss es natürlich Matt sagen. Ich denke, für ihn ist es okay, aber … das ist eine Riesensache, nicht? Ich denke, ich brauche eine Stunde für mich.«

»Geh zu mir. In der Erde der Hängeampel ist ein Extraschlüssel. Entschuldige die Unordnung, aber mach es dir bequem – trink einen Tee. Denk nach. Nimm dir Zeit. Ich bin noch eine Weile hier, und dann bin ich bei Willow, um Saul abzuholen, du hast also Zeit.«

Sie beißt sich auf die Lippe, sieht durch das Fenster in den Regen hinaus und nickt.

»Danke. Das ist ein guter Plan. Da wird niemand nach mir suchen … ich setze mich einfach einen Moment hin und versuche, meinen Kopf wieder ein bisschen klarer zu bekommen, bevor ich zu Matt gehe. O mein Gott … was glaubst du, wie er reagieren wird?«

Das ist eine schwierige Frage. Die Wahrheit ist die, dass ich Matt nicht wirklich *kenne,* obwohl ich ihn technisch betrachtet schon lange kenne. Matt ist Tierarzt, und er scheint definitiv besser mit Tieren als mit Menschen kommunizieren zu können. Genau wie ich ist er ein sehr zurückhaltender Mensch. Immer höflich, immer der Typ Mann, von dem du weißt, dass du in einer Krise auf ihn zählen kannst, aber auch immer ein bisschen reserviert. Als würde er dir nicht ganz trauen, wenn du nur zwei Beine und keinen Schwanz hast.

»Ich habe absolut keine Ahnung, Laura. Du kennst ihn besser als jeder andere. Vertrau deinem Instinkt. Und versuch, dir keine Sorgen zu machen – ich bin mir sicher, alles wird gut.«

»Ja, du hast recht … ich bin mir sicher, dass es … Scheiße!«

»Was?«, frage ich, als sie versucht, sich hinter mir zu verstecken – eine dumme Entscheidung, da sie mindestens fünf Zentimeter größer ist als ich, bedeutend rundlicher und eine Riesenmenge an Haar hat. »Du glaubst, dass es scheiße wird?«

»Nein! Ich meinte – oh, hi, Matt! Alles klar bei dir?«

Er tritt in den Laden, begleitet vom Klingeln der Türglocke, und scheint fest entschlossen, das Geschlossen-Schild zu ignorieren. Langsam kommt mir das mit dem Kommen und Gehen wie in einer französischen Komödie vor.

Matt – groß, muskulös, ein bisschen so, wie ich mir einen Hufschmied vorstellen würde – nickt mir höflich zu. Das dauert schätzungsweise eine Nanosekunde, dann wendet er all seine Aufmerksamkeit Laura zu. Sein Gesichtsausdruck wird sichtlich weicher, als ihre Blicke einander begegnen, und eine Sekunde sehe ich Lauras Matt: nicht den öffentlichen Matt – sondern ihren.

Sie lächeln einander an. Es ist ein Lächeln, bei dem du das Gefühl hast, unsichtbar zu sein, während er die Hand ausstreckt und ihr über das üppige Haar streicht.

»Cherie hat mir eine SMS geschickt«, sagt er einfach. »Dass du krank nach Hause gegangen bist? Und dass dir beim Anblick von Karamell-Creme schlecht geworden ist?«

Laura lacht laut und antwortet: »Ja, stimmt. Ich bin erstaunt, dass sie nicht den Notruf gewählt hat. Ich bin okay. Ich bin … äh …«

Mir ist das so peinlich, ich fühle mich so überflüssig, dass ich langsam rückwärts den Laden verlasse. Das ist privat. Das ist persönlich. Das ist etwas Besonderes. Es hat absolut nichts mit mir zu tun. Ich suche nach einer schnellen und glaubwürdigen Erklärung, die beiden alleine zu lassen, zu der kein Flugsaurier mit Dünnschiss gehört, sehe jedoch schnell ein, dass das gar nicht nötig ist.

Ich bin immer noch unsichtbar für sie, sie sehen mich nicht einmal, als ich mich in den hinteren Teil des Ladens davonschleiche und dann durch das Labor in die relative Zuflucht des Lagerraums und der kleinen Küche.

Ich schließe die Tür hinter mir und lasse sie allein, was ich technisch betrachtet nicht tun sollte, da sie unsere Medikamentenvorräte plündern könnten – doch ich bin überzeugt, dass sie anderes im Kopf haben, als Inhalatoren für Asthmakranke auf dem Schwarzmarkt von Budbury zu verkaufen.

Ich stehe still da und lausche – erleichtert, nur das gedämpfte Gemurmel ihrer Stimmen zu hören, ohne die Worte zu verstehen. Ich sehe mich um. Ich bin von ungeöffneten Kisten umgeben, von Regalen mit Tabletts voller Plastikflaschen und scheinbar wahllosen Gegenständen wie einer Auspreispistole und Proben von Shampoos und einem zerlegten Plastik-Weihnachtsbaum, der wie ein festlicher Hinterhalt in einer Ecke lauert.

Ich lehne mich gegen die Arbeitsplatte, wische geistesabwesend etwas vergossenen Tee mit einem Lappen auf und merke nicht einmal, dass ich dabei weine.

Es ist kein trauriges Weinen – es ist nichts Trauriges passiert – ich bin nur … ein Mädchen, das weint. Jeder kennt das – wenn man einfach total emotional und ein bisschen aus dem Gleichgewicht ist und nicht wirklich versteht, warum.

Ich gestehe mir ein paar Tränen zu – niemand sieht mich, es wird mein kleines Geheimnis bleiben –, dann spritze ich mir kaltes Wasser ins Gesicht, um nicht zu verheult auszusehen.

Ich bin bescheuert, ich weiß – es gibt nichts, weswegen ich weinen müsste. Aber manchmal braucht man auch keinen Grund, oder?

Ein paar Minuten lenke ich mich damit ab, die Tassen und Löffel zu spülen und abzutrocknen, die im Waschbecken stehen, dann schleiche ich auf Zehenspitzen zur Tür, um zu sehen, wie es läuft. Ich höre noch immer Stimmen und Gelächter, dann herrscht Schweigen. Ich hoffe, dass sie nicht gleich angefangen, zu streiten oder lang und breit über ihre Lebensplanung zu diskutieren, und vergessen, dass ich da bin.

Doch in dem Moment, als ich das denke, höre ich Laura rufen: »Katie! Katie, wo bist du?«

Ich laufe zurück in den Verkaufsraum, wo Laura mich auf der Stelle umarmt. Unter ihrem Haar heraus blicke ich zu Matt hinüber, der verblüfft, verwirrt und total sentimental aussieht.

»Er hat sich gefreut, ja?«, flüstere ich.

»Und wie. Ehrlich, wenn ich gewusst hätte, dass er sich so freut, hätte ich es vielleicht absichtlich getan …«

Sie lächelt, als sie zu Matt hinübergeht, der ihr beschützend den Arm um die Schultern legt und mir zunickt. Diesmal ist sein Nicken voller Wärme.

»Danke«, sagt er einfach. »Dass du dich um sie gekümmert hast.«

»Kein Problem«, antworte ich. »Jederzeit. Und natürlich werde ich niemandem etwas verraten, bis … ja, bis ihr es offiziell macht.«

Nach ein paar weiteren Momenten des Herumtrödelns und nachdem Laura darauf bestanden hat, den Schwangerschaftstest, den sie benutzt hat, und den zusätzlichen, den sie »nur vorsichtshalber« noch mitnimmt, zu bezahlen, gehen sie.

Ich drehe das Geschäftsschild wieder auf »geöffnet« und beobachte, wie sie zusammen die Hauptstraße hinunterschlendern, lachend und kichernd, die Arme umeinandergeschlungen. Sie sind ein lustiger Anblick –Laura in ihrer pinkfarbenen Daunenjacke, Matt in seiner sehr viel vernünftigeren marineblauen Berghaus-Jacke – und ganz in sich selbst und ihr kleines Geheimnis versunken. Sie scheinen nicht einmal den Regen zu bemerken, da keiner von ihnen sich die Mühe macht, die Kapuze aufzuziehen.

Ich gehe zurück hinter die Theke und sehe zu, wie sie am Pub vorbei zu Matts Praxis gehen. Ich lächle, aber ich bin immer noch ein bisschen verunsichert. Ein bisschen melancholisch. Ein bisschen … aus dem Gleichgewicht.

Ich kann nicht eindeutig sagen, was es genau für ein Gefühl ist, bis mir klar wird, dass ich Matt und Laura und ihre kleine Blase aus Intimität und Glück nicht mehr sehen kann. Sie sind aus meinem Blickfeld verschwunden, und ich starre auf mein eigenes Spiegelbild in einer der kleinen Fensterscheiben der Drogerie. Regen läuft an dem Glas hinunter und schafft eine seltsame optische Täuschung, die mein Gesicht aussehen lässt, als wäre es in zwei Hälften geteilt.

Ich wende den Blick von meinem Doppel ab und atme

tief aus. Ich hatte nicht gemerkt, dass ich die Luft angehalten habe. Ich bin eine Frau. Allein, auf einem Stuhl. Ich atme noch. Ich harre noch aus.

Ich freue mich so sehr für sie. Und es tut mir so leid um mich. Denn plötzlich trifft mich die Erkenntnis wie ein Zeichentrickamboss, der vom Himmel fällt – ich bin sehr, sehr einsam.

11. KAPITEL

Zum Glück habe ich nicht viel Zeit, um über diese Erkenntnis nachzudenken und mir noch mehr leidzutun, denn es gibt nun einen echten Kundenansturm.

Eine kleine Gruppe Wanderer kommt herein, einer braucht Blasenpflaster, ein anderer Imodium akut und wieder ein anderer Augentropfen für entzündete Augen. Sie machen einen bemerkenswert fröhlichen Eindruck dafür, was sie haben wollen, und verschwinden in einer Wolke aus Geschnatter, trampelnden Stiefeln und diesen seltsamen Walkingstöcken, die vielleicht im Gebirge hilfreich, auf Bürgersteigen aber total fehl am Platz sind.

Anschließend taucht Scrumpy Joe Jones auf, der den örtlichen Cider-Keller betreibt, um ein Medikament abzuholen, das Auburn für seine Frau Joanne angefertigt hat. Sie hat »eine ihrer Migränen«. Er verdreht die Augen, als er das sagt, als würde ich sicher total verstehen, was für eine Hölle das für ihn ist.

Als Joe gegangen ist, bekomme ich Besuch von den Teenagern, die als relativ harmlose Gang durch Budbury ziehen – und eher deinen Hund für dich spazieren führen als die Bushaltestelle verwüsten würden.

Da ist Martha, Zoes quasi Stieftochter, die siebzehn ist, und Lizzie, Lauras Tochter, die noch ein Jahr bis zum College hat.

Die Mädchen sind vom Aussehen total verschieden – Lizzie hat blonde Haare, Marthas sind schwarz gefärbt; die eine ist eher klein, die andere groß und gertenschlank, was für junge Mädchen so selbstverständlich zu sein scheint. Doch beide tragen dick aufgetragenen schwarzen Eyeliner, Doc Martens und Kleidung in verschiedenen Schwarz-, Violett- und Grüntönen. Mit ihrem Aussehen könnten sie eine Band gründen und die Attraktion auf Wednesday Addams' Geburtstagparty werden.

Mit von der Partie ist Josh, Lizzies Freund und der Sohn des gerade entschwundenen Scrumpy Joe. Genau wie sein Dad ist er groß, schlank und dunkel, hat braune Augen und trägt eine Beanie-Mütze, die er nie abzunehmen scheint. Nate, Lauras Sohn, ist ein paar Jahre jünger als die anderen, hat jedoch gelernt, sich seinen Platz in der Gruppe zu erkämpfen.

Genau wie mein Saul hat er seit Davids Tod keinen Dad, doch die Männer von Budbury sind eingesprungen, und es mangelt ihm nie an einem Fußballkumpel oder jemandem, mit dem er einen auf Macho machen kann.

Letzte Woche hat Laura ihn dabei erwischt, wie er das Gitter vor ihrem Cottage angepinkelt hat. Auf ihre wütende Reaktion hat er nur erwidert, dass Cal gesagt hat, dass das »männlich« sei. Ich schätze, man kann sagen, dass sowohl Nate als auch Cal sich etwas weniger männlich gefühlt haben, nachdem Laura mit ihnen fertig war. Die Sache wird sich vermutlich nicht wiederholen.

Mit ihnen unterwegs ist ein neues Gesicht – Ollie,

Marthas relativ neuer Freund. Er ist achtzehn und scheint mit seinem surferblonden Haar, seinem Körperbau und seiner Kleidung, was ich alles eher mit einer Werbung für Abercrombie & Fitch assoziieren würde, nicht ganz der passende Kandidat für eine Grufti-Prinzessin. Aus irgendeinem Grund wird er Bill genannt, obwohl er Ollie heißt. Ich wage nicht zu fragen, warum, für den Fall, dass sie es mir sagen.

Sie lungern eine Weile herum, riechen an Kerzen und studieren kurz den herrenlosen Katalog mit den Sexartikeln, bis es mir gelingt, ihn Marthas amüsiertem Griff zu entwenden. Schließlich kaufen alle eine Trillerpfeife und verschwinden die Straße hinunter, während sie versuchen, die Titelmelodie irgendeiner Kindersendung auf den Zuckerpfeifen hinzubekommen. Ich sehe ihnen nach, wie sie schiebend, stoßend und kichernd abziehen, und denke, wie verrückt es sein wird, wenn Saul erst in diesem Alter ist. Und wie mein Leben aussehen wird, wenn seins richtig anfängt.

Er ist bereits im Kindergarten und hat seine kleinen Freunde und sein Miniatur-Sozialleben, das aus Partys in Spielparadiesen besteht, und nächsten September fängt er mit der Grundschule an. Es ist schon seltsam mit Babys und Kleinkindern, jeder Tag, den du sie bespaßt, scheint endlos, doch im Handumdrehen ist ein ganzes Jahr vergangen. Es muss Laura noch wie gestern vorkommen, dass ihre beiden klein waren, und jetzt sind sie Teil der Budbury-Gang.

Im Moment messe ich Sauls Fortschritte noch an kleinen Dingen – wie dass er an den Lichtschalter kommt oder seinen Namen mit dem ›S‹ richtig herum schreiben kann –, doch es wird nicht lange dauern, und es werden sehr viel größere Dinge sein. Der erste Tag an der kleinen Schule, dann an der großen Schule und dann vielleicht an der Uni oder auf der Arbeit. Den einen Tag muss er sich auf die Zehenspitzen stellen, um das Licht anzumachen, und den nächsten tritt er vor den Altar und wird Vater.

Wie alle Eltern wahrscheinlich wissen – und mir in dieser Sekunde gerade erst klar wird –, ist das verrückt. Es lohnt sich nicht, darüber nachzudenken, es sei denn als Mahnung, mich vielleicht ein bisschen mehr um mein eigenes Leben zu kümmern.

Sobald du Kinder hast, neigst du dazu, deinen eigenen Geburtstag zu vergessen – du konzentrierst dich auf ihren und merkst gar nicht, wie die Zeit vergeht. Das ist natürlich und richtig und gut – es heißt aber nicht, dass du dich selbst ganz vergessen solltest.

All diese Gedanken tun meinem Gehirn etwas weh, und als ich das Geschäft für diesen Tag abschließe, versuche ich ernsthaft, weniger zu denken und mehr zu tun. Auburn hat mir eine SMS geschickt, dass Lynnie ein Nickerchen macht, Saul ihr beim Marmeladentörtchenbacken hilft und dass kein Grund zur Eile besteht.

Gewöhnlich würde ich mich trotzdem beeilen – wäre nicht bereit zu glauben, dass wirklich alles in Ordnung ist, dass Saul sich benimmt, dass ich nicht so schnell wie menschenmöglich kommen und sie erlösen muss. Würde es als notwendiges Übel ansehen, mich auf Leute zu verlassen, das es auf das absolute Minimum zu reduzieren gilt.

Doch inzwischen bin ich eine Weile hier. Diese Leute sind meine Freunde. Einer von ihnen habe ich gerade geholfen herauszufinden, dass sie schwanger ist. Wenn ich kann, helfe ich Auburn und Willow mit Lynnie. Manchmal putze ich Edie die Fenster, nachdem ich einmal im Vorbeigehen gesehen habe, wie sie auf eine Trittleiter geklettert ist, einen Putzlappen in ihrer zweiundneunzigjährigen Hand. Ich habe Cherie geholfen, ihren Ehemann zur Vernunft zu bringen, als Frank sich den Knöchel verstaucht und darauf bestanden hat, weiter auf der Farm zu arbeiten. Ich babysitte bei der kleinen Edie, sodass Sam und Becca gelegentlich abends ausgehen können.

Ich helfe ihnen, weil ich das möchte – weil ich sie mag und weil es mir Freude bereitet, zu helfen, Teil ihrer Welt zu sein. Doch bis jetzt war ich sehr selektiv, wie weit ich mir erlaubt habe, Teil ihrer Welt zu sein, und habe immer einen Rückzieher gemacht, wenn es sich zu intensiv angefühlt hat.

Wie bei der Party zu Edies zweiundneunzigstem Geburtstag dieses Jahr, die ein *Let's-Dance*-Motto hatte, da das Edies Lieblingsfernsehsendung ist. Cherie hat im Café für uns Tanzstunden organisiert, und ich habe keine einzige versäumt. Ich liebe es zu tanzen. Doch als der große Abend da war und alle sich schön gemacht haben und zu der Party gegangen sind, habe ich abgesagt, eine Entschuldigung erfunden und bin zu Hause geblieben. Es fühlte sich zu groß an, zu überwältigend, zu öffentlich.

Ich denke, ich muss mir mehr Mühe geben, das zu ändern. Zu glauben, dass ich willkommen bin, dass diese Leute mich mögen und dass jeder Gefallen, den sie mir tun, mich nicht zu einer Last für sie macht oder mir eine Schuld aufbürdet, die sie irgendwann einfordern werden.

Deshalb gehe ich jetzt auch ins Café, statt wie üblich einen irren Sprint zum Cottage hinzulegen und mich mehr oder weniger dafür zu entschuldigen, dass ich überhaupt arbeiten muss. Während des Gehens werfe ich einen Blick auf mein Handy und sehe eine SMS von meiner Mum: »Sorry, dass ich mich nicht gemeldet habe, Liebes. Habe einiges zu erledigen. Mach dir keine Sorgen. Wir sehen uns bald.«

Ich tippe eine schnelle Antwort, frage sie, ob sie sicher ist, dass alles in Ordnung ist, und versuche, mir nicht allzu große Sorgen zu machen. Ich erinnere mich daran, dass meine Mum gern ein kleines Drama um sich macht und dass der Grund für ihr Verhalten vielleicht einfach der ist, dass ich ihr in der letzten Zeit nicht genügend Aufmerksamkeit geschenkt habe.

Denn das habe ich wirklich nicht, das weiß ich – ich war stark eingespannt und habe nicht so oft mit ihr telefoniert, wie ich das hätte tun sollen. Ich habe sie auch seit einigen Monaten nicht mehr besucht. Und habe jetzt ein schlechtes Gewissen deswegen. Ich meine, sie kann schon ganz schön furchtbar sein, aber können wir das auf unsere Weise nicht alle? Sie ist immer noch meine Mum, und ich liebe sie. Ich bin mir sicher, dass sie immer ihr Bestes getan hat.

Ich versuche den Ärger darüber, wie ich aufgewachsen bin, loszulassen, weil er mir nicht guttut. Sich zu wünschen, dass es anders gewesen wäre, macht es nicht anders. Von einer Kindheit mit einer glücklichen Familie zu fantasieren, schafft keine alternative Realität. Es ist alles passiert, es hat Auswirkungen gehabt, und nichts davon lässt sich ändern – ändern kann ich nur die Art und Weise, wie ich mein Leben lebe, und nicht, wie meine Eltern ihres gelebt haben.

Ich schüttele den Kopf, als ich den Weg den Berg hinauf einschlage, der zum Café führt, und stecke mein Handy weg. Das sind Gedanken für einen anderen Zeitpunkt. Nicht für jetzt. Mum hat gesagt, dass ich mir keine Sorgen machen soll – also muss ich mir keine Sorgen machen.

Als ich unter dem schmiedeeisernen Bogen hindurch in den Garten trete, bleibe ich einen Moment stehen und sehe auf die Bucht hinunter. Es nieselt noch immer, und der Himmel besteht aus *fifty shades of grey*, doch die Sonne versucht verzweifelt, durch die Wolken zu brechen. Der Effekt ist seltsam und wunderschön: dunkle Wolken an einem dunklen Himmel, mit einem oder zwei glänzenden, goldenen Strahlenbündeln, die durch die Wolkendecke hindurchstechen und gelbe Streifen auf die Wellen unten werfen, die schimmern und glitzern, während das Wasser hereinrollt.

Am Strand sind Hundebesitzer und ein paar Mütter mit Kleinkindern unterwegs, die so gut eingepackt sind, dass sie wie dicke Eier aussehen, die man einen Berg hinunterrollen könnte, und jemand scheint nach Fossilien zu suchen. Außerhalb der Saison ist es ruhig hier, aber immer noch atemberaubend schön. Im Sommer ist das völlig anders – das Café brummt vor Leben, der Strand ist voll, die Geräuschkulisse eine Mischung aus schreienden Kindern, dem Tuten des Eiswagens und dem fröhlichen Stimmengewirr von Menschen, die Spaß in ihren Ferien haben.

Widerwillig reiße ich mich von dem Anblick los und gehe auf das Café zu. Es ist inzwischen nach drei, und wie ich vermutet habe, sind nur noch die Stammgäste da. Ich bleibe draußen stehen und schaue durch die Fenster hinein. Das Licht draußen ist dämmrig und grau und der Kontrast krass: Das Café ist voll Leben und warm und hell, die bunten Lichterketten leuchten, die Glasscheiben sind leicht beschlagen.

Ich sehe, dass einige Tische zusammengeschoben sind, und dort sitzen die Damen. Cherie hat lachend den Kopf zurückgeworfen, Becca hat die kleine Edie auf dem Schoß, Zoe ein Buch in der Hand, und Willow macht irgendeine Pantomime, um sie zu unterhalten.

Sie sehen total entspannt aus. Total ungezwungen. Total erschreckend.

Ich atme tief durch und stoße die Tür auf. Alle drehen sich um und schauen mich an, und ich sehe, wie Cheries Augen vor Überraschung ganz groß werden. Ich habe dieses Gefühl, das mir nur zu vertraut ist: dieses Gefühl, ein Zimmer zu betreten, in dem ich nicht willkommen bin. In dem ich bei etwas störe.

»Komm rein!«, bellt Cherie und winkt mir zu. »Und lass das Wetter draußen.«

Ich nicke und schließe die Tür – mir war gar nicht aufgefallen, dass ich sie immer noch aufgehalten habe, als wollte ich mir die Möglichkeit offenhalten wegzulaufen, zurück den Berg hinunter.

Bis ich den Raum durchquert habe, hat Willow einen extra Stuhl für mich herangezogen und ist in die Küche gegangen, um mir mit der alten Kaffeemaschine einen Kaffee zu machen. Ich höre sie zischen und spucken, als ich mich hinsetze und höflich lächle, während ich mich frage, worüber ich um alles in der Welt mit ihnen reden soll, jetzt, wo ich hier bin.

»Wir haben gerade über die feministischen Verdienste

von Disney-Prinzessinnen geredet«, sagt Zoe, ihre roten Locken sind zu einer feurigen Kaskade hochgesteckt.

»Äh … ja. Von Mulan zum Beispiel?«

»Die ist wirklich toll«, antwortet Becca und lässt Edie auf ihrem Knie wippen. Das Baby antwortet mit einer Reihe von Gluckslauten, die darauf schließen lassen, dass es einen Riesenspaß hat. »Genau wie Pocahontas.«

»Ja, stimmt«, sagt Zoe, »doch ich bin für Merida aus *Merida – Legende der Highlands*. Weil sie eine Kämpferin ist, nicht gezwungen werden will zu heiraten und, was am wichtigsten ist, weil sie rothaarig ist. Und wie wir alle wissen, rocken Rothaarige.«

Willow stellt den Kaffee – einen herrlichen Mokka – vor mich hin und schiebt ein großes Stück Chocolate-Fudge-Kuchen in meine Richtung.

»Iss das«, sagt sie bestimmt. »Und dann gib mir recht, dass *Die Eiskönigin* alle übertrifft.«

Cherie beginnt *Willst du einen Schneemann bauen?* zu summen, und innerhalb von Sekunden stimmen alle ein. Die Diskussion ist kurz unterbrochen, bis uns der Text ausgeht – das heißt bis auf Willow, die den Text zu fast allen Disney-Songs auswendig kennt.

»Ich denke«, sagt Becca, als der disharmonische Gesang aufgehört hat, »ich würde für *Vaiana* stimmen. Ich weiß, dass der Film neu ist und dass einige von euch ihn noch nicht gesehen haben, aber er ist wirklich cool. Keine Prinzen. Keine magischen Küsse. Nur ein beherztes Mädel und ihr Freund, ein Halbgott, die Song für Song die Welt retten. Plus Dwayne Johnson. Muss ich noch mehr sagen?«

Sie singt die letzten Worte nach der Melodie des Titelsongs, doch nur Willow und ich kapieren das – Zoe und Cherie sehen lediglich verwirrt aus.

Becca merkt, dass sie keine Ahnung haben, und schüttelt den Kopf.

»Wir brauchen eindeutig einen Filmabend. Vielleicht könnten wir den ja hier veranstalten. Die Kerle für einen Abend loswerden, idealerweise die Kinder auch, und einen Disney-Marathon veranstalten. Dabei können wir keine Kinder gebrauchen, nicht? Oder … vielleicht doch nicht hier, mir ist gerade erst aufgefallen, dass es hier keinen Fernseher gibt. Logo.«

»Wir könnten ihn oben in der Wohnung machen«, antwortet Cherie und zeigt über ihren Kopf. »Es ist zwar ein bisschen eng, doch das würde nur zur Stimmung beitragen. Du sorgst für den Film, ich für genug Baileys. Laura lassen wir den Kuchen backen, sobald sie sich besser fühlt.«

Alle nicken zustimmend, selbst ich. Laura wird sich vielleicht eine ganze Weile nicht *besser* fühlen, doch es ist definitiv nicht an mir, sie darauf hinzuweisen.

Ich bin neugierig auf Cheries Wohnung. Ich war noch nie oben in ihrem fast schon legendären Unterschlupf. Nach dem Tod ihres ersten Manns hat sie Jahre dort gelebt, bis sie schließlich zu Frank ins Farmhaus gezogen ist.

Seitdem dient die Wohnung als Notboxenstopp für die Brigade der Budbury-Damen. Becca hat dort gewohnt, bis sie und Sam richtig zusammengekommen sind, und Zoe hat sie am Anfang ihrer Zeit hier ebenfalls als Schlupfloch benutzt.

Ich habe viele Geschichten gehört – Cherie war früher ziemlich wild, hat mit Hippies abgehangen und Festivals besucht, noch bevor Glamping modern wurde, hat noch immer eine Schwäche für eine gelegentliche Kräuterzigarette und hört gern mal ihre Platten auf voller Lautstärke. Die Wohnung soll ein perfekter Spiegel ihrer Persönlichkeit sein, habe ich mir sagen lassen.

»So«, sagt Cherie und versetzt mir unter dem Tisch einen sanften Tritt, »und was führt dich hierher, Lady? Nicht, dass wir irgendetwas anderes als hocherfreut sind, dich zu sehen. Wir haben nur langsam schon gedacht, dass du uns nicht magst.«

Sie lächelt, sodass ich weiß, dass sie das nicht wirklich ernst meint.

»Was lässt dich glauben, dass ich euch jetzt mag?«, frage ich und lecke Fudge von meinem Löffel. »Ich bin nur wegen des Kuchens hier.«

»Unverschämt! Aber du bist uns trotzdem willkommen, meine Liebe. Sosehr wir unsere Männer auch anbeten, brauchen wir unsere kleinen Treffen. Sie verhindern, dass wir uns einsam fühlen.«

Es ist interessant, dass sie dieses Wort benutzt. Einsam. Ich meine, ich kann mir nicht vorstellen, dass eine dieser Frauen sich einsam fühlt – nicht jetzt jedenfalls. Doch wenn ich darüber nachdenke, wird mir klar, dass sie das alle einmal waren. Dass sie alle wissen, wie sich Einsamkeit anfühlt. Heute haben alle solide, tragfähige Beziehungen, ein erfülltes Leben und diesen Freundeskreis hier – aber das war nicht immer so. Sie alle hat das Leben durch den Fleischwolf gedreht, und alle sind irgendwie wieder ganz herausgekommen. Sie haben einander aus den Löchern gezogen, wie eine Menschenkette aus emotionaler Unterstützung – und langsam denke ich, dass ich vielleicht auch ein kleines Ziehen in die richtige Richtung gebrauchen könnte.

»Deshalb bin ich gekommen«, sage ich leise, während ich alle ansehe. »Ich habe mich ein bisschen einsam gefühlt. Es hat eine Weile gebraucht, bis ich das gemerkt habe, weil ich im Grunde genommen glücklich mit meinem Leben bin. Wie bei diesen Disney-Heldinnen ist es nicht so, dass ich einen Mann brauche ... vielleicht hat es eher damit zu tun, dass ich eine alleinerziehende Mutter bin. Oder mich immer noch als Die-Neue-in-der-Stadt fühle. Vielleicht hat es auch einfach nur mit mir zu tun. Ich weiß es nicht – doch ich habe gedacht, ich schaue mal vorbei und sehe, was ihr alle so treibt, wenn das Café geschlossen hat.«

Auf meine Rede folgt eine kleine Pause; sie ist nicht lang, aber lang genug, dass ich mich frage, ob ich das alles irgendwie furchtbar falsch verstanden habe. Ob ich vielleicht doch nicht berechtigt bin, ihrem Club beizutreten. Ob ich nicht einfach unter den Tisch kriechen und so tun sollte, als gäbe es mich nicht.

»Na ja, hauptsächlich essen wir Kuchen«, sagt Cherie und drückt meine Hand. »Und trinken Kaffee. Und manchmal, wenn wir uns so richtig wild fühlen, machen wir eine Flasche Amaretto auf und gönnen uns einen kleinen Schluck ...«

»Manchmal tanzen wir«, fügt Willow lachend hinzu. »Oder singen sogar. Wir sind in beidem ziemlich schlecht, aber das hält uns nicht davon ab.«

»Willow spricht nur für sich«, wirft Becca ein und hebt ihr inzwischen schlafendes Baby in seinen Buggy. »Ich habe die Stimme eines Engels und bewege mich, dass selbst

Beyoncé die Tränen kommen. Wenn wir nicht tanzen, singen oder Kuchen essen, reden wir übrigens über Daniel Craig.«

Zoe meldet sich zu Wort: »Und manchmal sehen wir uns Bilder von Daniel Craig auf dem iPad an. Aber nur, wenn Edie dabei ist – sie ist total pervers. Ich höre meistens nur mit halbem Ohr zu und lese in einem Buch, bis ich die Gelegenheit wittere, etwas Bissiges oder Sarkastisches von mir zu geben. Wenn ich nicht da bin, übernimmt Auburn den sarkastischen Part; wir wechseln uns sozusagen ab. Lauras Job ist es, uns Fragen zu unserem Liebesleben zu stellen, zu viel von Backsendungen zu reden und für Kuchen zu sorgen. Das funktioniert wie eine schlecht geölte Maschine – wir haben alle unsere Rollen!«

Ich sehe von der einen zur anderen, während sie abwechselnd reden, und frage mich, was ich wohl beitragen könnte. Trillerpfeifen?

»Vor allem, meine Liebe«, sagt Cherie, der offensichtlich klar ist, dass das für mich ein Problem sein könnte, »versichern wir uns, dass niemand von uns einsam ist. Wir kennen das alle, und wir wissen, wie sich das anfühlt. Es ist manchmal schwer, mit anderen in Kontakt zu kommen – vor allem wenn du versuchst, alles ganz allein zu schaffen. Doch um Hilfe zu bitten ist nichts Schlechtes – es ist etwas Gutes. Komm her, wann immer du magst, und hör uns bei unserem Gequatsche zu. Du wirst schnell herausfinden, wie der Hase läuft. Es ist ein bisschen wie ein Club … ein Kuchenclub.«

»Gibt es irgendwelche Regeln?«, frage ich und sehe in ihre aufmerksamen Gesichter. »Werdet ihr mich um Mitternacht entführen und mir einen Sack über den Kopf ziehen, und werde ich morgens in Franks Tulpenfeld aufwachen?«

»Nur, wenn du das willst«, antwortet sie und schüttelt langsam den Kopf. »Obwohl jetzt, wo ich dem Ganzen den Namen Kuchenclub gegeben habe … sollten wir vielleicht ein paar Regeln einführen. Und die erste Regel des Kuchenclubs lautet: Du sprichst nicht über den Kuchenclub.«

»Es sei denn, du willst es«, fügt Willow hinzu, »dann ist es völlig in Ordnung.«

»Ja. Dann ist es in Ordnung«, sagt Cherie, wobei sie es irgendwie schafft, keine Miene zu verziehen.

Ich nicke und bin irrsinnig dankbar für ihren Humor und die Art, wie sie mir das Gefühl geben, willkommen zu sein, ohne eine große Sache daraus zu machen. Wie sie mir das Gefühl geben, plötzlich ein bisschen weniger allein auf der Welt zu sein.

»Okay«, sage ich schließlich, während ich noch etwas Kuchen esse. »Ich mag Daniel Craig.«

12. KAPITEL

Die nächste große Entwicklung in meinem Leben kommt zwei Tage später und hat ein Fell.

Direkt nachdem ich Saul morgens in den Kindergarten gebracht habe und wieder zu Hause bin, klopft Matt an meine Tür. Er scharrt mit den Füßen, macht einen verlegenen Eindruck und meidet den direkten Augenkontakt, wie das so seine Art ist, wenn er mit menschlichen Wesen zu tun hat.

»Hi«, sage ich und versuche, nicht ungehalten auszusehen. Ich denke, dass das wahrscheinlich das erste Mal ist, dass jemand an meine Haustür klopft, und es fühlt sich seltsam aufdringlich an. »Ist alles okay? Ist Laura in Ordnung?«

Ich bedeute ihm, in die Diele zu kommen, da es draußen wieder schüttet. Der November scheint nichts als Regen auf Lager zu haben.

Sein Gesicht verzieht sich zu einem breiten Lächeln, als er eintritt, selbst das Erwähnen von Lauras Namen verwandelt ihn in einen völlig anderen Menschen.

»Ja, ihr geht es großartig – entschuldige, ich wollte dich nicht beunruhigen. Ich habe … na ja, ich habe mich gefragt, ob du mir bei etwas helfen kannst. Laura wollte unbedingt gleich mit ihm im Schlepptau hier aufkreuzen, aber … ich wollte dich erst fragen. Es ist eine große Verantwortung. Und vielleicht bist du ja allergisch.«

Seine Worte verwirren mich total, was man mir offensichtlich ansieht. Matt schüttelt den Kopf und entschuldigt sich noch einmal.

»Lass mich noch mal von vorn anfangen«, sagt er und lacht über seine eigene Unbeholfenheit. »Hat Laura überhaupt von dem Kater erzählt, der in der Rockery herumstreicht?«

Die Rockery ist die Ferienhausanlage, in der sowohl Laura als auch Matt wohnen, wenn auch in separaten Häusern – wer weiß, wie lange das noch so bleibt. Zoe und Martha haben auch eine Weile dort gewohnt, bis sie mit Cal in das Haus neben der Drogerie gezogen sind. Die Rockery gehört Cherie, die es sich anscheinend zur Angewohnheit gemacht hat, ihre Ferienhäuser in Zuhause für die Streuner von Budbury umzufunktionieren – zu denen jetzt auch ein Kater gehört, wie es scheint.

»Hat sie, wenn auch nur kurz – sie hat gesagt, dass er sich mit Midgebo ein Kräftemessen geliefert und gewonnen hat. Klingt nach einem Prachtexemplar.«

»Das ist er – er ist so ziemlich der größte Kater, den ich je gesehen habe. Fuchsrot, wahrscheinlich drei oder vier Jahre alt, aber er sieht ganz schön ramponiert aus. Er wird langsam etwas lästig in der Rockery, er sucht sich Wege in die Cottages, jagt die Hunde, macht wahrscheinlich die Schafe nervös und plant die Weltherrschaft … der übliche Katzenkram. Die Kinder haben alle versucht, ihn zu fangen, aber er ist zu clever für sie.«

»Das sind Katzen gewöhnlich«, antworte ich und lächle bei der Vorstellung, wie die Teenager ein fuchsrotes Phantom durch die Gärten jagen.

»Ja. Das sind sie. Egal, ich habe ihn schließlich gefangen …«

»Bist du ein professioneller Tierflüsterer oder so was?«

»Nein, ich bin nur jemand, der sehr viel Erfahrung darin hat, unwillige Katzen in die Enge zu treiben. Ich habe ihn in die Praxis gebracht und gründlich untersucht. Wenn du an ihn herankommst, ist er ein ziemlicher Softy – er liebt es, wenn man sich um ihn kümmert und ihn verwöhnt.

Wie dem auch sei – er ist nicht gechippt. Hat kein Halsband oder sonst ein Identifizierungsmerkmal. Von seinem Zustand her zu schließen hat er eine ganze Weile schon kein Zuhause gehabt, er hat sich herumgetrieben und mit den Katzen vor Ort angelegt. An einem Ohr fehlt ihm die Spitze, und an einer Stelle im Gesicht hat er kein Fell mehr, es ist über einer Narbe nicht nachgewachsen. Ich habe in allen Tierheimen der Gegend und auf der Polizeiwache angerufen und im Tierregister nachgesehen, aber niemand hat ihn als vermisst gemeldet. Ich denke, er streunt wohl wirklich schon eine ganze Weile herum, und leider sucht ihn auch niemand. Ich werde ihn ein paar Tage bei mir behalten, ihn impfen und … na ja, die nötige OP vornehmen, um eine Invasion von fuchsroten Katzen zu vermeiden.«

»Aua … damit wirst du dich nicht beliebt machen.«

»Es ist nur eine kleine OP – ich behalte ihn ein paar Tage bei mir, um sicherzugehen, dass er sich nicht die Fäden herauszieht. Doch wie du bestimmt schon erraten hast, sorge ich mich um seine Zukunft … ich muss ein gutes Zuhause für ihn finden, und weil Saul Tiere so liebt, hat Laura an dich gedacht.«

Ich schweige und denke über den Vorschlag nach. Er ist nicht furchtbar – aber er ist auch nicht brillant.

»Stimmt, Saul liebt aber auch Dinosaurier, und wir adoptieren keinen«, stelle ich klar.

»Die sind ausgestorben.«

»Das ist mir klar – aber … na ja, was meinst du? Was ist deine professionelle Meinung? Ich bin viel unterwegs, und ich habe viel zu tun. Ich bin mir sicher, dass Saul begeistert wäre – er liebt Midgebo und Bella und Rick und eigentlich jedes Tier, das er sieht –, aber Saul ist drei. Er kann noch keine vernünftigen Entscheidungen treffen.«

Matt nickt und sieht nachdenklich aus. Das ist mit Abstand das längste Gespräch, das wir je miteinander geführt haben, und ich finde es leichter als gedacht, um ehrlich zu sein. Matt ist geradeheraus, was das Leben sehr viel einfacher macht.

»Es ist schon besser, gründlich darüber nachzudenken«, stimmt er mir zu. »Ich erlebe es allzu oft, dass Leute sich Tiere anschaffen, mit denen sie dann nichts anfangen können, und dass es schlecht endet. Aber ich würde es einmal so sagen – Katzen sind insgesamt erheblich weniger wartungsintensiv als Hunde. Vor allem dieses Exemplar scheint ziemlich unabhängig zu sein, körperlich sehr robust und hat ein freundliches Wesen. Selbst als die Kinder ihn herumgejagt haben und Midgebo ihn angebellt hat, hat er nicht gekratzt oder um sich geschlagen, was gewöhnlich für einen freundlichen, gefestigten Charakter spricht. Vielleicht kannst du ja mal vorbeikommen und ihn dir ansehen und Saul mitbringen?«

»Wenn ich Saul mitbringe, ist die Sache entschieden – ich werde seinen Bitten nicht widerstehen können! Wenn es für dich okay ist, komme ich jetzt mit, wo Saul nicht da ist. Ich muss zugeben, dass ich Katzen irgendwie mag …«

Er lächelt mich vorsichtig und verständnisvoll an – als hätte ich gerade ein lebensveränderndes Eingeständnis gemacht – und wartet, während ich nach Mantel und Regenschirm greife. Ich habe das Gefühl, dieser Tage nur noch mit Schirm herumzulaufen. Er sollte zu einem Teil meines Arms werden, wie ein Roboterglied. Ein Roboter-Regenschirm.

In kameradschaftlichem Schweigen, wie ich es bezeichnen würde, gehen wir den Berg hinunter zu seiner Praxis, die bis zum Nachmittag geschlossen hat. Keiner von uns scheint das Bedürfnis zu haben, die Zeit mit Small Talk zu füllen, was erfrischend ist – und mir die Möglichkeit gibt, mir meinen gesamten Sauerstoffvorrat für die Gurrlaute aufzusparen, die ich in dem Moment von mir gebe, als ich den Kater sehe.

Er ist in einem großen Zwinger hinten im Haus, neben einem traurig aussehenden Dalmatiner, der sich von einer Knieoperation erholt, wie ich erfahre. Gegenüber ist eine sehr viel quirligere Französische Bulldogge untergebracht, die vor Freude, Matt zu sehen, im Kreis herumläuft und fast die Wände hochgeht. Matt gibt ein paar beruhigende Laute von sich, lässt die Bulldogge durch die Käfigtür seine Finger lecken und gibt mir ein paar Minuten, mich mit dem Kater bekannt zu machen.

Er ist wirklich fuchsrot – dazu hat er wunderschöne Streifen in so vielen verschiedenen Schattierungen, dass man ihn fast als mehrfarbig bezeichnen könnte. Und er ist absolut riesig – vor allem für einen Streuner –, doch dieser Eindruck entsteht auch durch das sehr dicke, sehr flauschige Fell. Er hat einen puscheligen Schwanz und hellgrüne Augen in einem großen Gesicht. Seine Pfoten sind ganz weiß, als hätte er kleine Stiefel an, und ich sehe, dass ihm ein Stück vom Ohr fehlt, und die Narbe, von der Matt gesprochen hat.

Er sieht mich auf diese Weise an, wie nur Katzen dich ansehen können – als wollten sie dir sagen, dass sie in deine Seele schauen können, dass sie all deine Geheimnisse kennen und dass sie auf der Stelle bitte gerne eine Dose Thunfisch hätten.

Matt hat die Zwingertür aufgemacht, und nachdem wir uns ein paar Minuten miteinander bekannt gemacht haben, kommt er an den Rand getrottet und springt würdevoll heraus. Dann windet er sich um meine Beine, schnurrt und schnuppert, reibt sein Fell an meiner Jeans und flirtet mit mir. Ich beuge mich zu ihm hinunter und streichle seinen Kopf, und er schmiegt ihn in meine Hand und leckt sie kurz mit seiner Sandpapierzunge.

Matt hat recht. Er ist ein großer Softie. Und ein Softie, der das eine oder andere über die Manipulation von Menschen weiß und der seine Anbetungswürdigkeit wunderbar zur Schau stellen kann, habe ich den Verdacht.

»So«, sagt Matt, nachdem er ein paar Minuten diesem Tanz zugeschaut hat, »was meinst du? Nimm dir Zeit, wenn du die brauchst. Es ist eine große Entscheidung, ich will dich nicht drängen …«

»Ich nehme ihn«, sage ich schnell, während ich mich von meinem neuen Freund zurückziehe und wieder aufrichte. Ich kann mir unser kleines Zuhause plötzlich nicht mehr ohne diesen Kater vorstellen. Er hat eindeutig etwas von einem Katzen-Jedi und meine Gedanken voll unter Kontrolle.

Matt lacht leise über meinen zweifellos sentimentalen Gesichtsausdruck und beugt sich hinunter, um den Kater hochzunehmen. Besagter Kater sieht mich flehend an, als er wieder in seinem Gefängnis sitzt. Er gibt ein wehleidiges Miauen von sich, um mir zu zeigen, dass er Besseres von mir erwartet hat, während ich tatenlos dastehe und es zulasse, dass er wieder eingesperrt wird.

»Alles in Ordnung, Süßer, ich komme wieder …«, murmele ich und stecke den Finger durch die Tür, um sein Fell zu berühren. Er sieht mich noch einmal traurig an, bevor er sich zu einem großen, flauschigen Ball zusammenrollt, als wollte er sagen *na klar … das habe ich schon mal gehört*. Ich schätze, er ist ein Kater, der viele Enttäuschungen mit Menschen erlebt hat. Oder vielleicht interpretiere ich auch zu viel in ihn hinein.

»Okay«, sagt Matt und geht mit mir zurück in den Empfangsbereich. »Ein guter Entschluss. Ich denke, er wird sich schnell einleben, und ich bin immer da, wenn du mich brauchst. Wie willst du ihn nennen? Nicht, dass das bei Katzen eine Rolle spielt.«

»Ich weiß nicht«, sage ich, ziehe meinen Mantel wieder an und lächle. Lächle, weil ich echt glücklich bin – fast schon aufgeregt –, eine Katze zu bekommen. Ich sollte wirklich mehr unter Leute gehen.

»Das überlasse ich Saul«, beschließe ich und sehe mir die Plakate über Wurmtabletten und Katrationsprogramme und die Wichtigkeit von Impfungen an.

Ich bleibe noch ein paar Minuten und rede mit Matt

über Laura und die bevorstehende lebensverändernde Ankunft des Babys. Ich höre, dass sie wieder angefangen hat zu arbeiten und so aufgeregt ist, dass die weniger angenehmen Symptome dabei untergehen, und dass sie in ein paar Wochen einen Ultraschall haben. Wenn der ergibt, dass alles in Ordnung ist, wollen sie den anderen ihre Neuigkeiten mitteilen. Bis dahin bleibt es ihr kleines Geheimnis.

Und meins, schätze ich. Meins und das des Katers – denn er kann zweifellos meine Gedanken lesen und weiß es längst.

13. KAPITEL

Ich verlasse die Praxis und bleibe, geschützt vor dem Regen, kurz unter dem Verandadach stehen, während ich überlege, was ich als Nächstes tun will.

Ich habe noch ein paar Stunden, bis ich Saul abholen muss, und kämpfe gegen den Impuls an, ein luxuriöses Katzenbett und eine Tüte voller Spielzeugmäuse zu kaufen. Katzen mögen diese Dinge nur selten, das weiß ich, sie ziehen eindeutig das luxuriöse Bett in deinem Schlafzimmer vor, und in Budbury gibt es genug echte Mäuse, die zu jagen viel mehr Spaß macht.

Stattdessen beschließe ich, ins Café zu gehen. Natürlich. Es scheint auf jeden, der im Dorf lebt, eine gewisse Anziehung auszuüben, und es bringt nichts, sich ihr zu widersetzen. Außerdem bin ich schon halb da und kann mich dort aufwärmen und wieder trocken werden und selbst gebackenes Brot mit frischer Butter essen. Was ist daran auszusetzen? Vor allem da ich zu Hause nur noch ein halbes Vollkornpitabrot habe, das eigentlich in den Müll gehört.

Außerdem ist der Besuch längst überfällig. Seit meiner Aufnahme in den Kuchenclub war ich mehrere Tage nicht da und habe das Gefühl, ich sollte mich wieder einmal sehen lassen. Als würde es schwerer, wenn ich es zu lange hinauszögere – wie wenn du Ewigkeiten keine Ohrringe trägst und die Löcher wieder leicht zuwachsen und du die Haut halb durchstechen musst, wenn du wieder welche anziehst. Oder vielleicht bin ich einfach so. Ich könnte natürlich auch mit dem Einkauf meiner Weihnachtsgeschenke beginnen, doch ich habe nicht wirklich die Energie, mich jetzt darum zu kümmern – außerdem muss ich warten, bis ich am Ende des Monats mein Gehalt bekomme. Ich weiß bereits, was Saul sich wünscht – ich lasse mir immer eine Liste für den Weihnachtsmann diktieren, sodass ich vorbereitet bin –, und nichts davon ist schwer erhältlich. Ich bin auch mehr oder weniger entschlossen, das Einkaufen mit einem Trip nach Bristol zu verbinden, weil ich unbedingt meine Eltern besuchen muss.

Von Dads Seite aus hat die letzten Tage Funkstille geherrscht, doch das ist nicht wirklich ungewöhnlich. Er ist kein Fan von Handys und hält die sozialen Medien für ein Werk des Teufels. Was das angeht, könnte er sogar recht haben.

Mum hat noch ein paar SMS geschickt, eine seltsame Mischung aus Beruhigungsversuchen und unterschwelliger Geheimnistuerei, wie »Alles okay, Liebes, zumindest bald …« oder »Mach dir um mich keine Gedanken – was mich nicht umbringt, macht mich stärker!«, so in der Art.

Sie ist eine Dramaqueen, und ich ermahne mich, nicht überzureagieren. Ich antworte immer, sage ihr, dass sie mich anrufen soll, wenn sie kann, und gebe angemessen besorgte Kommentare von mir. Doch nach ein paar Tagen, in denen wir auf diese Weise kommuniziert haben, komme ich langsam zu dem Schluss, dass eigentlich alles in Ordnung ist. Dass sie nur zu wenig Beachtung bekommt und diesen Moment im Scheinwerferlicht braucht.

Meine Oma hat sie immer Judy Garland genannt, wegen ihres Hangs zu Melodrama und Tränen. Im Rückblick betrachtet, hat dieser Persönlichkeitszug ihrer streitlustigen Beziehung zu meinem Dad definitiv nicht gutgetan. Vielleicht gehörte es mit zu seiner Attraktivität, dass er sich immer auf das Drama eingelassen hat.

Es hat es auch schwer gemacht, zwischen ihren wirklichen Stimmungen und Bedürfnissen und denen zu unterscheiden, die sie wie ein zweitklassiger Filmstar gespielt hat, der sich in einem Küchendrama in den Mittelpunkt stellt.

Sie war zugegebenermaßen in einer grauenhaften Situation – die dauernden Kämpfe, die Handgreiflichkeiten, der permanente Kampf um die Vormachtstellung mit einem Mann, der ihr Partner hätte sein sollen, das aber nur war, wenn du dem Partner ein »Sparring« voransetztest.

Zwischen ihnen war es jedoch nie so einfach oder grauenhaft, dass meine Mum das Opfer war. Sie stachelten sich zu immer boshafteren Streitereien an. Es konnte durchaus echt sein, wenn sie wie ein weinerliches Häufchen Elend am Küchentisch saß und auf die zerschlagenen Teller und umgeworfenen Stühle blickte. Wenn sie geschluchzt und geweint hat und ihre Schultern gebebt haben, vor Schmerz und Enttäuschung darüber, was aus ihrem Leben geworden war.

Doch manchmal mischte sich auch ein seltsames Entzücken in ihre Verletztheit. Mein Teenager-Ich hat ihre Hand getätschelt und versucht, sie zu trösten, und sie hat zu mir hochgeschaut, und durch die Tränen habe ich es gesehen – dass sie das Gefühl hatte, gewonnen zu haben. Siegreich gewesen zu sein. Das alles war sehr seltsam und verwirrend und hat mich definitiv gelehrt, nicht alles, was sie sagt, für bare Münze zu nehmen.

Während ich wieder einmal den Berg zum Café hochstapfe, mache ich in Gedanken so etwas wie einen Plan. Ich werde weiter mit Mum SMS austauschen, ich werde weiter versuchen, meinen Dad zu erreichen, und ich werde definitiv über ein Wochenende nach Bristol fahren und einen Besuch bei meinen Eltern mit dem Besuch der großen Spielzeuggeschäfte im Outlet kombinieren. Genau so mache ich es.

Diesmal bleibe ich nicht stehen, um den Blick auf die Bucht hinunter zu bewundern – es regnet zu sehr, um irgendetwas anderes als schmutzige graue Wolken und ein schmutziges graues Meer zu sehen. Ich stapfe durch den Garten, der langsam Ähnlichkeit mit einem Moor in einem Naturreservat bekommt, und stoße die Tür zum Café auf.

Die Wärme hüllt mich ein wie eine Decke, die auf der Heizung gelegen hat, und die Aromen von Zimt und Ingwer sagen mir, dass Laura nicht nur zurück ist, sondern bereits mit ihrem Weihnachtsmenü experimentiert. Das ist bei ihr Tradition – und eine sehr gute dazu. Wir alle werden zu Versuchskaninchen bei der großen Weihnachtsbäckerei, und ich für meinen Teil bin ein äußerst williger Proband.

Den Duft einatmend, sehe ich mich um, während ich meinen Schirm ausschüttele und in den großen Ständer stopfe, den Cherie neben die Tür gestellt hat. Er ist aus

Schmiedeeisen und hat die Form einer riesigen Sonnenblume, die selbst dann fröhlich wirkt, wenn sie voller nasser Regenschirme ist.

Ich sehe Laura hinter der Theke, die Schürze voller mehliger Fingerabdrücke, wie sie ein paar Bacon-Sandwiches zusammenstellt und ein Omelett garniert. Ich sehe Cherie neben ihr warten, um die Bestellungen an die Gäste auszuliefern. Ich sehe die Gäste – einen Tisch voller mittelalter Frauen, die so lachen, dass ich mal annehme, dass jemand gerade den besten Witz der Welt erzählt hat. Sie sind bis auf die Haut durchnässt und offensichtlich den Küstenweg entlanggewandert.

Ich sehe Zoe, die mit einem Becher Kaffee und einem Teller mit Muffins hinter der Theke hervor auf mich zukommt.

»Weihnachtsmuffins«, sagt sie und winkt mir zu. »Im November! Mein Gott, ich liebe diesen Ort …«

Ich nicke zustimmend, als sie in einem verrückten Sprint an mir vorbei in den Buchladen hetzt. Ihr Haar ist noch aufgeplustert und kraus von dem letzten verrückten Sprint hierher, und ich gehe mal davon aus, dass es am Ende des Tages die Ausmaße eines Renault Clio haben wird.

Ich sehe Edie auf ihrem üblichen Platz auf einem hohen Stuhl neben der Theke sitzen, wahrscheinlich spielt sie Online-Boggle auf ihrem iPad. Sie hat ein erstaunliches Wissen, was obskure und unbekannte Worte angeht, und gackert jedes Mal vor Vergnügen, wenn sie auf eins stößt, vor allem wenn es unanständig klingt. Einmal habe ich gedacht, dass sie vor Lachen in Ohnmacht fällt, als sie im Rasterfeld auf das Wort »Fellatio« gestoßen ist.

Ich sehe Cal, Zoes Freund, wie er ihr nachschaut, als sie davonflitzt. Sein blondes Haar ist feucht vom Regen, und in seinem Jeanshemd sieht er aus, als wollte er bei einem Rodeo-Spot mitmachen. Er sitzt an einem Zweiertisch und redet mit einer Frau, die mir den Rücken zukehrt.

Ich hänge meinen Mantel auf und suche kurz Lauras Blick. Sie zeigt mir den gereckten Daumen, um mir zu sagen, dass alles okay ist, dann zieht sie eine Grimasse und nickt zu den Tischen hinüber. Sie sieht ein bisschen so aus, als hätte sie eine Wespe verschluckt, und ich habe keine Ahnung, was sie mir sagen will. Cherie bemerkt mich von der anderen Seite des Raums aus, wo sie den vergnügten Damen ihre Frühstücksbestellungen gebracht hat, und macht eine ähnliche Geste. Ihre Augen sind weit aufgerissen, und sie scheint in Cals Richtung zu nicken.

Ich nicke und lächle und hinterfrage das Verhalten der beiden nicht weiter. Ich weiß, dass meine Haare und mein Gesicht heute nicht nach Schönheitssalon aussehen, und mache mir keine allzu großen Gedanken. Außerdem sind die Damen des Budbury-Kuchenclubs manchmal auch einfach nur verrückt.

Es gibt viele freie Tische, und gewöhnlich wähle ich einen, der so weit wie möglich von den anderen entfernt steht – das habe ich so gemacht, seit ich hier bin. Doch heute beschließe ich ganz im Sinne meiner neuen Einstellung, mutiger zu sein, und steuere den Tisch neben Cals an. Von allem anderen einmal abgesehen, sieht er wie ein richtiger Cowboy aus – eine der einfacheren Freuden dieses Lebens.

Ich nicke ihm beim Gehen zu, und um seine Augen bilden sich Lachfältchen. Ich widerstehe dem Drang, mir noch mal in mein Haar zu fassen, sehe aber schnell an meiner Bluse hinunter, ob ich vergessen habe, ein paar Knöpfe zuzumachen oder sonst was. Nein. Alles gut und an seinem Platz.

Erst als ich einen Stuhl an dem Tisch neben ihm vorziehe, bekomme ich mit, was los ist. Als ich sehe, mit wem er redet.

»Zieh den Stuhl besser hier herüber, meine Liebe«, sagt er in bester gedehnter australischer Sprechweise. »Ich sitz hier mit einer alten Freundin von dir …«

Ich starre ihn an. Ich starre sie an. Und schließlich sage ich: »Mum! Was tust du hier?«

14. KAPITEL

»Was, darf eine Mutter sich nicht spontan entschließen, ihre einzige Tochter zu besuchen?«, sagt sie und klingt halb amüsiert und halb verärgert. Ich kenne diesen Ton – es ist ihre Enttäuschte-Joan-Collins-Stimme.

Sie sieht schnell zu Cal hoch, sieht, wie er unsere Interaktion beobachtet, und stößt ein albernes kleines Lachen aus. Es ist ein Lachen, wie Teenager lachen, wenn sie in Gegenwart eines Jungen ihre Haare nach hinten werfen. Mum hat kurze Haare, deshalb kann sie das nicht, Gott sei Dank.

Besagte Haare hat sie vor Kurzem nachgefärbt, und aus dem früheren Straßenköterblond ist endgültig blond geworden, wie ich sehe. Sie trägt auch mehr Make-up als sonst, doch es lenkt nicht wirklich davon ab, dass ihre Augen müde aussehen und die Linien um ihren Mund tiefer geworden sind. Sie hat ihren Lieblingspulli an, der mit den mit Pailletten besetzten Herzen, ihr *Gute-Laune-Oberteil*, wie sie ihn nennt.

Vor ihr steht ein schwarzer Kaffee mit einem unberührten Weihnachtsmuffin, aus dem irgendeine klebrige Sirupfüllung quillt. Sie achtet auf ihre Figur, seit ich auf der

Welt bin – auch wenn ich nicht verstehe, warum, denn sie sieht immer noch aus wie mit zwanzig und ist eher zierlich – genau wie ich. Sie war sogar mal in einem Club zum Abnehmen, wo sie sich höchst unbeliebt gemacht hat. In einem Raum voller Frauen, die wirklich Probleme mit ihrem Gewicht hatten, hat sie erklärt, dass sie mit ihrer Figur zu kämpfen hat.

Sie lächelt mich an und Cal, und jeder, der sie nicht kennt, könnte meinen, dass sie total glücklich und entspannt ist. Wahrscheinlich nehme nur ich die Warnhinweise war, wie nervös sie ist: die Anspannung in ihrem Gesicht, das sanfte Klopfen ihrer Finger auf dem Tisch, die Stimme, die etwas höher ist als sonst.

All das sind Zeichen, die ich im Laufe meiner Kindheit zu erkennen gelernt habe, Zeichen, die mich sofort in eine versöhnliche Stimmung versetzen, nur um jegliche Eskalation zu vermeiden.

»Natürlich kannst du das!«, sage ich und blinzele kurz, um meine Überraschung zu verbergen und, wenn ich ganz ehrlich bin, jegliche sichtbaren Anzeichen, dass ich nicht total begeistert bin, sie zu sehen. Mir kommt der Gedanke, dass ich kein sehr netter Mensch bin.

»Es ist schön, dich zu sehen«, sage ich, was nur halb gelogen ist, »aber warum bist du hierhergekommen und nicht zu mir nach Hause?«

»Ich habe es zuerst bei dir versucht, aber es hat niemand aufgemacht. Ich dachte, dass du vielleicht noch im Bett liegst, deshalb habe ich nicht weiter geklopft.«

Ich versuche, nicht zu lachen – als wäre ich mit Saul im Haus noch im Bett! Ich habe auch das leise Gefühl, dass sie auf raffinierte Weise versucht, mich vor Cal als faul hinzustellen. Wahrscheinlich tut sie das nicht, und ich bin nur paranoid. Und defensiv. Und verhalte mich wie ein Kind. Lustig, wie man in Gegenwart von Leuten, die man schon sein ganzes Leben lang kennt, in alte Rollen verfällt.

»Oh … nein. Du musst vorbeigeschaut haben, als ich Saul in den Kindergarten gebracht habe. Wahrscheinlich haben wir uns einfach verpasst. Jedenfalls bin ich froh, dass du hier bist.«

Cal sieht mit einem freundlichen Lächeln von einer zur anderen, die Hemdsärmel hochgekrempelt, sodass seine durch die körperliche Arbeit kräftigen Muskeln zu sehen sind. Es wäre leicht, Cal zu unterschätzen, er ist sehr viel scharfsinniger, als er aussieht. Er hat sich in diese Welt deutlich leichter eingefügt als ich, obwohl er auf der anderen Seite derselben aufgewachsen ist.

Er steht auf und streckt sich. Einen kurzen Moment fällt mir auf, dass so ziemlich jede Frau im Raum aufhört zu tun, was immer sie gerade tut, und ihn beobachtet, einschließlich des Tisches voller mittelalter Wanderinnen, Laura hinter der Theke und selbst, ach du lieber Gott, meiner eigenen Mutter.

»Ladys«, sagt er, setzt sich seinen ramponierten Cowboyhut auf den Kopf und tippt daran, »es war mir ein Vergnügen, aber ich muss zur Arbeit. Genieß deinen Aufenthalt hier, Sandy, und ich hoffe, wir sehen uns.«

Sie kichert als Antwort – sie kichert tatsächlich – und tätschelt seine Hand.

»Oh, das werde ich, Cal, das werde ich«, antwortet sie mit einem Klimpern ihrer getuschten Wimpern, während sie ihm nachwinkt.

»Mum«, sage ich, und etwas von meinem Entsetzen

schleicht sich in meine Stimme, »warum nennt er dich Sandy? Hast du gerade mit ihm … geflirtet?«

Sie sieht mich von der Seite an und zuckt die Schultern.

»Ach, Süße, natürlich habe ich mit ihm geflirtet – hast du keine Augen im Kopf? Ich bin dreiundfünfzig – nicht tot. Er hat gesagt, dass er meinen Namen zu Sandy verkürzt, weil Australier immer die Namen verkürzen und weil ich ihn an die junge Olivia Newton-John in *Grease* erinnere … egal, ich bin mir sicher, er ist es gewöhnt, dass man mit ihm flirtet. Es ist nichts passiert.«

Ich nicke und muss zugeben, dass sie recht hat. Er ist es gewöhnt und scheint es, offen gesagt, zu genießen. Er ist ein Mann, der Frauen mag, und die Frauen scheinen das zu wissen.

»Na gut. Aber wenn ein Mann mit Namen Frank hereinkommt – er ist groß und wie ein Farmer gekleidet, weil er einer ist, und er hat silbernes Haar –, dann flirtest du nicht mit ihm, okay?«

»Warum nicht?«

»Weil er Cheries Ehemann ist und sie dich wie einen Käfer zerquetschen wird.«

Mum gibt ein selbstsicheres Schnauben von sich und antwortet: »Ha! Ich möchte sehen, wie sie das versucht.«

Ich blicke zu Cherie hinüber, die wieder bei Laura hinter der Theke ist und ihr hilft, alles für das Mittagessen vorzubereiten. Sie ist groß, kraftvoll und hat eine absolut dominante Präsenz, sowohl körperlich als auch sozial. Und ich komme zu dem Schluss, dass ich das auch gerne sehen würde.

Mum und ich sitzen einen Moment schweigend da und schauen einander an. Als das Schweigen langsam unangenehm wird, sehe ich, dass sie eine Show abzieht; dass ihre vorgetäuschte Selbstsicherheit definitiv etwas vertuschen soll. Etwas, das sie nicht unter Kontrolle zu haben fürchtet.

Ihre Nägel sind manikürt und mit kleinen Herzen geschmückt, und sie trägt baumelnde Ohrringe, ebenfalls in Form von Herzen. Zusammen mit dem mit Pailletten besetzten Pulli sind das ziemlich viele Herzen. Sie hat sich viel Mühe mit ihrem Aussehen gegeben, doch trotz allem sieht sie immer noch wie eine Frau aus, der es schlecht geht. Wie jemand, der gegen die innere Traurigkeit ankämpft.

»Du solltest den Muffin besser essen«, sage ich und schiebe ihr den Teller hin. Mir fällt auf, dass sie auch ein bisschen abgenommen hat, was sie sich wirklich nicht leisten kann. »Leute, die ihre Muffins nicht essen, erschießt man hier, weißt du.«

Sie schneidet ihn mit dem Messer durch und gibt mir eine Hälfte. Mit ihrer spielt sie ein bisschen herum, zerkrümelt sie in kleine Stückchen und schiebt sie in dem herausgelaufenen Sirup auf dem Teller herum, isst aber nicht wirklich etwas.

»Tut mir leid, Liebes«, sagt sie nach ein paar Minuten. »Ich habe keinen Appetit. Ich habe auf der M5 an einer Tankstelle gehalten und ein großes Frühstück gegessen. Ich war mir nicht sicher, ob du etwas im Haus hast.«

Sie lügt, und das wissen wir beide. Sie hat nicht gefrühstückt. Es würde mich überraschen, wenn sie im Moment überhaupt viel isst. Die Welle der Sympathie, die ich gerade empfinde, wird leicht abgemildert durch die Tatsache, dass sie diese spitze Bemerkung zu meiner Haushaltsführung hinzufügen musste, aber die Sympathie gewinnt.

»Mum, ich freue mich, dass du da bist. Wirklich«, sage ich und greife nach ihrer Hand, nur damit sie aufhört, auf den Tisch zu klopfen. »Aber warum bist du hier? Was ist los? Die mysteriösen Anrufe, die SMS, die Tatsache, dass ich dich tagelang nicht erreichen konnte? Ist alles in Ordnung?«

»Nun ja, es ist niemand gestorben …«, sagt sie leise.

»Das glaube ich. Aber ganz offensichtlich ist etwas nicht in Ordnung. Du bist den ganzen Weg hierhergekommen, dann kannst du auch mit mir reden. Ich kann dir nicht helfen, wenn ich nicht weiß, was los ist, ja?«

Sie beißt sich auf die Lippe und starrt in die entgegengesetzte Richtung. Ich sehe, wie sie Frank entdeckt, der durch die Tür kommt, und zumindest das bringt sie zum Lächeln.

»Das ist er, nicht? Cheries Mann? Ein richtiger Herr, nicht? Wie ein sexy Großvater …«

»Mum!«, sage ich etwas lauter als nötig. Langsam werde ich sauer. Sie ist erst eine halbe Stunde hier, und meine Nerven liegen bereits blank.

Sie schneidet eine Grimasse und antwortet: »Gut, gut … reg dich nicht auf. Es geht um deinen Vater.«

»Was ist mit Dad? Ist er okay? Ich dachte, du hättest gesagt, dass niemand tot ist.«

»Er ist nicht tot, Katie. Er ist … ja, er ist sogar äußerst lebendig. Er ist zu Fiona Whittaker aus der Nebenstraße gezogen.«

»Zu Fiona Whittaker?«, frage ich ungläubig. »Fiona Whittaker, der Frau, die immer den Eiswagen gefahren hat?«

»Ja, zu der. Den Eiswagen fährt sie übrigens immer noch.«

»Fiona Whittaker … die aussieht, als hätte sie das ganze Eis aus dem Eiswagen selbst gegessen?«

Meine Mum nickt einfach und beginnt, die Zuckertütchen aufzureißen, nur damit ihre Hände etwas zu tun haben.

»Genau diese Fiona Whittaker, ja.«

Ich bin einen Moment so verblüfft, dass mir einfach die Worte fehlen. Was sie mir gerade erzählt hat, ist so falsch, dass ich es einfach nicht begreife.

Nichts gegen Fiona Whittaker, doch sie ist nicht das stereotype Bild einer Femme fatale, die eine Ehe zerstört. Sie muss über 130 Kilo wiegen und sieht ein bisschen wie Jeff Goldblum aus. Ich meine, das geht bei Jeff Goldblum, doch bei einer Frau ist es nicht so prickelnd. Obwohl sie immer ein fröhliches Lächeln und ein ansteckendes Lachen hatte und ihren Job, Eis an die Kinder in der Siedlung zu verteilen, wirklich zu lieben schien.

Dennoch könnte ich mir keinen unterschiedlicheren Typ zu meiner Mutter vorstellen, selbst wenn ich es versuchen würde. Außerdem habe ich mit meinem Dad wahrscheinlich schon Hunderte von Malen Eis bei ihr gekauft und nie auch nur einen Ansatz von sexueller Spannung bemerkt. Andererseits kommt mir das bei einer Sechsjährigen auch eher unwahrscheinlich vor.

Dass er Mum für Fiona Whittaker verlassen hat, ist also an sich schon verrückt. Noch verrückter ist allerdings, dass er es überhaupt getan hat.

Denn trotz all ihrer Kämpfe und ihrer gegenseitigen Verachtung bin ich immer von der Annahme ausgegangen, dass meine Eltern ewig zusammenbleiben. Bis zu dem Punkt, wo einer bei dem anderen einen Herzinfarkt auslöst oder sie sich in einem Pfannenheberduell gegenseitig umbringen.

Als ich noch jünger war, habe ich mir ernsthaft gewünscht, dass sie sich trennen. Ich habe mich nach einem Szenario gesehnt, wo ich beide in separaten Häusern besuche und nicht mitten in ihren Streitereien stecke, nicht als Pfand oder emotionaler menschlicher Schild benutzt werde. Wo wir normale Sachen miteinander machen können, ohne zu riskieren, dass einer von ihnen in einem Weihnachtsbaum landet oder beim Frühstück eine Schale mit Müsli über dem Kopf ausgeleert bekommt.

Nach einer Welt, in der ich von der Schule nach Hause komme und mich nicht erst in den Garten schleichen muss, um mich zu versichern, dass keiner die Kleider des anderen aus dem Fenster geworfen hat. Ich habe einmal die Unterhosen meines Vaters an einer eingetopften Konifere hängen sehen und mich nie ganz davon erholt.

Trotzdem haben sie sich nie getrennt. Sie haben aus reiner Starrsinnigkeit zusammengehalten, sich an eine Ehe geklammert, die schon so lange tot war, dass man sie als Zombie hätte bezeichnen können. Sie schienen einander zu hassen, klammerten sich aber an ihre Pattsituation. Vielleicht lieben sie sich ja in ihrem tiefsten Inneren und tun nur ihr Bestes, es nicht zu zeigen, habe ich immer gedacht. Und immer wenn ich diesen Satz gehört habe, dass Hass und Liebe eng beieinanderliegen, habe ich an sie denken müssen – und wie sie ihr ganzes Leben zwischen diesen beiden Extremen hin und her gependelt sind.

Als ich nicht mehr zu Hause gewohnt habe, war es einfacher, damit klarzukommen. Einfacher, sie als das zu akzeptieren, was sie waren, und keine Zeit mehr darauf zu verschwenden, mir zu wünschen, dass ich adoptiert bin und meine richtigen Eltern nach mir suchen. Und mit der Zeit ist die Wut verflogen – ich wusste, dass sie mich liebten und dass sie ihr Bestes taten.

Die Besuche zu Hause waren manchmal zwar immer noch angespannt, obwohl ich ein paar ziemlich strenge Grundregeln festgelegt hatte, sobald es Saul gab. Keine Streitereien in seiner Gegenwart – niemals. Im Großen und Ganzen haben sie sich daran gehalten und sich auf bissige Kommentare beschränkt, die er nicht verstanden hat. Also habe nur ich die Spannung mitbekommen, nicht er – er hatte keine Ahnung; ich dagegen habe ständig auf das Klingeln der Glocke gewartet, die den Beginn der 9007. Runde in ihrem königlichen Kampf ankündigte.

Doch was ich nie erwartet habe, ist das hier. Dass einer von ihnen schließlich das Ende einläutet und geht. Dass einer von ihnen sich schließlich für Freiheit und Glück entscheidet, und was meinen Dad angeht, vermutlich für kostenlose Eistüten mit Erdbeersoße, wann immer er will.

»So«, meint meine Mum und macht mir klar, dass ich stumm wie einer von Beccas Goldfischen dagesessen habe. »Hast du irgendwas dazu zu sagen?«

»Äh … krass. Ich weiß wirklich nicht, was ich dazu sagen soll, Mum. Ich bin total geschockt. Wie ist die Situation denn jetzt? Wann ist das alles passiert?«

Sie beginnt, den Muffin mit dem Messer zu zerhacken, zerkleinert ihn zu süßen Trümmern, kratzt mit der Klinge über das Porzellan und sieht insgesamt ein kleines bisschen psychotisch aus.

»Ich habe es letzte Woche herausgefunden, aber offensichtlich läuft es schon eine ganze Weile. Ich habe seit ein paar Monaten gewusst, dass etwas nicht in Ordnung war – oder es zumindest vermutet. Er war so … ich weiß nicht … so ruhig. *Zufrieden.* Er hat angefangen, längere Schichten zu arbeiten, und ist früh ins Bett gegangen und hat sich über nichts beschwert und … na ja. Er war einfach nicht er selbst.«

»Du meinst, er hat aufgehört, sich mit dir zu streiten?«

Sie nickt traurig, und ich sehe Tränen in ihren Augen schimmern. Aus ihrer Körpersprache zu schließen sind sie real. Nur in ihrer verkorksten Welt konnte ein Ehemann, der zufrieden zu sein schien und sich nicht mehr mit ihr stritt, eine Katastrophe bedeuten. Und doch tat er das – und ich verstehe total, warum. Es muss sie absolut verwirrt haben; sie muss das Gefühl gehabt haben, dass ihr der Teppich unter den Füßen weggezogen wurde.

»Hast du mit ihm gesprochen, seit du es herausgefunden hast? Habt ihr euch hingesetzt und richtig miteinander geredet?«

»Na ja, er ist Montagabend vorbeigekommen. Um seine Sachen zu holen. Ich habe ihm gesagt, dass er sie im Garten findet, und das war's. Es hat ihn nicht einmal gekümmert, Katie – er ist einfach nach draußen gegangen und hat sie vom Rasen aufgesammelt!«

Ich schneide innerlich eine Grimasse, versuche aber weiterhin, ruhig und nicht wertend auszusehen. Das war eine typische Mum-Reaktion – und eine, die meinen Vater in der Regel dazu gebracht hätte, vor Wut einen hochroten Kopf zu bekommen. Die Tatsache, dass er nicht einmal auf diesen Köder angebissen hat, muss schrecklich für sie gewesen sein – all ihre Erwartungen sind enttäuscht worden. All meine auch, um ehrlich zu sein.

Wenn er nicht mehr engagiert genug war, sich mit ihr zu streiten, war er überhaupt nicht mehr engagiert. Das dürfte die einfache Gleichung in ihrem Kopf gewesen sein und eine, der ich wahrscheinlich zustimme. Ich bin traurig, was sie angeht, verwirrt, was mich angeht, und ich vermute, ziemlich beeindruckt von meinem Dad. Wenn er das getan hätte, als ich noch jünger war, hätte uns das vielleicht sehr viele Probleme erspart.

»Okay, Mum. Es tut mir unendlich leid. Aber jetzt bist du hier, und wir können etwas Zeit miteinander verbringen, und es wird besser werden – das wird es wirklich. Ich weiß, dass es sich jetzt vielleicht nicht so anfühlt, aber das wird es. Du bleibst eine Weile, ja?«

»Wenn das okay ist, ja. Ich habe mein Gepäck im Auto gelassen. Ich habe es einfach zu Hause nicht mehr ausgehalten … es war die ganze Zeit so ruhig. Und ich habe überall Sachen von ihm gefunden, sein Rasierzeug im Bad und die alten Ausgaben von *Auto Trader* in der Toilette unten und im Kühlschrank diese Dosen mit Irish Stew, das er so gern mag … und … ja. Ich musste für eine Weile weg, Liebes. Das Einzige, wofür ich dankbar war, war das Wetter – da ist sie wenigstens nicht mit diesem verdammten Eiswagen herumgefahren und hat selbstgefällig und verliebt ausgesehen …«

Ich schaudere leicht bei der Vorstellung eines weiblichen Jeff Goldblums, der in meinen Dad verliebt ist, und wende mich stattdessen praktischen Dingen zu. Saul kann ein paar Nächte bei mir schlafen und Mum sein Zimmer haben. Sie wird in einem kleinen Einzelbett mit Paw-Patrol-Stickern schlafen müssen, aber so ist das Leben.

»Ich verstehe dich, Mum. Wirklich. Und mach dir keine Gedanken. Es kann eigentlich nur aufwärtsgehen.«

»Wie in diesem Song von Yazz.«

»Genau. Und jetzt komm – lass mich dich mit ein paar Leuten bekannt machen … und vergiss nicht: Kein Flirt mit Frank.«

»Ich versuche es«, antwortet sie und bringt ein kleines Lächeln zustande. »Aber Sandy kann nichts versprechen …«

15. KAPITEL

Danach verändert sich mein Leben von arbeitsreich, aber überschaubar, in etwas, das Ähnlichkeit mit einer komplizierten amerikanischen Sitcom hat. Bis jetzt zumindest ohne böse Zwillinge oder fingierte Todesfälle.

Mum richtet sich in Sauls Zimmer ein, was er urkomisch findet. Am ersten Abend bringt er sie inmitten von ungefähr siebentausend Kuscheltieren ins Bett, deren Namen und Geschichten er ihr ernst und auf eine Weise mitteilt, die vermuten lässt, dass er sie am Morgen danach fragen wird.

Sie ist müde und hat eindeutig damit zu kämpfen, wie sich ihr Leben entwickelt hat, und von einem Kleinkind ins Bett gebracht und mit einer *Paw-Patrol*-Decke zugedeckt zu werden muss das Surreale an der Situation nur noch verstärkt haben. Es wird nicht weniger surreal, doch zum Glück habe ich meine arbeitsintensiven Pausen durch die Arbeit und das College, und Mum scheint damit zufrieden, sich selbst zu beschäftigen.

Dann trifft zwei Tage später *Der Kater* in all seiner fuchsroten Herrlichkeit ein. Matt bringt ihn vorbei. Er hat sich ganz von seiner kleinen OP erholt, doch ich hege den

Verdacht, dass er immer noch leicht beleidigt ist. Er sieht Matt definitiv mit einem misstrauischen Blick an, als er aus dem Katzenkorb spaziert und sein neues Zuhause inspiziert wie die Queen ihre Garde bei der Parade, und das hat er vorher nicht getan.

Er streift eine Weile im Zimmer herum, sieht äußerst selbstbewusst und ziemlich verächtlich aus, während Saul auf seinen Händen sitzt und vor Aufregung fast platzt.

Ich hatte ein paar *Große Gespräche* mit Saul über Haustiere, wie man mit einem Kater umgeht und wie wichtig es ist, dass er sich erst einmal eingewöhnen und mit allem vertraut machen kann, bevor wir ihn mit unserer Liebe ersticken. Auch dass es unter keinen Umständen eine gute Idee ist, ihn am Schwanz zu ziehen oder ins Ohr zu zwicken. Bis jetzt hält er sich daran, doch er vibriert förmlich vor gespannter Erwartung, während der Kater seinen ersten Rundgang macht.

Ich erwarte fast, dass er einfach nach oben verschwindet, sich ein ruhiges Plätzchen sucht und uns ignoriert – doch er überrascht mich, indem er zu Saul hinübertrottet und sich auf seinem Schoß zusammenrollt. Sauls Gesichtsausdruck ist unbezahlbar und treibt mir tatsächlich die Tränen in die Augen. Es hat etwas so Reines und Wunderschönes zu sehen, wie ein kleines Kind auf die Anwesenheit eines Tiers reagiert – es ist eine der schlichtesten und ehrlichsten Reaktionen überhaupt.

Saul blickt zu mir hoch, als wollte er mich etwas fragen. Ich nicke und sage ihm, dass es wahrscheinlich okay ist, ihn jetzt anzufassen, da der Kater sich seine Meinung zu uns gebildet zu haben scheint. Oder zumindest zu Saul.

Zunächst zögernd, streicht er dem Kater mit seinen kleinen Händen über den Rücken, doch als er ein Schnurren hört, tauchen seine Finger in das dicke Fell ein. Innerhalb von Minuten sind sie die besten Freunde, und alle im Raum scheinen einen gemeinschaftlichen Seufzer der Erleichterung auszustoßen.

Mit einer Hand auf dem Kopf des Katers und dem eindeutig größten Grinsen der Welt sieht Saul zu uns hoch und verkündet: »Wir nennen ihn Tinkerbell!«

Ich sehe Matt an. Matt sieht mich an. Und wir zucken beide die Schultern – was spielt es schon für eine Rolle? Der Kater wird ohnehin nicht auf seinen Namen hören, es sei denn, er verspricht sich etwas davon. Und wenn Saul aus irgendeinem Grund entschieden hat, dass der Kater eine Katze ist … na schön, das tut niemandem weh.

Der Kater, der eingekuschelt und gemütlich auf Sauls Schoß liegt, unterbricht sein gemächliches Pfotenlecken und sieht mit einem selbstgefälligen Katzenblick zu uns hoch. Er ist grenzwertig hässlich, dieser Kerl, mit seinen Narben und seinen kahlen Flecken, seinem kaputten Ohr. Und wenn auch nicht richtig hässlich, dann definitiv nicht schön.

»Tinkerbell«, sage ich und streiche Saul über den blonden Schopf. »Das ist perfekt, Liebling.«

Nach diesem anfänglichen Zuneigungsausbruch wird Tinkerbell etwas zurückhaltender – er sucht sich Verstecke im ganzen Haus und schlägt schließlich im Schmutzwäschekorb sein Basislager auf. Saul hält das für ein großartiges Versteckspiel und zählt sogar bis zehn (plus/minus sechs), um dem Kater Zeit zu geben, ein neues Versteck zu finden, sodass das kein Problem ist.

Meine Mum wird ebenfalls etwas zurückhaltender, nachdem sie am ersten Abend so offen und ehrlich war – auch wenn sie sich zum Glück nicht im Schmutzwäschekorb versteckt.

Wir verbringen zwei Abende zu Hause, an denen ich koche und sie durch ihr schwaches Lob ihre Kritik zum Ausdruck bringt, und wir schleichen beide in dem kleinen Wohnzimmer herum und versuchen, unbefangen zu sein. Wenn ich ehrlich bin, macht mir ihr plötzliches Auftauchen zu schaffen – seit ich nach Budbury gezogen bin, habe ich nicht mehr so viel Zeit mit einem anderen Erwachsenen verbracht und bin in meinen Gewohnheiten definitiv etwas eingefahren.

Es verwirrt mich auch, was mit meinen Eltern passiert – und dass es mich so berührt, verwirrt mich noch mehr. Ich bin erwachsen. Ihre Ehe war eine Katastrophe. Was tangiert es mich überhaupt, dass sie zu Ende zu sein scheint?

Darauf habe ich keine andere Antwort als die, dass Veränderungen immer schwierig sind. Selbst wenn wir tief in unserem Innersten wissen, dass eine Veränderung gut ist, nötig ist, ist es schwierig.

Und das sage ich mir auch, wenn ich mich besonders über sie ärgere – weil sie den Fernsehtisch wischt, obwohl ich das am Vortag getan habe; darauf besteht, eine Gartensendung zu gucken und anzügliche Kommentare über die Größe der Mistforke des Fernsehmoderators macht; meine Küchenschränke umräumt, damit sie »ein bisschen praktischer sortiert sind«.

Ich sage mir, dass, egal wie verwirrend das Ganze für mich ist, es für sie noch tausendmal verwirrender sein muss. Ja, ihre Beziehung war mehr als zerrüttet – aber es war ihre Beziehung. Es war alles, was sie für den größten Teil ihres Erwachsenenlebens gekannt hat, und plötzlich gibt es sie nicht mehr. Mein Vater hat sie für eine Frau verlassen, die sie nie als Rivalin betrachtet hätte, was auch wehtun muss.

Sie isst immer noch sehr wenig, trägt immer noch zu viel Make-up und scheint Gefallen an Skinnyjeans gefunden zu haben – alles Versuche, ihr Selbstbewusstsein irgendwie zu pushen, nehme ich an. Sie flirtet auch immer noch mit allen, vom Postboten bis zu Scrumpy Joe, was ziemlich amüsant zu beobachten ist. Scrumpy Joe guckt nur verwirrt und fragt, ob sie Cider mag.

Surfer Sam reagiert wie Cal mit einer Großmut, die ein Lächeln auf ihr Gesicht zaubert. Matt guckt ihr einfach über die Schulter, als würde er über einen Fluchtweg nachdenken. Tom, Willows Freund, verwickelt sie in ein Gespräch über Jean Grey aus *X-Men*, das zu verfolgen eine Freude ist – es wird sie in Zukunft davon abhalten zu sagen, dass er wie ein sehr viel jüngerer Hugh Jackman aussieht.

Aber Frank lässt sie in Ruhe – sie mag zwar in einer Krise stecken, doch sie ist eindeutig vernünftig genug, Cherie nicht zu unterschätzen, und offenbar fest entschlossen, den nächsten Tag noch zu erleben. Nicht, dass Cherie sie wirklich wie einen Käfer zerquetschen würde – nicht im wortwörtlichen Sinn. Um der Wahrheit die Ehre zu geben, weiß Frank einen guten Flirt zu schätzen, und Cherie scheint auch nichts dagegen zu haben, doch das weiß meine Mum nicht.

Am dritten Abend fällt uns beiden langsam die Decke auf den Kopf. Tinkerbell hat auf Anraten von Matt für die ersten vierzehn Tage Hausarrest, damit er sich daran gewöhnt, dass das hier sein Zuhause ist, bevor er hinaus in die Wildnis darf. Es scheint ihm nicht wirklich zu gefallen, mit uns eingesperrt zu sein. Mir und meiner Mum geht es nicht anders, denke ich, als ich die Treppe hinunterkomme, nachdem ich Saul ins Bett gebracht habe.

»So«, sagt sie und streckt sich auf dem Sofa aus, wo sonst ich sitze, »ich denke, wir verzichten heute Abend mal auf Netflix. Wir haben *Jessica Jones* und die besten Episoden von *Friends* gesehen, und die über den Präsidenten mit Kiefer Sutherland hat mir wirklich gefallen. Aber ich habe genug ferngesehen, denke ich.«

Ich setze mich in den Sessel und nicke zustimmend. Sie hat recht – wir haben viel ferngesehen. Trotz meiner sanften Versuche schien sie nicht wirklich offen für ein Gespräch über etwas Ernsteres als darüber, ob Ross und Rachel wirklich eine Beziehungspause eingelegt hatten, als er mit dem Mädchen aus dem Copyshop geschlafen hat.

Es ist, als hätte sie eine Wand der Unwirklichkeit um alles errichtet, was hier wahrscheinlich auch nicht so schwer ist, wo sie der hässlichen Realität ihrer momentanen Umstände entkommen ist – nicht in dem Haus ist, das sie mit Dad geteilt hat, und kein Risiko läuft, ihm mit Fiona Whittaker auf der Straße zu begegnen.

Ich verstehe das, und um ehrlich zu sein, war ich ganz froh, nur exzessiv mit ihr fernzusehen. Wir lieben einander, aber wir haben uns nie besonders nahegestanden, und diese erzwungene Nähe fordert offensichtlich ihren Tribut von uns beiden.

»Okay«, sage ich schließlich und schrecke leicht auf, als

Tinkerbell plötzlich auftaucht, an der Rückenlehne des Sessels hochspringt und sich darauf ausbreitet. Ich kann seinen Atem auf meinem Gesicht spüren und frage mich kurz, ob er vorhat, meine Augäpfel zu fressen. »Was möchtest du machen? Früh schlafen gehen?«

Ich könnte vielleicht früh schlafen gehen, denke ich. Ich meine, gewöhnlich kann ich das – weil ich definitiv früh aufstehen muss und zwischendurch kaum Pausen habe. Ich liebe jeden Millimeter meines Jungen, aber er ist kein einfacher Bettgenosse – er tendiert dazu, quer im Bett zu liegen, die Beine auf meinem Bauch, zusammengerollt wie ein Komma, sodass sein Gesicht immer nur Millimeter von meinem entfernt ist.

Manchmal ist das süß, und ich liege wach und betrachte seine wunderschönen Gesichtszüge, horche auf die kleinen Geräusche, die er von sich gibt, und bewundere einfach diese wundervolle Kreatur. Doch meistens … bin ich ziemlich erschöpft, sagen wir es einmal so.

Mum sieht mich an und grinst. Es ist ein nerviges Grinsen, eins, das sagt: »Mein Gott, was ist eigentlich mit dir los?«

»Katie, es ist gerade erst kurz nach halb sieben. Für eine Frau in den besten Jahren ist das keine Zeit, um schlafen zu gehen.«

»Richtig. Stimmt. Du hast recht. Und … was machen wir jetzt?«

»Na ja, ich habe darüber nachgedacht auszugehen«, antwortet sie und streckt sich wie eine Katze. Mein erster Gedanke ist: *Super – wenn sie ausgeht, kann ich das Sofa haben. Und die Fernbedienung. Und einen ganzen verdammten Abend für mich.*

Mein zweiter Gedanke ist: *Moment ... hat sie nicht gerade gesagt, dass ich eine Frau in den besten Jahren bin? Und ist sie nicht die Oma hier? Und sollte sie nicht bei Saul bleiben, damit ich ausgehen kann?*

Sobald ich das denke, wird mir klar, dass das ein dummer Gedanke ist. Ein lächerlicher Gedanke. Ich meine, wohin sollte ich denn gehen? Was sollte ich denn tun? Das Café hat geschlossen. Meine Freunde sind alle beschäftigt. Ich bin nicht einen Abend ohne Saul aus gewesen seit ... ja, im Grunde genommen nie.

»Ist das in Ordnung für dich?«, fragt sie und zieht die Brauen hoch. »Bis auf deinen Kuchenclub und die Arbeit scheinst du ja nicht viele soziale Kontakte zu haben. Es ist doch schade, wenn wir beide hier zu Hause sitzen. Tinkerbell kann dir ja Gesellschaft leisten.«

Der Kater schnüffelt wie aufs Stichwort an meinem Nacken herum, und ich sehe ein, dass sie in gewisser Weise recht hat. Ich bin eine absolute Langweilerin, jetzt, wo ich darüber nachdenke. Ich bin nicht einmal dreißig und schon eine dieser Frauen, die jeden Abend mit ihrer Katze verbringen. Wenn Saul einmal von zu Hause auszieht und ich so alt wie meine Mutter bin, habe ich mit etwas Glück fünfzehn von ihnen, laufe den ganzen Tag im Morgenmantel herum und verlasse das Haus nie.

Das Verrückte daran ist, dass ich, wäre Mum nicht hier, mit dieser Aussicht ganz glücklich wäre – ich meine mit einem ruhigen Abend zu Hause mit Tinkerbell, nicht mit meinem endgültigen Schicksal als zurückgezogen lebende Katzenlady. Doch etwas an der Art, wie sie es gesagt hat, etwas an ihrem Gesichtsausdruck (ich denke, am besten lässt er sich mit *mitleidig* beschreiben) verwirrt mich.

Ärgert mich. Versetzt mich in eine seltsame Stimmung und lässt mich denken, *nein – das ist nicht richtig.*

Ich bin es gewohnt zurückzustehen, das ist in Ordnung für mich. Ich stand noch nie gerne im Scheinwerferlicht, war nie gerne der Mittelpunkt bei einem gesellschaftlichen Ereignis. Ich fühle mich gewöhnlich alleine wohler als unter Menschen. All das ist richtig, doch das heißt nicht, dass ich mich deswegen von meiner eigenen Mutter herablassend behandeln lassen muss.

»Weißt du, was, Mum«, sage ich bestimmt, »ich hätte nichts dagegen, selbst auszugehen. Normalerweise habe ich durch Saul nicht die Möglichkeit dazu.«

»Oh«, sagt sie, während ihre Augen vor Überraschung ganz groß werden. »Wie kommt denn das? Findest du in diesem Teil der Welt keinen Babysitter? Ich hätte gedacht, dass deine ganzen wundervollen Freunde dir nur zu gerne aushelfen würden.«

In ihrer Stimme schwingt definitiv ein Ansatz von Bissigkeit mit – eine Bissigkeit, die mir nicht unbekannt ist. Die es darauf anlegt, zu provozieren und zu sticheln und einen Streit vom Zaun zu brechen. Sie will, dass ich mich darauf einlasse und meine Freunde verteidige, dass ich ihr die Möglichkeit biete, sie zu kritisieren, und dass all das in einem großen Streit endet, bei dem sie mit den Türen schlagen und hinausstürmen kann.

Bei meinem Dad hat das gewöhnlich funktioniert – er war genauso schlimm wie sie und immer bereit, sich provozieren zu lassen. Aber ich bin nicht mein Dad, und sie ist nicht meine Frau, und das ist nicht ihr Leben. Es ist meins und Sauls, und ich mache da nicht mit, auf keinen Fall.

Stattdessen hole ich tief Luft, lausche Tinkerbells Schnurren, um noch etwas extra Zen abzubekommen, und antworte: »Da hast du wahrscheinlich recht, Mum. Das würden sie, wenn ich sie fragen würde. Doch aus irgendeinem Grund habe ich das nicht. Und das ist mein Fehler, nicht ihrer. Aber bei dir ist das etwas anderes, nicht? Du bist Sauls Oma, und er liebt dich, und ich fühle mich wohl dabei, ihn bei dir zu lassen. Aber vielleicht können wir das ja ein anderes Mal machen – vielleicht solltest du heute ausgehen, und am Wochenende bin ich dann dran. Wie klingt das für dich?«

Sie beißt sich auf die Lippe und beschmiert sich die Zähne mit hellrosa Lippenstift – sie trägt zurzeit dauernd Lippenstift – und denkt darüber nach, was ich gesagt habe. Mein Ton scheint ihr den Wind aus den Segeln genommen zu haben, und genau darauf habe ich gehofft.

»Okay, so gesehen, verstehe ich, was du meinst. Es ist nicht meine Schuld, dass du weggezogen bist, aber ich war auch nicht sehr aktiv an der Omafront. Ich liebe deinen kleinen Mann, und ich passe gerne auf ihn auf. Ich kann ja jederzeit ausgehen. Ich wollte ohnehin nur in den Pub auf der anderen Straßenseite und sehen, ob ich ein paar neue Leute kennenlerne … Es macht mir nichts aus, zu Hause zu bleiben, wenn du gerne etwas unternehmen möchtest, Liebes.«

Plötzlich habe ich ein schlechtes Gewissen, na klar. Meine arme Mum, die versucht, ihr Leben und ihr Selbstvertrauen wieder aufzubauen, wollte nur ein paar neue Leute kennenlernen. Und ich suche mir genau diesen Moment aus, um egoistisch zu sein. Ich will gerade ansetzen, mich zu entschuldigen und darauf zu bestehen, dass sie ausgeht, als sie weiterredet.

»Während du weg bist, könnte ich ja das Bad einmal richtig sauber machen. Ich schwöre, dass ich heute Morgen um den Duschvorhang etwas Schimmel gesehen habe …«

Nur um das einmal klarzustellen: Da ist kein Schimmel um meinen Duschvorhang. Nirgendwo in meinem Haus ist Schimmel. Mein Haus ist sehr sauber, selbst wenn es manchmal etwas unordentlich ist mit einem kleinen Kind. Das hier ist eine schimmelfreie Zone, vielen Dank.

Ich blicke zu ihr hinüber und sehe, wie sie sich kritisch im Wohnzimmer umsieht – dem sehr sauberen Wohnzimmer. Ich folge ihrem Blick und sehe den Berg Spielzeug, der noch in einer Ecke liegt, den unordentlichen Stapel von Malbüchern auf Sauls kleinem Basteltisch und dass tatsächlich eine bunte Socke unter dem Sofakissen hervorschaut. Aber Schimmel ist hier nirgendwo, definitiv. Ich halte mein Haus sauber.

Während sich meine Nasenlöcher vor Ärger blähen, begreife ich plötzlich, dass es zum Wohle unserer Beziehung mehr als wichtig ist, dass wenigstens eine von uns heute Abend das Haus verlässt.

Ich stehe auf, reiße mich zusammen und komme zu einem Entschluss.

»Gut. So machen wir das. Ich gehe aus, und du kannst nach Schimmel suchen, dann geht es uns beiden gut.«

»Ja, das machen wir. Aber wo willst du hin – nur für den Notfall, weißt du? Und mit wem? Hier scheinen doch alle bereits liiert.«

»Nun, ich bin auch nicht auf einen Platz auf *Love Island* aus, Mum – nur auf einen ruhigen Abend außer Haus. Ich bin mir sicher, ich finde jemanden zum Spielen, mach dir keine Gedanken.«

Sie zieht wieder die Brauen hoch, und langsam bringt sie mich wirklich auf die Palme. Ich frage mich, ob ich mich vielleicht in der Nacht in ihr Zimmer schleichen und ihr die Brauen abrasieren kann, ohne dass sie aufwacht.

»Okay, Süße, super. Selbst wenn du nur allein einen kleinen Spaziergang machst, wird dich das vielleicht ein bisschen beruhigen.«

Wie jeder weiß, ist die Aufforderung, *sich zu beruhigen* ein sicheres Mittel, dir den letzten Rest an Ruhe zu rauben. Doch auch diesmal lasse ich mich nicht provozieren. Ich lächle süß und gehe in die Küche, wo ich gut fünf Minuten lang den Papiermüll zerknülle. Wenn du alleinerziehend bist, wirst du erfinderisch, was gesunde Möglichkeiten angeht, deine Frustration herauszulassen.

Danach habe ich ein Problem – ich habe zwar eine Schlacht gegen meine Mutter gewonnen, mich aber in eine Situation manövriert, in der ich wirklich rausgehen muss. Vor ein paar Minuten habe ich noch in Betracht gezogen, früh schlafen zu gehen, und jetzt soll ich aus dem absoluten Nichts ein Privatleben hervorzaubern.

Ich greife nach meinem Handy und überlege, wen ich anrufen kann. Selbst wenn ich nur bei demjenigen vorbeigehe und eine halbe Stunde bleibe. Draußen regnet es noch immer, sodass ich nicht einfach auf Plan B zurückgreifen und mich mit einer Flasche Cider an die Bushaltestelle setzen kann wie ein Teenager.

Ich versuche es zuerst bei Laura – eine schnelle SMS, in der ich sie frage, ob sie Lust auf Besuch hat. Sie antwortet mit dem nicht überraschenden Bescheid, dass sie bereits im Bett ist, gefolgt von vielen lächelnden Smileys. Dann rufe ich Becca an, doch sie meldet sich nicht. Ich will es gerade bei Zoe versuchen, als mir einfällt, dass sie, Cal und Martha heute Abend in Oxford sind, um sich das College anzusehen, für das Martha sich beworben hat.

Die Nächste ist Auburn, sie antwortet beim ersten Klingeln.

»Madame Zeldas Haus der Sklaverei – wen darf ich melden, und wie lautet Ihr Codewort?«, sagt sie, bevor sie in Gelächter ausbricht.

»Äh … hi, Madame Zelda. Ich bin's, Katie.«

»Ich weiß. Ich sehe es auf meinem Handy. Ich habe nur Spaß gemacht. Wie geht's?«

»Na ja, ich habe mich gerade selbst in eine blöde Situation manövriert und brauche Gesellschaft für den Abend. Hast du Lust auf ein Pint?«

»Hmmm«, sagt sie, wobei sie die Silbe unendlich in die Länge zieht, »normalerweise hätte ich das schon, aber ich war gerade draußen im Garten, um eine zu rauchen, und dieser vorbeifliegende Flugsaurier hat mir ganz gehörig in die Haare geschissen …«

Ich pruste laut, und sie fährt fort: »Ernsthaft, ich habe mir wirklich gerade die Haare gewaschen. Offensichtlich nicht wegen einem Flugsaurier. Ich hatte vor, bei Mum zu bleiben und früh ins Bett zu gehen. Aber Van ist da. Er hat nichts Besseres zu tun, als seine Hoden zu wachsen und sich die Zehennägel zu lackieren …«

Letzteres sagt sie mit einer solchen Freude, dass ich weiß, dass er in Hörweite ist. Ich bin versucht, aufzulegen, mich geschlagen zu geben und Mum ausgehen zu lassen, während ich mit der Schimmelsuche im Bad weitermache.

Am anderen Ende der Leitung höre ich ein Handgemenge. Auburn schreit auf und ruft, dass irgendwer wirklich der größte Mistkerl der Welt ist. Und sie scheint es auch wirklich, wirklich so zu meinen.

Sekunden später ist Van am Telefon.

»Hi. Auburn kann gerade nicht. Sie hatte so einen Handtuchturban auf, und jemand hat ihn versehentlich mit einer schönen, nach Lavendel duftenden Kerze in Brand gesteckt.«

Ich bin mir nicht sicher, ob er das ernst meint oder nicht. Ich meine, es klingt schon ziemlich verrückt – doch meinem Einzelkindgehirn ist klar, dass Geschwister rein theoretisch so etwas machen. Das Geräusch eines laufenden Hahns im Hintergrund könnte bedeuten, dass Auburn das Handtuch wirklich gerade in der Spüle unter Wasser hält.

»Aha«, sage ich, leicht verunsichert. »In welcher Farbe lackierst du dir denn die Nägel?«

Ich vermeide es natürlich, ihn auf seine Hoden anzusprechen.

»Ich denke, in einem netten Korallenton … aber ich verzichte gern auf meine Maniküre-Pediküre-Session, wenn du nichts mit dir anzufangen weißt. Nur falls ich Auburns Teil eures Gesprächs richtig verstanden habe. Ich würde sie fragen, aber sie ist gerade beschäftigt. Sie muss das Feuer löschen, weißt du.«

»Nein, nein, ist nicht so wichtig. Ich habe mich nur … gefragt, was die anderen so machen. Du musst deine Pläne nicht ändern«, antworte ich unverbindlich. Ich bin mir nicht sicher, ob ich jetzt – oder irgendwann – bereit bin, mit Van auszugehen. Es fühlt sich ein bisschen zu gut an. Ein bisschen zu aufregend. Ein bisschen zu beängstigend.

»Ich denke, ich bleibe doch lieber zu Hause«, füge ich mehr zu mir als zu ihm hinzu.

»Ja. Klar. Entschuldige, ich muss das irgendwie falsch verstanden haben«, meint er und klingt enttäuscht. »Ich gebe dich mal zurück an Auburn.«

In dem Moment kommt meine Mum mit einem geflüsterten »Beachte mich gar nicht« in die Küche gewieselt und kramt in dem Schrank unter der Spüle herum, nachdem sie die Kindersicherung aufbekommen hat. Sie taucht mit einer Sprühflasche mit Mr. Muscle, einer Drahtbürste und diversen Tüchern wieder auf und schwenkt sie triumphierend in der Luft, als sie das Zimmer wieder verlässt.

Ich sehe ihren Skinnyjeanshintern verschwinden. Wenn ich hierbleibe, könnte es blutig werden. Ich hätte Van zusagen sollen. Ich hätte zustimmen sollen, mit ihm auszugehen.

»Er ist so ein Schwachkopf«, sagt Auburn, als sie wieder am Apparat ist. »Ich hätte sterben können. Ich hätte zu einem abschreckenden Beispiel im Internet werden können: junge Frau beim Haartrocknen gestorben … egal, ist bei dir alles okay?«

»Ja. Ist es.«

»Wirklich? Du klingst so okay, wie Meghan Markle hässlich ist.«

»Tut mir leid«, sage ich einfach und lächle darüber, wie sie diese verrückten Bilder so einfach aus der Luft greift. »Ich bin aus der Übung, enthusiastisch zu klingen. Um ehrlich zu sein, macht meine Mum mich wahnsinnig, und ich habe ihr gesagt, dass ich ausgehe, und sie hat zugestimmt, auf Saul aufzupassen, und jetzt …«

»Jetzt kommst du dir wie der dicke, fette Loser vor, der niemanden zum Spielen hat?«

»Genau. Mach dir keine Gedanken. Wir sehen uns auf der Arbeit.«

»O nein, meine Liebe«, sagt sie entschlossen. »Du hast die Büchse der Pandora geöffnet. Sei in einer Stunde im Pub, okay?«

Ich nicke, und als mir klar wird, dass sie mich nicht sehen kann, sage ich Ja. Es ist vollbracht. Ich gehe aus!

16. KAPITEL

Es fühlt sich total seltsam an auszugehen. Allein. Abends. Zum Glück bin ich nur ungefähr fünfundvierzig Sekunden allein, so lange brauche ich nämlich, um über die Straße zu gehen und von meinem Haus zum Horse and Rider auf der anderen Straßenseite zu kommen. Er liegt ungefähr drei Häuser von der Budbury-Drogerie entfernt, zu der ich eine Minute brauche.

Nachdem ich um meiner Mutter willen fest entschlossen bin auszugehen, will ich es auch richtig machen. Das heißt saubere Jeans, ein frisches Oberteil, ein bisschen Erwachsenen-Make-up statt des Schönheitssalon-Looks und zumindest ein Versuch, mit meinem Haar etwas anzustellen. Zugegebenermaßen nicht viel – nur ein etwas schiefer französischer Zopf. Mir tun die Arme immer zu weh, um ihn richtig zu machen.

Ich sprühe mir etwas Parfüm auf und ziehe meine Turnschuhe an. Okay, da ich keinen Geländemarsch vor mir habe, hätte ich auch Absatzschuhe wählen können – doch ich gehe schließlich nur in den Dorfpub. Und treffe mich nur mit Auburn.

Nur mit Auburn, obwohl ich mich mit Van hätte treffen

können – ein kleiner Teil von mir bedauert meine Entscheidung. Trotzdem war es die richtige Entscheidung. Die vernünftige Entscheidung.

Ich sage mir das wiederholte Male, als ich mich fertig mache und auf Zehenspitzen oben herumschleiche, um Saul nicht zu wecken. Der Kater folgt mir leise und sieht mich mit einem Blick an, den ich nicht anders als skeptisch bezeichnen kann.

»Sieh mich nicht so an«, flüstere ich, als er sich auf den Toilettensitz setzt und zusieht, wie ich mich schminke. »Ich bin zu so etwas noch nicht bereit, okay?«

Als Antwort streckt er ein Bein hoch und leckt sich sein Hinterteil. Okay, das hätte mir eine Warnung sein müssen.

Und jetzt bin ich unterwegs, nachdem ich mich von meiner Mum verabschiedet und ihr gesagt habe, wo ich im Notfall zu erreichen bin. Als ich in der Tür des Pubs stehe, frage ich mich, ob es zu spät ist, meine Meinung zu ändern. Die Bushaltestelle und eine Plastikflasche mit Cider kommen mir plötzlich sehr viel attraktiver vor.

Ich trete ein und bin verblüfft, wie anders abends alles aussieht. Ich war mit Saul tagsüber ein- oder zweimal hier, wenn wir etwas Zeit übrig hatten. Er ist gerne hier, doch die Zeit, wo du einen kleinen Jungen mit einem Glas Orangensaft und einer Tüte Chips glücklich machen kannst, währt nicht lange.

Tagsüber ist es meistens ruhig, mit ein paar Stammgästen, ein paar Wanderern, dem Geruch von Pub-Essen und dem Geklimper des Spielautomaten. Das Geräusch bringt mich immer zum Lächeln und erinnert mich an die Ferien in Somerset, als ich noch ein Kind war und meine Oma

Töpfe voller Münzen für die *einarmigen Banditen* hatte, wie sie sie genannt hat.

Doch heute Abend brummt der Laden – eine beachtliche Geräuschkulisse aus Geplapper und Gelächter und Rufen aus einer Ecke, in der ein äußerst engagiertes Dartspiel stattzufinden scheint.

Ich sehe mich um und nicke ein paar Leuten zu, die ich kenne, und winke dem Wirt, als ich an der holzgetäfelten Theke vorbeigehe. Das Horse and Rider ist eine gute, altmodische Kneipe mit zwei Haupträumen und diversen versteckten Alkoven und Ecken, und jeder Stuhl und Sessel scheint besetzt.

Ich suche die Menge nach Auburns nicht zu übersehender Mähne ab, jedoch ohne sie zu entdecken. Ich laufe ein bisschen herum, sehe in die Ecken und die Alkoven und frage mich, ob ich zu früh oder im falschen Pub bin. Was allerdings schwierig sein dürfte, da es nur einen im Dorf gibt – der andere lässt sich wohl kaum als im Ort bezeichnen, da man hinfahren muss.

Ich bin nahe daran, aufzugeben und beschämt nach Hause zurückzuschleichen, als ich im Hinterzimmer ein bekanntes Gesicht erblicke.

Bekannt, aber nicht erwartet. Das ist nicht Auburn, so viel ist sicher. Das ist Van.

Mein Herz schlägt wie wild, was mich unter normalen Umständen direkt die Notaufnahme ansteuern lassen würde, und ich bleibe still stehen und starre ihn an. Er hat mich noch nicht entdeckt, ich könnte also immer noch weglaufen. Im Stillen verfluche ich Auburn, kaue auf meiner Lippe herum und schaffe es, gleichzeitig aufgeregt und entsetzt zu sein.

Das ist Van – nicht Graf Dracula. Van, der mein Freund ist. Warum sollten wir nicht als Freunde einen netten Abend zusammen verbringen und über Dinge reden, über die Freunde reden?

Weil ich auf seinen Arsch stehe, deshalb. Und ich denke, er steht auch auf meinen. Und weil es in diesem Pub Alkohol gibt. Und … nein, das ist eine schreckliche Idee.

Ich bin nahe daran, mich umzudrehen und wieder zu gehen, als er mich entdeckt und winkt. Er lacht mich an und sieht so glücklich aus, dass ich ihn mir gut als kleinen Jungen vorstellen kann. Verdammt. Ich kann ihn nicht einfach so brüskieren. Ich muss bleiben, wenn auch nur auf eine Diät-Cola.

Ich brauche trotzdem noch einen Moment, bis ich mich zwingen kann, weiterzugehen, über die abgelegten Taschen und Schirme und zufällig ausgestreckten Beine zu steigen, um zu ihm zu kommen.

Er hat es geschafft, einen kleinen Tisch neben dem Kamin zu ergattern. Es ist einer dieser Kamine mit einem prasselnden, knisternden Feuer und lodernden Holzscheiten, und er ist groß genug, dass du ein kleines Schwein darin braten könntest. Van hat bereits ein Pint vor sich stehen, das nach einem echten Mitglied der Ale-Familie aussieht und wahrscheinlich einen dieser grenzwertig derben Namen wie Bishopric oder Old Bessie's Button hat.

Im Gegensatz zu mir konnte er mit seinem Haar nicht viel machen – dafür ist es zu kurz –, aber er trägt ein dunkelblaues T-Shirt, das über den Schultern spannt und so eng an seinen muskulösen Oberarmen anliegt, dass ich ihn mir fast ohne das Shirt vorstellen kann.

Das ist ganz eindeutig nicht die Art von Gedanken, die

ich jetzt haben will, vor allem da das kein Date ist. Wir sind nur zwei Freunde, die sich freundschaftlich über Freundeskram unterhalten wollen. Als Freunde. Es ist nicht meine Schuld, dass einer von uns aussieht, wie er aussieht. Seine wahrscheinlich auch nicht, aber … nun ja, er hätte sich auch ein weiteres Oberteil anziehen können.

Ich kichere vor mich hin, als ich das denke, weil der Gedanke lächerlich ist, was ihn verwirrt, da ich in dem Moment an seinem Tisch bin.

»Was?«, fragt er und sieht verlegen an sich hinunter. »Habe ich aus Versehen meinen Schlafanzug angezogen, oder was?«

»Nein, nein … ich bin einfach … seltsam. Du hast keinen Schlafanzug an. Trägst du überhaupt Schlafanzüge? Du siehst nicht aus wie ein Schlafanzugtyp.«

»Stimmt. Ich trage keine. Gewöhnlich bin ich der Splitternackt-Typ. Doch nachdem ich jahrelang in sehr viel wärmeren Gegenden gereist bin, spüre ich die Kälte doppelt, seit ich wieder hier bin. Der Winter in Budbury gehört nicht zu meinen Favoriten. Gestern Nacht habe ich einen Schlafsack und zwei Daunendecken gebraucht, und das hat immer noch nicht gereicht. Du siehst übrigens hübsch aus – was du da mit deinen Haaren gemacht hast, finde ich super. Es lässt dich wie eine Ballerina aussehen. Was möchtest du trinken?«

Das ist eine gute Frage, vor allem direkt nach seiner äußerst verwirrenden Bemerkung über das Splitternacktschlafen. Und sie überspringt die andere, sehr viel naheliegendere Frage, die es zu stellen gilt.

»Was tust du hier, Van?«, frage ich und versuche, nicht verärgert zu klingen. Das wäre unhöflich.

»Ich treffe mich mit dir auf einen Drink …« Er runzelt die Stirn und sieht so verwirrt aus, wie ich mich fühle, dann fragt er: »Hast du nicht gewusst, dass ich komme?«

»Äh … nein. Ich war mit Auburn verabredet.«

»Sie hat gesagt, dass sie Migräne hat, weil ich sie angezündet habe. Sie hat gesagt, dass sie sich nicht mit dir treffen kann, dich aber in letzter Minute nicht hängen lassen wollte, und sie hat gesagt, dass sie dir das gesagt hat und dass du einverstanden bist.«

Er sieht meinen fassungslosen Gesichtsausdruck und wie ich mehr auf dem Stuhl hänge, als darauf zu sitzen, und einen kurzen Moment sehe ich Verletzung in seinem Gesicht aufblitzen, bevor er sich zwingt, neutral zu gucken.

»Ich entnehme deiner Reaktion, dass sie das nicht hat?«, sagt er. Ich nicke, und er lächelt mich an.

»Na schön, mach dir keine Gedanken«, fügt er hinzu, während er aufsteht. »Es ist keine große Sache. Du kannst auf einen kurzen Drink bleiben oder den Abend mit mir verbringen und dich richtig betrinken, oder wir verabschieden uns hier und jetzt und gehen beide nach Hause. Mir ist alles recht. Die Entscheidung liegt bei dir.«

Jede dieser Optionen scheint akzeptabel und falsch zugleich. Es gibt nicht die eine richtige – also entscheide ich mich für die Mitte.

»Ich bleibe auf einen Drink. Oder auch auf zwei. Das wäre schön.«

»Bist du sicher?«, fragt er. »Denn so, wie du ›schön‹ sagst, klingt das eher wie ›ich würde mich lieber von tausend Wespen stechen lassen‹.«

»Entschuldige. Ich war nur überrascht, dich zu sehen. Ich bleibe, ehrlich.«

»Gut … und da ich gerade stehe, was möchtest du trinken? Arsen? Unsichtbarkeitspulver? Ein Mittel gegen Männer?«

»Hmm … Bacardi Cola, bitte«, antworte ich lachend. Den habe ich immer getrunken, als ich noch sehr viel jünger war, und der Zeitpunkt scheint so gut wie jeder andere, diese Tradition wieder aufleben zu lassen. Er zieht überrascht, wie es scheint, eine Braue hoch und geht zur Theke. Ich hole schnell mein Handy aus der Tasche und sehe, dass Auburn mir eine SMS geschickt hat. Okay, nicht direkt eine SMS, sondern eher einen Bildschirm voller Teufel-Emojis und lachender Gesichter. Ich tippe eine Antwort, die sie in einfacher Sprache darüber informiert, dass ich sie morgen umbringen werde.

»So«, sagt Van, als er mit meinem Glas zurückkommt – mit einem kleinen Schirm, wie es sich gehört –, »wie läuft es denn so? Mit deiner Mum? Ich schätze, nicht so gut, wenn es dich aus dem Haus getrieben hat.«

»Das ist eine brutale Einschätzung der Lage«, antworte ich, trinke einen ersten Schluck und versuche, nicht laut zu seufzen, »aber eine richtige.«

»Kann ich mir vorstellen. Ich weiß, wie seltsam es ist, wieder mit der Familie zusammen zu sein, wenn du viele Jahre weg warst, das kannst du mir glauben.«

Für ihn muss es natürlich noch seltsamer sein – er war lange Zeit im Ausland und ist jetzt nicht nur zurück in Dorset, sondern teilt sich zudem noch ein Haus mit seinen Schwestern und einer Mutter, die Alzheimer hat. Ich glaube ihm also, wenn er sagt, dass er das versteht.

»Wir arbeiten daran, schätze ich«, antworte ich und starre in das Feuer. »Ich meine, es ist nicht einfach – sie ist nicht einfach. Aber es ist wichtig für sie, eine Weile hier zu sein, und das ist okay. Die eine Hälfte der Zeit möchte ich sie umarmen, die andere möchte ich sie umbringen. Aber das ist wohl normal bei Familien, nicht?«

»Ich denke, ja. Es ist leicht, deine Familie zu lieben – aber nicht immer einfach, sie zu mögen. Hast du schon mit deinem Dad gesprochen? Und wie ist es für dich, dass sie sich getrennt haben? Bist du traurig? Ich weiß, dass du kein Kind mehr bist, aber wahrscheinlich tut es trotzdem weh.« Über Letzteres muss ich lachen. Ich kann nicht anders.

»Nein, tut es nicht. Es ist verwirrend und seltsam, und ein Teil von mir glaubt es auch noch nicht ganz – vor allem weil ich bis auf ein paar SMS gar nichts von meinem Dad gehört habe. Er ist nicht gut im SMS-Schreiben oder überhaupt, was den Gebrauch eines Telefons angeht. Doch um ehrlich zu sein, wünschte ich, sie hätten es schon vor Jahren getan.«

Van guckt verständlicherweise verwirrt, als ich das sage, deshalb erkläre ich es ihm: »Sie haben einander das Leben schwer gemacht, solange ich denken kann. Ich bin in einem Kriegsgebiet aufgewachsen, ernsthaft, Van. Sie haben sich dauernd gestritten. Es war eine einzige Aneinanderreihung von Auseinandersetzungen, Schreiduellen und Handgreiflichkeiten.«

»Was?«, sagt er und guckt bestürzt. »Er hat sie geschlagen?«

»Ja, aber so einfach war das nicht. Sie hat ihn auch geschlagen. Sie ist klein, aber rauflustig, meine Mum. Das ist keine dieser Geschichten mit einem bösen Vater – sie waren beide gemein. Bei einem ihrer Streits habe ich sie buchstäblich auf seinem Rücken hängen und versuchen sehen, ihm die Augen auszukratzen. Er war mehr der Schubser und Greifer. Im Grunde genommen ist keiner von ihnen je aus einem Streit ohne Verletzungen hervorgegangen.«

»Und du auch nicht, wie es klingt. Das muss furchtbar gewesen sein. Meine Kindheit war alles andere als konventionell – du weißt schon, ich bin in einer Hippie-Kommune zur Welt gekommen, Dad ist jung gestorben, wir sind hierhergezogen, und Lynnie hat mich in ihren Yoga- und Räucherwerk-Jahren aufgezogen. Aber so etwas hat es nie gegeben. Mum war die Personifizierung von Frieden und Selbstentfaltung – sie hat nie die Stimme erhoben. Die Einzigen, die manchmal gewalttätig waren in unserem Haus, waren wir Geschwister, wenn sie nicht hingesehen hat.«

»Und daran hat sich auch nichts geändert, was?«, antworte ich lächelnd. »Hast du wirklich Auburns Handtuch in Brand gesteckt?«

»Nur ein bisschen. Ich hatte alles unter Kontrolle, ehrlich. Und du lenkst vom Thema ab. Bist du deshalb hierhergekommen, um von ihnen wegzukommen?«

Ich kaue kurz auf meiner Lippe herum, dann entscheide ich mich, mit lebenslangen Gewohnheiten zu brechen und offen über alles zu reden. *Vielleicht,* denke ich, *hilft es ja. Ich bin dem Kuchenclub beigetreten. Ich sitze in einem Pub. Vielleicht verändern die Dinge sich, und ich muss sie nur etwas anstoßen, statt passive Zeugin meines eigenen Lebens zu sein.*

Ich denke nicht, dass ich dieses Gespräch mit Auburn geführt hätte – wir sind beide Meisterinnen darin, stundenlang über Unwichtiges zu reden –, doch mit Van fühlt es sich natürlicher an. Wie mit einem alten Freund, den du schon lange kennst. Vielleicht ist es das, was mir Angst macht.

»Nicht nur von ihnen«, sage ich. »Ich musste auch von Sauls Vater weg … von allem, um ehrlich zu sein. Ich und Jason … na ja, wir steuerten den gleichen Weg an wie meine Eltern.«

Ich sehe ihn leicht erstarren, als ich das sage, und seine Hand ballt sich auf dem Tisch zur Faust.

»Kehr jetzt nicht den Macho heraus«, sage ich versucht lässig. »Ich habe es nie eskalieren lassen. Es ging genauso um mich und was ich gebraucht habe, wie um ihn – wir hätten als Paar nie funktioniert. Aber das gehört der Vergangenheit an, und ich brauche keinen großen, starken Mann, der mich rettet und mein Leben in Ordnung bringt, okay? Ich habe mein Leben in Ordnung gebracht, und ich denke, er seins auch. Er lebt in Schottland mit einer Frau, die er inzwischen geheiratet hat, und das ist für alle gut so.«

»Was ist mit Saul? Sieht er seinen Vater?«

»Das hat er hin und wieder, als wir noch in Bristol gewohnt haben. Er hält Kontakt, schickt Karten und Geschenke, so etwas eben. Vor einiger Zeit hat er davon gesprochen herunterzukommen, um ihn zu besuchen, es aber bisher nicht umgesetzt … ich schätze, irgendwie hoffe ich auch, dass nichts daraus wird, was sehr egoistisch ist. Er ist immerhin Sauls Dad, und manchmal mache ich mir Sorgen, dass Saul ohne Vater aufwächst. Ich spiele nicht wirklich gut Fußball, weißt du.«

Van grinst leicht, als er antwortet. »Ja, ganz sicher. Und zum Vatersein gehört ohnehin mehr, als Fußball zu spielen.

Ich hatte auch nur Lynnie und bin … na ja, vielleicht nicht das beste Beispiel, ich bin nur ein höchst professioneller Backpacker und New-Age-Faulpelz. Aber ich habe gelernt, wie man Fußball spielt, und Saul wird das auch. Dafür hat er uns alle – es ist schließlich nicht so, als wärst du mit ihm allein.«

Er hat gerade kurz und knapp zusammengefasst, womit ich zu kämpfen habe. All diese kleinen Schritte – öfter ins Café zu gehen, mein Job, Freundschaften zu schließen – führen mich zu etwas hin, wozu ich gemischte Gefühle habe. Der größte Teil von mir möchte stärker verwurzelt sein, stärker eingebunden, um Saul das Gemeinschaftsgefühl und die Stabilität zu geben, die dieser Ort uns beiden anbietet.

Doch ein Teil von mir ist immer noch ängstlich und besorgt – was ist, wenn das alles schiefgeht? Wenn alles zusammenbricht? Wenn ich gehen muss? Was wird das mit Saul machen, und mit mir? Und was noch wichtiger ist, warum bin ich so eine Spinnerin, die immer gleich vom Schlimmsten ausgeht? Ich scheine mein Leben in der Erwartung auf die nächste Hiobsbotschaft zu leben – die mich nicht nur trifft, sondern am Boden zerstört. Das ist ungefähr genauso lustig, wie es klingt.

Ich versuche, mich darüber hinwegzusetzen, tapfer und vernünftig und optimistisch zu sein, doch leider scheine ich es nicht zu schaffen, meine Sicht der Welt ganz zu verändern. So bin ich eben. Ich denke nicht, dass es etwas bringt, das zu analysieren – ich muss einfach versuchen, damit zu leben, und darf nicht zulassen, dass die Angst, dass etwas schiefgehen könnte, dafür sorgt, dass es wirklich so kommt.

Im Moment sitze ich zum Beispiel in einem Pub, trinke Bacardi Cola und rede mit einem Mann, der mein Mädchenhirn zum Prickeln bringt. Warum kann ich mich nicht einfach entspannen und das genießen? Vielleicht muss ich einfach die restliche Flasche Rum austrinken und die Dinge nehmen, wie sie kommen.

»Du flippst innerlich aus, stimmt's?«, fragt er lachend. »Du hast das Gefühl, eine zu starke Dosis Gemeinschaftsgefühl abzubekommen und zu sehr einbezogen zu werden, und wünschst dir, du könntest zum Haus deiner Oma laufen?«

»Woher weißt du von meiner Oma?«, frage ich, echt überrascht.

»Du hast mir von ihr erzählt. Du hast mir erzählt, dass du zu ihr gelaufen bist, wenn es dir zu Hause gereicht hat – obwohl du nicht gesagt hast, warum. Du hast mir erzählt, dass sie nett und lieb war und dich mit Kuchen und Vanillepudding gefüttert und immer nach Veilchenpastillen gerochen hat. Du erzählst mir viel, ohne es überhaupt zu merken, Katie. Ich bin so etwas wie dein heimlicher Vertrauter.«

Darauf kann ich nur ein »Hmmm« von mir geben und mir eingestehen, dass er möglicherweise recht hat. Wenn ich mit Van zusammen bin, öffne ich mich mehr als anderen gegenüber – er scheint das Geschick zu haben, meine Lagen des Selbstschutzes eine nach der anderen abzuziehen. Wahrscheinlich habe ich es deshalb auch so lange vermieden, allein mit ihm in einem Pub zu sein.

»Noch mal das Gleiche?«, fragt Van und zeigt auf mein leeres Glas. Ich denke, er hat mitbekommen, dass das alles ein bisschen zu ernst für mich geworden ist, und will mir Zeit geben, alles zu verdauen.

»Jetzt bin ich dran, etwas zu holen«, antworte ich und stehe auf.

»Nein. Lass mich das machen. Mit irgendwas muss ich ja meinen inneren Macho befrieden. Erlaube es mir wenigstens, ein Höhlenmensch zu sein, wenn es darum geht, dich mit Alkohol zu versorgen.«

Er lässt mir nicht wirklich eine Wahl, da er bereits auf dem Weg ist, wobei er mit diversen Leuten aus dem Dorf redet. Ich lehne mich zurück und spüre die Wärme des Feuers in meinem Gesicht und die Wärme des Alkohols in meinem restlichen Körper, und ich muss sagen – es fühlt sich ziemlich gut an. Wie gesagt, kleine Schritte.

Als er zurückkommt, habe ich diese missmutige, überanalytische Stimmung überwunden, in die ich langsam abgedriftet war, und nehme unser Gespräch wieder auf, aber zu anderen Themen. Themen, die nichts mit mir zu tun haben. Ich habe die Nase voll von mir.

»So«, sage ich und bedanke mich mit einem Nicken für den Drink und die Tüte mit den gerösteten Erdnüssen, von denen er mir anbietet, »und jetzt erzähl mir von deinen Reisen. Erzähl mir von Tansania.«

Er lächelt sofort, sieht aber auch ein wenig wehmütig aus. Ein wenig traurig – als wäre er zwar froh, hier zu sein, würde sein altes Leben aber auch vermissen.

»Ja, das ist ein großes Thema. Ich bin mit neunzehn von zu Hause weggegangen, und außer ein paar Besuchen zu Geburtstagen und so war ich bis zu diesem Frühling, wo ich zurückgekommen bin, unterwegs. Ich bin jetzt dreiunddreißig, das sind also viele Jahre, die ich mit dem Rucksack auf dem Rücken gelebt habe. Ich habe meine Zeit damit verbracht, schmutzig zu werden, mich zu betrinken und high zu werden. Zumindest in den ersten Jahren, wo ich mit piekfeinen Gören abgehangen habe, die ein Jahr ausgesetzt haben. Es war ein Riesenspaß, doch nach einer Weile macht es dich mürbe – du sehnst dich nach mehr im Leben, wie zum Beispiel einer sauberen Toilette.

Dann war ich eine Weile in Nordindien, an der Grenze zu Tibet. Das war … unglaublich. Es hat mich viel gelehrt, über mich selbst und andere und die Welt. Es hat mich erkennen lassen, dass ich einen anderen Weg für mich finden musste, nicht, dass ich jetzt hier den Dalai Lama herauskehren will. Dann habe ich angefangen, für Wohltätigkeitsorganisationen zu arbeiten.«

»In Afrika?«, frage ich, echt fasziniert. Das Weiteste, wohin ich in den Ferien einmal gekommen bin, sind die Kanaren, wo du dich in dem Versuch, alles aus deinem All-inclusive-Angebot herauszuholen, zu Tode isst und trinkst. Und seit Saul auf der Welt ist, habe ich Großbritannien nicht mehr verlassen – selbst die südliche Hälfte davon nicht. Ziemlich lahm, ehrlich.

»Erst in Thailand, dann in Tansania. Die letzten Jahre war ich dort, ich habe eine Schule mit aufgebaut. Es ist … ja, es ist ein wunderbares Land. Aber komplex, wie die meisten schönen Dinge.«

»Vermisst du es?«

Er blinzelt, als wollte er versuchen, seinen Kopf freizubekommen. »Nur jeden Tag. Ich denke, ich habe einen Teil von mir dort zurückgelassen, um ehrlich zu sein. Ich vermisse die Luft, den Platz, die Landschaft und die Leute. Vor allem die Leute. Die Kinder. Die Kinder waren so großartig … es ist schwer, sich daran zu gewöhnen, wie die Dinge hier laufen, weißt du. Obwohl das Leben dort in vielen Beziehungen viel härter ist, sind die Menschen so viel glücklicher, wenn es gut läuft. Sie nehmen nichts als selbstverständlich; da ist so eine Freude über die kleinen Siege. Aber es ist okay für mich hier, ehrlich. Ich liebe meine Familie, selbst wenn ich ihre Handtücher anzünde, und meine Mum … na ja, sie braucht uns, nicht?«

»Ich denke, deine Schwestern brauchen dich auch. Ich kann mir nur vorstellen, wie schwer es ist, sich wieder im normalen Leben zurechtzufinden.«

»Ha!«, schnaubt er und lacht. »Normal ist ein relativer Begriff in unserem Haus, mit Mums Alzheimer, den Hunden und der Tatsache, dass wir im Grunde genommen alle irgendwie durchgeknallt sind … aber es ist in Ordnung. Das meiste genieße ich. Das hier zum Beispiel. Das genieße ich. Es ist schön, mit jemandem auszugehen, mit dem ich nicht verwandt bin und für den ich nicht arbeite.«

Ich lächle ihn an und nicke. Dieser Barcadi verleitet mich möglicherweise mehr zum Flirten, als ich das sonst tue. Oder vielleicht wirken auch die gerösteten Erdnüsse wie ein wenig bekanntes Aphrodisiakum. Wie dem auch sei, ich spüre sie – ich spüre die Anziehung zwischen uns; sie war immer da, von der ersten Begegnung an.

»Das kann ich mir vorstellen«, sage ich. »Genau genommen glaube ich, dass das der einzige Grund ist, aus dem du mit mir ausgehen wolltest. Du schwimmst in einem ziemlich kleinen Datingpool.«

»Unverschämtheit! Du weißt, dass es in guter Schwimmentfernung von Budbury genügend Möglichkeiten gibt, nicht? Ich könnte in Applechurch einen Harem haben, was weißt du schon. Oder eine ältere Geliebte in Dorchester.

Man kann sogar über diese wunderbare neue Erfindung namens Internet Leute kennenlernen …«

»Hast du das jemals versucht?«, frage ich. »Ich habe mir sagen lassen, dass es eine ganze Welt voller Singles da draußen gibt.«

»Ich habe mich mal bei Tinder angemeldet, ja. Und gleich wieder abgemeldet, als mein erster Datingvorschlag Auburn war. Ich meine, ich weiß, dass wir auf dem Land leben, aber bei meiner Schwester verläuft die Grenze … sie ist wirklich nicht mein Typ.«

»Wie sieht dein Typ denn aus? Wie war deine letzte Freundin?«

»Sie hieß Annika und kam aus Schweden. Sie hat für dieselbe Wohltätigkeitsorganisation gearbeitet wie ich und stand total auf Abba und sah auch wie diese Blonde von ihnen aus.«

»Aha. Hat sie sich auf dich eingelassen?«

»Hat sie«, antwortet er und schneidet eine leichte Grimasse. »Was ein Fehler war, schließlich bin ich gegangen und hierher zurückgekommen, nicht?«

»Oh – war sie traurig? Seid ihr noch irgendwie zusammen?«

Ich weiß, dass mich dieser Gedanke nicht kümmern sollte – wir sind nur zwei Freunde, die miteinander ausgegangen sind, um als Freunde freundschaftlich miteinander zu quatschen – doch ich muss zugeben, dass er das tut. Gefühle tun nicht immer, was man ihnen sagt, habe ich mit den Jahren gelernt. Bei dem Gedanken, dass Van mit jemand anderem zusammen sein könnte, meldet sich eine leise Angst in mir, selbst wenn dieser Jemand auf der anderen Seite der Welt ist.

»Nein«, sagt er schnell und schüttelt den Kopf. »Das ist eine flüchtige Welt, in der wir uns da bewegen, es ist schwer, da eine länger währende Verbindung einzugehen. Wir sind meistens nicht lang an einem Ort. Nein, wir sind definitiv nicht mehr zusammen. Mach dir keine Gedanken.«

Ich will mich gerade darüber auslassen, dass ich mir keine Gedanken mache, keinen Grund habe, mir Gedanken zu machen, und dass ich mir eher Gedanken mache, dass er denkt, dass ich mir Gedanken mache – doch zum Glück rettet uns das Eintreffen von Willow und Tom. Der besorgt aussieht.

Willow hat ihr rosa Haar zu einem frechen Pferdeschwanz zusammengebunden und trägt ein Kleid, das aus Miss Havisham's Hochzeitskleid geschneidert sein könnte, zu ihren üblichen Doc Martens – die extra hoch sind und ihr fast bis zu den Knien reichen. Willow ist sehr groß und sehr schlank. Tom ist noch größer, und seit er nach Dorset gezogen ist, muss er einen guten Teil seiner Zeit damit verbracht haben, sich zu bücken, um sich nicht den Kopf an den ganzen niedrigen Balken zu stoßen.

Er trägt ein T-Shirt, das der Welt verkündet, dass »Die Wahrheit dort draußen ist«, und scheint gestresst. Tom ist – ein bisschen wie Matt – nicht gerade der größte Redner. Er ist mit Menschen etwas ungeschickt, warmherzig und immer ein wenig verlegen, und im Moment klammert er sich verzweifelt an sein Handy.

»Habt ihr was dagegen, wenn wir uns zu euch setzen?«, fragt Willow, während Tom zur Bar entschwindet, um uns allen etwas zu trinken zu holen. Wir rutschen herum, um Platz für ihre Stühle zu machen, und schließlich sitze ich dicht an Van gepresst, was gar nicht so unangenehm ist.

»Was ist los mit deinem Nerd?«, fragt Van und nickt in Toms Richtung. »Er sieht aus, als hätte er herausgefunden, dass *Die Macht* nicht real ist.«

»Halt die Klappe, Big Brother«, antwortet sie und schlägt nach seinem Kopf. »Natürlich ist *Die Macht* real. Er ist nur ... na ja, er braucht einfach einen Drink. Er hat einen harten Abend im Genie-Camp hinter sich. In Briarwood hat er zwar ein Haus voller megaintelligenter Wissenschaftler, die alle versuchen, Zeitmaschinen zu bauen oder Mikrowellen der nächsten Generation oder was auch immer – doch zumindest einer von ihnen scheint nicht zu wissen, wie man einen Toaster bedient. Und hat die Küche in Brand gesetzt.«

Als sie unsere entsetzten Gesichter sieht, fügt sie hinzu: »Nur ein bisschen. Nichts, was ich und ein Feuerlöscher nicht in den Griff bekommen konnten. Doch ich denke, er macht sich Sorgen – einige von ihnen sind jung, einige grenzwertig weltfern, und einige machen etwas zu exzessiv Party. Also spielt er den Hausvater, was ihm ganz und gar nicht gefällt.«

Briarwood ist ein großes, altes viktorianisches Herrenhaus und liegt direkt außerhalb des Dorfs auf einem Hügel. Es war einmal ein Kinderheim – in dem Tom nach dem Tod seiner Eltern aufgewachsen ist, Lynnie einmal gearbeitet hat und wo er und Willow sich zum ersten Mal begegnet sind, als sie acht war. Tom scheint mit der Erfindung von irgendwelchem Zeug, das niemand wirklich versteht, einiges an Geld gemacht zu haben, und hat den alten Kasten erworben, als er Anfang des Jahres zum Verkauf stand.

Er hat ihn in eine Art Treibhaus für angehende Genies

umfunktioniert, Leute mit brillanten Ideen, die Zeit, Raum und Geld brauchen, um sie zu verwirklichen.

Sie bleiben gewöhnlich unter sich, doch hin und wieder sieht man einen von ihnen durchs Dorf wandern oder ins Café kommen – immer leicht auszumachen durch eins oder mehrere folgender Merkmale: trendige Brille, scheußliche Brille, Topffrisur, lange Haare, Shirts mit irgendeinem Sci-Fi-Bezug, Flanellhemd, seltsame Socken, Stift hinter dem Ohr, Kopfhörer in Form von Schädeln, Mitgliedsausweis des Stephen-Hawkins-Fan-Clubs und in der Lage, Elbisch zu sprechen und/oder eine der anderen Sprachen von Mittelerde.

Tom selbst passt da gut hinein, bis auf die Tatsache, dass er auch noch sehr, sehr gut aussieht – auch wenn er sich dessen nicht wirklich bewusst oder es ihm zumindest egal ist. Er kommt mit einem Tablett mit Drinks und noch mehr Snacks zurück an den Tisch.

Er setzt sich, hebt sein Glas zu einem »Prost«, dem wir uns alle anschließen, und grinst uns für ihn untypisch aufgeschlossen an.

»Ich habe das Problem gelöst«, verkündet er glücklich.

»Während du an der Bar warst?«, fragt Van.

»Natürlich während er an der Bar war – mein Freund ist ein geborener Problemlöser!«, sagt Willow und lehnt sich zu ihm hinüber, um ihm schnell einen Schmatz auf die Wange zu drücken. »Nun sag schon – lass uns teilhaben.«

»Ich werde jemanden einstellen«, sagt er und starrt in das Feuer. Man kann fast sehen, wie die Zahnräder in seinem Kopf arbeiten, während er seinen Plan konkretisiert. »Ich werde eine neue Stelle schaffen – ich habe noch keine Jobbezeichnung, doch erst einmal nehme ich *Star-Lord*.

Denn er oder sie wird der Wächter der Briarwood-Galaxie sein.«

Van runzelt leicht die Stirn – ich denke, das Leben in Tansania hat seine Kenntnisse der Popkultur, soweit sie über Abba hinausgehen, verkümmern lassen –, hakt aber nicht nach. »Und was soll dieser Star-Lord so machen?«, fragt Willow. »Außer ein paar coole Tänze hinlegen?«

»Der Star-Lord wird in Briarwood wohnen und im Prinzip die Aufsicht über die Fachidioten-Horde haben. Er wird Ordnung in das Chaos bringen und dafür sorgen, dass sie gelegentlich schlafen, und er wird sich versichern, dass der Ofen nach der spätabendlichen Pizza aus ist; außerdem wird er der Hüter der Schlüssel zum Red-Bull-Schrank sein. Er wird teils Vater, teils Boss, teils gutherziger Diktator sein. Ich schätze mal, du hast kein Interesse, Van?«

Van sieht bei der Vorstellung geschockt aus und antwortet schnell: »Ich? Mein Gott, nein. Danke, dass du fragst, aber das würde mich in den Wahnsinn treiben. Mit kleinen Kindern kann ich umgehen – mit Erwachsenen nicht. Ich kümmere mich gern weiter um die Instandhaltung des Hauses und die Gartenarbeit, aber ich bin nicht dein Star-Lord.«

»Okay«, sagt Tom ein wenig enttäuscht. »Kein Problem. Ich werde ihn finden, selbst wenn ich die ganze Galaxie durchstreifen muss …«

»Du könntest auch eine Personalagentur einschalten«, schlage ich schnell vor.

»Oder das, ja«, sagt Tom lachend. »Egal. Wie geht es euch beiden?«

Ich trinke meinen letzten Schluck Bacardi Cola aus und

beschließe, dass ich genug habe. Ich bin langsam versucht, meine Hand auf Vans jeansbekleideten Oberschenkel zu legen, und das wäre keine gute Idee. Wer weiß, zu welchen reizvollen Problemen das führen könnte?

»Ich bin ein bisschen beschwipst«, antworte ich und stehe auf. »Deshalb ist es Zeit für mich zu gehen. Saul wird mir morgen früh um sechs auf den Kopf springen, und mit einem Kater fühlt sich das mit Sicherheit nicht besser an.«

Ich suche meine Sachen zusammen, und Van besteht darauf, mich nach Hause zu begleiten – den ganzen Weg über die Straße. Wir schaffen das ohne weitere Zwischenfälle bis auf eine kurze Begegnung mit einer Chipstüte, die mir der Wind an den Kopf weht, und stehen schließlich verlegen vor meinem Haus.

Ich fühle mich ein bisschen wie ein Teenager, der zum ersten Mal mit einem Jungen aus war, ein Gefühl, das nicht dadurch gemindert wird, dass nicht nur Tinkerbell auf dem Fensterbrett liegt und uns mit seinen alles sehenden Katzenaugen ansieht, sondern auch der Vorhang sich ganz leicht bewegt und meine Mutter kurz guckt, was mir nicht entgeht.

»Okay«, sagt er und lacht mich an, wobei sich das Mondlicht in seinen blauen Augen spiegelt und sie ein bisschen wölfisch aussehen lässt, »das war schön. Das sollten wir irgendwann wiederholen.«

»Ja«, antworte ich, taste nach den Schlüsseln in meiner Handtasche und versuche, ihn nicht durch meinen Blick zu einem Gutenachtkuss zu ermutigen. Er tritt näher an mich heran und sieht so gut aus und riecht noch viel besser, und es ist nur eine Frage von Millimetern, bis mein Körper seinen berührt. Dass ich meine Schlüssel in der Hand halte, hält mich als Einziges davon ab, ihm die Hand auf die Brust zu legen, nur um zu sehen, wie sich das anfühlt.

»Das war es«, sage ich. »Und das sollten wir. Und jetzt muss ich gehen …«

Ich stecke mit zitternden Händen den Schlüssel ins Schloss und stoße die Tür so fest auf, dass sie gegen die Wand in der Diele schlägt.

Ich stürze ins Haus wie eine Frau, die von einem Rudel Hyänen verfolgt wird, und schlage die Tür hinter mir zu.

»Du Feigling!«, höre ich ihn draußen rufen, bevor er zu lachen anfängt. Ich sehe durch das Milchglas der oberen Türhälfte hinaus und beobachte, wie seine verschwommene Gestalt über die Straße zurück in den Pub geht.

Ich hole tief Luft und versuche, mich zu beruhigen. Es gibt nichts, wofür ich mich schämen müsste – jetzt muss ich nur noch Tinkerbell davon überzeugen, dass das stimmt.

Ich lehne an der Tür, atme tief durch und versuche, mir nicht vorzustellen, was passieren würde, würde ich die Tür wieder aufmachen. Ihn zurückrufen. Aus diesem Abend etwas machen, das über Freunde, die freundschaftlich zusammen sind, hinausgeht.

Ich bin zu feige, wie er gesagt hat. Zu ängstlich. Oder noch nicht bereit, wenn ich freundlicher mir gegenüber sein will. Es ist nicht gut, jemanden zu küssen, wenn du nicht bereit bist, die Kontrolle aufzugeben, zu kapitulieren – und ich weiß, dass ich das nicht bin.

Ich stehe eine kleine Weile da und lausche, versichere mich, dass von oben keine Geräusche zu hören sind, und schleiche auf Zehenspitzen die Treppe hoch. Ich gehe zur Toilette und sehe, wie gerötet meine Wangen sind, was eindeutig nicht von der Kälte herrührt, und verschwinde in meinem Schlafzimmer.

Ich lasse mich auf die Bettdecke fallen und frage mich, ob er inzwischen wieder im Pub ist. Ob er an mich denkt. Ob er mich überhaupt küssen wollte.

Mein Handy piept, und ich hole es träge heraus und sehe auf das Display.

Ein Foto, von Van. Ein Bild des feigen Löwen aus dem *Zauberer von Oz*.

Ich lächle, während ich die SMS lese: »Eines Tages, Katie – eines Tages xxx.«

Ich schließe die Augen und kicke meine Turnschuhe von den Füßen und gleite in einen Schlaf voller Träume, die mir die Röte in die Wangen treiben.

17. KAPITEL

Es ist der erste Samstag im Dezember, und ich sitze in einem Costa Coffee in Bristol und warte auf meinen Dad. Es war immer mein Lieblingscafé mit seinem Gebäck, seinen Keksen und allem, doch das Comfort Food Café hat mich inzwischen verdorben, denke ich. Oder ich bin einfach etwas von der Rolle, weil ich wieder hier bin und weiß, dass mir ein unangenehmes Gespräch bevorsteht.

Ich rühre meinen Mokka um, während ich warte. Ich bin ein bisschen nervös, ihn zu sehen. Mum hat sich weiter in meinem Haus eingerichtet, und wir haben weiter versucht, einen Weg zu finden, der das für uns beide lebbar macht. Ich bin mir nicht sicher, ob es uns gelingen wird, doch bis jetzt musste weder der Dorfpolizist eingeschaltet noch ein Krankenwagen gerufen werden, was möglicherweise das Höchste ist, was wir erwarten können.

Sie hat angefangen, sich nützlich zu machen, das muss ich fairerweise sagen; die Tatsache, dass sie ein Auto und viel Freizeit hat, macht mein Leben – zumindest was die Logistik angeht – definitiv einfacher. Jemanden zu haben, der mich zum College mitnehmen oder Saul im Kindergarten absetzen kann, ist immer ein seltener Luxus gewesen. Erst jetzt sehe ich, wie irrsinnig hektisch unser Leben ist – ein sorgfältig ausgearbeiteter Balanceakt aus Terminen, Orten und unterschiedlichen Busfahrplänen, die alle in Einklang gebracht werden müssen.

Wenn sich die letzten Novemberwochen durch Regen ausgezeichnet haben, tut es der Dezember durch unangenehm kaltes, stürmisches Wetter. Das unaufhörliche Nieseln hat aufgehört, doch die Temperaturen sind gefallen, und der Wind ist kräftig und gnadenlos. Gerade in Budbury spürst du, wie er von der Bucht hereinweht, dir ins Gesicht schlägt und deine Augen zum Tränen bringt, wenn du die Straße entlanggehst.

Van, der immer noch für Frank auf der Farm arbeitet und sich für Tom um die Gartenarbeit kümmert, ist jetzt in Pullover und Hemden, Thermoweste und Handschuhe gepackt, und seine gebräunte Haut wirkt seltsam in einem kleinen Dorf in England und lässt ihn irgendwie exotisch aussehen.

Wir haben uns ein paarmal gesehen, immer in Gesellschaft anderer, immer als Freunde – doch hin und wieder erwische ich ihn dabei, wie er mich ansieht und lächelt, sodass sich kleine Lachfältchen in den Winkeln seiner blauen Augen bilden und ich aufpassen muss, nicht ins Schwärmen zu geraten.

Ansonsten hat Tom eine Liste der in die engere Auswahl kommenden Star-Lords gemacht, die er interviewen will, und Auburn hat ihn gefragt, ob sie dabei sein darf. Nur zum Spaß und um zu sehen, ob einer von ihnen wie Chris Pratt aussieht.

Tinkerbell darf jetzt raus und ist eine dieser Katzen geworden, denen mehrere Leute gehören – wenn ich aus der

Drogerie über die Straße komme, sehe ich ihn auf Edies Fensterbank liegen oder auf Beccas Türschwelle sitzen. Das scheint sein Bedürfnis herumzustreunen zu befriedigen, abends kommt er immer nach Hause zu seinem besten Freund Saul.

Martha war zu ihrem Bewerbungsgespräch in Oxford, und Zoe und Cal sind verständlicherweise total stolz – jetzt müssen sie abwarten und sehen, ob sie es durch den Auswahlprozess geschafft hat. Josh, Scrumpy Joes Sohn, bekommt hoffentlich einen Platz in East Anglia, um Chemie zu studieren, was sowohl für ihn als auch für Lizzie eine große Veränderung sein wird.

Lizzie selbst scheint hin und weg von zwei Entwicklungen in ihrem eigenen Leben. Zum einen hat sie eine kleine Firma gegründet, sie macht Tierporträts. Lizzie hat schon immer fotografiert, und wie die meisten Teenager scheint sie das Gefühl zu haben, dass das Leben erst gelebt ist, wenn du es in den sozialen Medien teilst. Doch sie interessiert sich mehr fürs Fotografieren als die meisten anderen und hat zum Geburtstag eine neue Kamera bekommen. Midgebo, Bella Swan, Rick Grimes und Tinkerbell haben ihr für ihre Testporträts Modell gestanden, und jetzt macht sie über Matts Tierarztpraxis Werbung für sich.

Zum anderen ist sie begeistert von Lauras Neuigkeiten – die diese jetzt publik gemacht hat. Ich denke, Cherie hatte schon so etwas vermutet, denn es gehört wirklich viel dazu, ihr etwas vorzumachen, und ihrer Schwester Becca hatte sie es bereits erzählt, doch alle anderen waren fassungslos. Vielleicht nicht ganz so fassungslos wie Matt und Laura – als der Ultraschall gezeigt hat, dass sie Zwillinge bekommen.

Offenbar ist das gar nicht so unüblich bei *geriatrischen Schwangerschaften*. Man kann sich vorstellen, wie begeistert Laura über diesen Begriff war. Im Moment befindet sie sich noch im Schockzustand und versucht, sich an die Idee zu gewöhnen, dass sie nicht ein, sondern zwei Babys bekommt.

Manchmal erwische ich sie dabei, wie sie im Café vor sich hin starrt, während sie Buttercreme schlägt oder Smoothies mixt, und mit den Gedanken ganz offensichtlich woanders ist. Cherie hat entschieden, sie in der nächsten Zeit nicht in die Nähe von Messern oder Schneidebrettern zu lassen; sie hat ihr gesagt, dass sie die Windeln nicht wechseln kann, wenn sie sich die Finger abhackt.

Somit hat sich am Leben in Budbury nicht viel verändert – obwohl sich viel verändert hat. So ist das nun einmal dort – das Leben folgt einem sanfteren Rhythmus als im Rest der Welt.

Jetzt, wo ich hier bin, zurück in der großen Stadt, fällt mir das besonders auf. Es gibt hier so viele Autos und Lieferwagen und Busse und Fahrräder. So viele Leute und Stimmen und so viel Krach. Jeder scheint es immer furchtbar eilig zu haben und hat diesen allzeit aufmerksamen Gesichtsausdruck, während er von einem überfüllten Geschäft ins nächste hetzt und seine Taschen nicht einen Moment aus den Augen lässt.

Wahrscheinlich mache ich mir zu viele Gedanken. Das tue ich meistens. Doch das Leben in meiner kleinen, verschlafenen Ecke der Welt hat einen viel langsameren Gang als das Leben hier – und während es in der ersten Stunde noch aufregend war, mich von dem wohlig anonymen Menschenstrom mitreißen zu lassen, fühle ich mich jetzt ein bisschen aufgerieben.

Zu Füßen meines Ecktischs steht ein großer Berg Tüten, vor allem mit Weihnachtsgeschenken für Saul, und meine Hände werden endlich wieder warm, nachdem ich sie ganze fünf Minuten um meinen Becher gelegt habe. Das Café ist voll mit anderen Überlebenden der Großen Weihnachtseinkaufskatastrophe von 2018, und alle sehen gleichermaßen erschöpft aus. Einen Stuhl für meinen Dad freizuhalten erweist sich von Minute zu Minute als schwerer, und ich bin erleichtert, als ich ihn endlich den Kopf zur Tür hereinstecken und den Raum nach mir absuchen sehe.

Auf mein Winken kommt er zu mir herüber. Er sieht etwas verlegen aus, doch für den emotionalen Stress, den er hatte, gar nicht so schlecht.

Mein Dad ist nur gut einen Meter siebzig groß – doch im Vergleich zu meiner Mum ist er mir immer wie ein Riese vorgekommen. Er hat dunkles Haar, das oben auf dem Kopf langsam dünner wird, einen Schnurrbart, den er seit den Achtzigern unbeirrt trägt, und einen ganz kleinen Bierbauch. Kurz gesagt ist er ein normal aussehender mittelalter Mann in einer Lederjacke, die aussieht, als hätte er sie von der Fernsehserie *Die Füchse* gestohlen.

Wir umarmen uns, als er sich seinen Weg durch die Menge und die wahllos abgestellten Einkaufstüten gebahnt hat, dann holt er uns beiden noch einen Kaffee, bevor er sich an den Tisch setzt. Aus seinem Gesichtsausdruck schließe ich, dass er auch ein bisschen nervös ist.

»So«, sagt er und stößt mit der Schuhspitze gegen meine Tüten, »du hast also für den Knirps eingekauft, ja?«

»Ja. Ich bin fix und fertig. Das ist wie ein Kriegsgebiet da draußen.«

»Ich weiß, Liebes – die Zeit des Wohlwollens hat noch nicht ganz eingesetzt. Wir sind noch in der Zeit der spitzen Ellenbogen und des Warteschlangenzorns. Wie geht es Saul? Und dir? Und wie geht es …«

Er verstummt und sucht in seinem Kaffee nach Antworten.

»Mum?«, komme ich ihm zu Hilfe. Er nickt und versucht sich an einem Lächeln.

»Nicht so schlecht, Dad«, antworte ich. »Sie scheint sich im Dorf ganz wohlzufühlen. Ich habe keine Ahnung, wie lange sie bleibt, nehme aber an, dass sie noch nicht so bald wieder abreist, da sie mich gebeten hat, am Haus vorbeizufahren und ihr ein paar Sachen mitzubringen. Ich hatte gehofft, dass du mich nachher dort vorbeifahren kannst?«

Er nickt und schweigt, die Aussicht scheint ihm nicht zu behagen.

Ich lasse ihm einen Moment, dann stoße ich ihn an. »Na komm. Erzähl mir deine Sicht der Dinge. Bist du wirklich mit der Eis-Frau durchgebrannt?«

Er schweigt noch eine Weile, hilft einer Frau, einen Buggy über ein paar verlassene Mäntel zu heben, dann lehnt er sich schließlich zurück, sieht mir in die Augen und sagt: »Na ja, ganz so einfach ist es nicht, Katie.«

»Ich bin mir sicher, dass es das nicht ist – doch da ich diejenige bin, die sich um Mum kümmern muss, denke ich, dass ich zumindest verdiene zu erfahren, was passiert ist. Und davon einmal abgesehen, habe ich mir auch Sorgen um dich gemacht.«

»Es besteht kein Grund, dir Sorgen um mich zu machen, und was deine Mum angeht … es wird ihr besser gehen, wenn sie es erst verstanden hat. Und … nein, ich bin nicht mit der Eis-Frau durchgebrannt, okay? Ich wohne bei ihr, aber wir sind kein Paar.«

»Was meinst du damit, dass ihr kein Paar seid? Mum scheint das aber zu denken …«

»Was nicht stimmt. Ich habe deiner Mum erzählt, dass ich bei Fiona einziehe, und sie hat daraus diesen Schluss gezogen.«

»Sosehr Mum mich im Moment auch nervt, kann ich ihr das nicht verdenken – es scheint die logische Schlussfolgerung zu sein, wenn dein Mann dich verlässt, um zu einer anderen Frau zu ziehen.«

Er nickt, als würde er einsehen, dass ich in diesem Punkt recht haben könnte.

»Na schön. Aber es ist die falsche Schlussfolgerung. Fiona … Fiona mag Frauen, Liebes, verstehst du? Und ich bin keine Frau, richtig?«

Eine List des unglücklichen Timings will es, dass ich in dem Moment, in dem er das sagt, den Mund voller Kaffee habe. Voller Kaffee, der sofort in einem Schwall herausspritzt, als ich einen dieser heftigen Schnaub-Lach-Anfälle bekomme, bei denen kein Fleckchen trocken bleibt. Anschließend ringe ich kurz nach Luft, während mein Dad mir eine Serviette reicht, damit ich mir das Kinn abputzen kann.

»Sie mag Frauen?«, wiederhole ich.

»Ja. Ist das heute und in deinem Alter so schockierend? Ich dachte, für euch junge Leute ist dieser ganze LGBT-Kram eine Selbstverständlichkeit …«

»Moment – was genau war jetzt noch mal LGBT?«

»Lesbisch, schwul, bisexuell und transgender. Es gibt

auch noch asexuell und alles Mögliche, falls dich das interessiert ...«

»Seit wann bist du ein Experte?«

»Seit ich mit einer L zusammenwohne«, antwortet er selbstgefällig. Ich knülle die nasse Serviette zu einem Ball zusammen und werfe sie auf die Untertasse.

»Egal. Das spielt auch keine Rolle«, sage ich. »Und natürlich bin ich nicht schockiert, dass es Lesben gibt. Aber ich bin schockiert, dass du im Moment mit einer zusammenwohnst, und vielleicht bin ich noch schockierter darüber, dass Mum denkt, dass du in besagte Lesbe verliebt bist – und du sie in dem Glauben lässt. Hast du auch nur die leiseste Ahnung, wie viel Make-up sie im Moment trägt? Oder wie heftig sie mit jedem Mann, der ihr über den Weg läuft, flirtet? Wie sehr sie abgenommen hat? Alles nur, um sich besser zu fühlen, weil sie denkt, dass du sie wegen Fiona Whittaker verlassen hast.«

Als ich ausgeredet habe, schweigt er wieder, jegliche Selbstgefälligkeit ist von ihm abgefallen. Er streckt die Hand nach meiner aus und tätschelt sie in dem Versuch, mich zu trösten. Ich war so damit beschäftigt, auf Mum sauer zu sein, dass ich gar nicht mitbekommen habe, was für Sorgen ich mir um sie gemacht habe.

»Es tut mir leid, Liebes – nein, ich hatte keine Ahnung. Obwohl ich es hätte ahnen müssen; es ist ja nicht so, dass ich nicht weiß, was für eine Dramaqueen sie ist. Ich habe nur ... es schien mir einfacher, sie das denken zu lassen. Fiona schämt sich nicht, dass sie ist, wie sie ist, und das ist auch gut so – aber sie posaunt es auch nicht von den Dächern. Die Leute können manchmal schon ziemlich altmodisch sein, nicht? Außerdem ist sie fast so etwas wie eine öffentliche Person … aber du hast recht. Was ich meine, ist vielleicht, dass es einfacher für mich ist. Die Wahrheit ist etwas komplizierter, schätze ich.«

Ich bedeute ihm fortzufahren, obwohl ein Teil von mir überzeugt ist, dass er mir gleich erzählen wird, dass er eigentlich schwul ist. Dass er sein ganzes Leben lang eine Lüge gelebt hat und das nicht länger konnte. Und das wäre auch in Ordnung – letzten Endes. Wenn ich mich erst daran gewöhnt habe. Ich hoffe nur, dass er kein Transvestit ist – er wäre eine schreckliche Frau.

»Okay«, sagt er und schaut wehmütig in seinen Kaffee. »Ich wünschte, da wäre etwas Brandy drin … aber egal. Während des Sommers habe ich Fiona besser kennengelernt. Durch den Eiswagen wusste ich ja, wer sie ist, doch eines Tages, als ich mir ein Magnum gekauft habe, sind wir ins Gespräch über die Bücher von Lee Child gekommen. Du weißt schon, das sind die besten. Und dann haben wir noch ein bisschen geredet, über andere Bücher – sie ist ein großer Fan von James Patterson, genau wie ich. Und schließlich hat sie mich gefragt, ob ich ihrem Buchclub beitreten möchte.«

Dieses Gespräch nimmt definitiv nicht den Gang, mit dem ich gerechnet hatte. Ich bin mir nicht sicher, ob es schlechter oder besser läuft, aber es läuft definitiv in eine andere Richtung. Ich denke, dass das Bild, wie mein Dad in einem Raum sitzt und über Jane Austen diskutiert, potenziell verrückter ist als alles andere.

»Okay«, antworte ich und nicke. »Du hast James Patterson immer gemocht. Also bist du ihrem Buchclub beigetreten …«

»Genau. Und ich habe ein paar wirklich interessante

Leute kennengelernt, wie du dir vorstellen kannst. Meinen Horizont ein bisschen erweitert. Dann hat eins zum anderen geführt … ein gelegentlicher Abend im Theater. Ein Besuch eines Comedy-Clubs. Ein Abendessen auswärts. Wir waren sogar beim Ballett. Das war alles sehr nett, aber mehr auch nicht, Liebes, ehrlich. Trotz all meiner Fehler habe ich deine Mutter nie betrogen … ich denke, ich bin ein bisschen asexuell geworden, um ehrlich zu sein.«

Darauf gibt es alle möglichen Antworten, doch ich beiße mir auf die Lippe. Eine flapsige Bemerkung würde keinem von uns weiterhelfen.

»Deshalb hat sie gedacht, dass du eine Affäre hast – wegen der Abende, an denen du nicht zu Hause warst? Sie hat sogar gesagt, dass sie gewusst hat, dass etwas nicht in Ordnung war, weil du aufgehört hast, dich mit ihr zu streiten.«

Er sieht so traurig aus, als ich das sage, dass er mir fast leidtut.

»Das ist das Problem, nicht?«, sagt er sanft. »So viele Jahre war das alles, was wir hatten. Ich habe Dinge getan, für die ich mich schäme. Ich habe mich darauf eingelassen, jedes Mal. Ich weiß es nicht, Liebes, ich bin kein Experte, was Beziehungen angeht – aber ich denke, dass du dein bestes Ich hervorkehren musst, damit eine Ehe funktioniert. Und deine Mum und ich haben immer nur die schlechteste Version des anderen hervorgekitzelt. Haben uns zurückgezogen, Zeit mit anderen verbracht … ja, es hat mir ein bisschen die Augen geöffnet, schätze ich.«

»Das kann ich verstehen, Dad, wirklich. Aber was wird jetzt? Und warum hast du nicht wenigstens versucht, mit ihr zu reden?«

»Hast du deine Mutter einmal kennengelernt?«, scherzt er und reißt geistesabwesend Zuckerbeutel auf. Es erinnert mich an meine Mum an ihrem ersten Tag in Budbury, wie sie nach einer Beschäftigung für ihre Hände gesucht hat.

Wir schweigen beide eine Weile, dann sagt er: »Aber du hast recht. Das hätte ich tun sollen. Eines Tages bin ich von der Arbeit nach Hause gekommen, und wir hatten einen Riesenkrach. Das wird dich nicht überraschen, aber es war wirklich ein Wahnsinnskrach – und das nur, weil ich gesagt habe, die Kartoffeln seien ein bisschen zu salzig. Einerseits ist mir das recht geschehen – sie hatte Abendessen für mich gekocht, und ich habe dagesessen und daran herumgemeckert.

Doch dann passierte das Übliche, und bevor es mir richtig bewusst war, haben wir uns angeschrien, und sie hat mit der Salzmühle nach meinem Kopf geworfen und ich mit der Pfeffermühle nach ihrem und … mein Gott, ich hatte das so satt. Wir hatten das so viele Male durchexerziert. Sie hat weiter an mir herumkritisiert, und schließlich bin ich durchgedreht und habe ihr einen Schubs gegeben, und sie hat mir mit dem elektrischen Messer gedroht und … ich konnte das einfach nicht mehr. Nachdem du gegangen warst, ist es immer schlimmer geworden, Katie.«

Ich würde gerne so tun, als würde mich das verwirren, doch ich weiß genau, was er meint – ich war ihre Pufferzone. Ohne mich oder Saul in der Nähe, um sie zumindest zu mäßigen, muss ihre Beziehung eine gesetzesfreie Zone gewesen sein.

»Ohne dich hatten wir nur noch einander«, fährt er fort. »Und das hat nicht gereicht. Deshalb bin ich gegangen – zu

Fiona, und sie hat mir ihr Gästezimmer angeboten, und das war's. Es war nicht leicht. Manchmal vermisse ich deine Mum, Liebes – wir waren so lange verheiratet, und nicht alles war schlecht. Doch ich habe gewusst, dass ich nicht zurückgehen konnte, nicht, so wie die Dinge waren. Es tut mir leid – dass ich so ein Feigling war und dass du dich jetzt um sie kümmern musst, und es tut mir auch leid, dass du dich furchtbar gefühlt haben musst, als du ein Kind warst. Gefangen in unseren Problemen. Und ich bin froh, dass du weggegangen bist.«

»Dass ich von zu Hause weggegangen bin?«

»Ja, ich schätze, ja – obwohl ich hoffe, dass du nicht immer so empfinden wirst. Ich hoffe, dass du jetzt, wo die Dinge anders sind, irgendwann nicht mehr das Gefühl hast, vor uns weglaufen zu müssen.«

»Im Moment kann ich wohl kaum vor Mum weglaufen«, antworte ich und richte anklagend meinen Löffel auf ihn. »Sie wohnt in meinem Haus.«

»Ich weiß. Doch auch das wird nicht für immer sein, nicht? Es wird besser werden. Und ich bin froh, dass du dich auch von Jason getrennt hast. Ich hatte nichts gegen Jason, wirklich nicht – und du hast uns nie gesagt, warum du ihn verlassen hast. Aber ich bin nicht blöd, und ich kann es mir denken – ich schätze, ihr wart in unsere Fußstapfen getreten. Als deine Mum gesagt hat, dass sie dir das Geld aus Omas Rücklage geben wollte, damit du diesen Schritt machen konntest, war ich froh. Ich war stolz, dass du so stark warst. Das bin ich immer noch, Katie.«

Ich atme hörbar aus und lasse mich zurück auf meinen Stuhl fallen. Das Ganze erschöpft mich, das tut es wirklich.

»Okay, Dad. Das ist schwerer Tobak. Ich bin froh, dass

du jetzt glücklicher bist, das bin ich wirklich – aber du musst mit ihr reden, ja? Du kannst das nicht einfach ignorieren. Du musst dich mit ihr treffen und die Dinge klären und dich wie ein Erwachsener verhalten. Hör auf, das alles auf mich abzuwälzen, denn genau das tust du im Moment, verstehst du?«

Er nickt und trinkt seinen Kaffee aus.

»Gut, Liebes. Auch hiermit hast du recht – ich werde mit ihr reden. Gib mir nur noch etwas Zeit, ja? Sag ihr im Moment noch nichts. Lass mich nur noch den Kopf etwas freier kriegen, dann rede ich mit ihr, versprochen. Sollen wir jetzt, nachdem wir über alles gesprochen haben, nicht … auf einen kurzen Drink im Pub reinschauen, bevor ich dich zum Haus fahre? Ich weiß nicht, wie es dir geht, aber meine Nerven liegen blank.«

18. KAPITEL

Als ich ein paar Tage nach dem Gespräch mit meinem Dad ins Café komme, hat es sich in ein Weihnachtswunderland verwandelt.

Ich weiß, wie das Café zu dieser Jahreszeit aussieht, sodass es nicht die totale Überraschung ist, doch jedes Weihnachten ist es ein bisschen anders geschmückt, mit neu hinzugekommener Deko und alter, neu zum Leben erweckter. Die Bücheregale zieren neongrüne Stechpalmenzweige aus Plastik, die Beeren haben eine Farbe, die es in der Natur definitiv nicht gibt; alle Mobiles sind mit glitzerndem Lametta behängt, und es gibt einen kleinen elektrischen Zug, der durch eine Schneelandschaft fährt wie in *Der Polarexpress*.

Draußen im Garten wankt und schwankt ein riesiger aufblasbarer Weihnachtsmann vor sich hin, der fast so groß wie das Haus ist und mit Seilen am Boden festgehalten wird wie ein Zelt. Ich erinnere mich, dass es im letzten Jahr eine Schneemannversion gab, die Midgebo jedoch zu einem Kauspielzeug erklärt und mit seinen Krallen und Zähnen überall punktiert hat.

Es erinnert mich alles daran, dass ich unser Haus

schmücken muss – einen Baum kaufen, den Schmuck vom Dachboden holen und vielleicht etwas von diesem künstlichen Schnee besorgen, mit dem du die Fenster einsprühen kannst. Saul würde das lieben. Doch dieses Jahr müssen wir alles katzensicher machen.

Der Tag heute ist kalt, aber heiter, und ich habe im Café vorbeigeschaut, weil ich nach dem Kindergarten etwas Zeit hier verbringen möchte. Ich habe meine Schicht in der Drogerie absolviert, Saul abgeholt, und dann sind wir direkt von der Bushaltestelle hierhergegangen. Die Alternative wäre gewesen, nach Hause zu gehen, was nicht wirklich verlockend war, da Mum gerade eins ihrer Projekte verfolgt.

Sie hat beschlossen, die Vorhänge in allen Zimmern des Hauses auszuwechseln, und ich habe keine Einwände erhoben. Ich möchte eigentlich keine neuen Vorhänge, doch ich scheine nicht wirklich eine Wahl zu haben. Sie will die Gelegenheit auch nutzen, die Fenster alle einmal ›richtig zu putzen‹ – im Gegensatz zu dem falschen Putzen, das ich ihnen wohl angedeihen lasse.

Sie hat uns zugewinkt, als wir vorbeigegangen sind, quietschvergnügt und immer noch mit rosa Lippenstift und ihren baumelnden Ohrringen, die jede Dragqueen lieben würde. Sie hat sich total aufgedonnert, um die Vorhänge zu wechseln, vermutlich weil sie so gut wie möglich aussehen will – nur für den Fall, dass Fabio, einer der Darsteller der Show, die Straße herunterkommt.

Ich habe zurückgewinkt und bin vorbeigegangen, habe auf dem Weg Tinkerbell in Edies Fenster liegen sehen und mir in Gedanken eine Notiz gemacht, ihr etwas Suppe aus dem Café mitzubringen – sie ist ein bisschen angeschlagen vom Wetter und hatte kürzlich eine Erkältung.

Ich trinke einen Kaffee, auf den Zimt gestäubt ist, und esse ein Stück Green Velvet Cake – Laura hat beschlossen, dass es nicht nur Red Velvet Cake geben sollte, und macht ihn in diversen Weihnachtsfarben. Jetzt sitze ich mit Cherie an einem Tisch und warte, dass sie mir endlich sagt, was sie auf dem Herzen hat.

Sie sitzt mir gegenüber, die Stirn leicht gerunzelt. Ihr Haar baumelt ihr in einem dicken, schwarzsilbernen Zopf über die Schulter, und sie sieht ein wenig müde aus. Sie hat Laura früh nach Hause geschickt, und die Tatsache, dass Laura keine Einwände erhoben hat, ist Beweis genug, wie erschöpft sie sein muss.

Willow flitzt herum und räumt auf, assistiert von Saul, der seinen eigenen Müllsack hat, und Frank kümmert sich um die Kaffeemaschine, die man bestenfalls als launisch bezeichnen könnte. Das Klappern und Zischen liefert ein melodisches Hintergrundgeräusch zu dem Gespräch, von dem ich weiß, dass es kommen wird.

Cherie ist untypisch still und scheint hin und her zu überlegen, bevor sie etwas sagt. Sie sieht nachdenklich und ernst aus, seit wir uns hingesetzt haben.

»Ich habe nachgedacht«, sagt sie zwischen zwei Gabeln Green Velvet Cake, »und zwar über deine Mum. Und dich. Und die Zwillinge.«

Das ist etwas seltsam, da wir keine Zwillinge kennen, sodass ich mal annehme, dass sie sich auf die noch ungeborenen bezieht, die unsere arme Chefköchin und Caféleiterin zurzeit so erschöpfen.

»Okay«, antworte ich und schließe die Augen, während ich meinen Kuchen esse – irgendetwas an grünem Kuchen verursacht mir ein seltsames Gefühl, und ich will nicht, dass meine Augen meinen Geschmacksknospen etwas verraten und mir am Ende der Kuchen nicht mehr schmeckt. »Was hast du gedacht?«

»Du hast nicht viel gesagt, Katie, wie das für dich typisch ist«, meint sie und schweigt der Wirkung halber, als wollte sie mir die Chance geben, ihr zu widersprechen. Ich verhalte mich typgerecht und ziehe nur zustimmend die Brauen hoch.

»Doch ich habe den Eindruck gewonnen, dass es im Moment ein bisschen voll in deinem Haus ist. Saul sagt, dass ihr beide jeden Abend Pyjamapartys veranstaltet, was für dich vielleicht nicht so lustig ist wie für ihn, könnte ich mir vorstellen.«

»Da hast du recht«, antworte ich und reibe mir die Seite. »Er tritt mich dauernd in die Rippen.«

»Autsch. Egal … ich denke auch, dass ich hier gut etwas Hilfe gebrauchen könnte. Laura tut ihr Bestes, aber sie ist total fertig – und es wird wahrscheinlich nicht leichter werden. Deshalb habe ich mir überlegt, deine Mum zu fragen, ob sie nicht eine Weile für uns arbeiten mag. Und als Teil des Deals kann sie in die Wohnung oben einziehen, wenn sie mag.«

Ich halte mit dem Löffel auf halbem Weg zum Mund inne und hoffe, dass die illoyale Welle der Euphorie, die ich bei diesem Vorschlag empfinde, mir nicht anzusehen ist. Sie ist meine Mum. Ich liebe sie. Aber mein Gott, ich wäre so froh, sie eine Weile los zu sein …

»Was soll sie denn machen? Sie kocht ganz okay, aber sie ist nicht Laura.«

»Okay, aber Laura ist ja immer noch da und kann Laura sein – es würde ihr nur guttun, ein bisschen weniger Laura zu sein. Ich habe mir gedacht, dass sie weiter das Backen und die kreativen Sachen übernehmen, alles andere aber etwas herunterfahren könnte. Ich kann gut öfter kommen und mehr machen, wir haben Willow, die inzwischen etwas flexibler ist, und deine Mum könnte uns mit dem Rest helfen. Das hieße, Bestellungen aufnehmen, servieren und die leichteren Sachen zubereiten – die Toasts und Paninis und Kaffees. Und das Saubermachen danach.«

»Saubermachen liebt sie …«, antworte ich und lege den Löffel hin, um richtig darüber nachzudenken. Mir scheint das die ideale Lösung zu sein – doch wenn ich brutal ehrlich bin, könnte mein Urteil von der Aussicht, dass sie auszieht, beeinträchtigt sein.

»Ich wollte erst mit dir reden, um sicherzugehen, dass die Idee für dich okay ist«, fährt Cherie fort. »Ich weiß, dass du dir nicht gern in die Karten schauen lässt, doch jetzt ist nicht die Zeit, in aller Stille zu leiden; wenn du es für eine schlechte Idee oder mich für eine Wichtigtuerin hältst, die sich in alles einmischt – was ich übrigens tue –, oder wenn du möchtest, dass sie bei dir und Saul bleibt, dann sag mir das einfach. Du wirst nicht so alt und so hässlich wie ich, ohne zu lernen, hin und wieder mit einem Nein umzugehen.«

Das ist ziemlich typisch für Cheries Art vorzugehen, habe ich gelernt. Ja, sie ist eine alte Wichtigtuerin. Ja, sie mischt sich ein. Aber sie mischt sich immer auf eine respektvolle Weise ein, falls das Sinn macht.

»Ich persönlich halte das für eine großartige Idee, Cherie«, antworte ich nach ein paar Momenten des Nachdenkens. »Es ist zu voll bei uns, und es wäre schön, mein Bett zurückzubekommen. Aber ich denke auch, dass es gut für Mum wäre. Es würde ihr das Gefühl geben, mehr dazuzugehören, mehr ... gebraucht zu werden. Ihrem Tag einen Sinn geben.«

»Ja, das mögen wir alle, nicht? Ob wir uns darüber im Klaren sind oder nicht. Sich nutzlos zu fühlen ist ein Fluch. Also sag ihr, dass sie vorbeischauen soll, dann kann ich mit ihr reden. Ihr meinen neuesten Masterplan enthüllen ...«

Dabei lacht sie, als sei sie eine böse Schurkin. Zumindest denke ich, dass sie nur so tut, als ob sie das sei – wenn sie wirklich eine böse Schurkin ist, scheint sie sehr edle Motive zu haben.

Nachdem der Masterplan besprochen ist, esse ich meinen Kuchen auf und frage Cherie, ob sie mir etwas Suppe für Edie abfüllen kann.

»Wie geht es ihr? Ich muss bei ihr vorbeischauen und nach ihr sehen«, meint sie, während sie eine köstlich riechende Erbsen-Schinken-Suppe in zwei Mitnahmetassen schöpft und zwei Scheiben Kuchen einpackt. Eine für Edie und eine für ihren Verlobten, klar.

»Als ich sie gestern besucht habe, hat sie einen *Stranger-Things*-Marathon veranstaltet«, sage ich, während ich Saul herüberwinke, um ihn langsam wieder anzuziehen. »Sie war verschnupft, hat gehustet und schien sehr viel müder als sonst, aber ich habe ein Auge auf sie. Tinkerbell hat ihr Gesellschaft geleistet, als ich heute Morgen vorbeigegangen bin; gewöhnlich lässt sie ihn um diese Zeit wieder hinten heraus, damit er zum Abendessen nach Hause kommen kann.«

»In dem Fall packe ich ihm noch eins der übrig gebliebenen Lachsfilets ein ...«, sagt Cherie. Die Haustiere von Budbury werden genauso verwöhnt wie wir.

Als ich es geschafft habe, Saul seine Handschuhe anzuziehen, die an einer Schnur, die durch die Ärmel seines Mantels führt, um seinen Hals hängen, gehen wir den Berg wieder hinunter ins Dorf. Es ist sehr, sehr kalt, doch die Sonne scheint, und dadurch fühlt es sich irgendwie besser an.

Wir unterhalten uns mit einem unserer Lieblingsspiele – wir machen Tierlaute nach und raten, welches Tier das sein soll –, und als wir bei Edie sind, lasse ich Saul denken, dass er mich mit seinen stummen Mundbewegungen wie ein Fisch total in die Irre geführt hat.

»Ist es ein Papagei?«, frage ich und sehe ihn verwirrt an.

»Nein! Du Dummchen! Papageien krächzen doch oder sagen ›hübscher Junge‹! Versuch es noch mal …«

Er fährt mit seinem stummen Aufblasen der Wangen fort, und ich frage: »Ist es ein Rhinozeros?«

»Wieder falsch! Rhinozerosros … Rhinozeroos …«

»Sollen wir einfach kurz Rhino sagen?«

»Rhino geht … aber ich weiß nicht, was für Geräusche die machen! Aber meins war einer von Beccas Goldfischen. Ich habe gewonnen. Mummy, was für Geräusche macht ein Rhino?«

Damit habe ich mir selbst ein Ei gelegt, weil ich keine Ahnung habe.

»Ich weiß nicht genau, Liebling. Vielleicht können wir Matt fragen?«

Saul denkt darüber nach und hält das für eine vernünftige Idee.

»Ja. Matt weiß, wie man mit allen Tieren spricht. Wir fragen ihn. Werden Matts neue Babys Menschen oder Welpen?«

»Sie werden Babys, Liebling«, antworte ich und lache über seinen enttäuschten Gesichtsausdruck. Er plappert weiter, bis wir bei Edie sind, und wird ganz aufgeregt, als er Tinkerbell durch das Fenster sieht.

Ich dagegen bin leicht besorgt, als ich Tinkerbell entdecke. Wir haben in dieser Straße eine gewisse Routine. Tinkerbell frühstückt bei uns, dann lassen wir ihn raus, und er geht zu Edie oder zu Becca. Sie haben eingewilligt, ihn nicht zu füttern, damit er immer wieder nach Hause kommt – und gegen drei setzen sie ihn vor die Tür.

Jetzt ist es nach drei, und Tinkerbell ist immer noch bei Edie. Er entdeckt uns und schreitet mit erhobenem Schwanz auf der Fensterbank auf und ab, während sein Mund sich auf eine Weise bewegt, dass ich weiß, dass er irgendwelche Geräusche von sich gibt.

»Wäre es nicht lustig, wenn Tinkerbell das Spiel mitspielen könnte?«, sagt Saul und presst das Gesicht gegen die Fensterscheibe, sodass sich eine Dampfwolke bildet. »Wenn er so tun könnte, als wäre er ein Schaf, und bäh machen würde oder eine Kuh und muh?«

»Das wäre es, Liebling, das wäre es … vielleicht weiß er auch, welche Geräusche ein Rhino macht … Saul, ich lasse dich kurz bei deiner Oma, während ich Edie ihre Suppe bringe, okay?«

Für ihn ist das zum Glück absolut in Ordnung, und wir hetzen die Straße hoch zu unserem Haus. Einem Haus, das jetzt in jedem Fenster violette und goldene Vorhänge hat. Du lieber Himmel!

»Was meinst du?«, ruft Mum, als sie uns in der Diele hört. »Großartig, nicht? Die schönsten Fenster der Straße. Jeder Innenarchitekt wäre begeistert.«

Sie sieht so stolz auf sich aus, als sie aus dem Wohnzimmer auftaucht, dass ich ihr recht gebe, obwohl das Haus mit den neuen Vorhängen eher wie das Set für ein besonders kitschiges Märchenspiel aussieht. Prinzessin Jasmin würde sie lieben.

»Wunderschön, Mum – danke, du hast großartige Arbeit geleistet. Hör zu, kannst du kurz auf Saul aufpassen? Ich will nur mal nach Edie sehen.«

Der Ton meiner Stimme sagt ihr, dass ich mir Sorgen mache, sie nickt nur und zieht Saul mit sich.

»Natürlich kann ich das. Komm, Saul, sollen wir Kekse backen? Ich weiß, dass deine Mum sie immer im Laden kauft, aber selbst gemachte schmecken so viel besser ...«

Ich verdrehe die Augen angesichts ihrer Bemerkung – sie hat dieses Supertalent zu sticheln, ohne es überhaupt zu merken – und konzentriere mich darauf, was zu tun ist.

Zuerst versuche ich das Offensichtliche und rufe Edie an – dank ihrer Armee an Nichten und Neffen sowie der Groß- und Urgroß-Version von ihnen fehlt es ihr nie an der neuesten Technik, und zurzeit hat sie ein besseres Handy als ich. Leider geht niemand dran.

Dann gehe ich wieder nach draußen und versuche es bei Becca – sie steht Edie sehr nahe, und ich vermute, dass sie einen Ersatzschlüssel für ihr Haus hat. Leider macht sie auf mein Klopfen nicht auf, und ich gehe weiter zur Drogerie. Auburn ist da, sie sitzt auf einem Stuhl hinter der Kasse, sieht auf ihr Handy und spielt mit ihren Haaren herum.

»Hattest du viel zu tun?«, frage ich lachend.

»Ziemlich viel. Alles okay bei dir? Du siehst ein bisschen so aus, als seist du im Stress. Nette Vorhänge übrigens – hat deine Mum sie bei dem Insolvenzverkauf eines Bordells erworben?«

»Haha, sehr lustig. Hör zu, ich mache mir etwas Sorgen um Edie. Ich kann sie nicht sehen, die Katze ist noch bei ihr, sie geht nicht an ihr Handy, und es geht ihr nicht gut und …«

»Sie ist zweiundneunzig?«

»Ja, genau. Ich habe es bei Becca versucht, um einen Schlüssel zu bekommen, aber sie ist nicht da. Was, meinst du, soll ich tun?«

Sie springt von ihrem Stuhl hoch und antwortet, während sie eine Nummer wählt: »Wahrscheinlich geht es ihr gut. Wie ich Edie kenne, ist sie bei irgendeinem Schrebergarten-Komitee oder bei einer ihrer Nichten, oder sie plant ihre sozialen Aktivitäten an Weihnachten … aber ich schicke Van hin. Er hat einen *sehr* eindrucksvollen Werkzeugkasten, weißt du.«

Sie sieht mich dabei mit gerunzelter Stirn an, und irgendwie klingt ihre Bemerkung zu einem Kasten mit Schraubenziehern und Nägeln anzüglich. Das ist schon eine Gabe.

Ich höre ihren Teil des Gesprächs mit, das kurz, auf den Punkt und ernst genug ist, um mich daran zu erinnern, dass Auburn letztendlich eine Gesundheitsexpertin ist. Man vergisst das leicht, wenn sie eine Zigarette nach der anderen pafft oder doppeldeutige Bemerkungen über mich und ihren Bruder macht.

Wir warten ungefähr fünfzehn Minuten, während Van Frank und Cal erklärt, was los ist, und von Franks Farm herübergefahren kommt. Lynnie ist in ihrem Tagesheim, sodass die Longville-Geschwister den Tag für sich haben.

Wir versuchen uns an Small Talk, bis er da ist, doch ich werde von Minute zu Minute nervöser. Ich weiß nicht, warum – ich habe nicht wirklich einen Beweis, dass etwas nicht stimmt –, doch aus irgendeinem Grund sagt mir mein Instinkt, dass dem so ist.

»Okay«, meint Van, als er seinen Lieferwagen geparkt hat und die Ladenklingel sein Erscheinen ankündigt. »Dann brechen wir mal ein, okay?«

Frank folgt ihm mit einem besorgten Gesichtsausdruck – einem Gesichtsausdruck, den ich überhaupt nicht mit Frank assoziiere. Er ist selbst nur zehn Jahre jünger als Edie, scheint bis auf die üblichen Wehwehchen jedoch irrsinnig fit. Das muss an seinem aktiven Leben liegen, obwohl er schwört, dass der Grund der ist, dass seine Mutter am Abend seiner Geburt mit dem Schicksal einen Pakt abgeschlossen hat.

Auburn schließt die Drogerie ab, und wir gehen zu Edie hinüber. Wir dürften ziemlich dämlich aussehen, falls sie uns doch die Tür aufmacht.

Als Erstes klopfen wir an die Vodertür, und Frank bückt sich zum Briefkasten hinunter, um nach ihr zu rufen. Tinkerbell antwortet als Einziger, er kommt durch die Diele gerannt und miaut ihn heftig durch den Schlitz an. Ich rufe Edie für alle Fälle noch einmal an, und während wir alle die Ohren spitzen, hören wir nur das Geräusch ihres Klingeltons – die Titelmelodie einer Tanzsendung. Das Handy ist demnach im Haus – was bedeutet, dass Edie auch dort sein dürfte.

»Es bleibt uns nichts anderes übrig«, meint Frank mit gerunzelter Stirn. »Wir müssen da rein. Sie wird uns vergeben.«

Nur um sicherzugehen, ruft er noch einmal durch den Briefkasten: »Edie! Ich bin's, Frank! Wir kommen jetzt rein, also zieh dir was an!«

Van schiebt sich vor die kleine Gruppe und inspiziert die Tür.

»Das ist ein solides Schloss. Es dürfte einfacher sein, hintenherum zu gehen und ein Fenster einzuschlagen – und billiger, was die Reparatur angeht.«

Wir folgen ihm alle durch den engen Durchgang, der nach jedem Reihenhausblock zwischen den Häusern hindurchführt. Edies Haus steht am Ende einer Reihe, sodass er nur an ihrer Mauer hochklettern muss.

Er klettert gewandt auf die Mauer, zieht sich mühelos hoch und setzt sich darauf.

»Es bringt nichts, dass ihr mir alle auf diesem Weg folgt«, meint er, die Augen amüsiert zusammengekniffen, während wir zu ihm hochsehen. »So sicher ich mir auch bin, dass ihr alle über herausragende Parcoursfähigkeiten verfügt, ist es einfacher, wenn ihr wieder zur Haustür geht und ich euch dort hereinlasse.«

Jetzt, wo er es sagt, scheint es offensichtlich, und ich bin froh, dass ich nicht die Einzige bin, die ihm stumm gefolgt ist. Frank, Auburn und ich murmeln »Ach nee« und latschen zurück zur Straße, wobei wir uns ein bisschen dumm vorkommen. Innerhalb von Sekunden hören wir Glas zerbrechen, und kurz darauf öffnet uns Van die Tür.

Tinkerbell kommt wie eine fuchsrote Kugel herausgeschossen, hält nur kurz inne, um sich um meine Beine zu winden, bevor er sein Zuhause ansteuert. In dem Moment fällt mir ein, dass das ganze Essen, das ich aus dem Café mit nach Hause gebracht habe, in der Diele steht. Bei meiner Rückkehr wird er sich wohl durch alles hindurchgewühlt haben, um an den Lachs zu kommen, vermute ich. So ist das Leben.

Frank stürmt als Erster ins Haus, und ich warte, bis Auburn drinnen ist, bevor ich ihm folge. Jetzt, wo wir das wirklich tun, wo wir bei ihr einbrechen, um zu sehen, ob sie in Ordnung ist, werde ich von Angst und Widerstreben ergriffen.

Mein Gehirn spielt mir einen Streich und assoziiert die Bilder und Gerüche in Edies kleinem Haus mit denen bei meiner Oma. Die bestickten Schoner auf den Sesseln, die Porzellanfigürchen, den unverwechselbaren Geruch nach Mottenkugeln und einem altmodischen Parfüm, von dem ich mich vage erinnere, dass es einen genauso altmodischen Namen wie White Shoulders hat. Alles fühlt sich so vertraut an und riecht auch so – bis auf die lebensgroße Pappfigur von Anton du Beke in einer Ecke und den riesigen Flachbildfernseher.

Von Anton und dem Fernseher einmal abgesehen, ist es das Zuhause einer alten Dame – und Edie ist wirklich sehr, sehr alt.

Wir sehen gleich, dass sie nicht im Wohnzimmer ist, und Van, der in der Küche eine kleine Fensterscheibe eingeschlagen hat, um hereinzukommen, weiß, dass sie auch dort nicht ist, also gehen wir nach oben. Das Haus hat den gleichen Grundriss wie meins, oben gibt es zwei Zimmer und ein kleines Bad, und in einem der Zimmer finden wir Edie.

Sie liegt im Bett, eine Taschenbuchausgabe von *Der Report der Magd* auf dem Kissen neben sich, ein Glas Wasser und ihre kleine Drahtgestellbrille auf dem Nachttisch.

In der Zimmerecke sehe ich einen Karton mit alten Schwarz-Weiß-Fotos und Briefen, die aus Briarwood sind, wie ich weiß – Tom hat sie dort gefunden; alle haben mit der Vergangenheit des Hauses und seiner Rolle im Krieg zu tun, und Edie, die früher einmal Bibliothekarin war, archiviert sie für ihn.

Edie sieht allerdings nicht so aus, als würde sie in ihrem derzeitigen Zustand irgendetwas archivieren. Sie bewegt sich nicht, ist blass und schweißbedeckt. Sie atmet in schnellen, aber schweren Zügen, begleitet von einem hässlich klingenden Röcheln.

»Edie!«, sagt Frank, als er zu ihr eilt. »Edie, bist du in Ordnung?«

Ich gehe zu ihm, knie mich neben Edie und überprüfe ihren Puls, während er versucht, sie zu wecken. Der Puls ist zu schnell, und mir fällt auf, dass ihre Fingernägel in dem Sonnenlicht, das durch das Fenster fällt, leicht bläulich aussehen. Ich berühre ihre Stirn und sehe zu Auburn hoch, die zögernd in der Tür steht. Ich denke, Krankenschwestern sind eher an so etwas gewöhnt – Auburns Patienten sind gewöhnlich zumindest in der Lage, selbst in den Laden zu kommen.

»Sie hat Fieber. Der Puls ist zu schnell. Ich denke, sie bekommt nicht genug Sauerstoff«, sage ich zu ihr.

»Lungenentzündung?«, meint sie. Ich nicke – das ist genau das, was ich vermute. Lungenentzündungen sind verbreiteter, als man denkt, und gewöhnlich nichts, weswegen man sich Gedanken machen muss – bei einer Frau in Edies Alter muss man sich allerdings ernsthafte Gedanken machen, egal, wie rüstig sie zu sein scheint.

Auburn beißt sich auf die Lippe und ruft sofort per

Handy einen Krankenwagen. Sie gebraucht auch genau die richtige Terminologie, damit sie so schnell wie möglich kommen.

Edie brabbelt etwas vor sich hin, ihre Augen sind halb geöffnet, was sie sagt, macht keinen Sinn. Ich kann die Worte »mein Verlobter« und »neues Kleid« und »Beine wie Betty Grable« verstehen, die alle nichts mit ihrem derzeitigen Zustand zu tun haben. Edie halluziniert, und in meinen Augen stehen unprofessionelle Tränen.

Ich spüre Vans Hand auf meiner Schulter und lehne mich zum Trost gegen seine Beine.

»Edie ist zäh«, sagt er sanft. »Mach dir keine Gedanken – sie wird wieder.«

Ich nicke und kneife die Augen zusammen, um meine Tränen loszuwerden, und hoffe, dass er recht hat.

19. KAPITEL

Die Szene im Wartezimmer des Krankenhauses ist der schlimmste Albtraum jeden Arztes, das weiß ich aus Erfahrung. Der Raum ist voll mit verzweifelten Mitgliedern des Edie-Fanclubs – Freunde und Verwandte, alle beunruhigt, alle verzweifelt zu hören, wie es ihr geht.

Ihr Clan aus Nichten und Neffen, aus ihren Kindern und Enkeln sowie mir, Van, Cherie, Tom, Frank und Becca, die gekommen ist, sobald sie davon gehört haben, reicht im Alter vom Teenager bis hin zu der Tochter ihrer Schwester, die in den Siebzigern ist. Becca ist ein zäher Knochen, doch ihre Augen sind geschwollen und rot vom Weinen, und sie sieht aus, als wollte sie jemanden schlagen.

Auburn ist nach Hause gegangen, um Willow mit Lynnie zu helfen, die ein bisschen aufgelöst aus dem Tagesheim nach Hause gekommen ist, was das leicht apokalyptische Untergangsgefühl noch verstärkt.

Sobald ich die gehetzt aussehende junge Ärztin auf uns zukommen sehe, fällt mir der flüchtige Ausdruck von Schrecken in ihrem Gesicht auf, als sie uns alle sieht, wie wir herumlaufen, uns Sorgen machen und kochend heißen Kaffee aus dem Getränkeautomaten trinken.

Sie blickt sich verwirrt um und versucht auszumachen, wer in der Menge Edies nächste Angehörige sind. Wie sich herausstellt, ist es ihre Nichte Mary, die in Begleitung von Cherie auf sie zugeht. Der Rest von uns versammelt sich in einem lockeren Kreis um sie.

»Miss May liegt auf der Intensivstation«, erklärt die Ärztin, und das macht sie sehr gut, sie sucht den Augenkontakt, gebraucht den Namen ihrer Patientin und muss nicht einmal in ihre Notizen sehen.

»Sie bekommt zurzeit Antibiotika, und ihr wird Flüssigkeit zugeführt. Wir versorgen sie zusätzlich mit Sauerstoff, und im Moment hilft das. Wir denken, dass sie möglicherweise auch eine Pleuritis hat, was in ihrem Alter nicht unüblich ist, doch bis jetzt atmet sie noch selbst.«

Das sind sehr gute Neuigkeiten, das weiß ich – ich könnte mir nicht vorstellen, dass Edie jemals wieder ohne ein Beatmungsgerät auskommen würde, wäre sie erst an eins angeschlossen. Cherie sieht mich kurz an, und ich schätze, dass ich laut geseufzt habe. Sie bedeutet mir, mich neben sie zu stellen, wahrscheinlich denkt sie, dass es nicht schaden kann, einen Übersetzer dabeizuhaben.

»Wird sie wieder gesund?«, fragt Mary mit der ernsten Stimme einer Frau, die ihren Anteil an Krankenhausaufenthalten in ihrem Leben mitbekommen hat.

Die Ärztin versucht, ihr neutrales Gesicht beizubehalten, schafft es jedoch nicht ganz. Ihr blonder Pferdeschwanz hängt schlaff herunter, und aus einem Kugelschreiber in ihrem weißen Kittel ist Tinte ausgetreten.

»Nun ja, das lässt sich im Moment nicht sagen. Wir tun alles, was wir können, um ihr zu helfen, sich zu erholen und um es ihr angenehm zu machen. Doch in Anbetracht ihres Alters …«

Es ist das zweite Mal, dass sie Edies Alter erwähnt, was total verständlich ist, da sie wirklich steinalt ist. In Krankenhausbegriffen ist das ein wesentlicher Faktor – doch in Budbury-Begriffen ist es eine falsche Fährte.

Ich sehe, wie Cherie sich sehr gerade aufrichtet, was für die Ärztin entnervend sein muss – in ihren flachen Schuhen misst sie vielleicht gerade mal einen Meter siebzig. Sie blickt grimmig, und ich schnappe nach Luft – ich hoffe wirklich, dass sie nicht gleich lospoltert. Die Ärztin macht nur ihre Arbeit und spricht eine Wahrheit aus, die medizinisch betrachtet äußerst relevant ist. Jeder hier mag vielleicht denken, dass Edie ewig leben wird, doch die Wissenschaft sagt etwas anderes.

Cherie schielt nach dem Namensschild der Ärztin, dann setzt sie an: »Doktor … Sullivan? Wir wissen alle, wie alt Edie ist. Und keiner von uns ist ein Idiot, wir wissen, dass das ein Risikofaktor ist. Doch ich bitte Sie, etwas nicht zu vergessen, wenn Sie sie behandeln – ihr Alter ist uns egal. Für uns ist sie einfach Edie, und wir lieben sie. Sie wird geschätzt, sie ist kostbar, und unser Leben wäre ohne sie nicht dasselbe. Wir erwarten nicht, dass Sie Wunder vollbringen, aber bitte – schreiben Sie sie nicht ab.

Diese Frau hat so viel durchgestanden und ist so alt geworden, dass ich nicht gewillt bin zu glauben, dass sie nicht kämpfen wird, nur weil sie alt ist. Das wird sie. Und ich möchte, dass Sie ihr helfen – wenn Sie Edie ansehen, sehen Sie bitte nicht nur eine geriatrische Patientin. Sehen Sie ihre eigene Mutter. Sehen Sie Ihre eigene Großmutter. Sehen Sie Mutter Teresa, wenn das hilft – aber bitte, sehen

Sie sie als jemanden an, der jede mögliche Chance zu überleben verdient. Ich weiß, dass Sie uns nicht versprechen können, dass sie es schafft – aber können Sie uns zumindest das versprechen?«

Die Ärztin blinzelt kurz ein paarmal – sie sieht müde aus, wie alle Krankenhausärzte das zu tun scheinen – und nickt.

»Ja, das kann ich. Das kann ich Ihnen versprechen. Sie ist im Moment nicht wirklich bei Bewusstsein, deshalb halte ich es für das Beste, dass Sie jetzt alle nach Hause gehen und sich ausruhen und morgen wiederkommen. Ich versichere mich, dass Sie benachrichtigt werden, wenn sich irgendetwas in ihrem Zustand verändert.«

»Ich bleibe«, meldet sich Becca zu Wort und tritt vor. »Wenn das für dich in Ordnung ist, Mary? Dann bleibe ich.«

Mary lächelt und nickt und tätschelt Beccas Hand.

Doktor Sullivan guckt, als hielte sie das für keine gute Idee, ist aber weise genug, nicht zu protestieren.

Becca tritt zur Seite, um zu telefonieren, vermutlich um Sam und vielleicht auch Laura die Situation zu erklären, und alle anderen beginnen, sich zu verabschieden. Es ist ein seltsamer Anblick, als würde die Luft aus dem Raum gesaugt – Edies Familie zieht in Zweier-, Dreier- und Vierergrüppchen ab, alle versprechen, in Kontakt zu bleiben, und lächeln Becca an und umarmen sie auf dem Weg nach draußen.

Cherie und Frank bleiben noch ein paar Minuten länger, bevor sie in Cheries Auto wegfahren, und Tom folgt ihnen kurz darauf.

Schließlich sind nur noch Becca, Van und ich im Wartezimmer, das sich jetzt leer und verlassen anfühlt, obwohl noch Leute darin sind. Leute, die mit ihren eigenen Dramen und Traumen beschäftigt und wahrscheinlich erleichtert sind, den Edie-May-Club verschwinden zu sehen.

Ich blicke zu der Uhr an der Wand hoch und bin schockiert, als ich sehe, dass es fast zehn Uhr abends ist. Alles dauert so lange in Krankenhäusern – oder zumindest fühlt es sich so an, wenn du wartest. Wenn du an vorderster Front stehst, verfliegen die Stunden im Rausch der Aktivität. Ich ziehe die vorderste Front definitiv vor – oder zumindest den Teil, bei dem kein Mensch, den du sehr magst, in einem Bett liegt und um sein Leben kämpft.

Becca hat fertig telefoniert und kommt zu uns. Sie macht einen nervösen Eindruck, und ich weiß, dass sie zu viel Kaffee getrunken hat. Sie sollte nicht hier sein – doch ich denke, Doktor Sullivan weiß, wann ein Kampf verloren ist.

»Ist alles okay?«, frage ich und greife nach ihrer zitternden Hand. »Können wir irgendwas für dich tun?«

Sie schüttelt den Kopf und beißt sich so fest auf die Lippe, dass sie blutet. Ich kann praktisch hören, wie sie sich selbst auffordert sich zusammenzureißen.

»Nein, alles okay. Ich habe mit Sam gesprochen. Er kommt zurecht. Vielleicht kannst du ja morgen mal bei ihm vorbeischauen und dich versichern, dass er nicht das Haus abgefackelt oder die Kleine mit Instant-Nudelsnacks gefüttert hat.«

»Klar. Und was ist mit dir – brauchst du irgendwas? Saubere Klamotten, ein Buch, etwas zu essen, irgendwas?«

»Nee, ich habe alles. Es ist mir egal, ob ich schmutzig bin. Und Laura wird zweifellos in Kürze Matt mit genug

Kuchen vorbeischicken, um das ganze Krankenhaus zu versorgen. Du weißt, wie sie tickt.«

Ich weiß. Und sie hat wahrscheinlich recht. Laura wird, noch während wir miteinander reden, den Ofen anwerfen und ihre Sorge so zeigen, wie es für sie natürlich ist.

»War alles, was die Ärztin gesagt hat, richtig, Katie? Ich meine … aus fachlicher Perspektive?«

Sie sieht so verzweifelt aus, als sie das fragt, als würde sie hoffen, dass ich ihr etwas verspreche, das ich guten Glaubens nicht versprechen kann. Als wollte sie, dass die Ärzte sich irren, Edie einundzwanzig ist und es allen auf der Welt gut geht.

»So, wie ich das verstanden habe, tun sie alles, was sie können, Becca. Alles, was getan werden muss und kann. Und Edie mag alt sein – aber sie kennen Edie nicht, wie wir sie kennen. Die Chancen sind zwar nicht gut, aber in Krankenhäusern siehst du jeden Tag kleine Wunder, und wenn irgendjemand das hier schafft, dann Edie.«

Sie nickt und umarmt mich ganz kurz, sie hat es – im Gegensatz zu ihrer Schwester Laura – nicht so mit Umarmungen, dann lässt sie mich wieder los.

»Okay, gut, ich gebe euch Bescheid, wenn ich irgendetwas erfahre«, sagt sie schnell. »Ihr beiden könnt also abhauen, okay? Ich hole mir nur noch einen Kaffee …«

»Hältst du das für eine gute Idee?«, sagt Van und lächelt sanft. »Du wirkst so schon ziemlich aufgedreht.«

Becca schnaubt laut als Antwort und lacht kurz auf.

»Aufgedreht? Ich bin nicht aufgedreht. Ich bin nicht einmal ansatzweise nervös. Bevor ich hierhergezogen bin, habe ich jahrelang nicht eine Nacht richtig geschlafen, weißt du – ich habe furchtbar an Schlaflosigkeit gelitten, war einer dieser Menschen, die die ganze Nacht wach liegen und auf die Uhr gucken und dann schließlich eine Stunde, bevor es hell wird, einschlafen. Edie hat das verändert. Edie hat in vielen Beziehungen alles verändert. Ohne sie hätte ich wahrscheinlich nicht den Mut gehabt zu bleiben – und dann hätte ich Sam nicht und meine kleine Edie und alles …«

Da bleibt nicht viel, was wir dazu sagen können. Allein schon die Vorstellung, ihre Freundin zu verlieren, scheint sie zu erschüttern, und ich hoffe für sie genauso wie für Edie, dass diese Antibiotika sich gerade in Edie ausbreiten und ein paar dieser hässlichen Bakterien in den Arsch treten.

»Okay, Becca«, sagt Van ruhig. »Wir gehen dann mal – du weißt, wo du uns findest, wenn du irgendwas brauchst. Und du bleibst hier – ich hole dir einen Kaffee. Schwarz, richtig?«

Sie nickt dankbar, und ich frage: »Okay, hast du diese Feuchttücher für Babys dabei?«

Feuchttücher für Babys sind unglaublich nützlich, wie die meisten Mütter wissen.

»Logo!«, antwortet sie lachend. »Natürlich habe ich Feuchttücher dabei. Plus eine Packung Bio-Reiswaffeln und eine fast volle Schachtel mit Riesenfarbstiften für den Fall, dass ich mich langweile … den ganzen Mama-Kram!«

Sie klopft auf die Seite ihrer Tasche, als sie das sagt, und ich muss lachen. Wahrscheinlich kannst du das Alter eines Kindes nach dem Inhalt der Tasche seiner Eltern bestimmen. In meiner findest du zum Beispiel eine kleine Packung Feuchttücher, aber auch zwei Spielzeugautos, einen dieser dicken Buntstifte mit vier Farben und eine Packung Fruchtsnacks mit Erdbeergeschmack.

Als Van mit dem Kaffee zurückkommt, brechen wir endgültig auf. Draußen ist es dunkel und so kalt, dass unser Atem Dampfwolken bildet, als wir über den Parkplatz gehen und uns unseren Weg zwischen den Scheinwerfern der neu ankommenden Wagen und dem blinkenden Orange der Krankenwagen hindurch suchen. Ich spüre ein leichtes Knacken unter meinen Füßen und nehme an, dass wir heute Nacht den ersten richtigen Frost dieses Winters haben werden.

»Ich habe ihr einen Koffeinfreien geholt«, sagt Van, als er den Lieferwagen aufschließt und wir einsteigen.

»Wahrscheinlich eine gute Idee …«, antworte ich, kuschele mich in den Sitz und reibe mir die Hände, während Van die Heizung voll aufdreht. Er dreht am Radio herum, und wir landen schließlich bei einer Sendung mit Motown-Klassikern wie *Tracks of My Tears* und *Tears of a Clown* und diversen anderen Songs über gebrochene Herzen.

Wir fahren relativ schweigsam zurück nach Budbury, während wir beide die Ereignisse des Tages verarbeiten. Wir sind müde und machen uns Sorgen und haben beide nichts zu Abend gegessen. Ich weiß, dass es Saul bei meiner Mum gut geht, weil ich mit ihr gesprochen habe, aber es fühlt sich immer noch seltsam an, so lange von ihm getrennt zu sein. Die Kontrolle abzugeben ist erheblich schwerer als erwartet.

Ich weiß, dass Van auch beunruhigt ist, weil Lynnie so durcheinander war. Sie schläft jetzt, hat Willow ihm gesagt, aber es war ein harter Abend. Das Leben fühlt sich im Moment alles andere als einfach an.

Er fährt auf größtenteils leeren Straßen an der Küste entlang, bevor wir auf die Hauptstraße kommen, die sich durch Budbury schlängelt, und er auf einem Parkplatz gegenüber von meinem Haus hält.

Wir sitzen eine Weile einfach nur da, ohne etwas zu sagen, warten, dass Lionel Richie und Diana Ross aufhören, von ihrer endlosen Liebe zu singen. Im Lieferwagen ist es gemütlich und warm, und die Musik ist so schön, und ein Teil von mir möchte die Realität noch für ein paar Minuten hinauszögern. Möchte noch etwas in dieser gemütlichen Blase bleiben.

»Das war ein harter Tag«, sagt Van, als der Song zu Ende ist. Er stellt das Radio aus – nur für den Fall, dass ein weiterer Song anfängt, bei dem man unmöglich gehen kann. »Geht es dir gut?«

Ich bin es nicht gewohnt, dass jemand sich Gedanken macht, ob ich okay bin, und brauche ein paar Sekunden, mich darauf einzustellen.

»Ja«, antworte ich leise. »Mir geht es gut. Obwohl mich das alles ziemlich mitgenommen hat. Es hat mich so daran erinnert …«

»An deine Oma?«, meint er und lächelt lieb. Ich sehe ihn überrascht an und antworte: »Ja – an meine Oma. Wieso bist du so schlau?«

»Ich bin nur schlau, was dich angeht«, antwortet er und drückt tröstend meine Hand.

Ich starre durch die Windschutzscheibe und sage: »Du bist der einzige Mensch, dem ich von meiner Oma erzählt habe. Und von Jason. Und wie meine Kindheit wirklich war. Ich erzähle dir Dinge, die ich sonst niemandem erzähle. Ich weiß nicht, warum.«

Er schließt seine Finger um meine und sagt: »Eines Tages wirst du es herausfinden, da bin ich mir sicher. Und mir geht es nicht anders. Ich habe nie jemandem erzählt, wie sehr ich Tansania vermisse, weißt du.«

»Oh. Ja. Und dass du eine Beziehung mit der Blonden von Abba hattest? Hast du das jemandem erzählt?«

»Nein. Das ist streng geheim. Wenn das herauskommt, kann ich mich vor Paparazzi nicht mehr retten …«

Sein Lachen macht das Auto hell und verschafft uns eine kleine Atempause, die wir beide dringend brauchen. Eine kleine Atempause, die ich noch nicht bereit bin loszulassen.

»Möchtest du noch mit auf einen Kaffee hereinkommen?«, frage ich zögernd. »Oder auf ein Glas Milch. Oder eine Flasche Whisky. Mit etwas Glück habe ich sogar noch einen Kakao im Kühlschrank. Saul und Mum sind schon im Bett.«

Er blickt einen Moment in die Ferne, guckt auf die dunkle Straße mit dem sternenklaren Himmel, die zur Küste hinunterführt, bevor er antwortet: »Ja, gerne. Das wäre wirklich schön – ich bin selbst ein bisschen aufgedreht, um ehrlich zu sein. Wenn ich jetzt nach Hause fahren würde, müsste ich mich wahrscheinlich erst einmal raus in den Garten setzen und tief durchatmen und über den Sinn des Lebens meditieren.«

Ich muss lächeln – Van mag nach außen zwar rau und zäh wirken, doch niemand konnte in Lynnies Haus aufwachsen, ohne nicht zumindest ein paar ausgeklügelte Atemtechniken zu lernen.

»Das klingt nicht lustig«, antworte ich, als wir aus dem Lieferwagen steigen und leise die Türen schließen – wir würden halb Budbury aufwecken, würden wir sie zuschlagen – und uns auf Zehenspitzen ins Haus schleichen.

Van ist noch nie hier gewesen, wird mir klar, als ich beobachte, wie er alles in sich aufnimmt. Nur Matt war schon einmal hier, und auch er ist nicht weiter als bis in die Diele gekommen. Ich habe Sauls und mein Territorium gut beschützt, habe dafür gesorgt, dass es sicher und gemütlich war und nur uns beiden gehörte.

Das scheint sich dieser Tage zu ändern, was mich einerseits freut und andererseits zu Tode ängstigt. Ich habe mir immer gesagt, dass wir einfach wieder gehen können, wenn es nicht funktioniert – dass wir unsere Sachen packen und weiterziehen können. Doch jetzt bin ich mir nicht mehr so sicher, dass das stimmt. Wir würden schrecklich viel zurücklassen – Freundschaften, Unterstützung, kostenlosen Kuchen und die Art von Gemeinschaft, von der die meisten Menschen nur träumen können. Im September fängt Saul mit der Schule an, was ein weiterer Nagel im Sarg meines Fluchtplans sein wird – vielleicht ist es an der Zeit, ihn zu verabschieden und stattdessen einen Bleibeplan zu entwickeln.

»Schöne Vorhänge«, sagt Van, als wir ins Wohnzimmer kommen.

»Den Bordellwitz hat Auburn schon gebracht«, sage ich leise und bedeute ihm, sich auf das große, weiche Sofa zu setzen, das den Raum dominiert. Das Sofa war der einzige Luxus, den ich mir gleistet habe, als ich hierhergezogen bin. Ich habe mir gedacht, dass ich zumindest einen Platz haben sollte, an dem ich es mir gemütlich machen kann, da ich wohl viele Abende allein hier verbringen würde.

»Ich wollte keinen Bordellwitz machen«, antwortet er

empört. »Ich wollte einen Haremswitz machen. Und von den Vorhängen einmal abgesehen, ist dein Haus wunderschön, Katie.«

Ich habe uns gerade ein Glas Wein geholt, als er das sagt – seit meine Mutter bei mir eingezogen ist, ist sehr viel öfter Wein im Kühlschrank –, und reiche es ihm und setze mich in den Sessel. Es gibt nur einen – für mehr war kein Platz, und ich hatte nie vor, irgendwann glamouröse Abendgesellschaften zu geben.

»Danke. Aber es ist nur ein ganz normales Haus.«

»Ja. Das ist das Schöne daran«, antwortet er und sieht sich um. »Nicht ein Räucherstäbchen in Sicht! Nein, ernsthaft, es fühlt sich einfach … gemütlich an. Du siehst, dass ein Kind hier lebt, und wenn ich dieses Kind wäre, wäre es die Art von Zuhause, in der ich mich sicher fühlen würde. Das ist alles, was ich gemeint habe.«

»Noch mal danke. Das ist auch meine Absicht. Ich kann mich kaum an mein Leben vor Saul erinnern …«

»Das kann ich mir vorstellen. Ich kann mir dich auch nicht ohne ihn vorstellen. Oder Budbury ohne ihn – er ist der Liebling aller und macht dir alle Ehre. Du bist eine großartige Mum.«

Ich merke, wie sich mein Gesicht zu einem Lächeln verzieht – welche Mutter ist nicht stolz bei solchen Komplimenten? Ich habe viel zu viel Zeit damit verbracht, mir Sorgen zu machen, dass ich etwas falsch mache; es ist schön, sich in einem Moment des Lobs zu sonnen.

Wir schweigen eine Weile, trinken unseren Wein, und ich bin total überrascht, als ich merke, dass ich mich fast gegen meinen Willen entspanne. Es fühlt sich natürlich an, mit Van hier zu sitzen, zu reden und zu schweigen. Einfach … zu sein. Ich überlege schnell, wann ich mich das letzte Mal so gefühlt habe, und komme zu dem Schluss, dass ich das so nie erlebt habe.

Jason und ich haben nicht zueinandergepasst und sind Hals über Kopf Eltern geworden. Ich bereue es nicht einen Moment, Saul bekommen zu haben – es war der beste Fehler, den ich je gemacht habe –, doch sein Dad und ich haben nicht viel mehr miteinander geteilt als das Gefühl, dass wir es einmal versuchen sollten, und die Tendenz, uns zu betrinken und lauten Sex zu haben. Lauten, aber keinen guten Sex, um ehrlich zu sein. Bis auf Jason und ein paar andere fehlgeschlagene Experimente am College habe ich mit niemandem geschlafen, und keiner hat mich je so fühlen lassen, wie man uns alle glauben gemacht hat, dass man fühlen sollte.

Als Teenager siehst du all diese romantischen Filme und liest diese ganzen frechen Bücher und denkst, dass die leichteste Berührung durch die Lippen eines Mannes deine Knie zum Zittern bringt. Niemand sagt dir, wie es wirklich ist – dass deine Knie zwar vielleicht zittern, doch gewöhnlich von viel zu viel Wodka in der Collegebar; dass Sex peinlich und verwirrend sein kann und viele Männer eine Klitoris nicht einmal erkennen würden, wenn sie aufstehen und sich vorstellen würde.

Ich bin geschockt, dieses Wort jetzt gerade auch nur zu denken, sehe schnell zu Van hinüber und hoffe, dass er meine Gedanken nicht lesen kann. Er hat es sich auf dem Sofa gemütlich gemacht und streichelt Tinkerbell, der auf magische Weise in seinem Schoß gelandet ist. Für einen rauen, zähen Straßenkater weiß Tinkerbell ein wenig liebevolle Fürsorge wirklich zu schätzen.

Ich habe das Gefühl, dass es mit Van anders wäre. Das Sex-Ding, meine ich. Jedenfalls denke ich das gerne. Und da ich nicht vorhabe, je die Probe aufs Exempel zu machen, erhalte ich mir zumindest die Fantasie, dass er endlich der Mann wäre, der meine Welt im Schlafzimmer auf den Kopf stellen würde.

»Ich weiß, was du denkst«, sagt er lachend.

Ich werde sofort rot und antworte: »Ich denke nicht, dass du das weißt.«

»Du denkst, wie viel schöner es wäre, wenn du herüberkommen und dich neben mich setzen würdest. Und dass wir heute Abend wahrscheinlich beide eine Umarmung gebrauchen könnten. Dass wir sogar ein Nickerchen machen könnten, wenn wir unseren Wein ausgetrunken haben …«

Ich lache laut, während er redet. Er hat die Brauen auf eine unverschämt zweideutige Weise hochgezogen, die mir sagt, dass er Witze macht. Wahrscheinlich.

»Richtig«, sage ich, stelle mein Glas ab und schwöre mir, nicht noch eins zu trinken. »Das würde super funktionieren. Wir würden einschlafen, und meine Mum und Saul würden uns morgen früh finden, voller Katzensabber und Haare. Nein danke. Trink aus, Van – dein eigenes Bett ruft.«

Er schneidet eine Grimasse, und ich verstehe, warum. Das Cottage, das er sich mit seiner Familie teilt, hat drei Zimmer. Als Kind hat er sich eins mit seinem Bruder Angel geteilt, die anderen beiden wurden von Lynnie und Auburn und Willow bewohnt.

Nachdem die älteren Geschwister ausgezogen waren und Willow sich allein mit der Versorgung ihrer Mum abkämpfen musste, hat sie verständlicherweise ein Zimmer für sich beansprucht – und ist, was wiederum verständlich ist, darin geblieben. Somit bleibt Van nur die Möglichkeit, sich entweder ein Zimmer mit Auburn zu teilen oder auf der Couch zu schlafen. Das ist nicht ideal für einen erwachsenen Mann – einen Mann, der bereits die Weite des Landes vermisst, das er verlassen hat.

Van nickt, streckt die Arme in die Luft und bereitet sich auf seinen Abmarsch vor. Ich kann nicht umhin zu sehen, wie sein T-Shirt aus der Hose rutscht, weil ich eindeutig der größte Lustmolch der Welt bin.

Er will gerade aufstehen und bewegt sich leicht, was Tinkerbell spürt. Er springt von Vans Schoß und verschwindet auf die Fensterbank, wo er wie ein Zugluftstopper auf der Heizung liegt.

Bevor Van auch nur die Chance hat, sich aufzurichten, kommt Saul hereingerast und knallt dramatisch die Tür hinter sich zu. Er trägt seinen gestreiften Schlafanzug, in dem er wie ein kleiner Pirat aussieht, und sein blondes Haar steht ihm vom Kopf ab. Er ist unerträglich süß, wie er so dasteht und sich mit seinen kleinen Fingern die Augen reibt, während er die Szene in sich aufnimmt, die sich ihm bietet.

Dann entdeckt er Van, und sein Gesicht verzieht sich zu einem bedingungslosen Lächeln, während er auf ihn zurennt. Van schafft es, ihn aufzufangen, als er stolpert. Er nimmt ihn hoch, als würde er nichts wiegen, und setzt ihn sich auf den Schoß. Saul kuschelt sich an ihn, den Kopf an seiner Brust, die schmalen Arme um seinen Nacken geschlungen.

»Van! Bist du gekommen, um mich zu besuchen?«, fragt er begeistert.

»Natürlich«, erwidert Van lächelnd. »Was sollte ich wohl sonst hier machen? Aber ich war ein bisschen dumm, ich habe gar nicht daran gedacht, wie spät es schon ist, deshalb habe ich mich stattdessen ein bisschen mit deiner Mum unterhalten.«

Saul nickt, akzeptiert das als völlig offensichtlich und gähnt.

»Ist okay«, murmelt er. »Aber jetzt bin ich wach – willst du Twister spielen?«

Ich muss lachen. Saul ist im Grunde genommen immer noch im Halbschlaf, und Van ist erschöpft, trotzdem kann ich mir vorstellen, wie beide es zumindest versuchen – wie sie ihre Hände und Füße ganz langsam zu den farbigen Flecken hinbewegen und versuchen, nicht hinzufallen.

Ich will Saul gerade hochnehmen und zurück ins Bett bringen, als meine Mum ihm ins Wohnzimmer folgt. Auch sie bleibt in der Tür stehen. Sie trägt einen kräftig violetten Schlafanzug, der irgendwie zu den Vorhängen passt und mir sofort eine leichte Übelkeit verursacht.

Ihr kurzes Haar ist zu einer Frankensteinversion einer Beehive-Frisur toupiert und ihr Gesicht grell geschminkt. Ich meine, sie schminkt sich im Moment ziemlich stark, doch das gehört einer anderen Kategorie an – eine Art Siebzigerjahre-Alien-Disco-Look.

»Hast du etwa mit Saul Schönheitssalon gespielt?«, frage ich und beiße mir auf die Lippe, um nicht zu kichern.

Sie guckt verwirrt, dann fliegen ihre Hände zu ihrem Gesicht, als ihr klar wird, wie sie aussieht.

»Ja. Wo hat er das Zeug her?«

»Keine Ahnung … aber es hat mich gelehrt, wie wichtig es ist, morgens in den Spiegel zu gucken, bevor ich das Haus verlasse. War alles ruhig?«

»Ja«, sagt sie, während ihre Augen an Van und Saul kleben.

Beide scheinen zu dösen – wahrscheinlich ruhen sie sich vor ihrem Twister-Spiel etwas aus. Ich kann nahezu sehen, wie sich die Zahnräder in Mums Gehirn drehen, und frage mich, wie lange es dauern wird, bevor sie mich mit einem Mann verheiratet hat, den ich kaum kenne.

Zu meiner Überraschung sagt sie nichts dergleichen und fragt nur leise: »Wie geht es Edie?«

Ich versichere mich, dass Saul nicht mithört – er hat eine unglaubliche Fähigkeit, Dinge zu hören, die er nicht hören soll –, und antworte ebenso leise: »Im Krankenhaus ist sie gut aufgehoben. Jetzt können wir nur abwarten.«

Sie nickt und gähnt und fragt: »Soll ich Saul nach oben bringen? Dann können Van und du … dort weitermachen, wo auch immer ihr gerade stehen geblieben seid?«

Ich verdrehe leicht die Augen – lustig, wie wir in Gegenwart unserer Mütter alle wieder zu Teenagern werden – und sage: »Wir haben uns unterhalten, und er wollte gerade gehen. Du gehst zurück ins Bett, und ich kümmere mich um Saul.«

Sie nickt widerwillig, während ihr Blick zu dem schlafenden Paar auf dem Sofa zurückwandert, und antwortet: »Okay, Liebes. Du kannst mir morgen früh alles erzählen.«

Ich weiß, dass sie mehr in diese Situation hineininterpretiert, doch ich werde sie enttäuschen müssen – denn es gibt wirklich nichts zu erzählen. Vielleicht erfinde ich morgen früh irgendetwas, wenn wir unsere Cornflakes essen, nur um sie glücklich zu machen.

Ich höre sie die Treppe hochtapsen und sehe Van und Saul an. Sobald ich die Tür hinter meiner Mum geschlossen habe, öffnet Van ein Auge.

»Ist es sicher?«, fragt er und lacht mich über Sauls Kopf hinweg an.

»Ist es, du Superschauspieler – ich kann nicht glauben, dass du nur so getan hast, als würdest du schlafen. Hast du Angst vor meiner Mum?«

»Natürlich habe ich Angst vor deiner Mum«, flüstert er. »Es ist der Lippenstift.«

Er zeigt auf Saul, der definitiv nicht schauspielert, und fügt hinzu: »Was machen wir mit dem kleinen Kerl? Soll ich ihn hochtragen? Einmal ehrlich, ich sitze hier sehr gemütlich – wahrscheinlich würde ich auf der Stelle einschlafen …«

Ich höre die Müdigkeit in seiner Stimme und sage mir, dass er bestimmt seit sechs Uhr heute Morgen gearbeitet hat – Farmarbeit beginnt früh. Dann hat er uns geholfen, Edie zu retten, sich am Telefon mit der Krise zu Hause auseinandergesetzt und mit uns allen im Krankenhaus festgesessen, bevor er einen Umweg gemacht hat, um mich nach Hause zu bringen.

»Bleib hier«, sage ich und verschwinde nach oben zu dem Wäschetrockenschrank.

Ich gehe auf Zehenspitzen, um meine Mum nicht zu stören, hätte mir die Mühe aber sparen können. Sie hat eindeutig auf mich gewartet und taucht aus Sauls Zimmer auf, den neugierigen Kopf mit der Beehive-Frisur zur Seite geneigt. Ich lege den Finger auf die Lippen, um ihr zu bedeuten, ruhig zu sein, und sie nickt.

»Ich habe nur gedacht, es könnte nicht schaden, wenn du dich ein bisschen frisch machst …«, flüstert sie, bevor sie ganz auf den Treppenabsatz getapst kommt und mich freizügig mit *Obsession* von Calvin Klein einspritzt – ihrem Duft, solange ich denken kann.

Ich huste und pruste, als ich es ins Gesicht bekomme, und muss mich sehr beherrschen, ihr nicht in ihres zu schlagen.

»Um Himmels willen, Mum!«, sage ich und bemühe mich sehr, trotz meines Ärgers leise zu sprechen. »Ich gehe da gleich nicht runter, um diesen Mann zu verführen – ich hole ihm nur eine Decke! Die Zeichen standen nicht gerade auf Sex heute, nicht?«

Sie tritt einen Schritt zurück und verteilt mit den Händen das Parfüm um mich herum.

»Man weiß ja nie«, sagt sie und zwinkert mir mit ihren von Mascara verkrusteten Wimpern zu. »Es kann nie schaden, vorbereitet zu sein …«

Ich ignoriere sie, nehme mir, was ich brauche, und gehe wieder hinunter. Saul und Van schlafen tief und fest – obwohl ihre Nasenlöcher im Schlaf zucken, als ich, in eine Wolke von Calvins Bestem gehüllt, hereinkomme.

Ich breite die Decke über beiden aus und stopfe sie an den Seiten fest, wobei ich innehalte und sie ansehe. Saul verschwindet fast in Vans Armen, sein kleiner Körper ist in einem zufriedenen Tiefschlaf zusammengerollt, seine Finger sind auf Vans Brust gespreizt. Van hat ein Bein auf dem Sofa, eins daneben. Ich überlege, das zweite hochzuheben, doch er scheint sich absolut wohlzufühlen. Er hat seine Arbeitsstiefel aufgebunden, und ich ziehe sie ihm so vorsichtig aus, wie ich kann, und lache, als ich sehe, dass er Socken mit Homer Simpsons Gesicht darauf anhat.

Er schläft trotzdem weiter, und angesichts des Tags, den er hinter sich hat, sehe ich darüber hinweg, dass sie ein bisschen müffeln. Ich lasse mich in den Sessel fallen und decke mich ebenfalls mit einer Decke zu. Tinkerbell beschließt, dass er nicht im Abseits sein will, und rollt sich zu Vans Füßen zu einem flauschigen Ball zusammen.

Alle sind versorgt. Alle haben es warm. Alle sind glücklich, trotz der Schrecken dieses Tages.

Ich sehe zu dem schlafenden Trio auf dem Sofa hinüber und weiß nicht genau, was ich davon halten soll. Ich bin erschöpft, und ich habe ein Glas Wein getrunken, und mein Gehirn ist ein Mischmasch aus Edie und Saul und Van und meiner Mutter. Es ist viel los, da oben in meinem Kopf, und ich habe nicht die emotionalen Ressourcen, die verhedderten Fäden zu entwirren.

Ich habe mir Sorgen gemacht, wie nahe Saul und Van sich sind. Ehrlich gesagt, habe ich mir Sorgen gemacht, wie nahe ich und Van uns sind. Doch im Moment – hier in meinem gemütlichen Zuhause, umgeben von den Menschen, die mir am wichtigsten sind – bin ich einfach zufrieden.

Und das, denke ich, ist wahrscheinlich am besorgniserregendsten.

20. KAPITEL

Am nächsten Morgen werde ich davon wach, dass Saul neben meinem Kopf Töpfe gegeneinanderschlägt. Jeder, der Kinder hat, versteht das: Es ist absolut normal. Vollgepumpt mit Adrenalin, schrecke ich hoch, bereit, zu kämpfen oder zu flüchten.

Saul hat noch seinen Schlafanzug an und schlägt eine Bratpfanne gegen einen Milchtopf, wobei er ein extrem nerviges Lied singt, das er im Kindergarten gelernt hat und das aus einer dauernden Wiederholung der Worte »aufwachen« und »zusammenkrachen« zu bestehen scheint.

»Aufstehen, du Schlafmütze!«, ruft er, klappert mit seinen Töpfen und springt mit nackten Füßen auf und ab. »Zeit fürs Frühstück.«

Ich versuche, die Augen aufzubekommen, eins nach dem anderen, bis ich schließlich meine volle Sehkraft erreicht habe. Ich werfe einen Blick auf meine Uhr und sehe, dass es halb sieben ist. Welch Freude.

Das Sofa ist leer, die Decken sind ordentlich zusammengefaltet und liegen in einem weichen Viereck in der Ecke. Tinkerbell miaut neben mir. Er ist eindeutig auch geweckt und aufgeschreckt worden und freut sich jetzt auf sein Fressen. Oben höre ich Schritte und das Geräusch der Toilettenspülung.

Ich stehe auf, strecke mich und zwinge mich, lange genug aus meiner Benommenheit aufzutauchen, um Saul zu umarmen.

»Wo ist Van?«, frage ich gähnend.

»Hochgegangen, Pipi machen«, sagt Saul, legt die Hand auf den Mund und kichert. Körperfunktionen – gibt es etwas Lustigeres für einen drei Jahre alten Jungen?

»Okay. Gut. Was möchtest du zum Frühstück?«, frage ich und hoffe, dass er Müsli sagt. Zu etwas Komplizierterem fühle ich mich nicht in der Lage. Selbst Müsli dürfte schon eine Herausforderung sein.

Saul denkt über diese wichtige Frage nach und sieht einen Moment ernst vor sich hin, dann schlägt er die Pfannen gegeneinander, als wollte er einen Trommelwirbel inszenieren.

»Pfannkuchen!«, verkündet er fröhlich. »Mit Blaubeeren. Und Sprühschlagsahne. Wie Lauras.«

Ich runzele die Stirn. Ich bin mir nicht sicher, ob ich Blaubeeren dahabe. Oder Eier. Ich glaube, ich habe nur die Sprühschlagsahne.

»Ich weiß etwas noch Besseres …«, sage ich, als ich in die Küche gehe. Er sieht aus, als wollte er mit mir diskutieren, doch sein Gesicht leuchtet auf, als ich die Sahne aus dem Kühlschrank hole und vor seiner Nase schwenke. Ich spritze ihm einen Sahnebart ins Gesicht, und er kringelt sich vor Lachen, während er versucht, mit der Zunge weit genug hinunterzukommen, um ihn abzulecken.

Tinkerbell springt auf den Tisch und versucht, ihm zu helfen. Ich scheuche ihn weg. Ich weiß, dass Saul ihn lassen wird, sobald ich ihnen den Rücken zukehre, doch es ist meine Elternpflicht, wenigstens zu versuchen, den Bakterienaustausch zwischen Katze und Mensch zu stoppen.

Ich stecke etwas Brot in den Toaster und trinke ein Glas Wasser, wobei ich mich gegen die Spüle lehne. In Gedanken bin ich bereits wieder bei Edie – wenn ich ehrlich bin, frage ich mich, ob sie überhaupt die Nacht überstanden hat. Das ist keineswegs sicher, und ich kann mir Budbury nicht ohne sie vorstellen. Ich spüre Tränen in meinen Augen stehen und schüttele sie weg – es bringt nichts, sich darüber Gedanken zu machen, bevor ich es nicht mit Sicherheit weiß.

Der Toast springt hoch, leicht verbrannt wie üblich, und ich lege ihn auf einen von Sauls Dinosauriertellern aus Plastik. Fasziniert beobachtet er, was ich vorhabe, während ich ihn in Dreiecke schneide. Dann nehme ich die Sahne und sprühe sie so dick auf den Toast, dass sie wackelt.

»Sprühschlagsahne auf Toast! Mummy! Das ist super! Das muss ich Tante Babs erzählen …«

Ich tue so, als würde ich mich vor ihm verbeugen, und reiche ihm den Teller. Ich lächle, während ich innerlich eine Grimasse schneide. Tante Babs ist eine der Frauen, die den Kindergarten leiten, und hat etwas von einem Drachen. Eine pensionierte Schulleiterin, die mich wahrscheinlich dem Jugendamt melden wird, weil ich meinem Kind ein ernährungstechnisch verwerfliches Frühstück serviere.

Ich überlege gerade, wie ich es vermeiden kann, sie in den nächsten Tagen zu sehen, als Van ins Zimmer kommt. Er hat eindeutig schnell geduscht, und sein Igelhaar ist noch feucht und glänzt. Er trägt das T-Shirt von gestern und hat sich das karierte Flanellhemd über die Schulter geworfen. Er sieht wie ein Holzfäller aus und irgendwie zu groß für meine kleine Küche.

»Sprühschlagsahne auf Toast?«, sagt er und wirft einen Blick auf Sauls Teller, als der sich zum Sofa trollt, um fernzusehen.

»Genau. Ich dachte, es wäre an der Zeit, jemand anderem die Gelegenheit zu geben, sich zur Mutter des Jahres küren zu lassen.«

»Kann ich auch welchen haben?«, fragt er und lacht mich an. Er sieht selbst wie ein übergroßes Kind aus. »Von solchen Köstlichkeiten konnte ich in meiner Kindheit nur träumen … Lynnie war dieser ganzen holistischen Diätwelle um einiges voraus. Ich war ein Müsli-und-Linsen-Kind.«

Ich nicke und serviere ihm welchen. Er beißt krachend hinein. Sein Gesicht strahlt vor Glück, und ein riesiger Sahnebart ziert seine Oberlippe.

Plötzlich beugt er sich vor und küsst mich auf die Wange, bevor ich Zeit habe, ihm auszuweichen. Er hält mich an den Schultern fest, damit ich ihm nicht entkommen kann.

»Okay – ich bin weg!«, sagt er und stürmt aus der Küche für den Fall, dass ich mich räche. »Ich wollte dir nur eine kleine Erinnerung an die erste Nacht hinterlassen, die wir zusammen verbracht haben …«

Ich höre, wie er sich von Saul verabschiedet und wie sich die Haustür hinter ihm schließt, schnell gefolgt von dem Schlagen der Lieferwagentür und dem Anspringen des Motors.

Ich stehe noch da und wische mir die Schlagsahne aus

dem Gesicht, als meine Mutter ins Zimmer kommt. Sie ist fertig geschminkt – frisch natürlich, nicht so, wie Saul sie im Schönheitssalon zurechtgemacht hat, was vielleicht weniger grell war. Sie trägt immer noch ihren Schlafanzug, und der rosa Lippenstift mit dem violetten Stoff tut auf nüchternen Magen nicht gut. Vielleicht tut er auch generell nicht gut. Ich stecke für uns beide noch mehr Brot in den Toaster und hoffe, dass ich keine Migräne bekomme.

Sie zieht die perfekt gezupften Augenbrauen hoch und mustert mein Gesicht – das inzwischen genauso rot wie klebrig ist – und sagt: »Ich dachte, wir hätten Gesellschaft?«

»Er ist zur Arbeit gegangen«, antworte ich, gieße uns beiden einen Orangensaft ein und setze mich an den kleinen Esstisch. Ich wische mir die Wangen mit etwas Küchenrolle ab und hoffe, dass sie nicht fragt, was passiert ist.

»Diese Landburschen sind früh dran …«, sagt sie und setzt sich. Sie starrt ihren Toast an – ohne Sahne – und schiebt ihn auf dem Teller herum, bevor sie wie ein Mäuschen hineinbeißt. Ich werde wieder einmal daran erinnert, dass es meiner Mum trotz ihrer neuen Besessenheit von Make-up noch immer ziemlich schlecht geht.

»Irgendwelche Neuigkeiten? Von Edie?«, fragt sie, was ich ihr hoch anrechne. Ich weiß, dass sie eigentlich nach Van fragen will, doch sie beherrscht sich und bemüht sich, erst einmal höflich zu sein.

»Bisher nicht«, antworte ich, nachdem ich einen Blick auf mein Handy geworfen und nichts gesehen habe. Keine Neuigkeiten sind in diesem ganz besonderen Fall definitiv gute Neuigkeiten, sage ich mir.

»So … und was läuft da zwischen Van und dir? Er hat ein markantes Aussehen. Er erinnert mich an den jungen

Clint Eastwood in diesen Italowestern, nur größer. Und ohne den Poncho.«

Sie hat über eine Minute gebraucht, um auf dieses Thema zu kommen, was länger ist, als ich erwartet hatte.

»Da läuft nichts, Mum«, antworte ich geduldig. »Er ist nur ein Freund, das ist alles.«

»Er kommt großartig mit Saul zurecht, nicht?«

»Ja, tut er.«

»Und er scheint dich wirklich zu mögen …«

»Ja, schön. Ich mag ihn auch.«

Sie denkt eine Weile darüber nach, wobei sie den Toast noch immer so gut wie nicht anrührt, bevor sie sagt: »Allerdings soll es in der Familie Alzheimer geben, nicht? Vielleicht ist es besser, wenn du dich von ihm fernhältst.«

Zunächst bin ich einfach sprachlos. Sie hat sich nicht nur bereits ein gemeinsames Leben für mich und Van ausgemalt, vielleicht sogar mit einem Kind – sie hat auch bereits entschieden, dass das aufgrund der tragischen Umstände, mit denen Lynnie und ihre Kinder zu kämpfen haben, möglicherweise eine schlechte Idee ist.

Ich schüttele den Kopf und atme tief durch. Sie ist schon ein Prachtstück, meine Mutter.

»In Familien gibt es alles Mögliche«, antworte ich. »Und es spielt keine Rolle. Ich suche nicht nach einem Mann, Mum. Ich brauche keinen.«

Sie nickt und kaut nachdenklich auf ihrer Lippe herum. Ich frage mich, durch welche neue Hölle sie mich jetzt schickt, als sie sagt: »Brauchen nicht, nein. Vielleicht nicht. Aber vielleicht … wünschst du dir ja irgendwann einen?«

Ich schicke ein stilles Gebet gen Himmel, dass sie nicht anfängt, von meiner Libido zu reden, weil ich zumindest eingeschränkt nichts dagegenzusetzen habe – sosehr ich auch versuche, cool zu bleiben, tritt Van definitiv ein paar Erdbeben los, wann immer er in meiner Nähe ist. Selbst wenn er mir nur einen Sprühsahne-Kuss gibt.

»Vielleicht«, antworte ich. »Und ich verspreche dir, du bist die Erste, die es erfährt. Doch im Moment habe ich mit meiner Arbeit und dem College und vor allem mit Saul alle Hände voll zu tun. Ich möchte einfach … dass wir zur Ruhe kommen.«

Sie gibt ein wenig damenhaftes Schnauben von sich und antwortet: »Zur Ruhe kommen? Verdammt, Katie, wenn dein Leben noch ruhiger wird, bist du komatös! Ich weiß, dass du an Saul denken musst, aber du bist eine junge Frau. Du darfst nicht vergessen, ein bisschen zu leben. Denk an deine Zukunft. Du willst nicht so enden wie ich, ein vertrocknetes, altes Weib, das niemandem mehr nützlich ist und das man in die Gosse geworfen hat wie eine alte Frittenverpackung …«

Sie bringt diese Rede mit einem so leidenschaftlichen Pathos vor, dass sie mir leidtun würde, wäre es nicht auch ein bisschen komisch.

»Mum, du bist weder vertrocknet noch ein altes Weib. Du bist in den besten Jahren. Und Dad … na ja, vielleicht ist es komplizierter, als es den Anschein hat. Ich bin mir sicher, dass er dich nicht einfach in die Gosse geworfen hat.«

Natürlich habe ich den Vorteil, dass ich mehr weiß als sie. Ich habe meinem Dad versprochen, noch nichts zu sagen – doch seine Zeit läuft ab. Ich beschließe, ihm später eine SMS zu schicken und ihm genau das zu sagen. Es ist nicht fair Mum gegenüber, und es ist definitiv nicht fair mir gegenüber, mich zwischen ihnen beiden hängen zu lassen. Wieder einmal.

»Okay, aber so fühlt es sich an! All die gemeinsamen Jahre und jetzt das ... fallen gelassen für die Eislady. Das ist ... Scheiße, um es einmal vulgär auszudrücken. Einfach scheiße. Und ich bin einsam, um ehrlich zu sein. Und traurig. Und ... ich will nicht, dass es dir einmal genauso geht. Ich will, dass du jemanden findest, Katie – jemand Netten, der dich und Saul anständig behandelt und sich mit dir ein gutes Leben aufbaut.«

Sie fügt nicht ›jemand wie Van‹ hinzu, doch ich frage mich, ob sie das denkt – oder ob sie ihn aufgrund seines Genpools als potenziellen Freier und Lieferanten weiterer Enkelkinder verworfen hat.

»Das verstehe ich, Mum«, sage ich und lege meine Hand auf ihre. Sie ist so dünn, dass sich ihre Knochen unter der Haut wie die eines Spatzen anfühlen.

»Und ich weiß, dass du nur das Beste für mich willst ... doch ich bin nicht davon überzeugt, dass die Lösung die ist, jemanden zu heiraten und den Rest meines Lebens mit ihm zu verbringen. Ich meine, ich kann nicht leugnen, dass ich Van attraktiv finde. Und vielleicht würde es ja auch gut anfangen. Doch wie lange würde das anhalten? Wie lange würde es dauern, bis wir anfangen, einander zu stören oder zu langweilen oder gemein und schnippisch zueinander zu sein? Wie lange würde es dauern, bis alle Spannung auf wundersame Weise verschwunden ist und wir darüber streiten, wer dran ist, den Müll rauszubringen? Wie lange würde es dauern, bis Saul zwischen uns hängen und Van ganz verlieren würde? Und was wäre, wenn es so hässlich würde, dass wir, gerade nachdem wir uns eingelebt haben,

Budbury verlassen müssten? Budbury ist ein kleiner Ort, weißt du – wir würden einander nicht aus dem Weg gehen können, es wäre furchtbar! Und dann müssten wir irgendwo ganz neu anfangen …«

Als ich erst einmal angefangen habe, kann ich nicht mehr aufhören. Die Worte strömen aus mir heraus, verbalisieren genau das, was mir an der ganzen Situation Angst macht. Mum drückt meine Hand und starrt auf den Tisch. Ich sehe, wie sich eine Träne ihren Weg aus einem Auge bahnt, und fühle mich furchtbar.

Bevor ich mich entschuldigen kann, beginnt sie, zu sprechen. »Es tut mir aufrichtig leid, dass du so empfindest, Liebes. Es muss nicht so sein, weißt du. Du und Jason, ihr habt einander nicht gutgetan … doch das bedeutet nicht, dass es immer schlecht ausgehen muss. Sieh dir deine Freunde hier im Dorf an und wie glücklich sie miteinander zu sein scheinen.«

»Ich weiß, und ich freue mich auch für sie«, sage ich. »Für jeden Einzelnen von ihnen. Doch ich bin mir immer noch nicht sicher, dass das auch Teil meiner Zukunft ist.«

Sie holt tief Luft und sieht mich unter spinnenhaften Wimpern hervor an.

»Ja, Katie, das weiß ich. Und mir ist bewusst, dass du wahrscheinlich nicht die besten Vorbilder hattest, nicht? Ich und dein Dad waren kaum Beispiele für eine glückliche Ehe. Wir haben unser Bestes getan, aber ich bin nicht dumm – ich weiß, dass unser Bestes nicht gut genug war.«

Wir schweigen beide einen Moment, und es kommt mir seltsam vor, dass meine Eltern erst jetzt, wo ihre Ehe in

Trümmern liegt, zugeben können, dass meine Kindheit alles andere als ideal war. Dass ihre Ehe erst ganz in die Brüche gehen musste, bevor sie sie so sehen können, wie sie wirklich war, und nicht so, wie sie sie sich schöngeredet haben, wahrscheinlich um des Überlebens willen.

Ich hatte immer gedacht, dass ich diesen Moment genießen, so etwas wie Triumph oder Bestätigung empfinden würde. Doch jetzt, wo es passiert, bin ich nur traurig. So, wie sie redet, willst du deine Mutter nicht reden hören – sie ist gebrochen, besiegt, verloren. Die Tatsache, dass sich das alles vor dem Hintergrund von Sauls fröhlichem Glucksen zu einer megalauten Fernsehsendung über eine Familie mit Namen Thunderman abspielt, deren Mitglieder im Geheimen alle Superhelden sind, macht es nur noch bizarrer.

Hier, in der realen Welt – buchstäblich nur wenige Meter entfernt in der Küche –, ist keine von uns eine Superheldin. Oder eine Schurkin. Wir tun alle … unser Bestes, wie Mum es ausgedrückt hat.

»Ich hatte gestern übrigens ein interessantes Gespräch mit Cherie. Mein Gott, das kommt mir schon sehr viel länger her vor, aber es war erst gestern.«

»Aha? Und worüber?«, fragt Mum. Sie scheint froh über den Themenwechsel und wischt sich mit ihrem violetten Schlafanzugärmel schnell über die Augen.

»Über dich«, sage ich und sehe sie mit gerunzelter Stirn an. Sie lebt sofort auf, setzt sich gerader hin und sieht plötzlich sehr viel lebhafter aus. Sie mag eine Egomanin sein – aber sie ist meine Egomanin.

»Über mich? Warum? Was hat sie gesagt? Etwas über meinen Lippenstift? Sie hat ihn neulich bewundert, und ich habe ihr angeboten, ihr ein paar Make-up-Tipps zu geben ... Ich will nicht unhöflich sein, aber ich finde, die kann sie brauchen.«

Ich schneide innerlich eine Grimasse, schaffe es aber, weiter ein unbeteiligtes Gesicht zu machen. Der Gedanke an eine geschminkte Cherie passt einfach nicht. Sie ist eine Frau, der es nicht im Traum einfallen würde, eine Falte zu verstecken oder ihre Haare zu färben – sie ist glücklich damit, wie sie ist, und es ist ihr verdammt egal, was der Rest der Welt darüber denkt.

»Nein«, sage ich langsam, »aber das war sehr nett von dir. Sie hat gesagt, dass sie etwas Hilfe gebrauchen könnte. Dass es ihnen im Moment an Personal fehlt, da Laura schwanger ist und so. Sie hat sich gefragt, ob du vielleicht im Café arbeiten ... und vielleicht auch dort wohnen möchtest.«

Den letzten Teil füge ich vorsichtig hinzu, weil ich meiner Mum nicht eine Sekunde lang das Gefühl geben möchte, dass ich versuche, sie loszuwerden. Das tue ich natürlich – aber das ist ein Geheimnis, genau wie die Superkräfte der Thundermans. Sie ist im Moment viel zu zerbrechlich, um mit einer weiteren Zurückweisung zurechtzukommen, und falls sie auch nur ansatzweise Angst hat, möchte ich, dass sie weiß, dass sie hier immer noch willkommen ist.

»Sie hat eine Wohnung«, erkläre ich ihr, »oben über dem Café. Sie ist wirklich schön, Cherie hat dort gewohnt, bevor sie Frank geheiratet hat. Und wenn du das willst, kannst du sie für eine Weile nutzen. Aber nur wenn du willst. Du bist uns hier eine große Hilfe, und ich werde dich natürlich vermissen, also fühl dich nicht gedrängt. Ich finde es schön, dass du hier bist, und du kannst so lange bleiben, wie du willst.«

Ich trete vorsichtig auf, um nicht zu sagen, dass ich unverblümt lüge, um ihre Gefühle nicht zu verletzen. Doch ich hätte mir nicht die Mühe machen müssen.

»O Gott, ja! Das würde ich schrecklich gern!«, kreischt sie und springt auf, als wollte sie direkt nach oben laufen und ihren Koffer packen. Dann wird ihr klar, dass sie ein wenig übereifrig klingen könnte, und sie setzt sich wieder.

»Ich meine … nur wenn das für dich in Ordnung ist, Katie. Ich bleibe, wenn du das möchtest, das weißt du. Die Familie kommt zuerst.«

Ich lache innerlich, während wir uns über den kleinen Küchentisch hinweg ansehen. Lache über die Spielchen, die wir alle spielen in dem Versuch, anständig zu sein – die Lügen, die wir einander auftischen, um uns nicht zu verletzen.

Es ist offensichtlich, dass meine Mutter mit unserer erzwungenen Nähe genauso zu kämpfen hat wie ich – sie könnte nicht eifriger sein auszuziehen, wenn ich ihr anbieten würde, dass Cal und Sam ihr pudelnackt und mit Puderzucker bestäubt mit dem Gepäck helfen. Sie hat es genauso vor mir verborgen wie ich vor ihr – und jetzt sitzen wir beide hier und tun so, als ob wir auf jeden Fall das tun möchten, was der andere will. Wenn ich nicht aufpasse, lasse ich mich dazu überreden, dass sie bleibt, und wir haben beide verloren.

»Das ist in Ordnung, Mum«, antworte ich, ohne die kleinste Andeutung eines Lachens in meiner Stimme – wir brauchen beide diese Heuchelei, dass es uns freuen würde, die andere noch eine Weile um uns zu haben, um unsere Mutter-Tochter-Würde intakt zu halten.

»Ich denke, es würde dir wirklich guttun«, füge ich hinzu und beobachte, wie sie anfängt, den Toast zu essen. »Und Cherie baucht Hilfe. Vielleicht bist du doch nicht so vertrocknet und nutzlos, wie du gedacht hast, he?«

»Vielleicht nicht«, sagt sie mit funkelnden Augen.

So glücklich habe ich sie seit Jahren nicht gesehen.

21. KAPITEL

Ein paar Stunden später bricht Mum, noch immer beschwingt von meinen Neuigkeiten, was ihr neues Leben und ihr temporäres neues Zuhause angeht, auf, um Saul in den Kindergarten zu bringen, und ich trete meinen langen Arbeitsweg über die Straße in die Drogerie an. Auf den Fensterbänken schimmert leichter Frost, und die Luft ist wieder beißend kalt. Tinkerbell ist mir nicht nach draußen gefolgt, sondern bei der Heizung liegen geblieben, und ich kann es ihm nicht verdenken.

Die Ladentür steht offen, aber es scheint niemand da zu sein. Ich gehe durch den Verkaufsbereich und finde Auburn, wie zu erwarten, im Hof, wo sie eine Zigarette raucht. Weniger zu erwarten war, dass sie beim Rauchen auf der Stelle läuft und die Zigarette zwischen den einzelnen Zügen in ihren fingerlosen Handschuhen schwenkt.

»Warum tust du das?«, frage ich sofort.

»Rauchen? Weil ich eine Suchtpersönlichkeit mit einer oralen Fixierung und ohne jegliche Willenskraft bin. Kennst du mich immer noch nicht?«

»Doch, das weiß ich alles. Aber warum läufst du auf der Stelle?«

»Oh«, sagt sie, während ihr Pferdeschwanz auf und ab hüpft, »das ist mein neues Fitnessprogramm. Du sollst doch pro Tag ungefähr 10 000 Schritte tun oder so etwas Dämliches, nicht? Doch selbst wenn ich vom Cottage hierherlaufen würde und wieder zurück, käme ich nicht darauf. Also habe ich mir gedacht, dass ich meine Zeit bestmöglich nutze und jedes Mal, wenn ich eine Pause mache und eine Zigarette rauche, schnell ein paar Tausend Schritte schaffe. Cool, nicht?«

Das ist eins der paradoxesten Dinge, die ich je gehört habe, klar – aber vielleicht ist es besser, als nur zu rauchen. Ich nicke, noch immer verwirrt über das psychedelische Wunderland, das Auburns Gehirn zu sein scheint.

»Ich werde es patentieren lassen«, sagt sie leicht außer Atem. »Ich nenne es den Kippen-Pausen-Fitnessplan. Ich starte einen Blog und bekomme wahrscheinlich einen Buchvertrag, vielleicht sogar einen Vertrag für eine Übungs-DVD …«

»Ausgezeichnete Idee«, antworte ich. »Es wird nicht mehr lange dauern, bis du auf einem dieser Plakate zur Förderung der Gesundheit zu sehen bist, die wir im Laden hängen haben. Du und deine Marlboro Gold.«

Sie lacht und raucht, dann wird sie langsamer.

»Wenn du Sport gemacht hast, ist es wichtig, dich abzuwärmen …«, verkündet sie und reduziert allmählich die Geschwindigkeit, bis sie wie ein Mann auf dem Mond aussieht, der Gravity-Stiefel anhat und extrem langsame Schritte macht.

Ich will sie gerade sich selbst überlassen, als sie meint:

»Wo wir gerade beim Thema sind – bist *du* gestern Abend zu deinem Kraftsport gekommen, Katie?«

Ich runzele die Stirn und schüttele den Kopf. Ich habe keine Ahnung, wovon sie spricht, bis sie hinzufügt: »Mir ist nicht entgangen, dass mein großer Bruder nicht nach Hause gekommen ist …«

»Du hast eine schmutzige Fantasie«, antworte ich, drehe ihr den Rücken zu und setze Tee auf. Ich bin rot geworden und will nicht, dass sie es sieht.

»Das mag sein«, sagt sie und folgt mir nach drinnen, während sie leicht schnauft und keucht, »aber meine Lunge ist sauber wie die reinste Gebirgsluft. Ist er über Nacht geblieben? Bei dir?«

»Ist er«, antworte ich und beschäftige mich mit weniger schwierigen Dingen wie einem Wasserkocher und Teebeuteln. »Aber falls du dich fragst …«

»Tue ich.«

»Er hat auf dem Sofa geschlafen. Es ist nichts passiert, und selbst wenn etwas passiert wäre, würde ich es dir nicht erzählen.«

»Spielverderberin«, sagt sie mit der Stimme eines schmollenden Kindes. Sie lehnt sich gegen die Spüle, und mir fällt auf, dass auch sie müde aussieht. Sie hat dunkle Ringe unter den Augen, und die Nägel, die aus ihren fingerlosen Handschuhen gucken, sind so weit heruntergekaut, dass die Haut ganz wund aussieht.

»Ist zu Hause alles in Ordnung mit deiner Mum?«, frage ich, während ich die Puzzleteile zusammensetze.

»Es ging schon besser«, antwortet sie, zuckt mit den Schultern und sieht mich traurig an. »Wir haben einen Termin bei ihrem Facharzt gemacht. Sie war gestern richtig durch den Wind, und wir hatten eins dieser Ich-weiß-nicht-wer-du-bist-und-warum-du-mich-gefangen-hältst-Szenarien.«

Als Willow ihr vorgeschlagen hat, dass sie einen Blick in ihr Buch wirft – das, das sie daran erinnert, wer sie ist und wer wir sind und wo sie ist –, hat sie es ihr so fest an den Kopf geworfen, dass der Buchrücken sie am Augenlid verletzt hat. Danach hat Mum sich mit dem Bücherregal und einer Buddhabüste in ihrem Zimmer verbarrikadiert. Das hat sie schon einmal gemacht, daher wissen wir, dass sich beides bewegen lässt – doch wenn du das tust, solange sie noch durcheinander ist, wird sie nur noch ängstlicher und dreht noch mehr durch.

Also hat Willow ihr Zeit gelassen, sich zu beruhigen, und Tom ist rübergekommen, und sie haben gewartet, bis es ruhig war, und sich erst dann Einlass verschafft. Lynnie war in der Zwischenzeit vor Erschöpfung eingenickt, und anschließend hat sie ungefähr zwanzig Stunden geschlafen – nur dass der Schlaf nicht erholsam zu sein schien. Er hatte mehr was von einem Koma, aus dem sie jede Stunde aufgewacht ist, um im Bett herumzuschreien und um sich zu schlagen, als würde sie mit jemandem kämpfen.«

Ich gebe Auburn ihren Tee – mit viel Zucker – und sage: »Das ist schrecklich, für euch alle. Es tut mir so leid. Was meint denn das Team im Tagesheim?«

»Sie meinen, dass es ein Zeichen sein könnte, dass die Krankheit fortschreitet. Oder ein Hinweis darauf, dass sie noch eine andere Krankheit hat, uns das aber nicht sagen kann. Oder dass ihre Medikation hochgesetzt werden muss. Oder dass ihre Medikamente Nebenwirkungen haben.

Oder dass sie Schmerzen hat, aber wir wissen nicht, wo. Im Grunde genommen ist es ein Zeichen, dass verdammt nochmal niemand auch nur die leiseste Ahnung hat.«

Es ist nicht ungewöhnlich für Auburn zu fluchen – so ist sie –, doch gewöhnlich flucht sie zum Spaß oder um lustig zu sein. Diesmal ist es ein Ausdruck der Frustration und der Angst.

»Es tut mir so leid, Auburn. Es war richtig, dass du den Termin gemacht hast. Sie ist zwar körperlich fit, deine Mum, aber irgendetwas könnte trotzdem nicht in Ordnung sein. Sie könnte einen weiteren Harnwegsinfekt haben, wie sie dieses Jahr schon einen hatte. Das lässt sich leicht überprüfen. Sie könnte auch eine Beule oder eine Druckstelle haben, die ihr Schmerzen bereitet, oder was auch immer. Hat sie all ihre Routinescans und Routineuntersuchungen gemacht?«

»Hmmm … ich weiß nicht. Ich checke das«, antwortet Auburn und fingert auf eine Weise an ihrer Zigarettenpackung herum, die darauf schließen lässt, dass sie gleich noch einmal laufen geht.

»Du könntest vielleicht fragen, ob sie sich nicht auch ihren Darm ansehen können. Das ist ein verbreitetes Problem, und wenn dort unten irgendetwas nicht stimmt, kann das auch den gesündesten Menschen überdreht und unleidlich machen. Hast du irgendwelche Veränderungen in ihren Toilettengewohnheiten bemerkt?«

Auburn seufzt, was ich ihr nicht verdenken kann.

»Nein, aber ich habe auch nicht so darauf geachtet. Doch das werde ich jetzt … das wird ein Spaß.«

»Na ja, es könnte sich lohnen, den Arzt darauf anzusprechen. Das könnte auch die Probleme verursachen.«

»Oder«, sagt sie, während sie mich anstarrt und auf ihrer Lippe herumkaut, »sie könnte das Endstadium erreicht haben. Ich sollte so etwas wissen – wahrscheinlich tue ich das auch und habe es bewusst verdrängt –, doch wie ist die Lebenserwartung bei Alzheimer?«

Ich weiß die Antwort darauf, aber sie wird ihr nicht gefallen.

»Das variiert stark«, sage ich vorsichtig. »Dabei spielen so viele Faktoren eine Rolle – ihre körperliche Gesundheit und wie es ihr psychisch geht, wie viel Unterstützung sie zu Hause hat und ihr Behandlungsplan. Und das ist alles ausgezeichnet, würde ich sagen.«

»Ja, aber …«

»Für jemanden, der die Diagnose im Alter deiner Mum bekommen hat, nämlich Anfang sechzig, liegt sie durchschnittlich zwischen sieben und zehn Jahren. Aber es kann auch sehr viel länger sein.«

Auburn nickt abrupt, ihre Nasenlöcher blähen sich auf, und sie presst die Lippen fest aufeinander. Ich kann mir nur vorstellen, was sie durchmacht, wie kompliziert und niederschmetternd das für sie alle sein muss, und ich spreche ein stilles Dankgebet, dass meine Mutter immer noch meine Mutter ist, egal, wie nervig sie ist. Hoffentlich nervt sie mich noch eine lange Zeit.

Ich frage mich gerade, ob Auburn mir noch mehr Fragen stellen wird, und beschließe, sie ehrlich zu beantworten, als unsere beiden Handys Piepgeräusche von sich geben, um eine SMS anzukündigen. Wir sehen uns kurz an in dem Wissen, dass es wahrscheinlich um Edie geht, und greifen beide nach unseren Telefonen.

Tatsächlich ist die SMS von Becca – die sie offensichtlich als Ring-SMS an alle geschickt hat, die auf Nachrichten warten. Ich halte leicht den Atem an, als ich sie lese, und sage mir, dass Becca uns keine SMS schicken würde, wenn sie schlechte Nachrichten hätte, wenn es Edie nicht mehr geben würde. Das würde sie einfach nicht machen.

Zum Glück habe ich damit recht – und die Nachrichten sind gut.

»Ahoi, Matrosen!«, steht da seltsamerweise. »Gute Nachrichten von Flaggschiff Edie. Sie ist wach und redet und trinkt ihr Schlückchen Rum. Und wartet auf den Kapitän. Alles roger, over and out, Matrosin Becca.«

Ich lächle – weil das wirklich gute Neuigkeiten sind –, dann runzele ich die Stirn. Weil es auch reichlich verwirrend ist.

»Warum schreibt sie uns dieses Seemannszeug?«, frage ich Auburn, die ebenfalls die Stirn runzelt.

»Ich habe keine Ahnung!«

»Meinst du, du bekommst im Krankenhaus wirklich Rum zum Frühstück?«

»Meiner Erfahrung nach nicht, sonst wäre es sehr viel beliebter. Aber egal, das sind gute Neuigkeiten – wirklich gute. Becca ist wahrscheinlich einfach todmüde. Hast du Sam heute Morgen gesehen? Ich habe ihr versprochen, dass ich für sie nach ihm sehe.«

»Ja, als ich aufgemacht habe – er hat die Kleine mit zur Arbeit genommen. Er hat gemeint, dass es nie zu früh für deinen ersten Ammoniten ist.«

Sam arbeitet als Küstenranger und macht geführte Wanderungen an der Jura-Küste, auf denen er die Teilnehmer auf Fossilien hinweist, die an den Strand gespült worden oder in die Felsen eingeschlossen sind. So, wie es aussieht, bekommt die kleine Edie gerade ihre erste Stunde in der Fossilienjagd.

»Ich hatte gestern übrigens keine Gelegenheit, das zu sagen«, sagt Auburn und legt ihr Telefon auf die Theke, »aber das hast du toll gemacht. Du warst eine richtige Heldin.«

»Was meinst du damit? Was habe ich denn gemacht?«, frage ich echt verwirrt.

»Du hast Edie das Leben gerettet. Ich wollte das nicht laut sagen, bevor wir nicht wissen, wie es ihr geht – aber das hast du, Katie.«

»Sei nicht dämlich«, antworte ich verwirrt. »Mir ist nur der Kater auf der Fensterbank aufgefallen, und ich habe Hilfe geholt. Das macht mich wohl kaum zu einer Natasha Romanoff, nicht?«

»Ich bin mir sicher, du würdest eine großartige Black Widow abgeben, doch Helden gibt es in verschiedenen Formen, nicht? Du hättest den Kater auch nicht bemerken können. Hättest dich nicht fragen können, warum er noch da ist. Oder entscheiden können, dass es keine Rolle spielt. Oder dir sagen können, dass du dir Dinge einbildest. Du hättest dein Gefühl ignorieren und nach Hause gehen können. Du bist Krankenschwester – du weißt, wie schlecht es ihr ging. Du weißt, dass es riskant war. Wenn wir sie nicht gefunden hätten, hätte sie die Nacht wahrscheinlich nicht überlebt. Also, hör auf zu diskutieren – du hast ihr das Leben gerettet.«

Ich stimme ihr nicht zu, aber ich diskutiere auch nicht mit ihr. Das bringt nichts mit Auburn. Ich lächle nur und gehe mit dem Tee zurück in den Laden.

Ich setze mich kurz auf das gruselige Lippenstiftsofa und schicke meinem Dad eine SMS, dass er seinen Arsch in Bewegung setzen und die Dinge mit Mum klären soll. Im Moment ist sie glücklich angesichts der offensichtlich aufregenden Idee, bei mir auszuziehen, aber es ist trotzdem nicht fair.

Ich erwarte keine Reaktion von ihm, weil er in der Regel richtig schlecht mit seinem Handy ist, doch ich bekomme sofort eine Antwort. Eine Antwort, bei der ich schreien möchte, aber ich schätze mal, man kann nicht alles im Leben haben.

Er verreist eine Weile, schreibt er. In einen Achtsamkeitsretreat auf Teneriffa. Mit Fiona und ein paar Freunden von ihr. Aber er wird vor Weihnachten zurück sein und mit Mum reden, wie er mir versichert.

Ich sitze einen Moment still da, trinke meinen Tee und versuche, selbst achtsamer zu sein. Vielleicht ist es gut, beschließe ich. Ich muss auf meinen Blutdruck achten.

Vielleicht ist es am besten so, denke ich. Vielleicht hat er ein paar Antworten gefunden, wenn er zurückkommt. Und auf lange Sicht, wer weiß? Er hatte sich definitiv verändert, als wir uns das letzte Mal gesehen haben – und das kann nur gut sein. Mum hat sich ebenfalls verändert, aber anders und sehr viel weniger positiv – ihre Veränderung ist eher aufgezwungen als frei gewählt. Kein Wunder, dass sie durcheinander ist.

Ich schüttele den Kopf und blättere in dem Sexkatalog, ohne wirklich zu merken, was ich da tue. Als ich zu einer Seite mit pastellfarbigen Vibratoren komme, werfe ich ihn weg.

Das ist alles so seltsam, dieser Familienkram. Hier in Budbury habe ich bessere Freunde gefunden, als ich sie je hatte. Ich bin Teil einer erweiterten Familie geworden, einer Gemeinschaft, die ich mir selbst ausgesucht habe statt der, in die ich hineingeboren wurde. Aber Familie ist immer noch Familie – immer noch ein Teil meiner Geschichte, ein Teil von mir und ein Teil meiner Zukunft. Ich frage mich, was Saul wohl aus dem Ganzen machen wird, wenn er einmal älter ist. Im Moment akzeptiert er, dass sein Vater in Schottland lebt und er hier, und alles ist gut.

Aber Saul ist noch sehr klein und kennt es nicht anders. Hat nie etwas anderes erlebt. Vielleicht wird sich das ändern, wenn er alt genug ist, um Fragen zu stellen. Wenn er in der Schule ist und seine eigenen Freunde hat, die vielleicht alle perfekte kleine Mutter-Vater-Kind-Familien haben. Er wird bestimmt neugierig sein – und wissen wollen, warum sein Dad nicht da ist; warum wir uns getrennt haben, warum er nicht mehr zu seinem Leben gehört. Das ist nur natürlich, und ich weiß, dass dieser Tag kommen wird – und mir graust davor.

Ich spiele untätig mit meinem Handy herum und fühle mich von so gut wie allem leicht gestresst. Von Edie, von meinen Eltern, von Lynnie, von Van, von Saul. Ich logge mich bei Facebook ein, das ich sonst so gut wie nicht nutze, da ich nie irgendwelche Fotos von netten Essen zu posten habe.

Ich gehe meine Nachrichten durch und lache darüber, dass Lynnies Seite jetzt voll mit Fotos von Tinkerbell und den Hunden ist, und drücke bei allen auf *gefällt mir*. Ich sehe, dass Laura ein Bild von ihrem Green Velvet Cake geteilt hat, und drücke auch da auf *gefällt mir*.

Ich sehe, dass meine Mum ihr Profilbild aktualisiert hat – es ist das erste Mal, dass sie etwas gepostet hat, seit sie den Account vor vier Jahren eingerichtet hat. Es ist ein

Selfie mit Schmollmund, das vor dem Hintergrund meiner violetten Vorhänge aufgenommen worden ist, und es sieht furchterregend aus. Trotzdem drücke ich auch hier auf *gefällt mir,* weil es bei Facebook noch keinen Button für *bin zu Tode entsetzt* gibt.

Ohne darüber nachzudenken, was ich da tue, gebe ich Jasons Namen ein und drücke auf *suchen*. Ich scrolle die Ergebnisse durch und stelle fest, dass es online eine unwahrscheinlich große Anzahl von Leuten mit dem gleichen Namen gibt. Nachdem ich ein paar angeklickt habe, finde ich ihn schließlich.

Während ich mich schuldig und hinterhältig fühle und ernsthaft hoffe, dass er nicht sehen kann, dass ich seine Seite angeklickt habe, öffne ich sie. Als Erstes sehe ich ein Hochzeitsfoto von ihm und seiner Frau, Jo. Es sieht hübsch aus, einer dieser ungestellten Schnappschüsse, auf dem sie Konfetti in ihren lachenden Gesichtern haben. Sie ist in meinem Alter, hat jedoch nicht die geringste Ähnlichkeit mit mir – sie ist brünett, fast so groß wie er und hat so eine Amazonenfigur, durch die sie wie Wonder Woman aussieht.

Ich weiß, dass sie Lehrerin ist und dass sie seit zwei Jahren zusammen sind und diesen Sommer geheiratet haben.

Ich scrolle die Seite hinunter und sehe mir ihre diversen Posts und die vielen Bilder an – Jason und Jo in den Flitterwochen; Jason und Jo beim Grillen; Jason und Jo auf einem Kurzurlaub in Paris; Jason und Jo, wie sie Spaghetti essen.

Sie sehen glücklich aus. Sie passen gut zusammen. Mir ist seltsam zumute – nicht weil ich eifersüchtig bin, sondern weil ich das verrückte Gefühl habe, in ein Leben einzudringen, das nichts mit meinem zu tun hat. Nur dass es das hat – denn was immer auch geschieht, Jason ist Sauls Vater.

Jason und ich kommunizieren vor allem per E-Mail, was einfacher ist, weil wir beide gut nachdenken müssen, was wir sagen. Er vergisst nie Sauls Geburtstag und Weihnachten und schickt ihm Ostereier und gruselige Schokoladensüßigkeiten zu Halloween.

Ein paarmal hat er erwähnt, dass er kommen und ihn besuchen will, doch es ist nie etwas daraus geworden. Ich weiß nicht, ob es an der Entfernung liegt oder einen tieferen Grund hat – ob Jason nicht darauf besteht, weil er mich nicht sehen will. Ich nehme an, dass meine nicht sehr enthusiastische Reaktion auch nicht gerade geholfen hat – ich habe nie Nein gesagt, aber auch nie Begeisterung gezeigt.

Das ist wahrscheinlich nicht fair, flüstert eine kleine Stimme in mein Ohr. Wenn ich offener gewesen wäre, ermutigender, hätte er sich die Mühe vielleicht gemacht. Unsere Trennung war furchtbar – aber ich habe nicht eine Minute eine Bedrohung für mich oder Saul in ihm gesehen. Jedenfalls keine körperliche.

Mit der Einsicht, die ein paar Jahre Trennung mit sich bringt, und dem schlechten Beispiel meiner Eltern vor Augen sehe ich ganz klar, wie einfach es für uns war, in Streitereien und Bitterkeit zu verfallen. Es wäre nicht unvermeidlich gewesen, dass es so geendet hat – nicht alle Männer, die sich mit ihren Frauen streiten, schlagen sie. Aber ich denke auch nicht, dass es typisch für Jason war oder einen Hinweis darauf gibt, wie er jetzt ist. Ich glaube ehrlich, dass das eine einmalige Sache war, über die er genauso entsetzt war wie ich. Obwohl das vielleicht alle Frauen denken, nicht?

Ich weiß jedoch, dass es mir in mancher Hinsicht eine Entschuldigung geliefert hat, diese Beziehung zu beenden, von der wir beide wussten, dass sie nicht funktioniert hat. Und dann bin ich weggelaufen und habe ihn seitdem auf Abstand gehalten. Wahrscheinlich schämt er sich noch immer und hat sich deshalb nicht so sehr bemüht, in Sauls Leben zu bleiben, wie er das hätte tun sollen – und vielleicht muss ich über all das noch einmal nachdenken. Ich mag natürlich nicht darüber nachdenken – es läuft sehr viel reibungsloser, wenn ich überhaupt nicht denke.

Doch angesichts dessen, was gerade alles passiert – mit meinen Eltern, mit Edie, selbst mit Van –, ist die Zeit reif. Ich will die Komplikationen nicht. Ich will das Chaos nicht. Ich will nicht, dass mein geordnetes kleines Leben von diesem ganzen verworrenen emotionalen Kram durcheinandergebracht wird. Aber hier geht es nicht darum, was ich will; hier geht es um Sauls Zukunft.

Kurz entschlossen drücke ich auf den Button für eine Freundschaftsanfrage. Sofort spüre ich Panik in mir aufsteigen und springe auf, um etwas anderes zu tun. Irgendetwas. Ich weiß nicht, warum es sich so seltsam anfühlt – es ist ja nicht so, als hätten wir überhaupt keinen Kontakt. Den haben wir. Doch irgendwie fühlen sich eine *Freundschaftsanfrage* und dieser kleine Vorstoß in sein persönliches Leben zu intim an – als würde ich ihn einladen, mehr für mich zu sein, als er momentan ist.

Ich muss etwas tun, um mich abzulenken, und beschließe, unsere Rimmel-Make-up-Auslage umzudekorieren – die Lippenstifte sind alle an den falschen Stellen, deshalb ist es ziemlich eilig. Ich stecke immer noch Plastikröhren in Plastiklöcher, als Auburn aus dem Hinterzimmer hereingetrottet kommt. Sie hat ihren Mantel ausgezogen, trägt aber noch ihre fingerlosen Handschuhe; wer weiß, wie viele Zigaretten sie geraucht hat, während sie versucht hat, sich wieder auf Kurs zu bringen.

»Ich fühle mich großartig!«, sagt sie fröhlich. Von dem rührseligen Zustand, in dem sie noch vor ein paar Minuten war, ist nichts mehr zu spüren. »Ich denke, ich laufe nächstes Jahr den London-Marathon mit.«

»Willst du dabei auch rauchen?«, frage ich und überlege, ob das schon mal jemand getan hat – und ob sie das filmen würden, wenn es jemand täte.

»Nur ein paar – du weißt doch, dass sie an der Strecke diese kleinen Buchten haben, wo du Wasser und Trillerpfeifen bekommst?«

»Ich habe noch nie gesehen, dass Trillerpfeifen ausgeteilt werden, aber ich weiß, was du meinst.«

»Na ja, ich könnte da eine Minute Rast machen, um eine zu paffen. Während des Laufens würde ich nicht rauchen – das wäre undamenhaft … egal, das kann ich alles später planen. Die Praxis in Applechurch schickt gleich ein paar Rezepte rüber – sag mir, wenn sie da sind, ja? Ach, und übrigens – heute Abend gibt es ein großes Essen im Café. Auf königlichen Erlass von Cherie – was bedeutet, dass sie erwartet, dass alle kommen, um zu feiern, dass Edie auf dem Weg der Besserung ist.«

Die Krankenschwester in mir beunruhigt das – denn auch wenn es dem Flaggschiff Edie heute besser geht, ist das keine Garantie dafür, dass von jetzt ab alles glattläuft. Sie hat mit einer Lungenentzündung zu kämpfen, sie ist zweiundneunzig, und sie ist im Krankenhaus – wo es auch andere Leute mit anderen Infektionen gibt, die möglicherweise ihre Keime mit ihr teilen. Es geht ihr noch immer sehr, sehr schlecht.

Es erscheint mir jedoch unangemessen, das jetzt zu erwähnen, deshalb behalte ich diese Gedanken für mich. Ein Abendessen im Café ist wunderbar. Saul wird im Zentrum der Aufmerksamkeit stehen; es werden Hunde da sein, mit denen er spielen kann, und das Essen wird sehr viel besser als als die Hähnchenbrust Kiew, die ich im Gefrierfach habe. Außerdem kann meine Mum mit Cherie über ihr glamouröses neues Leben als Mitglied des *Comfort Food Teams* reden.

Van wird wahrscheinlich auch da sein. Was in Ordnung ist, sage ich mir – es wird nett sein, und ich werde nichts trinken. Alles ist unter Kontrolle.

»Okay. Großartig«, antworte ich, höre auf, die Lippenstifte umzudekorieren, und gehe in den Laborbereich, um den Computer anzustellen.

Wir bekommen die Rezepte elektronisch von den Praxen vor Ort zugestellt und fertigen die Medikamente an, sodass die Patienten sie abholen oder wir sie später ausfahren können. Das macht vor allem Auburn, wegen meiner kindischen Unfähigkeit, Auto zu fahren.

Ich gehe unsere Mails durch, um mich zu beschäftigen, als mein Handy piept. Ich hole es aus der Tasche, um zu sehen, wer es ist.

Es ist eine Benachrichtigung von Facebook. Jason hat meine Freundschaftsanfrage akzeptiert, und Facebook fragt, ob ich ihm eine Nachricht schicken oder zuwinken will.

Am liebsten würde ich die letzte Stunde zurückspulen

und ihn überhaupt nicht kontaktiert haben. Doch irgendwie habe ich den Verdacht, dass das über die Macht von Facebook hinausgeht.

22. KAPITEL

Ich bin dankbar, dass ich den Rest des Vormittags arbeiten muss, und genauso dankbar, dass ich nachmittags College habe. Ich habe bereits drei der vier Module, die ich absolvieren muss, bestanden, und mir fehlt nur noch eins. Mum bei mir zu haben hat zumindest einen Großteil des Drucks herausgenommen, was die Kinderbetreuung angeht.

Vorher war ich auf machbare, aber spontane Absprachen mit meinen Freunden angewiesen – doch da Laura schwanger ist und es Lynnie schlechter geht, bin ich froh, dass ich ihre Hilfe gerade nicht brauche.

Ich bin auch froh, dass ich mein Hirn mit etwas beschäftigen kann, da Jason und ich den ganzen Tag Nachrichten ausgetauscht haben. Irgendetwas an diesem Nachrichtenaustausch ist sehr viel persönlicher als eine E-Mail – als würden wir uns in Echtzeit unterhalten.

Er hat sich inzwischen die wenigen Fotos angesehen, die ich von Saul auf meinem Account habe, und scheint an allem interessiert – auch an unserem Leben hier. Ich nehme an, dass ich so etwas in der Richtung gewollt habe, aber es fühlt sich auch etwas beunruhigend an. Als hätte ich in ein Nest voller Wespen gestochen, die mich jetzt attackieren, und als müsste ich sie weiter abwehren, obwohl sie längst verschwunden sind.

Wie es scheint, hatte Jason ohnehin vor, mich zu kontaktieren – teils, um zu fragen, was sich Saul zu Weihnachten wünscht, und teils, um ein paar Neuigkeiten auszutauschen.

Seine Frau, Jo, ist schwanger. Auch das befremdet mich – nicht weil ich noch etwas für Jason empfinde, sondern weil es bedeutet, dass Saul in ungefähr sechs Monaten einen kleinen Bruder oder eine kleine Schwester bekommt. Ich weiß natürlich, dass mein Leben durch unseren Sohn immer mit Jasons verbunden sein wird – doch diese Neuigkeiten machen alles realer. Komplizierter. Sehr viel schwieriger, jemals wieder wegzulaufen. Ich fühle mich seltsam gefangen und verstehe nicht ganz, warum.

Das absolut Letzte, wozu ich jetzt Lust habe, ist, zu dem großen gemeinsamen Essen ins Café zu gehen. Ich liebe meine Freunde, das tue ich wirklich, und ich habe mir große Mühe gegeben, mich mehr in das Dorfleben einzubringen. Doch jetzt wird mir klar, dass ich mich in dem Moment, in dem ich unsicher oder beunruhigt bin, immer noch instinktiv vor der Welt verstecken und alles wieder allein hinbekommen will, alle potenziellen Stressfaktoren ausschließen und mich in meinen Bunker zurückziehen möchte.

Es ist ein Muster, das mir inzwischen vertraut ist, das ich aber erst wirklich identifiziert habe, als ich kurz an einer Selbsthilfegruppe für alleinerziehende Mütter teilgenommen habe. Wir hatten eine Gruppentherapiesitzung, in der wir wichtige Wendepunkte auf unserer »Reise« aufzeigen sollten.

Ich habe die Selbsthilfegruppe nach zwei Wochen verlassen – ich bin kein Gruppenmensch, und außerdem bin ich mir ein bisschen wie eine Betrügerin vorgekommen. Im Vergleich zu einigen der anderen Frauen dort hatte ich definitiv nicht genug gelitten und befürchtete, dass ich Dinge erfinden könnte, um in die Gruppe zu passen.

Aber ich werde diese Sitzung nie vergessen. Ich erinnere mich, wie ich in einem Kreis auf einem harten Plastikstuhl gesessen habe, die Augen geschlossen und die Hände um einen Plastikbecher mit heißem Kaffee geschlossen, Saul in der Babyschale neben mir, wahrscheinlich mit einem Duplo-Stein in der Hand. Ich denke, der heiße Kaffee hat die Hälfte der Anziehung ausgemacht, die die Gruppe auf mich ausgeübt hat.

Ich habe dagesessen, die Augen geschlossen und dieses Muster gesehen. Es gesehen und mit nach Hause genommen, um es später genauer zu betrachten. Als mein kostbarer kleiner Junge/Teufelsbraten an diesem Abend im Bett lag, habe ich mich auf dem Sofa ausgestreckt, mir Wiederholungen von einem Comedyquiz über Prominente angesehen und mich an Dinge erinnert, von denen ich gedacht hatte, dass längst Gras darüber gewachsen sei. Habe unglaublich schmerzhafte Momente noch einmal erlebt, die ich tief unter vielen Lagen der Verdrängung begraben hatte.

Jetzt fühle ich mich genauso, und das Gefühl, angegriffen zu werden, erinnert mich an die Zeit, als ich noch ein Kind war und sich unten, *im Land der Verrückten,* die Gemüter erhitzt haben. Als ich meine Zimmertür abgeschlossen und Musik gehört habe oder stundenlang durch die Straßen gelaufen bin, nur um dem Wahnsinn und dem Krach und der Wut zu Hause zu entkommen.

Irgendwie möchte ich das jetzt auch – oder zumindest nicht in Gesellschaft sein, der ich mich im Moment nicht gewachsen fühle. Ich weiß genau, wie es laufen wird: Ich fühle mich unter Druck, also ziehe ich mich zurück. Genau wie vor ein paar Monaten, als Edie in Briarwood ihren zweiundneunzigsten Geburtstag gefeiert hat. Ich bin zu allen Tanzstunden gegangen, ich habe geholfen, das Event zu planen, doch als es so weit war, habe ich es nicht geschafft hinzugehen – zu viele Leute und zu viel Aufmerksamkeit.

Ich habe gekniffen und bin stattdessen mit Saul zu Hause geblieben.

Auf der Fahrt mit dem Bus nach Hause habe ich kurz mit der Idee gespielt, mir eine Entschuldigung einfallen zu lassen, um wieder zu kneifen, doch die SMS von so gut wie allen, die ich kenne, die mich daran erinnert haben, um 19:30 Uhr da zu sein, haben mir schlicht und einfach klargemacht, dass das keine Option ist.

Deshalb bin ich jetzt völlig gestresst auf verlassenen Dorfstraßen allein auf dem Weg ins Café – wahrscheinlich weil alle anderen bereits da sind.

Mum ist mit Saul vorgegangen, sie wollte unbedingt mit Cherie über ihren Job und die Wohnung reden, sodass ich Zeit hatte, mich in Ruhe fertig zu machen. Es hätte sich wie ein Luxus anfühlen sollen – doch in Wirklichkeit war es die reinste Tortur. Ich habe halbherzig Make-up aufgetragen und hatte keine Ahnung, was ich mit meinem Haar machen sollte.

In dem leeren Haus hatte ich zu viel Zeit nachzudenken, zu viel Zeit, mir Sorgen zu machen, zu viel Zeit, mich zu fragen, wie mein Leben aussehen würde, wenn es Saul darin nicht gäbe. Wenn er zum Beispiel für eine Zeit lang in Schottland wäre – bei seinem Dad und seinem neuen kleinen Bruder oder seiner neuen kleinen Schwester.

Das Ganze fühlte sich wie eine Variante von *sei vorsichtig, was du dir wünschst* an. Vor ein paar Stunden, vor einem ganzen Leben, heute Morgen in der Drogerie habe ich noch gedacht, dass es gut für Saul wäre, wenn er seinen Vater besser kennenlernt. Wenn er nicht aufwächst und sich irgendwie ungewollt oder zurückgewiesen fühlt. Wenn er nicht allein auf meine Liebe und meine Fürsorge und meine Anerkennung angewiesen ist.

Jetzt sieht es so aus, als könnte genau das passieren, und ich bin total entsetzt. Ich weiß, dass das nichts Gutes über mich aussagt, aber so fühle ich mich. Ich kann die Situation nicht ändern – es ist, wie es ist –, ich kann nur versuchen, mich an sie anzupassen. Ruhig zu bleiben und es durchzustehen. Wenn Lebenskrisen mich etwas gelehrt haben, dann das, dass die Dinge sich mit etwas Zeit nicht immer so schlimm anfühlen, wie sie es in der Hitze des Gefechts tun.

Ich sage mir das immer wieder, während ich – viel zu langsam – Richtung Café gehe. Es ist dunkel und eiskalt, und für die Nacht ist Schnee angesagt. Ich bin warm eingepackt, habe ohne Wollmütze aber trotzdem eisige Wangen. Sie fühlen sich an, als hätte Väterchen Frost seine Finger hineingegraben.

Als ich zu dem von Lichterketten erleuchteten Café komme, bin ich fest entschlossen, nur eine Stunde zu bleiben. Eine Stunde kann ich so tun, als ob – dann werde ich mir irgendeinen Grund einfallen lassen, zum Beispiel dass Saul müde ist oder Tinkerbell eine Fußmassage braucht, und mich entschuldigen und gehen.

Widerwillig trotte ich in den Garten, wo der riesige aufblasbare Weihnachtsmann im Halbschatten der sich in den Fenstern spiegelnden Beleuchtung herumwackelt.

Ich hole tief Luft, sage mir, dass ich mich in irgendeiner Ecke verstecken und so schnell wie möglich wieder gehen kann, und stoße die Tür auf.

Sofort fallen mir zwei Dinge auf. Zum einen die Hitze – der Raum ist warm und überfüllt, und plötzlich sind alle Mäntel und Schals und Handschuhe überflüssig. Und zum anderen der Krach.

Sobald ich durch die Tür trete, stimmen alle *For She's a Jolly Good Fellow* an, laut und misstönend und durchsetzt von ein oder zwei Stimmen, die wirklich die richtigen Noten treffen.

Ich erstarre, bleibe wie angewurzelt auf der Stelle stehen und blicke mich um – um zu sehen, für wen sie singen.

Da sonst niemand zu sehen ist und über der Theke ein großes Spruchband hängt, auf dem *Gut gemacht, Katie!* steht, komme ich zu dem unausweichlichen Schluss, dass sie wirklich für mich singen.

Ich weiß nicht, wie die Menge vor mir mich beschreiben würde, doch ich schätze, dass die Worte »Reh« und »Scheinwerfer« darin vorkommen würden.

Saul stürmt auf mich zu und umarmt meine Beine. Er ist ganz schön gewachsen, er kommt, was die Größe angeht, mehr nach seinem Vater als nach mir, und ich knie mich hin, um auch ihn zu umarmen. Und um das reine Entsetzen zu verbergen, das sich auf meinem Gesicht breitmacht.

Diese Leute, diese wundervollen Leute, haben für mich eine Party organisiert, um mir für etwas zu danken, was nicht einmal eine große Sache war. Und im Gegenzug fühle ich nur das dringende Bedürfnis, schreiend den Berg hinunter, durch das Dorf und zurück in mein kleines Haus zu laufen. Nur dass selbst mein kleines Haus sich nicht mehr so sicher anfühlt – es hat seltsame Vorhänge, überall liegen Sachen von meiner Mum herum, und Leute kommen vorbei, um mich zu *besuchen*. Matt war in meiner Diele und Van auf meinem Sofa und in meiner Dusche, und all das fühlt sich zu bedeutend – zu invasiv an.

Ich zwinge mich, ein Gesicht zu machen, dem man meine Gefühle hoffentlich nicht ansieht – weil ich weiß, dass ich verrückt bin –, und halte mich aufrecht.

Alle sind da – bis auf Edie natürlich. Alle sehen mich an und lachen und rufen. Ein Tapeziertisch ist aufgebaut, der sich vor Essen und Getränken biegt, und der ganze Raum ist mit kleinen Lichterketten in Form von Weihnachtsgeschenken geschmückt.

Wenn ich hier nicht die Hauptperson wäre, sondern die Heldentat eines anderen gefeiert würde, fände ich das alles wunderschön und sehr lieb. Doch so frage ich mich immer noch, wie schnell ich flüchten kann.

Becca tritt vor und umarmt mich fest.

»Danke«, flüstert sie mir ins Ohr. »Die Ärzte sind alle überrascht. Sie bringen Studenten mit, um ihnen Edie zu zeigen – ich schätze, sie denken darüber nach, ein Paper über das Edie-May-Wunder zu schreiben! Niemand hat gedacht, dass sie das überlebt, aber das hat sie. Ich weiß, dass sie das hat. Aber ohne dich hätte sie das nicht.«

»Und ohne Tinkerbell!«, füge ich überwältigt hinzu.

»Ja. Und ohne Tinkerbell. Cherie hat einen ganzen Teller mit Lachs für ihn.«

Ich nicke und lächle dümmlich, und das dümmliche Lächeln bleibt auf meinem Gesicht, als alle herangetrottet kommen, um sich bei mir zu bedanken und mich zu umarmen und mir auf den Rücken zu klopfen. Laura ist da, sie sieht müde, aber glücklich aus; Zoe und Cal sind da; Sam und die kleine Edie; Willow und Tom und Auburn und Van und Lynnie.

Lynnie sieht verwirrt, aber nicht verzweifelt aus, zum Glück, und Van drückt mich extra fest, als er bei mir ist.

»Du schaffst das«, flüstert er mir ins Ohr. »Lächle einfach weiter.«

Darüber muss ich zumindest lachen – er hat mein aufgesetzt tapferes Gesicht offenbar sofort durchschaut. Ich hoffe, die anderen haben das nicht.

Nach vielen Dankesbekundungen von Edies Familie ist schließlich Cherie an meiner Seite. Sie trägt einen Kaftan – einen richtigen Kaftan –, den kleine Pompons schmücken und der aussieht, als hätte sie ihn in einem kleinen Geschäft in einem aztekischen Dorf erstanden.

»Das haben wir für dich gemacht«, sagt sie, »Saul und ich. Nur für dich.«

Zuerst zeigt sie mir ein großes Herz aus Pappe, das mit rosa Glitzer geschmückt ist und auf dem mit einem neonfarbigen Marker *Unsere Heldin* geschrieben steht. Das Herz hängt an einem blau-weiß gestreiften Stück Stoff, das als Halskette fungiert. Ich denke, es könnte in seinem früheren Leben ein Geschirrhandtuch gewesen sein. Sie legt es mir wie eine Medaille um den Hals und zieht hinten mein Haar darunter hervor.

Als Nächstes fördert sie eine Art Umhang zutage, der offensichtlich aus einem Tischtuch gemacht und ebenfalls mit Glitzer geschmückt ist. Er schimmert im Schein der Lichterketten, als sie ihn schwenkt, und glänzende Glitzerpartikel fliegen uns wie eine funkelnde Wolke um die Köpfe.

An den Ecken hat er einen provisorischen Verschluss aus aufgeklebten Druckknöpfen, mit denen sie ihn um meinem Hals befestigt.

»So«, sagt sie und betrachtet lächelnd ihr Werk, »dein ganz persönlicher Superheldinnen-Umhang. Einmal drehen bitte!«

Ich blinzele kurz und tue, was sie sagt – das ist der Weg des geringsten Widerstands, und ich hoffe, dass ich aus dem Scheinwerferlicht treten kann, wenn ich diesen letzten erstickenden Akt der Liebenswürdigkeit über mich habe ergehen lassen.

Alle rufen und klatschen, als ich mich drehe, dann wendet sich die Aufmerksamkeit zum Glück von mir ab. Cherie ruft nach der Musik, und ich sehe, wie Matt, an dem es immer hängen zu bleiben scheint, sich auf Partys um die Musik zu kümmern, sie anstellt. Ich denke, das ist seine Art, sich zu verstecken – die Anonymität, die damit einhergeht, der Typ mit der Verantwortung für die Knöpfe zu sein.

Seltsamerweise ist der erste Song, den sie spielen, *Single Ladies* von Beyoncé, und jeder wiegt sich sofort zu der Musik und lacht. Ich spüre den Beat und wünschte, ich könnte mich ihnen anschließen – ich liebe es zu tanzen und tanze gut, doch im Moment kann ich das nicht. Wünschte, ich wäre die Art Mensch, die einfach ihren Superheldinnen-Umhang herumwirbeln und sich in die Party stürzen kann, aber das bin ich nicht. Ich bin ein zu großer Feigling.

Ich sehe, wie Saul mit Cal durch den Raum tanzt, die

Füße auf Cals Füßen, wie es fast alle Kinder lieben. Ich sehe, wie Laura sich mit einem Seufzer der Erleichterung hinsetzt und wie Matt ihr ein Glas Wasser und einen Pappteller mit Essen bringt. Ich sehe die Teenager in ihrem eigenen kleinen Kreis tanzen, sehe sie so tun, als würden sie twerken, und Grimassen schneiden, während sie den alten Leuten beim Herumwirbeln zusehen. Ich sehe Willow und Tom herumalbern und Auburn mit Lynnie an der Seite sitzen. Ich sehe meine Mum, die meinen Blick einfängt und mich durch den Raum breit anlacht und mir den hochgereckten Daumen zeigt.

Alle sind glücklich. Alle sind erleichtert. Alle sind dankbar, dass Edie lebt und einem weiteren Tag die Stirn bieten kann.

Ich dagegen schrumpfe innerlich und hasse mich dafür. Ich schleiche mich auf die Toilette, ich lächle und rede auf dem Weg mit Leuten und fühle mich mit jedem Gespräch zerbrechlicher.

Schließlich habe ich es geschafft. Ich lehne mich gegen die Tür, sobald ich sie abgeschlossen habe, und stoße einen Seufzer der Erleichterung aus. Ich brauche einfach einen Moment für mich, sage ich mir. Einen Moment, um mich zu sammeln. Zu beruhigen. Das Gefühl abzuschütteln, dass ich eine Betrügerin bin – dass ich nicht hier sein sollte, unter all den Leuten, ihre Liebe und ihre Unterstützung und ihren Dank nicht verdient habe. Dass sie mich überhaupt nicht mögen würden, würden sie mich richtig kennen.

Noch während diese Gedanken durch meinen Kopf flimmern, wird mir klar, wie dumm sie sind. Warum sollten sie mich nicht mögen? Was habe ich getan, das so schlimm ist? Ich habe einmal eine Mascara geklaut, als ich vierzehn war. Das dürfte wohl die schlimmste meiner Sünden sein.

Doch das hier geht tiefer, das weiß ich. Es hat angefangen, als ich noch kleiner war und mich wie ein Reservespieler im Drama meiner Eltern gefühlt habe. Und es hat sich verstärkt, als ich ein Teenager war und immer das Gefühl hatte, die Leute auf Distanz halten zu müssen, Abstand zu den Menschen zu brauchen, die mich verletzen könnten.

Jetzt bin ich hier, habe ein Kind und Freunde und mein eigenes Leben. Und immer noch das Gefühl, nicht ganz dazuzugehören. Keine echte Beziehung zu diesen Menschen aufbauen zu können. Ich spiele immer noch eine Rolle – und nicht die der Superheldin.

Ich spritze mir kaltes Wasser ins Gesicht, fahre mir durch die Haare, um den Glitzer herauszubekommen, und sehe mich im Spiegel an.

»Flipp nicht aus – bitte nicht«, sage ich laut zu mir. Es waren ein paar heftige Tage. Edie, die krank geworden ist. Die Sache mit meinem Dad. Van, der sich immer mehr in unser Leben schleicht. Und das absolut schlechte Timing, was meinen Entschluss angeht, mit Jason ins Reine zu kommen.

Ich habe das Gefühl, dass die Dinge sich ändern – und ich will das nicht. Ich habe mich gerade erst mit den Grundprinzipien dieser Gemeinschaft angefreundet, mit meinem Platz in der Welt. Und jetzt habe ich das Gefühl, viel zu schnell auf eine Stufe für Fortgeschrittene katapultiert zu werden, zu der ich noch nicht bereit bin. Als hätte ich eine Stelle als Krankenschwester angetreten, und man würde von mir erwarten, dass ich eine Gehirnoperation durchführe.

Ich atme ein paarmal tief durch – so wie Lynnie es mir beigebracht hat, wenn ich gestresst bin – und drehe den Hahn zu.

Gerade als ich zurückgehen will, klopft es an der Tür. Ich schätze, ich habe die Toilette zu lange blockiert, und jemand – wahrscheinlich Laura – muss dringend pinkeln.

»Ich komme!«, rufe ich und versuche, selbstbewusst, fröhlich und glücklich zu klingen. Mit anderen Worten das genaue Gegenteil von dem, wie ich mich fühle.

Ich öffne die Tür, ein falsches Lächeln und etwas von dem auf Abwege geratenen Glitzer im Gesicht, und sehe Van draußen stehen. Er lehnt an der Wand, sieht mich an und lacht.

»Netter Look«, sagt er und zeigt auf den Glitzer. »Ich bin hier, um dich zu retten.«

»Was meinst du damit, um mich zu retten? Was lässt dich glauben, dass ich vor irgendetwas gerettet werden muss?«, frage ich, wobei meine Stimme zum Ende des Satzes hin um ungefähr sieben Millionen Oktaven ansteigt.

»Dein Gesichtsausdruck, als du durch die Tür gekommen bist. Das falsche Lächeln, an dem du dich gerade versuchst. Dass deine Stimme klingt, als wärst du Minnie Mouse auf Helium. Und die Tatsache, dass ich dich kenne, Katie, und weiß, dass das nicht deine Vorstellung von einer guten Zeit ist. Komm – wir schleichen uns durch die Küche und zur Hintertür raus. Saul geht es gut, und wenn wir uns beeilen, wird niemand merken, dass wir weg sind. Ich verspreche dir, dass ich dich um Mitternacht zurückbringe, damit deine Kutsche sich nicht in einen Kürbis verwandelt.«

Ich sehe an ihm vorbei zu dem vollen Café hin, wo *die Mavericks* gerade alle auffordern, die Nacht durchzutanzen. Saul sitzt jetzt auf Cals Schultern und wickelt sich etwas von dem herunterhängenden Lametta um die Finger, und meine Mum legt mit Frank ihren üblichen Achtzigerjahre-Party-Tanz hin. Bei der Vorstellung, mich wieder ins Gedränge zu stürzen, dreht sich mir der Magen um.

»Okay«, sage ich leise. »Ich lasse mich von dir retten.«

23. KAPITEL

Wir nehmen den Weg durch die Küche, wobei wir aus irgendeinem Grund auf Zehenspitzen laufen – ich weiß nicht, warum, es ist nicht so, dass irgendjemand unsere Schritte über die Musik hinweg hören würde.

Van bleibt bei einem Schrank hinten stehen, in dem Cherie einen Vorrat an karierten Fleecedecken für die Gäste aufbewahrt, die im Winter draußen sitzen wollen. Er greift sich ein paar, bevor wir gehen.

Wir laufen den Pfad hinunter, und ich ertappe mich dabei, wie ich bei dem Gedanken lächle, dass jemand uns sieht – zwei dunkle Figuren, die weglaufen, als wären sie auf der Flucht. Mein Superheldinnenumhang flattert in der Brise hinter mir her, und irgendwie wünschte ich, ich hätte eine Strumpfhose und eine rote Unterhose an, dann sähe es noch alberner aus.

Als wir unten an der Bucht sind, spüre ich die Erleichterung fast körperlich. Als würde allein dieser Abstand zu der Party genügen, dass mein Adrenalinspiegel sich wieder zum Normalen hin bewegt.

Wir gehen zum Strand, der jetzt komplett verlassen daliegt. Ich kann noch die Musik oben aus dem Café hören, und als ich hochschaue, sehe ich die hellen Lichter und die tanzenden Menschen, doch alles ist klein genug, dass es weniger einschüchternd wirkt.

Van hatte recht, denke ich und atme gierig die kalte Abendluft ein – *ich musste gerettet werden. Und vielleicht bin ich ja in der Lage, zurückzugehen und mich zu amüsieren wie ein normaler Mensch, wenn sich der Schock und die Überraschung der überfallartigen Party gelegt haben.*

Ich gehe einfach weiter, dankbar für die kühle Luft auf meiner überhitzten Haut, während Van sich wie alle großen Jungen damit amüsiert, Stöcke und Steine ins Meer zu werfen. Als wir weiter die Küste entlanggehen, verhallt das Geräusch der Musik, und ich höre nur noch das sanfte Zischen und Gurgeln der Wellen, die an den Strand spülen, und das gelegentliche Spritzen, wenn er einen seiner Strandräuberfunde ins Wasser wirft.

Nach ungefähr zehn Minuten bleibe ich schließlich stehen. Ich kann nicht einfach weiterlaufen, bis ich in Devon bin –ich habe meinen Sohn im Café zurückgelassen, von allem anderen einmal abgesehen. Ich setze mich auf einen der großen, vom Wasser geglätteten Steine, die die Bucht bei den Klippen säumen, und Van setzt sich zu mir.

Er legt eine Fleecedecke über unsere Knie und eine über unsere Schultern.

»Wir könnten auch jeder eine nehmen«, sage ich lächelnd.

»Ich weiß. Doch das würde meinen Masterplan durchkreuzen, dass du dich an mich kuschelst. Der Gedanke ist nicht zu widerwärtig, oder?«

Ich spüre meinen Oberschenkel an seinem und wie er

seinen Arm um meine Schultern legt und stelle fest, dass ich mich klein und warm und sicher fühle.

»Nicht total, nein«, gebe ich zu und blicke auf das Meer und das schimmernde Mondlicht auf den wogenden Wellen hinaus.

»So, was ist los? Einmal abgesehen von der Party, meine ich. Ich weiß, dass dich irgendwas beschäftigt. Hat es mit deiner Mum zu tun?«

Ich schüttele den Kopf und frage mich, wie er mir das alles ansehen kann. Als könnte er in mein Gehirn schauen.

»Nein, ihr geht es gut. Ihr geht es sogar mehr als gut – Cherie hat ihr angeboten, dass sie eine Weile in ihrer Wohnung wohnen kann, sie zieht also aus.«

»Ich hoffe, sie nimmt ihre Vorhänge mit.«

»Ich auch. Aber mit ihr ist alles gut … es geht um etwas anderes.«

»Oh«, sagt er ernst. »Um etwas anderes. Okay, schwierig. Möchtest du genauer werden, oder soll ich raten?«

Ich lache und stoße ihn sanft in die Rippen. Dann findet meine Hand irgendwie ihren Weg auf seinen Oberschenkel, wo sie zu bleiben beschließt. Er bedeckt meine Finger mit seinen und verschränkt sie mit ihnen.

»Ich hatte heute Kontakt zu Sauls Dad«, erkläre ich. Ich muss eindeutig mit jemandem darüber reden, und Van ist derjenige, der mehr über mich weiß als jeder andere meiner neuen Freunde. Dass ich seit zwei Jahren hier bin und sonst mit niemandem über irgendetwas Persönliches gesprochen habe, sagt mir wahrscheinlich alles über meine Probleme, was ich wissen muss.

»Okay. Ist das unüblich?«, fragt er.

»Schwer zu sagen. Wir haben immer Kontakt gehalten,

aber per E-Mail – vielleicht dreimal im Jahr. Alles sehr höflich. Sehr distanziert. Sehr erwachsen – als wollten wir beide versuchen, den Mangel an Anstand wettzumachen, den wir bei unserer Trennung an den Tag gelegt haben. Doch diesmal haben wir auf Facebook kommuniziert, und ich weiß, dass mich das wie ein Teenager klingen lässt …«

»Teenager würden nicht über Facebook gehen«, sagt er lachend. »Sie finden, dass das was für alte Leute und so überholt ist wie Fingerhüte und Seifenbehälter und Klapphandys.«

»Danke, Mr. Teenagerversteher. Ob mich das nun zu einem alten Menschen macht oder nicht, ich nutze Facebook. Und gelegentlich auch einen Seifenbehälter, aber keine Fingerhüte. Also, wir haben gechattet. Jason und ich. Und er möchte Saul sehen, und seine Frau ist schwanger, und Saul wird einen kleinen Bruder oder eine kleine Schwester bekommen und …«

»Es fühlt sich alles ein bisschen viel an im Moment, ja?«

»Genau! Er hat sogar davon gesprochen vorbeizukommen, wenn er Weihnachten in Bristol ist. Und ich weiß, dass das nicht schlecht ist – ich weiß, dass er Sauls Dad ist, und ich will nicht die Art Mutter sein, die den Kontakt zwischen den beiden sabotiert und Saul alle möglichen Vaterprobleme einhandelt. Doch obwohl ich das weiß, mache ich mir Sorgen.«

»Vertraust du ihm?«, fragt er mit gerunzelter Stirn. »Nach dem … was zwischen euch gelaufen ist?«

Ich weiß, worauf er anspielt, und antworte: »Ja. Ich denke schon. Er war nicht gerade versessen darauf, Vater zu werden, um ehrlich zu sein. Er war zu jung, und wir haben unglaublich schlecht zueinandergepasst. Doch zu Saul war er nie etwas anderes als nett.

Nachdem wir uns getrennt hatten, und bevor ich hierhergezogen bin und er nach Glasgow, haben wir uns hin und wieder getroffen – und es hat nie ein Problem gegeben. Keine Streitereien. Keine erhobenen Stimmen. Nichts … Nur zwei Menschen, die ziemlich weit gegangen sind, um ihre Selbstachtung zu zerstören. Ich denke, es ist kein Zufall, dass wir schließlich beide weggezogen sind – jeder von uns scheint einen Neuanfang gebraucht zu haben. Damals war das für uns beide richtig – doch jetzt muss ich auch daran denken, was für Saul richtig ist, schätze ich.«

Er nickt und denkt schweigend darüber nach, seine Finger zeichnen Muster in meine Handfläche.

»Und ich schätze mal, das hat in deinem Kopf alles monströse Formen angenommen?«, sagt er schließlich. »In deiner Vorstellung ist aus etwas Kleinem, wie wir gehen zusammen einen Kaffee trinken, etwas Großes geworden? Wie Saul fährt in den Ferien zu ihm, und sein Dad beschließt, dass er bei ihm leben soll, und dein ganzes Leben fällt in sich zusammen?«

Ich lache kurz und scharf auf. Er hat den Nagel auf den Kopf getroffen.

»Klar. Ich bin eine Frau. Das scheint eine unserer Spezialitäten zu sein, nicht – die Dinge unproportional aufzubauschen?«

»Dazu möchte ich lieber nichts sagen. Ich lebe mit drei Frauen zusammen und gehe nicht in diese Falle, vielen Dank. Was ich allerdings sagen möchte, ist, dass du das Ganze vielleicht zerlegen, einen Schritt nach dem anderen machen solltest. Dass du dich mit jeder Entwicklung auseinandersetzen solltest, wenn es so weit ist, statt zu versuchen, alles zu kontrollieren und dich mit Was-könnte-sein-Szenarien verrückt zu machen. Das ist eins der Dinge, die ich durch Lynnies Krankheit gelernt habe.

Vielleicht könntest du versuchen, dich auf das Was-passiert zu konzentrieren statt auf das Was-könnte-passieren – und im Moment ist das, was wirklich passiert, sehr positiv. Er redet nicht davon, Saul zu entführen und nach Marrakesch durchzubrennen – er redet von einem Treffen an eurem Wohnort. Und wenn seine Frau schwanger ist, magst du sie vielleicht auch gerne kennenlernen? Falls – und ich sage *falls* – Saul überhaupt Zeit mit ihnen verbringt, wäre es gut, sie kennenzulernen. Es könnte dich beruhigen.«

Ich denke darüber nach, was er gesagt hat, und weiß, dass er recht hat. So recht, dass es keinen Sinn macht, mit ihm zu diskutieren – nur dass ich es trotzdem tue.

»Das stimmt alles«, sage ich traurig. »Aber irgendwie hilft mir das nicht. Ich weiß, was ich tun sollte – doch im Moment scheine ich dazu nicht in der Lage zu sein. Es ist, als würde das alles eine Kettenreaktion in mir in Gang setzen und ich kurz davorstehen zu explodieren. Und ja – ich muss seine Frau kennenlernen. Und ich wünsche mir, dass Saul sie mag und dass sie Saul mag. Irgendwann, falls wir so weit kommen. Doch wenn ich ehrlich bin, lässt mich selbst das ausflippen … denn was ist, wenn sie so fantastisch ist, dass Saul sie lieber mögen wird als mich?«

So, denke ich, *jetzt habe ich es gesagt*. Ich fühle mich scheiße dabei, aber zumindest habe ich es zugegeben – es gibt da diese tiefe, dunkle Angst, die hartnäckig in mir lauert.

Ich weiß nicht genau, welche Reaktion ich auf dieses Eingeständnis von Van erwartet habe, doch bestimmt nicht, dass er lacht.

Und das tut er – ausgiebig, laut und aus tiefstem Herzen.

Der Arm um meine Schultern drückt mich fest an ihn, und er legt sein Kinn auf meinen Kopf, während sein Körper vor Vergnügen bebt. Ich bin erstaunt und überlege, ihm einen Stoß dorthin zu verpassen, wo kein Mann das mag.

»Oh, Katie, es tut mir leid«, sagt er, sobald er sich wieder unter Kontrolle hat, »doch das ist so dumm, dass die einzige Reaktion die sein kann, darüber zu lachen. Ich kann sogar verstehen, warum du so empfindest – es waren immer Saul und du gegen den Rest der Welt, und das hier fühlt sich beängstigend an. Aber auch nur eine Minute zu denken, dass der kleine Mann jemand anderen lieber haben könnte als seine Mum? Eine Mum, die ihn liebt und die mit ihm lacht und ihm das Gefühl gibt, der Mittelpunkt der Welt zu sein? Das ist vollkommen absurd.

Ich weiß, dass du nicht viel Selbstvertrauen hast, und ich weiß, dass das Leben dich gelehrt hat, nicht so an dich zu glauben, wie andere Menschen das tun. Wie ich das tue. Aber du musst auf mich hören, wenn ich dir das jetzt sage: Du bist eine großartige Mutter. Saul betet dich an. Nichts wird dieses Band je zerstören – dass Sauls Welt größer wird, bedeutet doch nur, dass er mehr Leute hat, die ihn lieben, und nicht, dass er weniger Liebe zu geben hat. Besteht irgendwie die Möglichkeit, dass du versuchst, das zu glauben?«

Ich nicke und sage mir, dass er recht hat. Dass ich albern bin. Ich bin mir nicht sicher, ob er mich überzeugt hat, aber ich muss meine Angst einen Gang herunterschalten, wenn ich nicht will, dass ein wichtiger Teil meines Gehirns zu Hackfleisch wird.

»Ich tue mein Bestes«, sage ich. »Und danke. Für das Cheerleading.«

»Das gehört zu meinen Spezialitäten«, antwortet er. »Wenn du magst, ziehe ich mich das nächste Mal auch wie ein Cheerleader an.«

»Mit Pompons und allem?«

»Wenn es das ist, was du magst. Hör zu, wenn du willst, komme ich mit. Wenn du nach Bristol fährst. Wenn du moralische Unterstützung brauchst oder einen Fahrer.«

»Ich bin mir nicht sicher, ob das helfen würde«, antworte ich ehrlich. »Es würde eine schon unangenehme Situation noch schlimmer machen, wenn ich meinen … Freund mitbrächte. Und ich bin nicht überzeugt, dass du nicht doch den Macho spielen würdest.«

»Ich verspreche dir, dass ich das nicht tun würde. Ich sehe vielleicht wie ein Höhlenmensch aus, aber ich verhalte mich nicht immer wie einer. Egal. Kein Druck – denk einfach darüber nach. Du bist damit nicht allein. Nicht, wenn du das nicht willst.

Glaubst du, du bist jetzt bereit, zurück ins Café zu gehen? Sie dürften inzwischen gemerkt haben, dass ihnen ihr Ehrengast abhandengekommen ist.«

Ich gebe ein Geräusch von mir, das meinen mangelnden Enthusiasmus, der Ehrengast zu sein, angemessen ausdrückt – nämlich das Geräusch, das ein Furzkissen macht, wenn du dich daraufsetzt –, und er lacht wieder.

»Ich habe es verstanden«, sagt er, »wirklich. Dieser Ort kann wirklich manchmal klaustrophobisch sein. Jeder kritisiert dich – auf die netteste Weise. Ich habe auch damit zu kämpfen. Aber zumindest sind wir am Meer. Manchmal, wenn es mir ein bisschen zu eng wird oder sich das Cottage wie eine Legebatterie anfühlt, komme ich hierher und setze mich hier draußen hin und sage mir, das alles in Ordnung ist – ich sitze am Rand der Welt.«

»Es muss sich unglaublich klein anfühlen«, antworte ich und sehe mich um. »Das Dorf. Im Vergleich dazu, was du gewohnt bist.«

»Na ja, das Dorf selbst fühlt sich wie eine riesige Metropole an – es gibt einen Fish-and-Chips-Shop, Fließendes Wasser. Befahrbare Straßen. Alles, was man braucht. Aber es stimmt schon – die Landschaft ist völlig anders. Die Kultur? Nicht so sehr. Auch in Afrika kritisieren dich die Leute, wenn du erst einmal Teil ihrer Gemeinschaft bist. Doch du bist immer nur Minuten von den schönsten, offensten Plätzen entfernt; den wunderbarsten Sonnenuntergängen und Sonnenaufgängen, den Tieren ... es ist ein besonderer Platz. Vielleicht fahre ich irgendwann einmal mit dir hin.«

Ich stehe auf und strecke meine Glieder. Nachdem wir eine Weile still gesessen haben, hat mich die Kälte wieder im Griff, und selbst meine Wimpern fühlen sich frostig an.

»Ja, vielleicht«, antworte ich und lächle ihn an. »Das wäre doch was?«

»Das wäre es«, antwortet er und steht auf, um mir zu folgen. »Wir machen das, ich verspreche es dir. Wenn Saul groß ist und ich nicht auf einem Sofa schlafe, wenn das Leben einfacher ist. Falls das Leben denn jemals einfacher wird. Doch für den Moment ... gebe ich mich hiermit zufrieden ...«

Er steht so nahe bei mir, dass ich die Wärme seines Körpers spüre und die Berührung seines Atems. Er legt mir die Hände auf die Schultern und beugt sich vor, um mich zu küssen.

Zuerst zaghaft, als wollte er mir die Gelegenheit geben, ihn wegzustoßen. Wahrscheinlich sollte ich das, ich weiß.

Doch als ich das nicht tue, schließen sich seine Arme um mich, und er zieht mich näher zu sich heran, während seine Hände in mein Haar hochwandern und die Intensität des Kusses sich aufbaut.

Ich kann nicht leugnen, dass ich von diesem Moment fantasiert habe. Mir vorgestellt habe, wie sich seine Lippen auf meinen anfühlen würden, seine Finger auf meiner Haut. Meine Hände auf seiner breiten Brust. Ich habe oft daran gedacht – und ich kann ehrlich sagen, dass die Realität alle Hoffnungen übertrifft.

Von der Minute an, in der wir uns berühren, versinkt alles andere. Jeder Gedanke, jede Angst, jede Sorge – ist weg. Jeder Zweifel, jede Frage, jeder Selbstvorwurf – ist weg. Jeder Schmerz aus der Vergangenheit und jede Angst vor der Zukunft – ist weg. Alles, was bleibt, ist die Gegenwart: ich und Van und das Geräusch der Wellen und die hellen Sterne am dunklen Himmel über uns.

Ich weiß nicht, wie lange wir dortstehen, ineinander verschlungen, in den Moment versunken. Es kann eine Minute sein. Es kann ein Leben sein.

Ich weiß nur, dass sich unsere Körper noch berühren, unsere Augen noch festhalten und jeder Teil von mir prickelt und lebendig ist, als wir uns schließlich voneinander lösen.

»Wow«, sagt Van und lächelt mich schief an, während seine Finger noch durch mein Haar fahren und sein Atem hart und schnell geht. »Du hast wirklich Superkräfte.«

24. KAPITEL

Laura braucht ewig, um aus dem Auto zu steigen. Sie sucht einen Grund nach dem anderen, sitzen zu bleiben, während Saul und ich neben ihr warten. Sie sieht im Handschuhfach nach ihrer Brille (in das sie sie gerade gelegt hat); sie steckt vorsichtig die CD, die wir gerade gehört haben, zurück in die Hülle, und sie zieht mehrmals die Handbremse an und löst sie wieder. Als sie endlich ausgestiegen ist, putzt sie mit einer Flasche Wasser die bereits saubere Windschutzscheibe.

Und als auch das erledigt ist, verschließt sie schätzungsweise sechzehn Mal die Türen und prüft jede einzeln, ob sie auch richtig zu ist, bevor sie langsam mit uns über den Parkplatz geht. Als wir am Eingang des Gebäudes sind, bleibt sie stehen und sieht es langsam und misstrauisch an – als wäre es ein tollwütiger Hund, der sie gleich beißt.

»Bist du okay?«, frage ich und lege ihr sanft die Hand auf den Arm. Offen gesagt, sieht sie aus, als würde sie gleich in Ohnmacht fallen. Ihr Gesicht ist angespannt und blass, und ihre hübsche Stirn hat tiefe Falten.

»Ja. Ich bin okay. Es ist nur … ich mag keine Krankenhäuser«, antwortet sie, während sie ihre Locken schüttelt und ganz offensichtlich versucht, gegen ihren Fluchtreflex anzukämpfen.

»Das geht vielen Leuten so«, sage ich und halte Sauls Hand ganz fest. Er zappelt herum und kann es kaum erwarten, hineinzugehen und Edie zu sehen.

»Es ist okay, ich brauche nur eine Minute. Es hat mit David zu tun, weißt du … er ist nach einer Kopfverletzung gestorben, und wir mussten die Geräte abstellen, und das war alles sehr, sehr hässlich. Deshalb wird mir in Krankenhäusern manchmal ein bisschen komisch. Mach dir keine Gedanken – es hat nichts damit zu tun, dass ich schwanger bin oder so was.«

Ich nicke und lasse meine Hand auf ihrem Arm. Mit ihr und Saul bin ich voll beschäftigt.

»Verstehe«, sage ich ruhig, »nimm dir Zeit. Wenn du im Auto bleiben willst, ist das kein Problem. Ich sage Edie, dass es dir nicht gut geht.«

Mir sind Krankenhäuser vertraut, und sie jagen mir keine Angst ein – zum Glück sind sie für mich nur ein Arbeitsplatz und keine lebhafte Erinnerung an ein schlimmes persönliches Trauma. Doch ich habe lange genug in einem gearbeitet, um zu verstehen, dass die meisten Menschen sie nicht mit einer langen Schicht oder Bohnen auf Toast in der Kantine assoziieren, sondern mit sehr viel bedrohlicheren Dingen. Vor allem Laura.

Saul bekommt mit, dass um ihn herum irgendein spannungsbesetztes Erwachsenending abläuft, und sieht zu Laura hoch. Er schiebt sich zwischen uns und nimmt uns beide an der Hand.

»Ist okay«, sagt er zu Laura. »Ich passe auf dich auf.«

Sie sieht zu ihm hinunter – ihr Schmerz führt zu einer

kleinen Verzögerung zwischen dem Aussprechen seiner Worte und dem Punkt, an dem sie sie verarbeitet hat – und lächelt breit.

Sie fährt ihm durch die Haare und strahlt ihn an, als sie antwortet: »Danke, Schatz. Jetzt fühle ich mich sehr viel besser. Sollen wir zu Edie gehen?«

Tapfer setzt sie einen Fuß vor den anderen, und wir gehen zusammen hinein. Durch die vertrauten Flure mit den vertrauten Gerüchen, an den vertrauten besorgten Gesichtern und dem gestresst aussehenden medizinischen Personal vorbei. Sie erbleicht leicht, als wir an einem Zimmer vorbeikommen, in dem ein piepender Monitor steht, reißt sich aber zusammen und geht weiter.

Schließlich sind wir auf Edies Station. Es ist Abendbesuchszeit und viel los, überall drängen sich Familien und Freunde, die alle nach extra Stühlen suchen und nach einer freien Fläche, auf die sie ihre Blumen stellen und ihre Schokolade und Karten legen können. Ich kann das seltsame leise Brummen des Neonlichts hinter dem Rummel und dem Geplauder hören und widerstehe dem Drang, einen Blick in die Krankenblätter zu werfen.

Wir entdecken Edie in einer Ecke am Fenster. Sie sitzt von Kissen gestützt im Bett, den silbernen Schopf über ihr iPad gebeugt. Ich bleibe einen Moment stehen und spreche ein kleines Dankgebet. Ich glaube nicht, dass irgendjemandem klar ist, was für ein Wunder das ist – dass eine Frau in ihrem Alter sich von einer Lungenentzündung erholt. Hätte ich wetten sollen, als ich sie in ihrem Zustand im Bett gesehen habe, ich hätte dagegen gewettet.

Saul reißt sich los, sobald er sie sieht, rast zu ihrem Bett und klettert darauf, um sich neben sie zu setzen. Er schlingt seine kleinen Arme um ihre Schultern und gibt ihr einen Kuss.

Ich folge ihm schnell, beunruhigt, dass sie noch an eine Infusion angeschlossen sein oder Beschwerden haben könnte, die sich durch einen lebhaften Wildfang von dreieinhalb Jahren verschlimmern könnten.

Ich hätte mir keine Gedanken machen müssen. Edie umarmt ihn zurück, zum Glück hängt sie nicht mehr am Tropf. In der Rückseite einer Hand hat sie noch eine Kanüle, und die Haut darum herum ist violett und geschwollen, doch ansonsten sieht sie gut aus. Zerbrechlich, was zu erwarten war, aber gut.

Sanft ziehe ich Saul von ihrem Bett herunter und beuge mich zu Edie hin, um ihr einen Kuss auf die Wange zu geben. Ihre runzlige Haut fühlt sich wie Pergament an, doch ihr Griff ist fest, als sie meine Hand festhält.

»Danke«, flüstert sie. »Dass du mich gefunden hast. Ich werde schon bald wieder zu Hause sein, und das habe ich dir zu verdanken.«

Ich lächle und sage ihr, dass das nichts war, und setze mich mit Saul auf dem Schoß auf den Stuhl neben ihrem Bett. Laura steht am Ende des Betts, offenbar scheint sie noch nicht bereit, sich richtig hinzusetzen.

»Wie geht es dir, meine Liebe?«, fragt Edie und sieht sie über ihre kleine Brille hinweg an. »Was macht deine kostbare Fracht?«

Lauras Hand geht instinktiv zu ihrem Bauch, und sie bringt ein Lächeln zustande.

»Alles wunderbar, Edie, danke. Du siehst großartig aus. Es tut mir so leid, dass ich nicht schon früher gekommen bin, aber …«

Ihre Stimme verliert sich, und Edie tut die Bemerkung mit einem Schwenken ihrer pergamentenen Hände ab.

»Sei nicht albern«, sagt sie bestimmt. »In den ersten Tagen war ich sowieso nicht fit genug für Besuch. Ich fürchte, ich habe die arme Becca ziemlich geschlaucht, mich verhalten, als wäre noch Krieg, und allen möglichen Unsinn von mir gegeben! Es ist wunderbar, euch alle zu sehen … vor allem dich, Saul. Es steht eine neue Episode online, weißt du.«

Bei ihren Worten wird Saul munter, hört auf herumzuzappeln und sieht sie aufmerksam an.

»Können wir sie ansehen? Können wir? Bitte?«

Edie nickt und macht sich am Bildschirm ihres iPads zu schaffen, während Laura und ich uns verwirrt anschauen. Innerhalb von Sekunden findet sie, wonach sie offenbar gesucht hat, und gibt es Saul. Ich versuche, ihm über die Schulter zu gucken, um zu sehen, was bei den beiden diese Begeisterung auslöst.

Es ist etwas auf YouTube, das von einer furchtbar geschmacklosen Musik begleitet wird sowie einigen grellbunten Grafiken und vielen computeranimierten Make-ups und Haarprodukten, die alle kleine Hände und Füße und Gesichter haben. Sie tanzen um einen dieser von Glühlampen eingerahmten Spiegel herum, die man aus den Ankleidezimmern der Stars in Filmen kennt, und dann spricht der Lippenstift: »Kickt die Schuhe von den Füßen, Mädels! Lehnt euch zurück und freut euch darauf, verwöhnt zu werden … es ist Zeit für eure Stunde im Schönheitssalon!«

Saul ist hin und weg, als eine Dame mit einer rosa

Beehive-Frisur, in einem Bleistiftrock im Stil der Fünfzigerjahre und einer gepunkteten rosa Bluse zu erklären beginnt, dass wir in dieser Folge alles erfahren werden, was wir schon immer über den Bouffant und den Bob wissen wollten. Ich kann nicht behaupten, dass ich über eine dieser beiden Frisuren überhaupt etwas wissen wollte, doch Saul ist fasziniert von den aufblitzenden Bildern von Jackie Kennedy und Grace Kelly und anderer Stars der Fünfzigerjahre. Und von der Stimme aus dem Off, die verspricht, dass du in den nächsten fünfzehn Minuten mit allen Geheimnissen vertraut gemacht werden wirst, um deinen eigenen Hollywood-Look zu kreieren.

Das erklärt allerdings einiges – einschließlich meiner häufigen Verschönerungen. Und Saul scheint es wirklich zu gefallen. Ich schätze, er sieht es regelmäßig mit Edie, wenn er mit ihr im Café sitzt.

»Mummy«, sagt er, ohne die Augen vom Bildschirm abzuwenden, »das sind wirklich schöne Looks. Vielleicht kann ich einen ja an dir ausprobieren, bevor Van zum Abendessen zu uns kommt …«

Lauras Augen werden ganz groß, und sie gibt ein »Ohhhh« von sich, während sie mich angrinst. Edie legt mit einem neugierigen »Sieh einmal an!« nach. Ich versuche, ihr nicht in die Falle zu gehen, kann ein kleines Lächeln aber nicht unterdrücken.

Es ist jetzt vier Tage her, dass Van und ich uns am Strand geküsst haben. Vier sehr geschäftige Tage – das Übliche eben, wie Arbeit und College und Saul, doch ich habe auch Mum geholfen, sich in ihrer neuen Bleibe auf Zeit einzurichten, Sam mit der kleinen Edie unter die Arme gegriffen, wenn Becca im Krankenhaus war, und ein paar Stunden mit Lynnie verbracht, wenn alle drei Geschwister anderweitig zu tun hatten.

Beschäftigt zu sein ist gut. Beschäftigt zu sein lenkt mich davon ab, mir Sorgen zu machen, zum Beispiel über unseren bevorstehenden Trip nach Bristol, um Jason und Jo zu treffen. Es lenkt mich davon ab, dass mein Dad sich unerlaubt von der Truppe entfernt hat, um auf den Kanaren achtsam zu werden. Es lenkt mich davon ab, dass meine Mum jetzt im Café ist, sodass das kein Zufluchtsort mehr für mich ist. Es lenkt mich davon ab, dass Weihnachten vor der Tür steht und ich mich nicht wirklich bereit dazu fühle. Es lenkt mich auch von meiner Hauptablenkung ab – die darin besteht, im Geiste diesen Kuss immer wieder zu erleben. Das wäre kein Problem, würde nicht allein der Gedanke daran dafür sorgen, dass mir total zittrig und komisch wird und ich die Welt plötzlich im Weichzeichner sehe. Ich versuche, es unter Kontrolle zu halten, während ich meinen täglichen Pflichten nachgehe, doch wenn ich abends im Bett liege, driften meine Gedanken gewöhnlich zu ihm. Was zu ganz interessanten Träumen führt.

Hätte man mich, bevor es passiert ist, gefragt, was ich wohl fühlen würde, hätte ich vermutlich geantwortet, dass der Kuss alles verkomplizieren würde. Dass ich mir Sorgen machen würde, was er bedeuten und wie er sich auf unsere Zukunft auswirken könnte.

Doch stattdessen ist etwas sehr Seltsames passiert – ich bin einfach glücklich. Und aufgeregt. Und neugierig, wie es sich anfühlen würde, es noch einmal zu tun. Ihn zu küssen und zu berühren und mich in ihm zu verlieren. Im

Grunde denke ich, dass ich mich wahrscheinlich in eine Erotomanin verwandelt habe und dass das die Sorge, was alles schiefgehen könnte, irgendwie ausgeschaltet hat. Und alles, was es dazu gebraucht hat, war ein Kuss. Wer hätte das gedacht? Ich nicht.

»Es besteht kein Grund, die Brauen hochzuziehen, Ladies«, sage ich und hoffe, dass man mir meine neu gewonnene Lüsternheit nicht ansieht. »Er ist nur ein Freund, der zum Abendessen kommt.«

»Er bringt uns einen Weihnachtsbaum«, meldet sich Saul zu Wort, dessen Augen immer noch am Bildschirm kleben und dessen leichtes Lispeln supersüß ist.

Er klingt jeden Tag weniger wie ein Baby, von der brillanten Weise, auf die er Worte vertauscht, einmal abgesehen, so sind »Radiatoren« zum Beispiel »Radios«. Ich kann nicht glauben, dass er nächstes Jahr in die Schule kommt, mein nicht mehr so kleiner Junge.

»Oh! Wie nett!«, schwärmt Laura aufs Sauls Bemerkung hin und lässt sich schließlich am Ende von Edies Bett nieder. »Matt hat mir das erste Weihnachten, das wir zusammen waren, auch einen Weihnachtsbaum gebracht … das war so machohaft, dass ich fast dahingeschmolzen bin. Lizzie hat gesagt, dass ich Verrat an dem Vermächtnis von Emmeline Pankhurt begehe, wenn ich so leicht herumzukriegen bin.«

»Wir sind nicht zusammen«, sage ich schnell und hoffe, dass Saul nicht mehr zuhört.

Edie und Laura sehen sich wissend an, und Edie fügt noch hinzu: »Rede dir ein, was immer dich glücklich macht, meine Liebe. Aber ich würde wetten, dass die Magie von Budbury wieder einmal funktioniert hat. Gib dem Ganzen etwas Zeit – und in ein paar Jahren bist du im gleichen Zustand wie Laura.«

Saul *hört* offensichtlich zu. Er sieht mich an, dann sieht er Laura an und runzelt verwirrt die Stirn.

»Du meinst, sie hat dann lockiges Haar?«, fragt er unschuldig.

»Genau das meine ich, junger Mann«, antwortet Edie ernst. »Und jetzt, Ladies … informiert mich über den neuesten Klatsch! Ich will die Verbindung zur realen Welt nicht verlieren wie einige der liebenswerten Alten hier …«

Da Edie selbst zweiundneunzig ist, bin ich etwas verwirrt, was sie sich unter einer liebenswerten Alten vorstellt, doch Laura und ich kommen ihrem Wunsch nach. Wir bleiben noch eine halbe Stunde, erzählen ihr alles von der Party und bringen sie auf den neuesten Stand, was Tinkerbells Vogeljagdmissionen machen, erzählen ihr, dass meine Mum jetzt zu der Cafébelegschaft gehört, und beschreiben ihr die neuen Weihnachtsdesserts, die Laura auf die Speisekarte gesetzt hat.

Edie ist begeistert und erklärt, dass ihr Verlobter das auch wunderbar finden wird. Ich weiß, dass sie Becca gebeten hat, ein Auge auf ihren Verlobten zu haben, während sie nicht da ist, und Becca, die Gute, ist wirklich zu ihrem leeren Haus gegangen. Sie hat gesagt, dass es ziemlich unheimlich war und sie fast schon damit gerechnet hat, den Geist des lange verstorbenen Bert durch die Küche hereinkommen zu sehen.

Als wir aufbrechen, gähnt Saul, und Edie auch. Er umarmt sie noch einmal, und wir verlassen das Krankenhaus.

»Puh«, sagt Laura, als wir zurück im Auto sind und Saul in seinem Kindersitz sitzt. »Ich habe endlich das Gefühl, wieder Luft zu bekommen. Sie sieht großartig aus, nicht? Ich bin froh, dass wir gekommen sind – aber ich bin auch erleichtert, wieder draußen zu sein. Mir graust vor der Geburt, weißt du das? Ich habe versucht, sie zu überreden, mich die Babys zu Hause bekommen zu lassen, aber scheinbar ist das ein No-Go, weil es Zwillinge sind und ich ... *geriatrisch* bin!«

Sie zischt das Wort geriatrisch mit einer Begeisterung, wie wahrscheinlich jede Frau das täte, als sie den Motor anmacht und vom Parkplatz fährt.

»Na ja, offensichtlich bist du in der realen Welt nicht geriatrisch, Laura. Das ist einer dieser Begriffe, die Mediziner manchmal gebrauchen, ohne weiter darüber nachzudenken. Und eine Zwillingsgeburt kann kompliziert sein, deshalb muss ich ihnen zustimmen, dass du im Krankenhaus möglicherweise besser aufgehoben bist ... aber egal. Vielleicht wird das deine Ansicht über Krankenhäuser ja ändern.«

»Was?«, höhnt sie. »Stunden voller Schmerzen, gefolgt von einem Notkaiserschnitt. Ich kann mir nicht vorstellen, dass das lustig wird!«

»Nein. Wahrscheinlich nicht – doch es ist keineswegs sicher, dass es so laufen wird. Wahrscheinlich geht alles glatt. Und danach bist du eine frischgebackene Mutter, egal, wie es laufen wird. Du wirst zwei wunderschöne, gesunde Babys haben, Matt wird Vater sein, Lizzie und Nate werden kleine Brüder oder Schwestern haben, und es wird der Anfang eines wunderschönen neuen Abenteuers sein. Ich wette, das ist einen kleinen Ausflug ins Krankenhaus wert, nicht?«

Sie hat die Augen auf die Straße gerichtet, und ich sehe,

wie ein kleines Lächeln in ihr Gesicht kriecht, als sie darüber nachdenkt.

»Weißt du, was, Katie? Du hast recht. Das ist es. Und vielleicht wird meine letzte grässliche Krankenhauserfahrung ja durch etwas sehr viel Schöneres ersetzt – durch neues Leben statt den Verlust eines geliebten Menschen.«

»Genau. Es ist so aufregend.«

»Aufregend und ein kleines bisschen beängstigend ... das ist es immer, wenn man etwas Neues anfängt. Vor allem wenn du Kinder hast, an die du denken musst. Ich kann mir vorstellen, dass es dir genauso geht mit ... Van.«

Sie flüstert das letzte Wort, wahrscheinlich wegen Saul – doch sie hätte sich keine Gedanken machen müssen; er sitzt im Tiefschlaf hinter uns, den Kopf zur Seite gerollt, die molligen Fäuste neben sich geballt. Als hätte jemand die Batterien herausgenommen.

»Wir sind nur Freunde«, beharre ich, obwohl ich vermute, dass mich das Zucken um meine Mundwinkel verrät.

»Du wärst ein grauenhafter Pokerspieler«, sagt sie lachend. »Aber wenn du nicht darüber reden willst, ist das völlig in Ordnung. Willst du? Willst du darüber reden?«

Sie klingt so jung und so neugierig und so hoffnungsvoll, dass ich versucht bin einzuknicken. In mancher Beziehung wäre es eine Erleichterung, es offen auszusprechen – darüber zu quatschen wie ein paar Teenager, die über den süßen Jungen im Jahr über ihnen reden, der ihnen immer vor der Sporthalle zuzwinkert.

»Nein«, sage ich bestimmt – weil ich kein Teenager mehr bin und selbst nicht einmal weiß, was mit Van und mir passiert, und ganz bestimmt nicht mit jemand anderem darüber reden will.

Sie gibt ein enttäuschtes »Hmmm« von sich, und die restliche Fahrt über lassen wir das Thema ruhen – wofür ich ihr sehr dankbar bin.

Als wir ins Dorf kommen, sind die Straßen ruhig, der nächtliche Frost hat die Bürgersteige bereits mit einem diamantenen Glanz überzogen. Ich sehe Lichterketten in Beccas Fenster glitzern und die Umrisse eines Baums in Cals und Zoes Haus und muss zugeben, dass es sich langsam schon sehr nach Weihnachten anfühlt.

Und das noch mehr, als wir Van entdecken, der hinten an seinem Wagen lehnt, eingepackt in eine Thermoweste und eine dunkle Mütze. Bei unserer Ankunft winkt er uns mit seinen behandschuhten Händen zu. Laura hält ihren Picasso an, steigt aber nicht aus – ich kann es ihr nicht verdenken.

Sie winkt Van zu, drückt einmal auf die Hupe und fährt in Richtung Rockery davon. Ich frage mich kurz, was sie wohl mit ihren Wohnverhältnissen machen werden, wenn die Zwillinge erst da sind. Im Moment wohnt Laura mit ihren Kindern in einem Drei-Zimmer-Cottage, das Hyacinth heißt, und Matt wohnt in dem größten Haus der Anlage, in Black Rose. Vielleicht werden sie ja zusammenziehen. Vielleicht lassen sie es, wie es ist. Vielleicht geht es mich auch gar nichts an.

Ich nehme einen schlafenden Saul auf den Arm und gehe über die Straße zu Van und schaue mir an, was er auf dem Wagen hat.

Saul wacht kurz auf, lacht Van an und schläft wieder ein. Er sabbert meinen Nacken voll. Einer dieser wunderschönen Muttermomente.

»Dein Lieferwagen nimmt den halben Bürgersteig ein«, sage ich und lächle, um ihm zu zeigen, dass ich Witze mache. »Das ist ziemlich unbequem, wenn jemand mit einem Buggy vorbeimuss, weißt du.«

»Ich kann mich nur entschuldigen«, antwortet er und fährt Saul sanft mit den Fingern durch das wuschelige Haar. »Doch da die Straße vollkommen verlassen ist, denke ich, wir kommen damit durch. Ich werde ihn wegfahren, wenn ich ausgeladen habe; ich habe keine Lust, dieses Ungetüm von einem Baum weiter zu tragen als unbedingt nötig. Nicht, dass ich nicht stark genug dazu wäre, nur dass du nicht meine Männlichkeit in Zweifel ziehst.«

Ich runzele die Stirn – die stelle ich definitiv nicht infrage – und stapfe zur Haustür. Dieser Junge in meinem Arm wird ziemlich schwer. Ich schaffe es, den Schlüssel ins Schloss zu stecken und die Tür aufzustoßen, ein komplexes Manöver, das Mütter schon bald zu beherrschen lernen – ein Kind auf dem einen Arm zu jonglieren und mit dem anderen etwas völlig anderes zu tun. Ich kann Tee machen, die Waschmaschine beladen und Pizza in den Ofen schieben, alles mit einer Hand.

Tinkerbell eilt herbei, um uns zu begrüßen, eine Wolke aus fuchsrotem Flaum, dann erinnert er sich plötzlich, dass er ein Kater ist, und spielt den Unbeteiligten. Er windet sich ein paarmal um meine Knöchel und verschwindet auf die Straße, um sein Königreich zu erforschen.

Ich trage Saul ins Wohnzimmer und lege ihn auf das Sofa. Ich gebe ihm ein Kissen, und er drückt es an sich, genau wie ich es erwartet habe.

Er ist wach, aber noch im Halbschlaf. An jedem anderen Abend würde ich ihn direkt ins Bett bringen, doch ich weiß, dass die Chancen, dass er verschläft, dass Van hier ist und den Weihnachtsbaum bringt, gleich null sind.

Außerdem möchte ich ihn nicht der Gelegenheit berauben, mit dem Schmücken anzufangen. Dieses Jahr bekommt er von Weihnachten sehr viel mehr mit und ist in einem Alter, in dem er fest an die ganze weihnachtliche Magie glaubt – mir ist klar, dass das nicht ewig währt, deshalb weiß ich es zu schätzen.

Wie gewöhnlich setzt mein Gehirn zu der komplexen Analyse an, wann Saul das letzte Mal Pipi gemacht hat und ob er auf die Toilette muss – er ist in einem Stadium seiner Entwicklung, wo die Zeit der Windeln definitiv vorbei ist, ihm hin und wieder jedoch noch ein Malheur passiert, wenn er zu lange wartet oder so in etwas vertieft ist, dass er es vergisst. Das kann beim Ansehen von Zeichentrickfilmen passieren, wenn er mit seinem Kroko-Doc-Spiel spielt, einen Mr. Freeze-Eislutscher lutscht, mir Make-up aufträgt oder aus *Der Grüffelo* vorgelesen bekommt, ist aber nicht darauf begrenzt.

Ich erinnere mich, dass er direkt bevor wir das Krankenhaus verlassen haben, auf der Toilette war, also ist alles gut. Ich hole ihm aus der Küche einen Trinkbecher mit Saft, der mit Wasser verdünnt ist, und er nuckelt daran, mit seinem Kissen zu einem Ball zusammengerollt, während er sich von den Herausforderungen erholt, drei zu sein.

Ich setze mich in den Sessel und warte, was da kommen mag. Ich höre, wie die Lieferwagenlade heruntergelassen wird, und ein Schnaufen und Keuchen, als Van den Baum herunterwuchtet. Das Schnaufen und Keuchen entwickelt sich zu einem lauten Fluchen, als er versucht, ihn die Vorderstufe hoch ins Haus zu bekommen. Es folgt eine kurze Pause, dann ruft er: »Entschuldige meine Wortwahl!«

»Brauchst du Hilfe?«, rufe ich zurück, kicke meine Turnschuhe weg und ziehe die Beine unter mich auf den Sessel. Ich schätze, dass er Nein sagen wird.

»Nein, alles gut …«, ruft er zurück. »Oder zumindest ist es das, sobald ich dieses … *blöde* Ding durch die Tür bekomme.«

Schließlich hat er es geschafft und taucht mit dem Baumstamm über der Schulter im Wohnzimmer auf; die grünen, von Tannennadeln schweren Äste hängen um ihn herunter. Sein Gesicht guckt unter ihnen hervor, als wäre er in einem Dschungel und wollte ein Video über die Tierwelt drehen, während er siegesbewusst grinst.

»Wo soll er hin?«, fragt er und versucht, die Tatsache zu überspielen, dass er leicht außer Atem ist.

»In die Ecke … oder vielleicht ans Fenster … oh, ich kann mich nicht entscheiden. Können wir es an ein paar Stellen versuchen und gucken, wo er am besten aussieht?«

Mit zusammengekniffenen Augen sieht er mich unter den Ästen hervor an, bis ich einknicke. »Das war nur ein Witz. Drüben in die Ecke. Danke.«

Er nickt und trägt den Baum zu der Stelle, auf die ich zeige. Er hat bereits eine Art Holzscheibe wie einen Ständer unten an dem Stamm angebracht und schüttelt die Äste auseinander, sobald er steht.

»Was meinst du?«, fragt er, tritt einen Schritt zurück und wischt sich den Schweiß von der Stirn.

»Er ist nicht so groß, wie ich gedacht hatte …«, sage ich, was mich freut – ich hatte erwartet, dass er den größten anschleppt, den er finden kann, und das wäre nicht ideal gewesen, da unser Haus recht klein ist.

»Ich schätze, das sagst du zu allen Jungs«, antwortet er

lachend. »Hast du keinen Respekt vor dem zerbrechlichen männlichen Ego?«

»Na schön, vielleicht sollte ich es anders ausdrücken. Was ich gemeint habe, ist, dass er nicht zu groß und nicht zu klein ist und nicht zu buschig und nicht zu licht. Er ist perfekt. Es ist so ein Baum, wie ihn Goldlöckchen ausgesucht hätte – also genau richtig. Danke. Das ist wirklich lieb von dir.«

Er nickt einmal und scheint sich zu freuen, bevor er Saul bemerkt, der zusammengerollt wieder auf dem Sofa eingeschlafen ist. Ich nehme ihm vorsichtig den Trinkbecher aus der Hand und stelle ihn auf den Tisch. Er murmelt etwas, öffnet aber nicht die Augen.

»Was sollen wir mit dem kleinen Mann machen?«, fragt er leise. »Sollen wir ihn in Ruhe lassen oder ihn mit einem Partyknaller wecken?«

»Lass ihn noch zwanzig Minuten. Dann wecken wir ihn, um den Baum ein bisschen zu schmücken. Wenn er müde ist, ist er nur unleidlich, und so habe ich auch noch ein bisschen Zeit, mit dem Abendessen anzufangen, und du kannst … ich weiß nicht. Das machen, was immer zerbrechliche Männeregos so zu machen pflegen.«

»In meinem Fall mir einen anderen Parkplatz suchen, damit ich die vorbeikommenden Buggys nicht behindere. Aber bevor ich das mache, komm kurz mit in die Diele. Ich habe was für dich.«

Ich reiße mich von meiner Bewunderung des Baums los und schleiche auf Zehenspitzen hinter ihm aus dem Wohnzimmer. Ich überlege immer noch, wie viel Lametta wir brauchen, als er nach meiner Taille greift, mich gegen die Wand drückt und küsst. Ich schiebe mit einem Fuß die

Tür zu für den Fall, dass Saul aufwacht, dann schlinge ich die Arme um seinen Nacken und küsse ihn zurück.

Es ist wieder eine Offenbarung von einem Kuss und beweist mir definitiv, dass unser erster Kuss am Strand kein Glückstreffer war. Ich erkunde mit meinen Händen seine Schultern, die festen Konturen seiner Arme, lasse sie an den Seiten hinuntergleiten und unter sein T-Shirt schlüpfen. Wir stehen eng aneinandergedrängt, und das Gefühl seiner Haut unter meinen Händen ist absolut berauschend.

Seine Lippen wandern an meinem Hals hinunter, küssen sich ihren Weg an meinem Schlüsselbein entlang, und ich stöhne, als seine Hände meine Hüften näher zu sich heranziehen. Ich bin kurz davor, dass bisschen Selbstkontrolle zu verlieren, das ich an diesem Punkt noch habe, und frage mich, wie es sich anfühlen würde, meine Beine um seine Taille zu schlingen und ihm noch näher zu sein.

Van stemmt seine Hände auf beiden Seiten meines Gesichts gegen die Wand und zieht sich ein wenig zurück, und mein erster Gedanke ist, *bitte hör nicht auf.* Mein zweiter ist, *bitte, bitte hör nicht auf.* Doch mein dritter ist, das muss ich zu meiner Verteidigung sagen, *mein Sohn schläft im Nebenzimmer und könnte jede Minute aufwachen.*

Van nimmt meine Enttäuschung wahr, die Röte, von der ich merke, wie sie in meine Wangen schießt, und lächelt. Er lehnt seine Stirn gegen meine und sagt: »Ich möchte auch nicht aufhören. Das schwöre ich dir. Schau nicht so enttäuscht. Aber …«

»Ja. Ich weiß. Aber. Ich bin mir ziemlich sicher, dass wir Saul sagen könnten, dass wir ein Spiel gespielt haben, aber er würde allen davon erzählen, wenn wir das nächste Mal im Café sind. Das hier ist schwierig, nicht? Nicht, dass ich wirklich weiß, was das hier ist.«

Er drückt sein Gesicht kurz in meinem Nacken, bevor er sagt: »Ich auch nicht. Aber es gefällt mir. Du gefällst mir. Und ich will nichts überstürzen – es hat mich Monate gekostet, dich überhaupt dazu zu bewegen, in den Pub mitzukommen. Ich weiß, dass es kompliziert ist. Ich weiß, dass du die Dinge lieber langsam angehst, und das ist für mich in Ordnung.«

Ich schlinge meine Arme um seine Taille und schließe die kleine Lücke, die sich zwischen unseren Körpern gebildet hat. Ich spüre, dass er noch immer sehr, sehr an den physischen Aspekten dieses Intermezzos interessiert ist, und muss grinsen. Es ist lange her, dass ich eine solche Wirkung auf einen Mann hatte, und ich kann nicht leugnen, dass es sich gut anfühlt. Besonders da ich das Gleiche empfinde.

Ich tauche unter seinen Armen hindurch und setze mich auf die Treppe. Mit einem Klopfen auf den Platz neben mir lade ich ihn ein, mir Gesellschaft zu leisten. Er zieht sein zerknittertes T-Shirt zurecht und setzt sich, einen Arm um meine Schultern gelegt.

»Tatsache ist«, sage ich, während ich meine Hand auf seinen Oberschenkel lege und ihr befehle, sich zu benehmen, »dass zumindest ein Teil hiervon sehr einfach ist. Nämlich der … Sex-Teil. Ich möchte Sex. Mit dir.«

Er zuckt leicht zusammen, und mir wird klar, dass ich ihn schockiert habe. Um ehrlich zu sein, habe ich auch mich schockiert.

»Hör zu«, sage ich leise – das ist nicht die Art von Gespräch, von dem ich möchte, dass Saul es mithört –, »ich weiß, dass es alle möglichen Komplikationen gibt. Wir befinden uns beide in einem Stadium unseres Lebens, wo sich alles um andere zu drehen scheint. Bei mir hauptsächlich um Saul, doch im Moment auch um meine Eltern. Bei dir kommen natürlich Lynnies Bedürfnisse zuerst.«

»Rede weiter«, sagt er und stupst mich an. »Ich bin neugierig.«

»Okay, trotz alldem kann ich nicht aufhören, an dich zu denken. Vor allem daran, dich zu küssen. Und zu berühren. Und mit … dir zusammen zu sein.«

Ich schaue ihm ins Gesicht und sehe, dass er eine leichte Grimasse schneidet – was nicht die Reaktion ist, die ich erwartet hatte.

»Entschuldige«, sagt er, als er meinen Blick bemerkt. »Ich bin auch nur ein Mann. Ein Mann, der gerade eine heiße Frau geküsst hat. Und jetzt sagst du solche Dinge, und dabei fühle ich mich … wieder unwohl, wenn du verstehst, worauf ich hinauswill.«

Ich verstehe wirklich, worauf er hinauswill. Ich kann sogar sehen, worauf er hinauswill, was sowohl lustig als auch befriedigend ist.

»Also«, fährt er fort, »du meinst, dass du das … fortführen willst?«

»Ja, das meine ich. Doch es beunruhigt mich schon, noch während ich das sage. Denn es könnte chaotisch werden. Es könnte kompliziert werden. Wir könnten alles versauen, und keiner von uns hat Zeit für Drama. Ich will ganz ehrlich zu dir sein, Van – ich bin nicht auf der Suche nach einer ernsthaften Beziehung. Dazu habe ich weder die Zeit noch die Energie oder den Mut. Deshalb habe ich auch so lange gebraucht, um mit dir in den Pub zu gehen –

vielleicht hatte ich immer den heimlichen Verdacht, dass es hierauf hinauslaufen könnte.«

»Dass ich auf deiner Treppe Todesqualen leide?«

»Nicht genau darauf, nein … das tut mir leid. Aber mir war klar, dass ich dich attraktiv finde, und ich hatte Angst, wo das hinführen könnte.«

»Und jetzt hast du die nicht mehr? Die Angst?«

Ich seufze und beiße mir auf die Lippe. Ich tue mich schwer, die richtigen Worte zu finden, das auszudrücken, was ich fühle – vor allem weil ich es nicht einmal selbst weiß.

»Was einige Aspekte angeht, doch. Aber ich bin auch … bereit. Mehr als bereit. Jedenfalls was die körperliche Seite angeht. Ich weiß, dass es kompliziert ist. Alles ist kompliziert – und ich habe von kompliziert so was von die Nase voll. Doch was ich bei deinem Kuss gefühlt habe? Das war das einzige Mal, dass sich etwas einfach angefühlt hat.«

»Dann«, antwortet er, und in seiner Stimme schwingt ein Lächeln mit, »dann ist die offensichtliche Lösung die, dass ich dich vierundzwanzig Stunden am Tag küsse?«

»Das ist eine schöne Idee«, sage ich. Denn das ist es. »Doch ich denke nicht, dass sie praktikabel ist. Das dürfte arbeitsmäßig ein paar Probleme verursachen.«

Er nickt, und ich kann ihm ansehen, wie er über all das nachdenkt. Ich hoffe, er hat ein paar Antworten für mich, nur bin ich mir nicht sicher, ob irgendetwas hiervon für mich noch einen Sinn ergibt.

»Ich versuche gerade zu entscheiden, ob ich verletzt sein sollte, weil du nur mit mir ins Bett willst, Angst haben sollte, dir das Herz zu brechen, oder ob die Aussicht, dich nackt zu sehen, mich einfach nur begeistert. Ich muss gestehen, dass Letzteres die beiden anderen Optionen verdrängt – doch die sind wichtig«, sagt er schließlich. »Wie ich gesagt habe, ich mag dich. Ich habe nicht vor, auf die Knie zu gehen und dir einen Antrag zu machen oder so was, doch ich mag dich genug, dass ich denke, dass da mehr sein könnte. Mehr als nur eine körperliche Geschichte. Ich genieße es, Zeit mit dir zu verbringen, ich bin entspannt, wenn ich mit dir zusammen bin, und ich betrachte dich als Freundin. Eine Freundin, auf die ich scharf bin. Ich weiß nicht genau, wie das alles zu deiner Sicht der Dinge passt.«

»Ich auch nicht«, antworte ich, schüttele den Kopf und lache. »Und ich muss dich warnen, gewöhnlich überdenke ich die Dinge – es kann also gut sein, dass ich jetzt etwas sage und später etwas anderes fühle. Das ist eine Achterbahn. Du hast so ein Glück, mich in deinem Leben zu haben, um dich zu verwirren.«

Er zieht mich an sich und küsst mich auf den Kopf.

»Ich habe Glück«, sagt er. »Und ich bin verdammt scharf auf dich. Und jetzt sehr verwirrt, ja. Ich war bereit, es langsam angehen zu lassen, dass wir uns vortasten und sehen, wie es läuft. Und jetzt hast du mir meinen Masterplan vermasselt.«

»Das ist meine Spezialität«, sage ich und lehne den Kopf an seine Schulter. »Egal – ich denke nicht, dass wir jetzt irgendwas entscheiden müssen. Da mein Sohn im Nebenzimmer schläft, wird es heute Abend nicht heißer. Und ich weiß auch nicht, wann sich das ändern wird – ich teile mir das Haus mit einem neugierigen kleinen Jungen, der jetzt schon glaubt, dass du Gottes Geschenk an den Planeten bist und dir überallhin folgt, und du teilst dir ein Cottage mit einer älteren Mutter und deinen Schwestern. Beides nicht die optimalen Voraussetzungen für eine heiße Nacht, nicht?«

»Ich schätze nicht – zumindest noch nicht. Obwohl ich mich neulich mit Tom darüber unterhalten habe. Er hat mich in einem Schlafsack auf dem Boden gefunden. Auburn war der reinste Albtraum – sie war total aufgedreht von diesen Bewerbungsgesprächen für einen Star-Lord für Briarwood, mit denen sie Tom hilft. Ich konnte mir beim besten Willen nicht vorstellen, noch eine Nacht in einem Zimmer mit ihr zu verbringen, und meine Beine nehmen es mir übel, dass ich mich auf ein zu kleines Sofa quetsche, also bin ich auf den Boden gezogen. Wie du gesagt hast, nicht sehr sexy. Daraufhin hat Tom angeboten, mir seinen VW-Bus zu leihen.«

»Seinen VW-Bus? Wohnt er nicht in Briarwood? Hat er da nicht genug Zimmer?«

»Er hat genug Zimmer in Briarwood, und er hat eine Wohnung in London und, wie ich Tom kenne, auch noch ein Schlupfloch auf dem Mond – aber er hat auch einen wirklich schönen alten Bus, in dem er die erste Zeit hier gewohnt hat. Er steht im Wald nahe Briarwood.«

»Oh. Ziehst du jetzt dahin?«, frage ich mit gerunzelter Stirn. Die Aufregung der letzten Minuten hat möglicherweise einen Gehirnkurzschluss bei mir ausgelöst.

»Nein. Er hat Räder, vergessen? Er ist mobil. Tom fährt ihn zum Cottage. Wir können ihn in der Einfahrt parken, sodass ich immer noch da bin, aber alle etwas mehr Privatsphäre haben.«

»Ich bin nicht überzeugt, dass das viel besser ist. Ich fände es ein bisschen … seltsam, direkt vor dem Cottage. Was ist, wenn deine Mum uns hört?«

»Wie laut planst du denn zu werden?«

»Ich weiß nicht … sag du's mir!«

Wir grinsen einander an, und es fühlt sich gut an. Natürlich. Leicht. Ich habe viele Jahre lang nicht geflirtet, und ich genieße es.

»Na schön, wir müssen abwarten und sehen«, antwortet er. »Aber ich weise dich noch einmal auf die Tatsache hin, dass er Räder hat. Uns liegt die Welt zu Füßen.«

Ich nicke und lasse es mir durch den Kopf gehen. Okay, es ist kein Kurzurlaub in Paris, doch die Idee, an irgendeinem abgelegenen, ruhigen, wunderschönen Ort eine Nacht mit Van in einem Bus zu verbringen, ist nicht wirklich unangenehm. Und jetzt, wo meine Mum hier ist, könnte es wahrscheinlich sogar klappen, wenn sie Saul für eine Nacht nimmt.

Verdammt. Ich lasse den Gedanken zu, dass das passieren könnte. Und ich denke sogar, dass ich das gut finden könnte.

Ich höre gedämpfte Geräusche aus dem Nebenzimmer, das Herumtapsen kleiner Füße und dann den ach so leisen Schrei »MUMMY! Komm und sieh dir unseren Baum an. Er ist riesig!«

Es könnte passieren, sicher. *Aber nicht heute Abend,* denke ich, stehe auf und gehe zurück ins Wohnzimmer.

25. KAPITEL

Ich bin nicht sonderlich scharf auf Reptilien, doch zumindest ist es hier drinnen warm. Draußen ist es bitterkalt, und für später ist Schnee angesagt.

Ich habe unseren Aufenthalt bei den Schlangen und Geckos und Riesenschildkröten so lange hinausgezogen wie möglich, doch jetzt ist Sauls Aufmerksamkeit langsam erschöpft. Er will etwas Aufregenderes sehen wie die Gorillas oder die Löwen oder die kleinen Hippos. Oder seinen Dad – eins der weniger bekannten Exponate im Zoo von Bristol.

Offen gesagt, bin ich nervös und würde wahrscheinlich lieber in das Löwengehege spazieren als in das Café hinüberschlendern, wo wir Jason und Jo treffen sollen. Saul gegenüber bin ich das Ganze so zwanglos wie möglich angegangen und habe versucht, ein Mittelding zwischen einem Riesenspaß und keiner so großen Sache daraus zu machen. Er weiß, dass sein Vater in Schottland lebt, was er für einen unglaublich exotischen Ort zu halten scheint, und er weiß, dass sein Dad ihn liebt und ihm immer Geschenke und Karten schickt.

An seinem letzten Geburtstag hat er auch mit ihm telefoniert, aber er hat ihn nicht mehr gesehen, seit er noch so klein war, dass er sich nicht an ihn erinnern kann.

Saul geht ziemlich cool mit dem Ganzen um, er akzeptiert es, ohne allzu viele Fragen zu stellen, und scheint sich wirklich zu freuen, was mir versichert, dass ich das Richtige tue. Das Richtige für ihn jedenfalls.

Denn auch wenn für Saul das Treffen heute in Ordnung zu sein scheint, mache ich mir förmlich in die Hose. Es ist alles sehr, sehr merkwürdig.

Wir sind gestern Abend in Bristol angekommen und haben im Haus meiner Eltern übernachtet. Allein das war seltsam und ein wenig melancholisch. Mum ist in Budbury, und Dad wird bald aus Teneriffa zurückkommen, und das Zuhause, in dem ich groß geworden bin, hat sich ohne die beiden seltsam ruhig und leer angefühlt.

Saul hat es gefallen. Er hat über die Fotos von mir gelacht, die gerahmt an der Wand hängen: ich mit Zöpfen und einem fehlenden Vorderzahn; ich in meinem Tutu nach einer Tanzaufführung; ich am Strand von Cornwall in einem Familienurlaub. Keinem Kind fällt die Vorstellung leicht, dass auch seine Eltern einmal Kinder waren, oder? Selbst wenn wir erwachsen sind und eigentlich wissen, dass sie einmal winzig kleine Menschen waren, kommt es uns immer noch unwahrscheinlich vor.

Saul findet die Fotos urkomisch. Ich dagegen werde traurig, wenn ich sie ansehe. Traurig, weil ich immer alleine darauf bin – ohne Brüder und Schwestern, ohne Spielgefährten, nicht einmal ein paar Familienschnappschüsse mit glücklich lächelnden Gesichtern sind dabei.

Für mich sind die Fotos eine Erinnerung an einsame Zeiten. Eine Erinnerung an das Chaos um mich herum, das die Linse nie wirklich eingefangen hat. An dem Abend der Tanzaufführung hat Mum Dad aus dem Haus ausgesperrt, weil er nach Bier gerochen hat, als er aufgetaucht ist.

Bis auf den Triumph der Vorführung – ich muss ungefähr acht gewesen sein, schätze ich – habe ich den Rest des Abends als das reinste Drama in Erinnerung. Dad hat gegen die Tür geschlagen, und Mum hat ihn aus dem Schlafzimmerfenster heraus angebrüllt. Es könnte der Abend gewesen sein, an dem ein Nachbar sogar die Polizei gerufen hat, ich weiß es nicht – mit der Zeit verschmelzen die ganzen Abende zu einem großen Streit.

Und der Familienurlaub in Cornwall gehört zu den schlimmsten Wochen meines Lebens – wir alle drei in einen Wohnwagen in einer Ferienanlage bei Bude gezwängt. Meine Eltern haben zu viel getrunken. Wir haben zugesehen, wie das Personal Hits aus den Siebzigern gesungen hat und ein riesiges Bärenmaskottchen zwischen den verängstigten Kindern herumgestreift ist. Und dann haben sie sich gestritten – und die Wände eines Wohnwagens sind noch dünner als die Wände eines Hauses.

Ich bin mir nicht sicher, ob es eine gute Idee war, hierher zurückzukommen. Doch auch damit schien Saul glücklich, und das ist alles, was zählt. Er hat in meinem alten Zimmer geschlafen, und ich habe ihm Fotos von meiner Oma gezeigt, habe ihm alles von ihr erzählt und bin mit ihm zu dem kleinen Spielplatz in der Nähe gegangen, auf dem auch ich als Kind gespielt habe.

Und jetzt sind wir hier. Im Zoo. Ungefähr fünf Minuten von dem Treffen mit meinem Ex und seiner neuen Frau und baldigen Mutter von Sauls kleinem Bruder oder kleiner

Schwester entfernt. Ich sage mir, dass das gut ist. Dass es wichtig für Saul ist, eine gute Beziehung zu ihnen zu haben. Dass dieser Bruder oder diese Schwester seine Kindheit vielleicht sehr viel weniger einsam machen wird als meine, weil es unwahrscheinlich erscheint, dass ich noch ein Kind bekommen werde.

Ich schaffe es nicht einmal, eine Beziehung einzugehen. Manchmal frage ich mich, ob etwas in mir einfach zerbrochen ist und nie mehr heilen wird. Van in meinem Leben zu haben sollte sich wunderbar anfühlen – und wenn wir zusammen sind, tut es das ja auch.

Doch wenn wir getrennt sind wie jetzt, ist alles anders. Da fühlt es sich furchterregend und beängstigend an und nicht der Mühe wert, das Risiko einzugehen. Ich verwandele mich in einen dicken, fetten Feigling. Armer Van. Er verdient etwas Besseres. Wie die Blonde von Abba oder zumindest eine Frau, die nicht mal heiß und mal kalt ist wie eine kaputte Autoheizung.

Ich sehe auf meine Uhr und sage Saul, dass es Zeit ist zu gehen.

»Ist mein Daddy jetzt da?«, fragt er, und als wir das Reptilienhaus verlassen und in einen arktischen Wind hinaustreten, der meine Augen zum Tränen bringt, läuft er so schnell, dass er jedes Mal zwei Schritte macht, wenn ich einen mache.

Ich beuge mich schnell hinunter, um Saul den Mantel zuzumachen und ihm seine Pudelmütze wieder über die Ohren zu ziehen, und nicke.

»Das ist er«, antworte ich und versuche, begeistert zu klingen. »Ist das nicht aufregend?«

»Ja«, antwortet er und greift mit seinen behandschuhten

Fingern nach meiner Hand. »Er ist den ganzen Weg aus einem anderen Land gekommen. Gibt es Löwen in Schottland? Ob Daddy wohl einen Löwen nachmachen kann? Und spricht die Frau, die Jo heißt, eine andere Sprache, weil sie aus Schottland kommt?«

Ich beantworte seine schnell abgefeuerten Fragen, so gut ich kann – nur in Zoos, auf jeden Fall und nein –, als wir den kurzen Weg zum Café hinübergehen. Wir bleiben im Eingang stehen, und ich ziehe ihm die Mütze aus und knöpfe den Mantel wieder auf. Es ist ein aufregendes Leben, sich um einen kleinen Menschen zu kümmern. Eine Achterbahn der Drinnen-draußen-Kleidungs-Logistik.

Ich suche den Raum, der mit Flüchtenden vor dem eisigen Wetter gefüllt ist, mit den Augen nach ihnen ab. Vielleicht hoffe ich ein ganz kleines bisschen, dass sie nicht da sind.

Doch natürlich sind sie da – ich entdecke Jason problemlos, auch nach all der Zeit. Er ist sehr groß, selbst im Sitzen. Die Frau, die bei ihm ist, ist fast ebenso groß, und mir kommt der Gedanke, dass ihr Kind ein paar gewaltige Erbanlagen mitbekommen wird.

Jason winkt zögernd, und ich vermute, dass er genauso nervös ist wie ich. Vielleicht hat er auch im Stillen gehofft, dass wir nicht kommen.

»Ist er das? Ist das mein Daddy?«, fragt Saul, als ich zurückwinke. Ich nicke und lächle und fühle ein Knarren in mir, wie wenn man auf einen morschen Boden tritt.

Wir gehen auf ihren Tisch zu, wobei Jasons Blick an Saul klebt. Saul, der unbedingt zu ihnen rennen will und vielleicht zu den Muffins, die auf einem Teller vor ihnen stehen. Ich lasse seine Hand los, und er stürmt die letzten

Meter auf sie zu, wobei die Handschuhe, die er an einer Kordel um den Hals hat, hinter ihm herfliegen.

Er bleibt direkt vor Jason stehen, der sich hinhockt, um auf der gleichen Höhe mit ihm zu sein, und lächelt ihn an. Er macht es genau richtig – er greift ihn sich nicht und macht ihm Angst, zeigt nicht seine eigene Angespanntheit, spricht nur mit sanfter Stimme zu ihm, sagt, wie schön es ist, ihn zu sehen, fragt ihn, welche Tiere er ansehen mag und ob er Schokoladen- oder Blaubeermuffins möchte.

Er hat sich nicht so sehr verändert in den letzten Jahren. Er ist vielleicht ein bisschen schlanker, und sein Haar ist etwas länger. Jo, die neben ihm sitzt, sieht zu mir hoch und lächelt und winkt mir zu. Ich bleibe ein paar Schritte zurück, unsicher, wie ich mich verhalten soll. Es gibt nicht wirklich viele Betriebsanleitungen für diese Art von Situation, und ich bin mir sicher, dass wir alle Angst haben, etwas falsch zu machen.

Zum Glück haben wir ein gesprächiges Kleinkind in unserer Mitte – wahrscheinlich den besten Eisbrecher der Welt.

»Ich mag die mit Blaubeeren am liebsten«, sagt Saul und setzt sich auf den Stuhl neben Jason. Er redet drauflos, als wäre all das total normal. »Laura macht im Café immer Blaubeerkuchen für mich.«

»Tut sie das? Ich wette, der ist lecker«, antwortet Jason und sieht zu, wie Saul seinen Mantel auszieht und nach einem Muffin greift. Wie üblich macht er aus einem Kuchen eine Billion kleiner Teile – doch ich schätze, das spielt keine Rolle.

»Ist er. Der leckerste. Du solltest mal kommen und ihn probieren.«

»Vielleicht tue ich das«, sagt Jason und sieht über Sauls Kopf zu mir herüber. Ich entschließe mich endlich, mich hinzusetzen, und er nickt mir zu. »Saul, die Frau hier, das ist Jo.«

»Hi, Saul!«, sagt sie fröhlich. Ich weiß, dass sie Grundschullehrerin ist, und man hört es auch an ihrer Stimme – es ist die Art Stimme, auf die Kinder automatisch anspringen und von der du dir vorstellen kannst, dass sie eine Versammlung leitet oder die Fahrpläne heruntersingt. »Es ist wirklich schön, dich kennenzulernen. Ich mag die mit Blaubeeren auch am liebsten.«

Saul blinzelt ihr leicht zu, während er den ersten Bissen kaut. Seine Finger bearbeiten den Rest.

»Du klingst seltsam«, sagt er schließlich. »Mummy hat gesagt, dass du nicht anders sprichst.«

»Ich habe gesagt, dass sie keine andere Sprache spricht, Saul«, füge ich erklärend hinzu. »Nicht, dass sie nicht anders klingt. Menschen, die aus anderen Teilen des Landes kommen, haben unterschiedliche Akzente. Laura kommt zum Beispiel aus Manchester, und sie klingt anders als deine Oma, die aus Bristol kommt.«

Er denkt genauso gründlich darüber nach, wie er seinen Muffin kaut, und kommt zu dem Schluss, dass das Sinn macht.

»Seid ihr mit dem Flugzeug gekommen?«, fragt er und setzt sich wieder. Im Moment ist er vom Fliegen besessen, und nachdem er einen Film gesehen hat, der *Monsters vs. Aliens* hieß, hat er beschlossen, dass er Astronaut werden möchte, wenn er groß ist, damit er sich mit kleinen grünen Männchen anfreunden kann.

»Diesmal nicht, nein«, antwortet Jo und wischt automatisch ein paar Krümel vom Tisch. Man merkt, dass sie das öfter tut. »Wir sind mit dem Auto gekommen. Aber wir haben zwei Tage gebraucht.«

»Habt ihr im Auto geschlafen?«, fragt Saul mit gerunzelter Stirn.

»Nein, wir haben in einem Hotel übernachtet. Einem schönen Hotel mit einem Swimmingpool und Pfannkuchen zum Frühstück.«

»Ich mag Pfannkuchen«, gesteht er. »Die macht Laura auch. Und Mummy, aber Lauras sind besser.«

Ich ziehe die Brauen hoch und lache kurz. Dagegen kann ich nichts einwenden, und es ist gut, wenn er ehrlich ist.

Saul hört auf, seinen Muffin zu misshandeln, und sieht auf die Karte von dem Zoo, die auf dem Tisch ausgebreitet liegt. Jason zeigt ihm mit dem Finger, wo wir sind, wo das Reptilienhaus ist und wo ein paar andere Tiere sind.

»Kennst du viele Tiergeräusche, Daddy?«, fragt er ernst. Es ist das erste Mal, dass er ihn so anredet, und ich sehe ein schnelles und plötzliches Schimmern von Tränen in Jasons Augen. Ich beiße mir auf die Lippe, weil ich auch das Gefühl habe, weinen zu müssen. Ich weiß, dass meine Gründe für dieses Treffen vernünftig waren, aber ich habe einfach nicht die menschliche Größe, mich nicht auch davon bedroht zu fühlen. Ich muss härter werden.

»Ja. Darin bin ich unschlagbar«, antwortet Jason ernst. »Was willst du hören?«

Die nächsten Minuten fordern die beiden sich gegenseitig auf, das jeweilige Geschrei, Gepiepse und Geheul zu erkennen. Ich gehe mir einen Kaffee holen, um ihnen etwas Raum zu lassen und selbst einmal durchzuatmen. Irgendwie wünschte ich, es wäre Brandy drin.

Als ich zurückkomme, ist Saul aufgestanden und hüpft auf der Stelle auf und ab, wie er das immer tut, wenn er von etwas begeistert ist.

»Mummy, kann ich mit Daddy zu den Gorillas gehen? Wir wollen sehen, ob sie uns antworten, wenn wir unsere Gorillalaute machen! Bitte, bitte, bitte!«

Jasons Blick sucht über den Tisch hinweg meinen, und ich bin so nervös, dass ich Kaffee auf die Untertasse kleckere. Die Gorillas sind buchstäblich nur eine Minute entfernt. Er bittet mich nicht um das Sorgerecht, sondern nur um zehn Minuten. Es ist normal, es ist natürlich, und es ist nichts, weswegen man schlucken muss. Ich schnappe nach Luft und bringe ein Nicken zustande.

»Natürlich kannst du das«, sage ich und versuche, mich zu entspannen. »Aber zieh deinen Mantel und deine Mütze wieder an. Und grüß die Gorillas von mir.«

Jason formt mit dem Mund das Wort »danke«, und die beiden verschwinden in einem Gestöber aus Schals und Begeisterung. Ich sehe, wie Saul seine Hand in Jasons schiebt, und empfinde eine Mischung aus Erleichterung und Verzweiflung. Er wird wieder zurück sein, bevor ich michs versehe, aber er nimmt trotzdem ein kleines Stück von mir mit.

»Er ist großartig«, sagt Jo, die mir gegenübersitzt. Ihr Akzent klingt für mein zugegebenermaßen ungeübtes Ohr nicht nach Glasgow. Er ist weich und trällernd und sanft.

»Das ist er, nicht?«, antworte ich und lächle, so gut ich kann.

»Er kommt nächstes Jahr in die Schule, nicht?«

»Ja. In die Grundschule im Dorf. Er kann bereits ein

paar Worte lesen und seinen Namen schreiben, wenn du großzügig darüber hinwegsiehst, wie herum er das S macht.«

»Na, dann wird er einen guten Start haben. Ich unterrichte die erste Klasse, und ich kann sehen, dass er keine Probleme haben wird – ich wette, er ist mehr als bereit.«

Ich schneide eine Grimasse, als ich von dem heißen Kaffee trinke, und antworte: »Das hoffe ich. Obwohl ich nicht sicher bin, wie bereit ich bin.«

»Das ist normal«, antwortet sie und nimmt eine Serviette, um den Kaffee aufzuwischen, den ich verschüttet habe. »Die Kinder stürmen total aufgeregt durch das Tor, und die Mütter stehen weinend auf dem Pausenhof.«

Ich nicke, mir fällt absolut nichts ein, was ich sagen könnte. Als wäre mein Gehirn total leer und meine Zunge am Gaumen festgeklebt.

»Das hier muss seltsam für dich sein«, sagt sie schließlich.

»Äh … ja. Doch ich denke, es ist wahrscheinlich für alle seltsam, bis auf Saul, wie es scheint.«

»Was dein Verdienst ist, du hast ihn zu einem glücklichen und selbstsicheren Menschen erzogen. Hör zu … es muss nicht seltsam sein. Ich kann mir vorstellen, wie du dich fühlen musst; wir tauchen hier auf, ein Baby ist unterwegs, und wir sind plötzlich Teil von Sauls Leben. Ich kann dir nur sagen, dass es uns beiden ernst damit ist, Saul besser kennenlernen zu wollen. Du bist seine Mutter und offensichtlich eine gute – aber es wird nicht mehr lange dauern, und er hat einen Bruder, und es wäre großartig für die beiden, wenn sie sich kennen.«

Ich sehe sie an, meine Augen wandern gegen meinen

Willen zu ihrem Bauch. Sie trägt einen dicken Pullover, sodass ich nicht sagen kann, ob man es schon sieht oder noch nicht. Ich erinnere mich an diese Tage, an die Mischung aus Aufregung und schrecklicher Angst. In ihrem Fall ist da vielleicht keine Angst – sie ist älter, als ich damals war, und offensichtlich glücklich in ihrer Ehe, und sie verdient ihr Geld damit, Kinder zu unterrichten. Vielleicht sieht sie nicht nur wie Wonder Woman aus. Vielleicht ist sie Wonder Woman.

»Ja, das wäre es«, ist alles, was ich herausbringe. »Wird es ein Junge?«

Ihre Hand fährt zu ihrem Bauch, und sie lacht.

»Das denken sie zumindest, ja. Also, danke – hierfür. Dass du dich mit uns triffst. Es bedeutet Jason unglaublich viel und mir auch. Er hat mir erzählt, du weißt schon … was zwischen euch vorgefallen ist. Alles.«

Aus irgendeinem Grund zucke ich zusammen, als sie das sagt. Ich weiß nicht, warum. Es gibt nichts, weswegen ich mich schämen müsste, und es ist nur natürlich, dass er es ihr erzählt hat. Es ist der Beweis, dass sie eine sehr viel bessere Beziehung haben, als Jason und ich das je hatten. Aber ich fühle mich trotzdem irgendwie entblößt – als würde es mich irgendwie verletzlich machen, dass diese Frau so viel über die dunkelste Zeit meines Lebens weiß.

»Oh. Okay«, murmele ich, offensichtlich immer noch reserviert.

»Und du solltest wissen, dass es ihn verändert hat. Er würde dir das alles wahrscheinlich nie sagen, weil er ein Mann ist. Aber es hat ihn verändert. Er hat seit dem Tag keinen Tropfen Alkohol mehr angerührt, und er hat eine Therapie gemacht. Manchmal geht er immer noch hin. Er hasst, was er getan hat, und wahrscheinlich ist er deshalb auch aus Bristol weggegangen. Aber … na ja, ich bin mir sicher, das weißt du.«

Ich nicke und weiche ihrem Blick aus. Sie hat lebhafte blaue Augen, denen ich zutraue, in meine Seele zu gucken.

»Ich weiß. Wir … haben das Schlimmste ineinander zum Vorschein gebracht. Das ist auch der Grund, aus dem ich weggezogen bin. Aber ihr beide … ihr scheint das Beste ineinander zum Vorschein zu bringen.«

Sie strahlt mich an und reicht mir noch eine Serviette. Ich bin wirklich nicht gut in diesem Kaffeetrinken für Fortgeschrittene hier.

»Das tun wir, hoffe ich. Ich wollte nur, dass du weißt, dass ich verstehe. Und dass wir dich … oder Saul nicht unter Druck setzen werden – wir wollten ihn nur kennenlernen. Auf irgendeine Weise, mit der wir alle leben können, Teil seines Lebens sein.«

Ich weiß, dass sie es gut meint. Ich weiß, dass sie jedes Wort meint, das sie sagt. Ich weiß sogar, dass sie recht hat.

Aber das nimmt mir trotzdem nicht die Angst. Die Angst, dass ich langsam auseinanderbreche. Dass die ganze Kontrolle, für die ich so hart gearbeitet habe, ins Wanken gerät. Dass sich alles verändert, und das will ich nicht. Dass ich mir Saul schnappen möchte – und vielleicht auch Tinkerbell – und so weit weglaufen, wie wir alle können.

Das ist lächerlich, das weiß ich. Es ist ein überholter Impuls, eine spontane Reaktion auf eine vermeintliche Bedrohung. Etwas, das ich beherrschen oder analysieren oder vielleicht auch nur ignorieren muss, bis es wieder verschwindet.

Ich nicke entschlossen und zwinge mich, von dem mit Servietten übersäten Tisch hoch und ihr in die Augen zu blicken.

»Okay«, sage ich einfach. Ein Wort. Eine Riesenbedeutung.

26. KAPITEL

Auf dem Heimweg bekomme ich drei Anrufe von Van, die ich alle ignoriere. Dann schickt er mir eine SMS, fragt, ob er uns am Bahnhof in Applechurch abholen soll. Und dann schalte ich das Handy aus und stopfe es in meine Tasche. Ich kann im Moment niemanden sehen – ich brauche etwas Raum, um das alles zu verarbeiten.

Der Rest des Treffens mit Jason und Jo ist gut verlaufen. Niemand hat geweint, nicht einmal ich. Saul war glücklich, sie zu sehen, aber genauso glücklich, sich von ihnen zu verabschieden. Jason hat ihm in dem Geschenkeladen einen riesigen Spielzeuggorilla gekauft, der im Zug einen eigenen Sitz braucht. Auf dem Heimweg döst Saul immer wieder ein, müde von der ganzen Aufregung und dem vielen Laufen. Auf dem letzten Stück der Fahrt kuschelt er sich auf meinem Schoß zusammen, und als wir endlich zu Hause sind, ist er völlig zufrieden damit, sich auf das Sofa fallen zu lassen.

Er guckt eine alte Version des *Dschungelbuchs*. Der Gorilla sitzt neben ihm, Tinkerbell hat sich zu einem Ball daneben zusammengerollt. Die drei Musketiere.

Als er alles hat, was er braucht, gehe ich in die Küche

und mache mir eine Tasse Tee. Durch meine getrübte geistige Verfassung brauche ich dazu erheblich länger als üblich. Zuerst setze ich den Wasserkocher leer auf. Dann fülle ich ihn mit Wasser, vergesse aber, ihn anzustellen. Dann gebe ich Pulverkaffee und einen Teebeutel in dieselbe Tasse. Und schließlich gebe ich einen schönen Klecks Mayonnaise in den Tee statt Milch. Ich bin wirklich nicht ich selbst.

Es ist noch nicht spät – erst kurz nach acht –, doch draußen ist es stockdunkel. Der Schnee fällt in sanften Flocken, und ich bin dankbar für die Wärme und die Gemütlichkeit unseres kleinen Hauses. Die Weihnachtsbaumlichter sind an und scheinen warm, und die Geräusche des Films dringen durch das Haus. Ich bin hier. Saul ist hier. Wir sind sicher. *Probier's mal mit Gemütlichkeit.*

Ich lehne mich gegen die Arbeitsplatte und trinke den Tee, den ich schließlich doch noch hinbekommen habe. Ich sehe ins Wohnzimmer zu Saul hinüber, der mit seinem Saft, dem Gorilla und dem Kater auf dem Sofa sitzt, und merke, wie erschöpft ich bin. Nicht nur von der Reise, sondern von allem.

Von meinen Eltern. Von Jason und Jo. Von Van. Von der Reise nach Bristol in die Erinnerung. Von den Komplikationen, mit denen meine Freunde in ihrem Leben zu kämpfen haben – Lynnie, Edie und Laura. Da ich sie liebe, bringen sie alle weiteren Stress in mein Leben, das früher sehr viel geordneter war.

Da gab es nur mich und Saul. Saul und mich. Es war geradlinig und einfach und sehr, sehr überschaubar. Ja, manchmal war es einsam – doch um einen Vergleich zu benutzen, der vielleicht passen könnte, würde ich Auto fahren, war ich wie das einzige Auto auf einer einsamen Landstraße, bin in meiner eigenen Geschwindigkeit gefahren und musste mir keine Sorgen machen, dass jemand in mich hineinfahren würde, sollte ich zu plötzlich bremsen.

Jetzt habe ich das Gefühl, zur Rushhour auf einer sehr vollen, vielspurigen Autobahn zu fahren. Jeder scheint Teil meines Lebens sein zu wollen. Jeder scheint etwas von mir zu wollen.

Noch während ich das denke, weiß ich, dass das furchtbar klingt. Ich habe sehr viel mehr gewonnen als verloren, und gewöhnlich mag ich die Hektik meines Lebens hier. Aber in diesem Moment, wo ich physisch und psychisch ausgelaugt bin, ist mir alles zu viel. Zu viele Leute. Zu viele Komplikationen. Zu viele Ansprüche. Ich muss einfach eine Weile abschalten. Saul ins Bett bringen und mich selbst auch gleich hinlegen. Schlafen. Einen klaren Kopf bekommen. Ich bin mir sicher, dass sich schon morgen früh alles anders anfühlen wird.

Ich trinke meinen Tee aus und spüle die Tasse in der Spüle; was du heute kannst besorgen … Und wenn ich um acht ins Bett gehe? Es ist niemand da, der das kommentieren könnte.

Ich gehe ins Wohnzimmer und kraule Tinkerbell hinter den Ohren, dass er schnurrt. Ich kraule auch den Gorilla hinter den Ohren, doch zum Glück schnurrt der nicht.

»Bereit fürs Bett, Kleiner?«, frage ich und sehe zu Saul hinunter. Er starrt den Bildschirm an, wo Baghira und Balu gerade über Moglis Zukunft diskutieren, doch seine Augen sind glasig und müde. Im Grunde genommen schläft er bereits, er weiß es nur noch nicht.

Ich spüre, dass er Einwände erheben will, und wappne mich, indem ich die Hände in die Hüften stemme – eine Haltung, die ganz klar signalisiert, dass ich keinen Widerspruch dulden werde. Er sieht mich an und reibt sich mit geballten Fäusten die Augen, während er den Mund aufmacht, um zu protestieren. Er bekommt nicht oft einen Wutanfall, doch jetzt liegt einer in der Luft, das spüre ich – vor allem weil er erschöpft ist.

Ein Klopfen an der Tür unterbricht unsere kleine Unstimmigkeit. Ich habe die Hände noch immer in die Hüften gestemmt und würde am liebsten laut fluchen. Saul sieht mich an, dann wieder den Fernseher.

»Du solltest die Tür aufmachen, Mummy«, sagt er, greift nach seinem Gorilla und drückt ihn an sich. Ich bin entlassen, wie es scheint.

Es klopft erneut, und ich verdrehe die Augen auf eine sehr reife Weise. Gerade dann, wenn ich mir nichts mehr wünsche, als dass die ganze Welt sich verzieht, beschließt sie, an meine Tür zu klopfen.

Ich stapfe zur Tür, versuche, meine schlechte Laune zu beherrschen, und mache auf.

Draußen steht Van, er lehnt an der Wand und sieht mich prüfend an, als ich endlich auftauche. Er trägt ungefähr neunzehn Lagen an Kleidung, und seine Mütze ist voller Schnee. Sein Atem dampft in der kalten Abendluft, und er scheint zu frieren. Sein Anblick macht mich nervös wie üblich, doch selbst das wird von der Tatsache in den Hintergrund gedrängt, dass ich nicht mit ihm reden will. Es ist nichts Persönliches – ich will einfach mit niemandem reden.

»Hey«, sagt er und steckt die Hände in die Taschen seiner

Thermoweste. »Bist du okay? Wie ist es gelaufen? Ich habe versucht, dich anzurufen, dich aber nicht erreicht …«

»Es ist gut gelaufen«, sage ich und weiß, dass ich ihn hereinbitten sollte, aber nicht die Energie dazu habe. »Irgendwas war mit meinem Handy.«

Er nimmt meine Haltung wahr, wie ich mit defensiv vor der Brust verschränkten Armen bewegungslos dastehe, wie mir selbst gerade bewusst wird, obwohl die Kälte ins Haus dringt. Seine Augen zucken leicht, und sein Mund verzieht sich zu einem beinahe amüsierten Grinsen.

»Du lügst, nicht? Gewöhnlich lügst du nicht.«

Ich seufze und gebe es zu. »Ja, tue ich. Mein Handy ist in Ordnung. Auburn hat gesagt, dass ich anfangen muss, mir kleine Lügen auszudenken, um gesellschaftsfähig zu sein …«

»Ha!«, schnaubt er und sieht mich durchdringend an, als wollte er herausfinden, was nicht in Ordnung ist. »Auburn ist absolut nicht in der Position, irgendjemandem zu sagen, was gesellschaftsfähig ist. Und du brauchst mich nicht anzulügen, Katie.«

»Brauche ich das nicht?«, frage ich und atme tief aus, weil ich so angespannt bin. »Noch vor Kurzem hätte ich das auch nicht. Doch jetzt habe ich Angst, deine Gefühle zu verletzen oder das Falsche zu sagen. Also lüge ich.«

»Okay, hör auf damit. Sag mir die Wahrheit.«

»Die Wahrheit? Okay. Ich bin erschöpft, Van. Es war ein großer Tag. Es war ein großer Monat. Ich möchte mich nur noch alleine in meinem Bett zusammenrollen und hoffen, dass es morgen anders ist. Im Moment kann ich nicht wirklich mit Menschen interagieren. Mit niemandem.«

Er sagt eine Weile gar nichts, und ich sehe, wie er etwas

zu kontrollieren versucht, was durchaus das erste Aufblitzen von Ärger sein könnte, den ich je bei ihm erlebt habe. Was soll ich sagen? Ich hab's mal wieder versaut.

Er tritt ein paar Schritte zurück und hebt kapitulierend die Hände.

»Kein Problem«, sagt er beherrscht. »Verstehe. Es tut mir leid, dass ich dir auf die Pelle gerückt bin. Und mach dir keine Gedanken, meine Gefühle zu verletzen, Katie – ich bin ein großer Junge. Ich kann damit umgehen. Du ruhst dich jetzt aus, und wir sehen uns bald.«

Er gibt mir nicht die Möglichkeit zu antworten, sondern dreht sich auf dem Absatz um und läuft über die Straße zurück zu seinem Lieferwagen.

Ich fühle mich furchtbar, sobald er mir den Rücken zugekehrt hat, und weiß, dass ich ihn zurückrufen sollte. Mich entschuldigen sollte. Es erklären sollte. Ihn hineinbitten sollte. Ich versuche es auch, wirklich – doch alles, was aus meinem Mund kommt, ist ein Flüstern, ein so leises Murmeln seines Namens, dass nicht einmal ich es hören kann. Ich gehe wieder hinein und schließe die Tür hinter mir, lehne mich dagegen und schüttele den Kopf.

Ich höre, wie er den Motor startet und ein leichtes Quietschen der Reifen, als er sehr viel schneller als sonst anfährt. Scheiße. Ich habe mich gegenüber jemandem, der das absolut nicht verdient, wie die reinste Zicke benommen.

Ich gehe zurück in die Küche und hole mein Handy aus der Tasche. Ich beschließe, über meinen Schatten zu springen und ihm auf der Stelle eine SMS zu schreiben. Mich zu entschuldigen und vorzuschlagen, dass wir uns morgen nach der Arbeit auf einen Drink treffen. Ich brauche wirklich einen Abend für mich – doch es gibt sehr viel nettere

Arten, das zu sagen. Es ist ja nicht so, als ob er das nicht verstehen würde – ich habe ihn einfach angeblafft, ohne ihm eine Chance zu geben, das zu tun.

Saul hat inzwischen jeglicher Kampfgeist verlassen, er liegt schlaff ausgestreckt auf dem Sofa und streichelt mit einer Hand den pelzigen Kopf des Gorillas, während er versucht, wach zu bleiben. Ich beobachte ihn, meinen kostbaren kleinen Jungen, und warte, dass mein Handy wieder angeht.

Als es das tut, sehe ich, dass ich drei neue SMS habe. Ich schäme mich dafür, wie ich Van behandelt habe, und mag nichts lesen, wonach ich mich vielleicht noch schlechter fühle.

Gerade als ich auf die Tastatur einhämmern will, klopft es erneut. Ich seufze und lege das Handy weg. Vielleicht ist er zurückgekommen, denke ich. Vielleicht ist er so sauer auf mich, dass er mir gründlich die Meinung sagen will. Vielleicht endet es damit, dass wir uns auf der Türschwelle anschreien – dass wir einfach die frühen, romantischen Stadien einer Beziehung überspringen und auf vertrauterem Beziehungsterrain landen. Für mich zumindest.

Müde trotte ich durch das Wohnzimmer zurück in die Diele, atme tief durch und öffne die Tür.

Draußen steht mein Dad, mit untypisch sonnengebräunter Haut und in einem seltsamen Hemd mit Stehkragen.

»Hi, Liebes«, sagt er und klingt selbst ziemlich erschöpft. »Ich habe nachgedacht und beschlossen, dass du recht hast. Ich muss das klären. Ist deine Mutter da?«

27. KAPITEL

»Nein, ist sie nicht … komm rein, Dad. Aber sei leise, Saul ist gerade eingeschlafen, und ich will versuchen, ihn für die Nacht ins Bett zu bringen.«

Ich fühle mich auf jede erdenkliche Weise erschöpft. Wenn ich eine Grenze habe, dann habe ich sie jetzt erreicht. Ich gehe auf Zehenspitzen ins Wohnzimmer, und es gelingt mir, Saul hochzunehmen, ohne ihn wirklich zu wecken.

Es erstaunt mich immer wieder, wie Kinder Dinge verschlafen – als wir das Trockenwerden geübt haben, habe ich mir das spätabends zunutze gemacht; ich habe ihn über dem Kindersitz für das Klo abgehalten, und er hat sein Geschäft verrichtet, mit herunterhängendem Kopf und geschlossenen Augen.

Heute Abend mache ich es genauso, bevor ich ihn in mein Bett bringe. Wie es aussieht, habe ich für die Nacht wieder einen Gast, Saul schläft bei mir.

Ich stecke ihn unter die Decke und bleibe einen Moment neben ihm stehen, streiche ihm das Haar zurück und gebe ihm einen Kuss auf die Stirn. Er sieht so friedlich aus, wenn er schläft, und ich spüre, wie eine Welle der Liebe mich erfasst. Das ist es, was im Leben zählt, sage ich mir – die Reinheit, mit der diese kleine Person mich fühlen lässt. Die ganzen anderen Komplikationen können mich mal.

Ich gehe am Bad vorbei und spritze mir kaltes Wasser ins Gesicht, um wach zu werden, und als ich wieder nach unten gehe, versuche mich an einem Lächeln.

Dad ist in der Küche und macht Tee. Er sieht seltsam exotisch aus in seinem modischen Hemd und mit der gebräunten Haut.

»Möchtest du eine Tasse, Liebes?«, fragt er und hält mir einen Becher hin. Ich nicke und hole die Milch für ihn aus dem Kühlschrank.

»Was hat es mit dem neuen Look auf sich, Dad?«, frage ich und beobachte, wie er den Teebeutel hin und her bewegt. Er trinkt seinen Tee gerne stark und wartet immer gut eine Minute, bis er den Beutel mit dem Löffel gegen die Seite der Tasse drückt, um auch noch den letzten Tropfen an Geschmack herauszuholen.

»Ach … du meinst das Hemd? Das ist ein Geschenk von Miguel, dem Kursleiter. Wir haben alle eins bekommen, in verschiedenen Farben. Passend zu unserer Aura.«

Zumindest hat er den Anstand, bei Letzterem leicht verlegen zu gucken, worüber ich lachen muss. Meine Eltern sind in dieser seltsamen Phase ihres Lebens, beide verändern sich und scheinen als andere Menschen aus ihren Kokons herauszukommen.

»Und wie ist deine Aura?«, frage ich, nehme den Tee, den er mir reicht, und bedeute ihm, mir ins Wohnzimmer zu folgen.

Er sieht an dem Hemd hinunter und antwortet: »Türkis, wie es scheint.«

Ich sehe das Sofa mit einem Blick an, der an Anbetung grenzt, stelle meinen Tee auf dem Tisch ab und lasse mich neben dem Gorilla in seine wunderbar weichen Polster fallen. Ich mache mir eine mentale Notiz, ihn mit nach oben zu nehmen, wenn ich endlich ins Bett komme – vielleicht kann Saul ja morgen früh mit ihm Schönheitssalon spielen. Tinkerbell ist irgendwohin verschwunden, was er gerne tut, wenn neue Leute auftauchen – wahrscheinlich beobachtet er uns aus einer Ecke heraus und stellt eine kätzische Risikoanalyse auf.

Dad sitzt im Sessel, und wir schweigen eine Weile. Ich bin zu müde, um ein Gespräch anzufangen, und er sieht auch nicht gerade munter aus.

»Ich habe dir eine SMS geschickt, ehrlich. Ich habe meine Sachen zu Hause abgestellt und bin direkt hergekommen«, sagt er schließlich. »Warst du im Haus? Während ich weg war?«

»Ja, letzte Nacht«, antworte ich und frage mich, woher er das weiß.

»Richtig. Das macht Sinn. Saul hat ein Bild für mich an die Kühlschranktür gehängt – es sieht wie ein Pinguin aus, könnte aber auch ein Pandabär sein. Vielleicht im Weltraum, es waren überall Sterne um ihn herum.«

»Das klingt wahrscheinlich – im Moment ist er von Tieren besessen – und davon, Astronaut zu werden. Wir waren in Bristol … wir haben Jason getroffen. Und seine Frau. Jo. Sie bekommt ein Baby.«

Dad lehnt sich in seinem Sessel vor und sieht zu mir herüber, als wollte er den Schaden einschätzen.

»Wie war es? War es okay?«, fragt er. Er sieht echt bekümmert aus, und einen Moment erlaube ich es mir, mich in seiner Sorge zu aalen. Egal wie problembelastet meine Kindheit war, er ist immer noch mein Dad – und hin und wieder ist es nett, mich wie ein kleines Mädchen zu fühlen.

»Es war nett. Nett für Saul. Jason scheint es gut zu gehen. Er trinkt nicht mehr, geht zu einem Therapeuten – das ist doch ganz auf deiner Linie, Dad. Jo ist auch nett. Alle haben sich gut benommen. Ich bin nur ... na ja, insgeheim bin ich froh, dass sie so weit weg wohnen. Wahrscheinlich macht mich das zu einem schrecklichen Menschen, nicht?«

»Natürlich nicht, Liebes. Das ist doch total normal. Du hast fantastische Arbeit geleistet, was Saul angeht, allein – besser als ich und deine Mum zusammen. Ich weiß, dass du immer das tun wirst, was für ihn am besten ist.«

Ich nicke und hoffe, dass er recht hat. Mir geht es nicht besonders gut heute Abend, und ich traue mir nicht so sehr, wie ich das sollte. Ich war gemein zu Van, und das macht mir immer noch zu schaffen.

»So, und wo ist deine Mutter?«, fragt er und sieht sich im Zimmer um, als würde er damit rechnen, dass sie als Bösewicht verkleidet aus einem der Schränke gesprungen kommt.

»Sie ist ausgezogen. Sie hat sich einen neuen Job und eine neue Wohnung gesucht.«

Seine Augenbrauen schießen in die Höhe, die Vorstellung scheint ihn erst einmal zu verwirren.

»Was hast du erwartet, Dad?«, frage ich halb amüsiert über seine Reaktion, halb verärgert um Mums willen. »Hast du gedacht, dass sie wie eine gute kleine Frau hier auf dich wartet, reumütig und unterwürfig?«

»Mein Gott, nein«, sagt er schnell und schüttelt den Kopf. »Das würde ich von deiner Mutter niemals erwarten.

Doch nach dem, was du letztes Mal erzählt hast, schien es ihr nicht gut zu gehen?«

»Menschen verändern sich, nicht?«, sage ich und zeige mit dem Finger auf ihn. »Wenn du es am wenigsten erwartest. Sie brennen mit der Eisfrau durch und beginnen, türkisfarbene Hemden zu tragen, und fahren in Achtsamkeitsretreats.«

»Da hast du recht«, räumt er lachend ein. »Und … ich freue mich für sie. Ich denke, wir mussten beide begreifen, dass es da draußen ein Leben ohne Gefechte am Frühstückstisch für uns gibt. Ich habe es nur ein bisschen früher begriffen als sie, das ist alles. Und was macht sie?«

»Sie arbeitet in dem Café – du weißt schon, in dem, von dem ich dir erzählt habe. Und sie wohnt auch dort. Eine der Mitarbeiterinnen ist schwanger, und sie brauchten eine Aushilfe. Über dem Café gibt es eine Wohnung, die nutzt sie. Sie ist … glücklich damit. So schön es ist, dich zu sehen Dad, warum bist du hier? Willst du alles durcheinanderbringen?«

»Nein, Liebes, das habe ich nicht vor. Ich dachte nur, dass ich es ihr schulde, mit ihr über alles zu reden. Ihr das mit Fiona zu erklären. Welche Fehler wir auch gemacht haben, wir haben uns einmal geliebt. Wir haben uns zusammen ein Leben aufgebaut. Wir sind lange verheiratet gewesen, auch wenn unsere Ehe meistens eher schlecht als gut war, um ehrlich zu sein. Und wir haben dich bekommen – zumindest das haben wir richtig gemacht.«

Er klingt so aufrichtig, als er das sagt, so emotional, dass mir klar wird, dass ich sein Saul bin. Ich mag zwar erwachsen sein und selbst ein Kind haben, doch für ihn bin ich das

Äquivalent zu diesem märchenhaften kleinen Jungen, den ich eben im Schlaf betrachtet habe.

Ich erhebe mich gähnend und gehe zu ihm hinüber und umarme ihn. Er sieht aus, als könnte er eine Umarmung gebrauchen.

»Gut, Dad. Hör zu, ich bin todmüde. Ich muss ins Bett. Saul ist bei mir, du kannst also sein Zimmer haben. Wir klären das alles morgen, ja?«

»Okay, Katie«, sagt er und hält mich fest, so lange er kann. »Und ich verspreche dir, ich werde nichts durcheinanderbringen.«

Das klingt verdächtig nach den berühmten letzten Worten, denke ich, als ich wieder die Treppe hochstapfe.

28. KAPITEL

Am nächsten Morgen lasse ich Dad ausschlafen, obwohl Saul ihn unbedingt sehen will. Vor allem will er ihm auf den Kopf springen, während er Laute wie ein Gorilla von sich gibt.

Ich lenke ihn von diesem Plan ab, indem ich ihm sage, dass er seinen Gorilla – der aus irgendeinem unergründlichen Grund jetzt Marmaduke heißt – und die Karte von dem Zoo, die wir als Andenken gekauft haben, mit in den Kindergarten nehmen darf.

»Und ich kann ihnen auch von meinem Daddy erzählen!«, sagt er aufgeregt, als wir zum Bus gehen.

Großartig, denke ich und beiße die Zähne zusammen. Jetzt bin ich offiziell die Chaos-Mutter des Kindergartens von Applechurch. Noch ein Tag im Paradies.

Ich verspreche Saul, dass sein Großvater noch da sein wird, wenn er nach Hause kommt, und versuche, nicht an die Alternative zu denken – dass er ohne Vorankündigung im Café auftaucht, Mum ihn mit einem von Lauras schicken Hackmessern niedersticht und sich des Beweises entledigt, indem sie seinen Körper in den Smoothie-Mixer gibt.

Sie sind erwachsen, sage ich mir. Ich kann weder sie

noch ihr Leben kontrollieren, und ich sollte es nicht einmal wollen. Ich habe selbst genug Probleme.

Ich habe Van heute Morgen angerufen, weil er immer schon sehr früh auf ist, aber er ist nicht ans Telefon gegangen. Es fühlt sich seltsam an, eventuell mit Van zerstritten zu sein. Es bringt alles aus dem Gleichgewicht, und ich hasse es. Ich hasse es, dass ich mir seinetwegen Sorgen mache, ich hasse es, dass ich ihn vielleicht tagelang nicht sehe und die Sache nicht klären kann, und ich hasse es, dass er nicht ans Telefon geht.

Dass ich gestern das Gleiche mit ihm gemacht habe, trägt wenig dazu bei, dass ich mich besser fühle.

Ich versuche, nicht mehr daran zu denken und mich auf das zu konzentrieren, was ich tun kann – nämlich zur Arbeit zu gehen, nachdem ich Saul sicher im Kindergarten abgeliefert habe. Es sind die letzten Tage vor den Weihnachtsferien, und sowohl die Kinder als auch die Angestellten scheinen vor Aufregung total aufgedreht. Möglicherweise aus unterschiedlichen Gründen. Ich habe bis Neujahr keine Kurse am College mehr, was sich auch irgendwie wie ein Weihnachtswunder anfühlt.

Als ich die Tür zu der Drogerie aufstoße und damit die Klingel auslöse, springt Auburn von dem riesigen roten Lippenstiftsessel auf und stürmt auf mich zu. Sie scheint auf mich gewartet zu haben, was leicht beunruhigend ist. Sie trägt ihr rotes Haar offen, sodass es hinter ihr herfliegt. In ihrem weißen Kittel sieht sie ein bisschen wie ein Superbösewicht aus – wie einer dieser wunderschönen, aber verrückten Wissenschaftler, die versuchen, ein Megavirus zu kreieren, um die Menschheit auszurotten, weil sie in der Schule gemobbt worden sind.

Noch bevor ich meinen Mantel ausziehen kann, schließt sie mich in die Arme, hebt mich hoch und schwingt mich herum wie ein Kind. Habe ich erwähnt, wie groß die Longville-Schwestern sind? Und wie klein ich bin?

Ich pruste und protestiere und ringe nach Luft. Schließlich setzt sie mich wieder ab, und ich schwanke leicht auf unsicheren Füßen und bin verwirrt.

»Was zum Teufel sollte das, Auburn? Was soll das alles?«, frage ich und trete einen Schritt zurück nur für den Fall, dass sie es noch einmal versucht. Bei Auburn weiß man nie. Sie kann seltsam und unvorhersehbar sein, all das gehört zu ihrem exzentrischen Charme.

»Ich wollte mich nur bedanken!«

»Wofür? Und seit wann gilt es als akzeptierte Methode, seine Dankbarkeit zu zeigen, dass man jemanden herumwirbelt, bis ihm schwindelig wird? Ich hätte Blumen vorgezogen oder eine Halskette mit Diamanten!«

»Ja, ja, das bekommst du auch alles«, sagt sie und lacht mich an. »Oder zumindest eine Zirkoniahalskette aus dem Versand, wir wollen ja realistisch bleiben ...«

»Okay, ich freue mich schon darauf. Aber was habe ich getan, dass du mir so dankbar bist? Sollte der Grund der sein, dass ich die neue Lieferung von Gaviscon sortiert habe, mach dir keine Gedanken, das gehört zu meinem Job ...«

Sie runzelt die Stirn und neigt den Kopf zur Seite wie ein exotischer Papagei.

»Ich dachte, du wüsstest Bescheid?«, sagt sie geheimnisvoll. »Ist Van gestern Abend nicht bei dir vorbeigekommen?«

»Ja, ist er«, antworte ich und beiße mir bei der Erinnerung daran vor Scham auf die Lippe. »Aber ich war müde, und er ist wieder gegangen. Wir hatten nicht wirklich Gelegenheit, miteinander zu reden.«

Ihre Lippen verziehen sich zu einem kleinen »Oh«, und ich denke, dass sie an meinem Tonfall hört, dass etwas nicht stimmt. Ich hätte nie das Zeug zu einer russischen Spionin.

»Gut. Okay. Ich bin mir sicher, ihr klärt das«, sagt sie schließlich. »Ich wollte dir wegen Mum danken. Du weißt doch, dass wir über ihre Gesundheitschecks gesprochen haben, weil sie in letzter Zeit so schlecht drauf war?«

»Ja, weiß ich. Das war doch vor ein paar Tagen?«

»Ja, und aufgrund deines Vorschlags habe ich darauf bestanden, dass sie auch ihren Darm untersuchen. Es war ziemlich widerwärtig – du weißt nicht, was widerwärtig ist, bevor du nicht versucht hast, einem Alzheimer-Patienten zu erklären, was die Kamera in seinem Hintern macht. Egal, sie haben was gefunden und eine Biopsie gemacht, und gestern sind die Ergebnisse gekommen. Sie hat Darmkrebs.«

Ich starre sie an und blinzle mehrmals, während ich versuche, diese Neuigkeit zu verdauen.

»Was … warum sind das gute Neuigkeiten? Warum bedankst du dich bei mir? Wie geht es ihr? Was passiert jetzt?«, stottere ich.

»Es sind gute Neuigkeiten, weil wir ihn richtig früh entdeckt haben. Er ist erst im ersten Stadium, und die Ärzte sind sich sicher, dass sie das hinbekommen. Sie muss operiert werden, was wieder lustig werden wird, doch hoffentlich ist das alles. Sie wissen mehr, wenn sie ein paar CTs gemacht haben. Hoffen wir, dass es nur eine kleine OP ist …«

»Eine lokale Resektion?«, frage ich.

»Ja. Ich habe vergessen, wie clever du bist. Ja, hoffentlich. Und wenn die Ränder sauber und die Lymphdrüsen okay sind, braucht sie keine Chemo oder Strahlentherapie. Deshalb bedanke ich mich bei dir – nur weil du gesagt hast, dass wir auch den Darm untersuchen lassen sollen, haben wir es jetzt entdeckt. Während es noch ein winzig kleiner Scheißtumor ist und kein gigantischer, fleischfressender Scheißtumor.«

Das ist kein lustiges Thema, doch ich muss über ihre Ausdrucksweise lachen. Ich frage mich, ob sie sich auch bei ihrem Pharmazie-Examen so ausgedrückt hat.

»Gern geschehen – obwohl ich wirklich nichts getan habe. Mir gefällt dieser neue Trend nicht, dass man mich wie eine Heldin behandelt, nur weil ich ganz normale Dinge tue. Versprichst du mir, dass du keine Party für mich schmeißt und mir keine Pappmedaille bastelst?«

»Ich mache keine Versprechungen«, antwortet sie und boxt mich in den Arm. »Aber wahrscheinlich nicht – es wird ohnehin etwas hektisch. Wir wissen bald mehr, wenn die anderen Scans gemacht sind. Tut mir leid, dass ich dich überfallen habe – ich hatte echt gedacht, dass Van es dir erzählt hat. Ich habe ihn gestern Abend nach Hause kommen hören, aber er ist sofort in seinem Käfig für den modernen Mann verschwunden.«

»In seinem Käfig für den modernen Mann?«

»Ja. In seinem Käfig auf Rädern.«

»Oh! Toms Bus? Ist er da?«

Sie nickt begeistert und antwortet: »Ist er, und er ist wunderschön. Ich wünschte, ich wäre selbst darauf gekommen, ehrlich. Ich hoffe, dass ich auch mal dran bin, darin zu wohnen. Ich könnte ja einfach einziehen, wenn er auf der Arbeit ist, und meine BHs und Unterhosen und Tamponpackungen auf allen verfügbaren Oberflächen verteilen, sodass er gar nicht hereinkommen mag …«

Sie starrt in die Ferne, und ich merke, dass sie sich in einer Ideenwelt aufhält, die nur sie selbst kennt. In der Auburn-Welt. Sie klopft mit dem Zeh auf den Boden und kaut an ihrem Fingernagel und zieht an ihrem Haar – sie kann nicht still sitzen, ist immer am Zappeln.

Ich nutze die Gelegenheit, in den hinteren Teil des Ladens zu entschwinden und den Wasserkocher aufzusetzen. Ohne nachzudenken, fülle ich ihn mit Wasser, bevor ich merke, dass ich überhaupt keinen Tee will. In den letzten Tagen scheine ich nichts anderes getan zu haben, als Heißgetränke in mich hineinzuschütten.

Der Grund ist der, dass ich auf Autopilot bin. Ich brauche etwas, um meine Hände zu beschäftigen, während mein Kopf anderweitig beschäftigt ist. Mein Gehirn sorgt eifrig dafür, dass ich mich furchtbar fühle.

Ich stelle die noch leere Tasse zurück und sehe, dass Auburn Lametta und ein paar Mistelzweige an den Vorratsregalen befestigt hat. Ich sollte besser aufpassen.

Ich spüle die Tasse – die sauber ist – und merke, dass ich mich immer noch furchtbar fühle, egal, wie sehr ich mich beschäftige.

Van hat gestern Abend auf meiner Türschwelle gestanden und gewusst, dass seine Mutter Krebs hat. Er hat mich den ganzen Nachmittag über angerufen und gewusst, dass seine Mutter Krebs hat. Er war dumm genug, eine egoistische Zicke, die ihn abblitzen lassen hat, für eine Freundin zu halten, und hat gewusst, dass seine Mutter Krebs hat.

Vans Mutter hat Krebs. Und Alzheimer. Und ich habe ihm nicht einmal die Gelegenheit gegeben, es mir zu erzählen – ich habe angenommen, dass er gekommen war, um mich nach meinem Tag zu fragen, und habe nicht das leiseste Interesse an seinem gezeigt. Innerlich schrumpfe ich jedes Mal ein bisschen mehr, wenn ich mir unser Nicht-Gespräch ins Gedächtnis rufe. Meinen Tonfall. Meine Körpersprache. Die Tatsache, dass ich ihn vor der Tür habe stehen lassen. Dass ich ihm den Eindruck vermittelt habe, dass er eine Last für mich ist, dass ich mich von ihm bedrängt fühle.

Selbst wenn er nur gekommen wäre, um nach mir zu sehen, wäre dieses Verhalten unverzeihlich. Doch unter den Umständen ist es noch schlimmer. Wahrscheinlich hat er jemanden zum Reden gebraucht, der nicht zur Familie gehört. Wahrscheinlich hat er etwas Raum gebraucht und musste weg aus dem Cottage. Wahrscheinlich wollte er mit jemandem reden, der einen medizinischen Hintergrund hat. Wahrscheinlich wollte er einfach nur umarmt werden und dass ich ihm sage, dass alles gut wird.

Stattdessen habe ich ihn abgewiesen – weil ich müde war. Weil ich gestresst war. Weil ich wahrscheinlich grundsätzlich ein furchtbarer Mensch bin.

Nein, kein furchtbarer Mensch, sage ich mir – aber ich habe definitiv Probleme. Van ist mir an einem Tag zu nahe gekommen, an dem das Treffen mit Jason und Jo mich ohnehin schon aufgewühlt hatte. Ich habe ihn ausgeschlossen, und das war nicht richtig, und jetzt, wo ich von Lynnie weiß, ist es noch weniger richtig.

»Wie oft willst du die Tasse noch spülen?«, fragt Auburn und reißt mich aus meinem Selbsthassanfall. »Du hast das schon dreimal gemacht …«

Ich starre ins Spülbecken, auf die Tasse, die ich in dem Seifenwasser noch in der Hand halte. Ich ziehe den Stöpsel heraus und greife nach einem Handtuch, um mir die Hände abzutrocknen.

»Alles okay bei dir?«, fragt sie. Sie lehnt in der Tür und beobachtet mich, während sie an einer Trillerpfeife saugt.

»Hmmm ... ich weiß nicht. Kommst du eine Weile ohne mich klar?«

Sie wirft einen Blick in den Laden. Mrs. Newton aus der Metzgerei sieht sich die Handcremes an.

»Ich bin mir nicht sicher. Der Ansturm könnte mich umbringen ... natürlich tue ich das. Wo willst du denn hin?«

Das ist eine sehr gute Frage, wie mir klar wird, als ich meinen Mantel vom Haken nehme. Wo will ich hin? Die Möglichkeiten sind zahlreich.

»Ich habe keine Ahnung, aber vielleicht kannst du mir ja helfen? Wo arbeitet Van heute?«

Sie kneift die Augen zusammen und versucht, sich zu erinnern, dann sagt sie: »In Briarwood. Ich erinnere mich daran, weil wir gestern darüber gesprochen haben. Ich war morgens vor Lynnies Arzttermin zu ein paar Star-Lord-Interviews da. Und Van hat gesagt, dass er heute dort ist, um irgendwas zu reparieren. Oder vielleicht ist es auch etwas Technischeres. Warum?«

»Ich habe mich ihm gegenüber wie die letzte Zicke benommen, als er gestern Abend vorbeigekommen ist, und möchte mich bei ihm entschuldigen.«

Sie schneidet eine Grimasse und sagt: »Du? Wie eine Zicke? Das kommt mir unwahrscheinlich vor.«

»War aber so. Also ... muss ich nach Briarwood. Das dauert Ewigkeiten, bis ich dort bin, nicht?«

»Ja. Kannst du teleportieren?«

»Nicht, soweit ich weiß.«

»Vielleicht wenn du dich ganz, ganz sehr darauf konzentrierst?«

»Es ist okay ... ich gehe.«

Ich erinnere mich, wie kalt es draußen ist und dass Briarwood von den Ortsansässigen als das Haus auf dem Berg bezeichnet wird. Und ich erinnere mich genau, wie steil dieser Berg ist. Mist.

»Wenn du willst, kannst du mein Fahrrad nehmen«, schlägt Auburn vor und zuckt die Schultern, als wollte sie sagen: *Das ist zwar eine verrückte Idee, aber es könnte funktionieren.* »Ich bin heute mit dem Fahrrad da. Mein neuer Fitnessplan. Es steht draußen. Ich bin mir nicht sicher, ob ich es noch mal mache. Es ist zu schwierig, gleichzeitig eine Zigarette in der Hand zu halten und ein Fahrrad zu lenken.«

Ich bin nicht die größte Fahrradfahrerin der Welt, selbst wenn ich keine Zigarette in der Hand halte. Trotzdem ist es zumindest ein Plan – und es ist der einzige, den ich habe.

Ich nicke und sage ihr, dass ich so schnell zurück bin, wie ich kann.

Gerade als ich gehen will, ruft sie: »Du könntest ihn auch einfach anrufen, oder?«

Ich schüttele den Kopf, winke ihr zu und gehe zurück in die eisige Kälte dieses Wintertags, um den steilen Berg mit dem Fahrrad hochzufahren. Es klingt nicht lustig, aber es muss sein. Ich war ihm gegenüber die reinste Zicke, und jetzt muss ich mich auch persönlich bei ihm entschuldigen.

29. KAPITEL

Ich laufe elegant in Briarwood ein, indem ich schlingernd auf der kreisförmigen Kiesauffahrt, die zum Haus hochführt, zum Stehen komme.

Unglücklicherweise schlingere ich ein bisschen zu sehr, bin ein bisschen zu schnell und bremse ein bisschen zu stark, sodass das ganze Fahrrad schwankt und ruckelt, ich das Gleichgewicht verliere und fluchend auf dem Boden lande.

Dieses Fahrrad ist das personifizierte Böse. Es hasst mich, daran besteht kein Zweifel. Zu diesem Schluss bin ich bereits auf der Fahrt hierher gekommen, die mit Gefahren gespickt war. Ernsthaft, es war wie im *Hobbit* – unheimliche Bäume am Straßenrand, verknotete Wurzeln, die plötzlich vor mir aufragten, über die Ufer tretende Bäche, Krähen, die nur Zentimeter von meinem Gesicht entfernt vorbeiflogen, und böse Zauberer. Na schön, okay, keine bösen Zauberer – aber Lieferwagenfahrer, die mich viel zu dicht überholt haben. Die Saurons der Landstraße.

Als ich endlich das Haus auf dem Berg erreiche, bin ich nicht nur außer Atem – der Berg ist außerordentlich steil –, ich bin ein schlotterndes Wrack. Jeder Nerv in meinem

Körper ist angespannt, was meine nicht wirklich geschickte Bremstechnik erklären dürfte.

Ich bleibe einen Moment auf dem Boden liegen, sehe in den strahlend blauen Himmel hoch und ringe nach Luft. Ich habe mich nicht ernsthaft verletzt – vielleicht ein paar Kiesel in den Handflächen, vielleicht ein geprelltes Steißbein. Vor allem ist meine Würde verletzt.

Ich befreie mich von dem Fahrrad und komme auf die Füße. Inzwischen scheine ich Publikum zu haben, was mir gerade noch gefehlt hat.

Ein paar von Toms angehenden Genies sind aus dem Haus aufgetaucht, um zu sehen, was los ist, woraus ich schließe, dass ich sehr viel mehr Krach gemacht habe als angenommen. Wahrscheinlich hat sie mein Fluchen angelockt.

Sie stehen in kleinen Gruppen zusammen und starren mich an, als würde ich einer außerirdischen Art angehören. Manche mehr, manche weniger überrascht und fasziniert. Keiner von ihnen hat sich etwas übergezogen, die meisten tragen T-Shirts und Jeans. Manche sind sogar barfuß oder haben Flipflops an den Füßen. Alle sehen verfroren aus, wie sie da zitternd um den Brunnen herum vor dem großen, alten gotischen Gebäude stehen, aber es scheint ihnen nicht einzufallen, wieder hineinzugehen.

Alle gucken neugierig, wer ich bin und warum ich mich auf dem Boden gewälzt habe, doch keiner fragt, wer ich sein könnte oder weshalb ich hier bin.

Plötzlich verstehe ich, warum Tom nach einem Star-Lord sucht. Das sind keine praktisch denkenden Leute, mit denen wir es hier zu tun haben. Clever, ja, aber oft auch einfach in anderen Sphären.

Ich klopfe mir den Staub ab und streife mir den Kies von den Beinen, dann hebe ich das Fahrrad auf. Es ist nicht nur böse und hasst mich, es ist auch viel zu groß für mich. Ich schiebe es zu den Fahrradständern neben dem Haus, als der Zauber zu brechen scheint und die Genies schließlich begreifen, dass ich wirklich ein menschliches Wesen und keine Erscheinung bin, die aus Gehirnen heraufbeschworen worden ist, die zu vielen Koffeindrinks und wissenschaftlichen Nachtschichten ausgesetzt waren.

»Bist du okay?«, fragt ein Mädchen mit hennafarbenen Haaren, als ich an ihr vorbeigehe. Sie gehört zu den Barfüßigen, wie ich feststelle.

»Danke, ich bin okay«, antworte ich. »Aber du solltest wirklich besser wieder reingehen, bevor du Erfrierungen an den Zehen bekommst.«

Sie starrt auf ihre Zehen, als wäre sie überrascht, sie dort zu sehen, und nickt.

»Ja. Gute Idee. Man sieht sich.«

Sie dreht sich um, um wieder hineinzugehen, wo sie vermutlich ihre weltverändernde Forschung weiterbetreiben kann, ohne Schuhe oder Strümpfe zu brauchen. Alle anderen folgen ihr durch die große Holztür zurück ins Haus, als würden sie von einer Schwarmintelligenz angetrieben.

Als ich an dem Brunnen vorbeigehe, sehe ich, dass die Putte in der Mitte weihnachtlich geschmückt ist, sie hat eine Weihnachtsmütze auf dem Kopf und Lametta um die mollige Taille. Ehrlich, sie sieht furchterregend aus.

Ich stelle das Fahrrad in den Ständer und schneide eine Grimasse, als ich mich wieder aufrichte. Mein Rücken war die ganze Fahrt über in einer seltsamen Position, und der

Sturz hat auch nicht gerade geholfen. Das war mit Sicherheit keine meiner brillantesten Ideen, denke ich. Ich schaue mich um, ohne die geringste Ahnung zu haben, wo Van sich aufhalten könnte, was die Idee noch weniger brillant macht.

Er kümmert sich für Tom um die Instandhaltung und den Garten, das bedeutet, dass er überall sein kann. Er kann im Haus sein und einen tropfenden Hahn reparieren oder Meilen entfernt im tiefsten, dunkelsten Dschungel von Briarwood. Mist.

Ich lasse das Fahrrad in dem Ständer, gehe zum Haus und trete in die Diele. Ich habe Briarwood nicht gekannt, als es noch ein Kinderheim war, in dem Tom einen Teil seiner Kindheit verbracht hat, und ich habe es Anfang des Jahres nicht gesehen, als er es gekauft hat, vernachlässigt und verlassen.

Doch jetzt wirkt es sauber und heiter und lichterfüllt. Die eindrucksvolle Treppe und die Originalholzvertäfelung sind poliert und glänzen, und aus den Tiefen des Gebäudes dringt Musik. Ich folge den Klängen in einen Raum, der einmal der Ballsaal gewesen sein muss, in dem Edie letztes Jahr ihre Geburtstagsparty gefeiert hat. Die, vor der ich gekniffen habe.

Es ist ein prachtvoller Raum mit einer hohen Decke, feinem Stuck, Wandleisten und einem riesigen, reich verzierten Kamin. Die Erkerfenster sind groß, die Rahmen restauriert, die Vorhänge aus dickem rotem Samt. Wenn du die Augen zukneifst und dich konzentrierst, kannst du dir ohne Weiteres vorstellen, wie in Viktorianischen Zeiten Bälle in diesem Raum veranstaltet wurden.

Wenn du die Augen nicht zukneifst, wird es schwieriger – denn dann siehst du eine Menge junger Leute mit seltsamen Frisuren, in Flanellhemden, mit Bärten und nackten Füßen in kleinen Teams an ihren Arbeitsplätzen arbeiten. An den Arbeitsplätzen gibt es diverse, mir unbekannte Dinge wie Maschinenteile, Computergehäuse und Werkzeuge, die wie Folterinstrumente aussehen, und einige mir bekannte wie Lötkolben und Laptops und Wasserwaagen.

Ich habe keine Ahnung, was sie hier tun, und komme zu dem Schluss, dass es wahrscheinlich besser ist, nicht zu fragen. Ich sehe mich um, mein Trommelfell pulsiert von den Bässen der Musik, dann richte ich meine Aufmerksamkeit auf das Hennamädchen von vorhin – die, die sogar mit mir gesprochen hat.

Sie starrt auf den Bildschirm ihres Laptops, kaut auf dem Ende ihres Bleistifts herum und hat die Stirn vor Konzentration gerunzelt. Ich gehe zu ihr und schwenke die Hand vor ihren Augen, um ihre Aufmerksamkeit zu erregen. Ich habe von dem Sturz ein paar hässliche Kratzer in der Handfläche, wie ich sehe, die ich wahrscheinlich säubern sollte. Nachher.

»Hi!«, sage ich, als sie ihren Blick von dem Bildschirm losgeeist hat.

»Hi?«, antwortet sie und starrt mich an, als hätte sie mich noch nie gesehen.

»Wir sind uns gerade begegnet, draußen … ich bin von meinem Fahrrad gefallen.«

»Oh, ja!«, sagt sie lachend und zeigt auf mich. »Das war lustig. Bist du okay?«

Letzteres fügt sie schnell hinzu, als hätte sie ein schlechtes Gewissen, dass sie über mein Pech gelacht hat. Unsere Unterhaltung scheint sie leicht zu verwirren.

»Ja, bin ich. Ich habe mich nur gefragt, ob du mir helfen kannst – ich suche Van. Du kennst ihn vielleicht, er arbeitet manchmal hier im Haus und im Garten?«

Sie nickt und lächelt und tippt eine Message auf ihren Bildschirm. »Weiß jemand, wo Van ist?« Sie drückt auf einen Knopf, und die Nachricht muss mittels irgendeines internen Systems durch den ganzen Raum hüpfen, denn ich sehe, dass alle anderen auf ihre Bildschirme gucken.

Innerhalb von Sekunden bekommt sie eine Antwort von jemandem, der sich LostInSpace666 nennt und schreibt: »Van ist in den ersten Stock gegangen, in den Wohnbereich. Er hatte seinen phänomenalen Werkzeugkasten dabei.«

Das Hennamädchen zeigt auf die Worte, um sicherzugehen, dass ich sie gelesen habe, und ich nicke zum Dank.

»Danke«, sage ich und zögere kurz, bevor ich gehe. »Ähh ... wäre es nicht schneller gegangen, einfach laut zu fragen?«

»Nee«, sagt sie und hebt leicht die Stimme. »Dann hätten wir die Musik herunterdrehen müssen.«

Okay. Gut. Ich bin eindeutig um die hundertachtzig Jahre alt und lebe auf einem anderen Planeten als diese Leute. Ich verlasse den früheren Ballraum und frage mich, was wohl die Tänzer aus früheren Jahrhunderten zu den jetzigen Bewohnern sagen würden, dann gehe ich zurück zur Treppe.

Ich steige sie hinauf, voller Bewunderung, wie Tom es geschafft hat, den Ort wieder zum Leben zu erwecken, wie er den Charakter des Alten mit der Funktionalität des Neuen verbunden hat. Im ersten Stock sehe ich ein paar Einzelzimmer, einen Gemeinschaftsraum und eine Küche.

Van – oder zumindest einen Teil von ihm – entdecke ich in der Küche. Er liegt auf dem Rücken auf dem Boden, Kopf und Brust unter der Spüle. Ich höre das Klappern von Werkzeug und nehme an, dass er irgendetwas repariert – lautstark.

Seine Beine sind gebeugt, sein Körper ist gedreht, und er trägt eine Cargohose und dicke Arbeitsstiefel mit Stahlkappen an den Zehen. Und einen dieser Werkzeuggürtel, die jeden Mann wie einen Macho und sehr sexy aussehen lassen, zumindest finde ich das.

Ich gebe mir Mühe, ihn nicht zu erschrecken, damit er nicht aufspringt und sich den Kopf stößt. Ich huste leicht und räuspere mich auf diese althergebrachte Weise, die vorwarnen soll, dass jemand im Zimmer ist. Natürlich springt er auf und stößt sich den Kopf.

Er rutscht unter der Spüle hervor, wobei er sich mit einer Hand den Kopf reibt und in der anderen einen Schraubenschlüssel hält. Einen Moment bleibt er so und starrt mich an, bevor er aufsteht.

»Entschuldige!«, sage ich sofort. »Ich wollte nicht, dass du dir den Kopf stößt …«

»Kein Problem. Mein Kopf ist hart genug, um ein paar Stöße auszuhalten. Ich versuche gerade, eine Yoda-Figur aus Plastik aus dem Abflussrohr zu bekommen. Wie es scheint, ist sie ziemlich wertvoll.«

»Wirklich?«, frage ich überrascht. »Wie ist Yoda denn in den Abfluss gekommen?«

»Bist du mal einem der Bewohner begegnet?«

»Ich habe … ja, bin ich. Okay. Hör zu, Van, ich wollte nur sagen …«

»Bist du okay? Was ist mit deinen Händen passiert?«,

unterbricht er mich, greift nach meinen Handgelenken und untersucht die vom Kies aufgeschürfte Haut.

»Oh, nichts … na ja, ich bin von Auburns Fahrrad gefallen. Vor den ganzen Genies. Das war lustig.«

Er schüttelt den Kopf und verzieht das Gesicht, wie Leute das tun, wenn sie beschlossen haben, nicht weiterzufragen. Er führt mich zu der nächsten Tür, die in ein Bad geht, und wartet, bis ich mir die Hände gewaschen habe.

Aus dem Schrank neben dem Feuerlöscher holt er ein Erste-Hilfe-Set – dieser Tage mit Sicherheit beides wichtige Teile in Briarwood – und geht mit mir zurück in die Küche.

»Setz dich«, sagt er bestimmt, »und sag nichts. Ich weiß, dass du Krankenschwester bist, aber du hast in beiden Händen Kies, und niemand ist so gut, dass er das selbst kann.«

Sein Ton ist streng, und ich weiß nicht genau, worüber er verärgert ist – über mein Verhalten gestern Abend, über mein Verhalten heute, darüber wie unfair das mit seiner Mum ist oder über das Leben im Allgemeinen. Was immer es ist, ich bin mir sicher, dass es nichts bringt, ihm zu widersprechen.

Ich setze mich auf einen der Stühle, und er zieht sich einen Stuhl zu mir heran. Er greift nach einer Hand und legt sie mit der Handfläche nach oben auf den Tisch. Dann nimmt er die Pinzette, die er gerade mit einem sterilen Tuch abgewischt hat, und holt ganz, ganz vorsichtig die größten Kiesel heraus.

Ich zwinge mich, mich zu entspannen, weil ich weiß, dass das alles sehr viel einfacher macht, und sehe ihm bei der Arbeit zu. Betrachte seine breiten Schultern, als er sich zu mir hinbeugt; das noch immer gebräunte Gesicht mit den kleinen Lachfältchen; die großen Hände, die meine so vorsichtig halten.

Jetzt, unter dem Neonlicht, sehe ich, wie angespannt sein Gesicht ist. Sein übliches Lächeln ist verblasst, seine Augen sehen klein und glanzlos aus, und er wirkt müde, während er sich angestrengt darauf konzentriert, was er tut.

Ich fahre ihm mit der Hand, die er nicht gerade verarztet, sanft über das Haar. Es ist kurz und weich und fühlt sich wunderbar an, und meine Finger streicheln kurz seine Wange, bevor ich sage: »Es tut mir wirklich leid wegen gestern Abend, Van. Ich war echt ein richtiges Arschloch, um es einmal so auszudrücken. Ich habe meine ganze Frustration an dir ausgelassen und dir nicht einmal die Gelegenheit gegeben, mir von Lynnie zu erzählen. Ich war egoistisch und grob und hoffe, du kannst mir verzeihen.«

Er spannt sich leicht an – ob wegen der Berührung oder wegen meiner Worte, weiß ich nicht – und hält in der Arbeit inne, um zu mir hochzusehen, starrt mich mit hochgezogenen Brauen an, als würde er etwas überlegen.

»Sagst du das nur, weil dir das mit meiner Mum leidtut?«, fragt er. »Ich habe nicht erwartet, dass du übersinnliche Fähigkeiten besitzt und es irgendwie weißt.«

»Nein. Natürlich tut mir das mit deiner Mum leid – doch auch wenn das nicht noch hinzukäme, würde ich mich entschuldigen wollen. Das wollte ich, sobald du gegangen warst. Ich habe mich schrecklich gefühlt und wollte dir sofort eine SMS schicken ...«

»Und warum hast du es dann nicht getan?«

»Weil mein Dad vor der Tür gestanden hat, der gerade

zu Mr. Achtsamkeit 2018 geworden ist – und ich nicht konnte. Sobald ich herausgefunden hatte, wo du heute Morgen bist, habe ich mich im wahrsten Sinne des Wortes auf das Fahrrad geschwungen und bin hergekommen. Und ich bin wirklich eine schreckliche Fahrradfahrerin.«

Zumindest über Letzteres muss er lachen, und ich spüre, wie ein Teil der Spannung weicht.

»Das sehe ich«, sagt er und greift wieder nach meiner Hand. »Und jetzt versuch, stillzuhalten und ruhig zu sein, bis ich fertig bin, ja?«

Ich nicke und tue, was er sagt. Er kann das gut – ich schätze, durch seine vielen Reisen und seine Arbeit in einer Schule hat er auf die harte Weise etwas über Erste Hilfe gelernt. Er ist sanft und ruhig, und obwohl es nicht auf jedermanns Liste der Top Ten der romantischsten Momente steht, jemandem Kies aus der verdammten Hand zu pulen, gibt mir der Körperkontakt das Gefühl, lebendig zu sein.

»Okay …«, sagt er schließlich und dreht beide Hände herum, um sie sich anzusehen. »Ich denke, das war's. Du warst eine brave Patientin. Du bekommst einen Lutscher und einen Sticker, wenn du gehst.«

»Danke. Und es tut mir leid, bitte, glaub mir«, sage ich.

Er nickt und lehnt sich auf seinem Stuhl zurück, wobei er gleichzeitig gähnt und sich streckt.

»Katie«, sagt er ruhig. »Es ist okay. Ich habe es verstanden. Ich weiß, dass es dir leidtut. Du hast ohnehin jedes Recht der Welt, das Gesindel auf der Türschwelle stehen zu lassen, wann immer dir danach ist. Mach dir darüber keine Gedanken, Entschuldigung akzeptiert. Hattest du denn einen guten Tag? Mit deinem Ex?«

»Es war okay. Im Nachhinein hatte ich nur mit einer

schlimmen Zickeritis zu kämpfen. Aber wie geht es dir? Das ist viel wichtiger.«

Er zuckt die Schultern und blickt in die Ferne, als könnte er dort ein paar Antworten finden.

»Ich weiß es nicht. Okay, schätze ich. Ich kann zwar Auburns schwindelige Höhen der Begeisterung nicht erklimmen und auch nicht in Willows ziemlich deprimierte Täler hinabsteigen … aber okay, man hat mir immer wieder gesagt, was für ein Glück wir haben, dass der Krebs so früh erkannt worden ist. Ich denke zwar, dass ›Glück‹ kein Wort ist, das ich dieser Tage so leicht mit Lynnie assoziieren würde, aber wir werden es überstehen und so weiter – kein Grund also, deswegen Trübsal zu blasen oder zu klagen.«

Die Worte klingen geprobt – als würde er sie sich selbst immer wieder sagen.

»Du hast jedes Recht der Welt, dir Sorgen zu machen oder zu klagen«, sage ich entschieden. »Wenn du deine Schwestern oder deine Mum nicht runterziehen willst, kannst du das alles gerne bei mir abladen. Nimm mich als deine Klagemauer.«

Noch vor Kurzem hätte er das witzig gefunden. Er hätte eine zweideutige Bemerkung gemacht, und wir hätten ein bisschen geflirtet, aber auch gewusst, dass es stimmt – dass wir einander vertrauen können.

Heute nickt und lächelt er nur – total freundlich, total höflich, total in die eigenen Gedanken versunken.

Obwohl er mir gesagt hat, dass alles vergeben ist, ist das Verhältnis zwischen uns immer noch leicht angespannt. Wahrscheinlich reagiere ich über und beziehe alles auf mich, wenn es eigentlich um ihn und seine Mum geht, doch ich habe das Gefühl, dass er auf Abstand bleibt. Dass er immer noch ein bisschen vorsichtig mir gegenüber ist.

Und ich fühle mich noch schlechter als bevor ich gekommen bin. Ich habe diese aufkeimende Sache zwischen uns immer aus meiner Perspektive gesehen – ich habe gesehen, was *ich* zu verlieren habe, was ich riskiere, was für mich und Saul schiefgehen könnte.

Jetzt wird mir langsam klar, dass auch Van sich auf ein Risiko eingelassen hat und dass er vielleicht gerade in diesem Moment beschlossen hat, auf Nummer sicher zu gehen.

Er hat keine Ahnung, wie sehr ich das in Ordnung bringen möchte. Wie sehr ich will, dass er mir vertraut, dass er mich jetzt, wo er eine Verbündete braucht, als solche betrachtet. Um ehrlich zu sein, hatte ich bis zu dieser Minute selbst keine Ahnung, wie sehr ich das will.

»Auburn hat mir gesagt, dass du in deinen Bus gezogen bist«, sage ich, um die Stimmung aufzulockern. »Sie scheint ziemlich neidisch zu sein.«

»Ja, ist sie«, antwortet er lachend. »Aber er gehört mir, nur mir …«

Ich schweige und frage mich, ob er mich zu sich einladen wird. Ob wir unseren Plan weiterverfolgen und uns für eine gemeinsame Nacht davonschleichen werden. Ob alles, was wir geplant haben, auch wirklich passieren wird. Er schweigt, und ich weiß nicht, wie ich das interpretieren soll.

»Ich kann es nicht abwarten, vorbeizukommen und ihn mir anzusehen«, sage ich, wobei ich meinen ganzen Mut zusammennehme.

Er weicht meinem Blick aus, und seine Fingerspitzen klopfen auf den Tisch.

»Oder auch nicht«, sage ich ruhig. »Kein Druck. Was immer für dich richtig ist, Van.«

Ich merke, dass ich sehr schnell hier rausmuss, weil ich sonst anfange zu weinen. Dass ich langsam von Gefühlen überwältigt werde, die ich nicht ganz verstehe, und dass ich ihn nicht mit mir herunterziehen will. Er hat so schon genug Probleme, auch ohne dass ich mich an seinem Arbeitsplatz in ein heulendes Häufchen Elend verwandle.

Ich stehe auf und blöke etwas davon, dass ich zurück zur Arbeit und dann Saul aus dem Kindergarten abholen muss, erst einmal jedoch mit bösen Straßenzauberern und tief fliegenden Raben zu kämpfen habe.

Er steht von seinem Stuhl auf und legt mir sanft die Hand auf den Mund, damit ich nicht weiterrede. Dem Herrn sei Dank für die kleinen Gnaden.

Ich sehe zu ihm hoch und nicke. Er lässt die Hand sinken, und seine Finger verflechten sich mit meinen.

»Es ist alles ein verdammtes Chaos, nicht? Unser Timing?«, fragt er und lehnt sich zu mir hin, während ich meinen Kopf an seine Brust lehne. Er riecht nach Öl und Männlichkeit und Geschirrspülmittel.

»Scheint so«, antworte ich und nicke gegen sein T-Shirt. »Und das mit gestern Abend tut mir wirklich leid. Und das mit Lynnie. Und ich würde wirklich gerne kommen und mir deinen Bus ansehen.«

Er nickt und schlingt die Arme um mich. Und als er etwas sagt, spüre ich, wie sich seine Lippen in meinem Haar bewegen.

»Ich denke, ich verstoße hiermit wahrscheinlich gegen irgendeinen Männercode, Katie, doch ich bin mir nicht sicher, ob diese Sex-ohne-Bedingungen-Sache im Moment so eine gute Idee ist. Ich bin mir nicht sicher, ob wir dazu in der Lage sind … ich meine nicht körperlich. Das ist keine Frage, ehrlich. Aber gestern Abend, ich war so enttäuscht – nein, bitte entschuldige dich nicht wieder! Ich weiß, dass es dir leidtut, und es war keine so große Sache – aber es hat mir klargemacht, dass ich möglicherweise schon mehr involviert bin, als ich gedacht hatte. Und das ist okay – aber ich weiß, dass du das nicht bist. Noch nicht, zumindest. Ich denke, wir müssen uns ein bisschen klarer darüber werden, was das mit uns ist, bevor wir uns weiter darauf einlassen.«

Ich schlinge die Arme um seine Taille und höre sein Herz ruhig unter dem weichen Stoff seines T-Shirts schlagen.

Ich möchte ihm sagen, dass ich genauso sehr involviert bin wie er – oder das zumindest gerne sein möchte. Ich möchte ihm sagen, dass wir uns zusammen darüber klar werden und sehen sollten, wie ernst es wird. Ich möchte ihm alles Mögliche sagen – aber das wäre nicht fair, denn er hat recht.

Wir müssen uns ein bisschen klarer über alles werden. Wir müssen sichergehen, dass wir fähig sind zu schwimmen und einander nicht herunterziehen.

»Und jetzt komm«, sagt er und entzieht sich meiner Umarmung. »Lass uns Auburns Fahrrad in den Lieferwagen laden, dann bringe ich dich zurück ins Dorf. Ich bin mir nicht sicher, dass du die Rückfahrt überleben würdest.«

30. KAPITEL

Auf der zum Glück kurzen Fahrt zurück ins Dorf bringen wir gerade mal so etwas wie entsetzlichen Small Talk zustande. Es fühlt sich alles so seltsam an – so anders als sonst, wenn ich mit Van zusammen bin. Er hat nichts gesagt, nicht laut jedenfalls, doch ich erkenne sehr wohl, wenn jemand seine Schutzwälle hochzieht. Das ist nicht weiter verwunderlich – ich bin eine Expertin darin, mich hinter meinen zu verstecken.

Er hält vor der Drogerie, und ich drehe mich zu ihm um, bevor er aussteigt, um das Fahrrad von der Ladefläche zu heben. »Ist alles okay mit uns, Van?«, frage ich leise. »Sind wir noch … Freunde?«

Er starrt einen Moment durch die Windschutzscheibe nach draußen, dann lächelt er mich an.

»Natürlich sind wir das, Katie. Daran wird sich nichts ändern, das verspreche ich dir. Wenn du mich brauchst, lass es mich wissen – ich werde da sein.«

»Und was ist mit dir? Was ist, wenn du mich brauchst? Du weißt, dass das auch umgekehrt gilt, ja?«

Er nickt und fährt sich mit der Hand über das Haar, als wollte er es abstauben.

»Das weiß ich. Ich verspreche dir, dass ich das weiß. Ich will hier nicht das Arschloch sein – ich bin einfach nur müde. Ich habe nicht viel Schlaf abbekommen, und mein Hirn fühlt sich an wie ein schwarzes Loch, das jegliches logische Denken aus meinem Kopf saugt. Hör zu, mach dir deswegen keine Gedanken. Alles ist gut. Komm, ich muss zurück nach Briarwood, bevor Yoda noch mehr Unsinn macht …«

Er steigt aus dem Wagen, und ich sehe zu, wie er das böse Fahrrad von der Ladefläche zerrt. Er reicht es mir, und ich stehe einfach nur da und halte es fest, während er mir einen schnellen Kuss auf die Wange gibt, zurück auf den Fahrersitz klettert und einmal hupt, als er den Motor anlässt.

Ich sehe den Lieferwagen die Straße hinunterfahren, ich weiß, dass er am Parkplatz bei dem Café eine Kehrtwende machen und noch einmal vorbeikommen wird. Ein Teil von mir möchte hier stehen bleiben, angewurzelt auf der Stelle, sodass ich ihm noch einmal zuwinken kann, wenn er zum zweiten Mal vorbeifährt.

Zum Glück ist mir klar, dass das Wahnsinn und völlig kontraproduktiv wäre. Er ist erschöpft und braucht ein bisschen Zeit für sich, und wahrscheinlich ist es eine vernünftige Entscheidung, die verrückte Lady und ihre Probleme sich selbst zu überlassen und sich in ein paar stumpfsinnige Klempnerarbeiten zu stürzen. Es könnte seinen Kopf vor dem Explodieren retten.

Ich schiebe das Fahrrad die Einfahrt hoch und durch das Tor in den Hof der Drogerie. Halb erwarte ich, Auburn mit einer Zigarette dort zu sehen, aber sie ist drinnen. Nur die große rosa Muschel, die sie als Aschenbecher benutzt, ist da.

Ich lehne das Fahrrad an die Wand und unterdrücke den Drang, danach zu treten. Ich würde mir vermutlich den Knöchel verstauchen – gegen dieses Fahrrad werde ich definitiv den Kürzeren ziehen.

Ich gehe hinein, entledige mich meines Mantels und des Schals und frage mich, ob ich einen Tee machen soll. Als hätte ich in letzter Zeit nicht genug Tee getrunken. Ein flüchtiger Blick in den Ladenbereich sagt mir, dass für Budbury-Verhältnisse ziemlich viel los ist. Zwei Leute sitzen auf dem Lippenstiftsofa, vermutlich warten sie auf Rezepte, an denen ich Auburn arbeiten sehe. Ein Mann steht mit einem Paket Hühneraugenpflaster und einer Rolle Geschenkpapier in der Hand an der Kasse. Hoffentlich hat beides nichts miteinander zu tun, ansonsten erlebt am Weihnachtsmorgen jemand eine große Enttäuschung.

Ich stürme nach vorne und kassiere bei ihm, dann helfe ich Auburn mit den Rezepten. Ich händige sie an die wartenden Frauen aus, nachdem ich ihre Adressen überprüft habe, während Auburn noch ein paar Asthmamedikamente zusammenstellt, die später ausgeliefert werden müssen.

Eine gute Stunde sind wir damit beschäftig, Kunden zu bedienen, verordnete Medikamente herzustellen und eine Lieferung anzunehmen, die direkt in den Kühlschrank muss. Als schließlich alles erledigt ist, ist meine Schicht so gut wie zu Ende. Ich muss gehen und Saul abholen, dann muss ich zu Hause nach meinem Vater sehen und eventuell bei einem Treffen zwischen ihm und meiner Mum den Schiedsrichter spielen. Selbst ohne die unterschwellige Angst wegen Van wäre es ein Jahrgangstag.

»Verdammt«, sagt Auburn, die Augen weit aufgerissen und leicht manisch. »Das war heftig. Ich denke, wir sollten mehr Weihnachtszeug ordern … wir haben fast keine Duftkerzen und Schneemanntassen mehr, ist dir das auch aufgefallen?«

»Ist es. Ich bestelle noch welche. Und vielleicht auch noch etwas Geschenkpapier und Anhängeschildchen. So etwas geht wahrscheinlich auch, wenn die Sonne scheint.«

Sie nickt und sieht aus dem Fenster.

»Oder wenn es schneit …«, meint sie, als ich ihrem Blick folge. Sie hat recht, es schneit – doch nicht stark, nur ein paar sanfte Flocken, die wahrscheinlich nicht liegen bleiben. Zumindest hoffe ich das, denn dann könnten die Busse nicht fahren.

Sie lehnt sich gegen die Theke, und ich sehe, wie sie nach einer Trillerpfeife greift, es sich dann aber anders überlegt und die Hand in die Tasche steckt. Das muss dieser Gesundheitstick sein, den sie im Moment hat. Wahrscheinlich wird sie stattdessen eine Zigarette rauchen und den Zucker durch Nikotin ersetzen – ihr ganzes Leben scheint ein einziges Jonglieren mit potenziell schädlichen Substanzen zu sein.

»Hast du ihn gefunden?«, fragt sie und sieht mich an, als wollte sie meinem Versuch, das Thema zu meiden, trotzen. »Und kommst du am ersten Weihnachtstag zu der großen Fete ins Café?«

Das sind zwei Fragen, vorgebracht wie eine, was typisch für Auburn ist – ihr Gehirn arbeitet so schnell, dass die Lippen kaum mitkommen.

»Ich habe ihn gefunden«, antworte ich, kaue auf meiner Lippe herum und frage mich, wie viel ich ihr erzählen soll. Ich komme zu dem Schluss *nicht sehr viel,* schließlich ist sie seine Schwester.

»Alles okay?«

»Ja. Alles gut. Alles geregelt. Danke, dass du mir dein Fahrrad geliehen hast. Und was die Feier angeht … wann ist das beschlossen worden?«

»Ich habe vorhin eine SMS von Cherie bekommen. Das hast du wahrscheinlich auch, hast du mal auf dein Handy gesehen?«

Das habe ich seit meinem letzten Saul-ist-okay-Check auf verpasste Anrufe aus dem Kindergarten hin nicht mehr. Als ich es jetzt tue, sehe ich, dass zwei SMS eingegangen sind. Eine ist von meinem Dad, in der er schreibt, dass er okay ist und Saul abholt, wenn ich ihm die Adresse des Kindergartens gebe, und eine von Cherie.

Zuerst antworte ich meinem Dad und sage ihm, dass ich in fünf Minuten zu Hause bin und mit ihm zum Kindergarten fahre. Das Wissen, dass die Fahrt so viel kürzer sein wird, nimmt viel Druck heraus. Ich muss wirklich den Führerschein machen, ich bin es leid, auf andere angewiesen zu sein, um meinen Tag zu meistern. Und wenn ich Auto fahren lerne, muss ich nie mehr Fahrrad fahren.

Cheries SMS ist einfach und auf den Punkt: »Deine Anwesenheit ist gefragt. Im Comfort Food Café. Um zu feiern. Und für alles zu danken, was wir haben. Schicke Kleidung freiwillig, Beginn mittags, Ende offen. Bring nichts mit – nur Weihnachtsstimmung. xxx«

Ich lasse mein Handy zurück in die Tasche gleiten und gebe mir Mühe, mich nicht gestresst zu fühlen. Es ist eine Einladung zu einer Party – einer Party, die zweifelsfrei großartig werden wird, die Saul lieben und mich von der Notwendigkeit entbinden wird, einen Truthahn zu braten und Pastinaken zu schälen.

Doch während ich mit Auburn rede und meinen Mantel und meine Sachen zusammensuche, kann ich das Gefühl nicht abschütteln, dass eine Party im Café im Moment vielleicht einen Schritt zu weit geht. Dass ich vielleicht lieber zu Hause sein möchte, alleine mit Saul, wie ich das auch die letzten Jahre war.

Dass ich vielleicht sogar lieber ganz woanders wäre, wie auf einem Last-Minute-Flug in die Karibik. Oder, um realistischer zu bleiben, irgendwohin in Spanien, wo es billig und nett ist.

Ich hatte eine kurze Pause, wo alles geregelt war, wird mir plötzlich klar. Eine kurze Pause, wo ich glücklich mit den Ladys im Café gesessen und geschwatzt habe, wo ich angefangen habe, meinen Platz in ihrem Leben zu genießen, wo ich das Gefühl hatte, sicher und gut aufgehoben in dem Heim zu sein, das ich mir und Saul in dieser Gemeinschaft aufgebaut habe. Eine kurze Pause, wo ich mich sogar langsam für die Idee geöffnet habe, dass Van mehr für mich sein könnte als ein Freund, mit dem ich flirte.

Jetzt fühlt es sich an, als sei diese Pause vorbei. Als hätten die Dinge sich gerade in dem Moment wieder verändert, in dem ich es mir nicht weniger wünschen könnte.

Da waren Chaos und Krankenhäuser und Krankheit, ein Expartner, der plötzlich wieder aufgetaucht ist. Meine Eltern, die mit ihrer typischen Achtlosigkeit wieder in mein Leben geplatzt sind. Van, der mich quasi zurückgewiesen hat, als ich mich gefühlt habe, als würde ich mich ihm anbieten. So einfach ist es zwar nicht, das weiß ich – aber im Moment fühlt es sich so an.

Egal, wie gut ich verstehe, was er sagt, und obwohl ich ihm teilweise sogar recht gebe, fühlt sich die Zurückweisung immer noch brutal an. Tut immer noch weh. Ich hatte fast vergessen, wie weh so etwas tut, weil ich so lange nicht mehr zurückgewiesen worden bin – meine Gefühle unter einer Luftpolsterfolie zu halten hat seine Vorteile.

Jetzt habe ich das Gefühl, keine Luft mehr zu bekommen, erdrückt zu werden. Zu ersticken. Ich bin in einem Netz aus anderen Menschen gefangen und muss plötzlich raus. Das ist irrational, das weiß ich, und ich versuche, den Sturm zu überstehen. Einen Schritt nach dem anderen zu machen und nicht überzureagieren. Nicht bei dem ersten Anzeichen von Problemen dichtzumachen – oder, um fair zu sein, bei ungefähr den ersten zehn Anzeichen von Problemen.

Es ist eine Feier. Im Café. Es wird großartig werden.

Auburn sieht mich besorgt an, während ich herumtrödele und mich fertig mache, um zu gehen.

»Vielleicht solltest du mal tief durchatmen«, sagt sie und legt mir die Hand auf den Arm. »Du bist kreidebleich und siehst aus, als würdest du gleich umkippen. Willst du eine Trillerpfeife? Ist dein Blutzucker nicht okay? Ist irgendwas nicht okay?«

So gut wie alles fühlt sich im Moment nicht wirklich okay an – doch Auburn hat genug, um das sie sich kümmern muss, auch ohne dass ich meine armselige persönliche Krise noch auf ihre Liste setze.

»Nein, mir geht es gut, ehrlich – ich brauche nur einen Moment. Wahrscheinlich eine verspätete Reaktion auf den Schock, mit deinem Fahrrad gefahren zu sein. Egal, ich bin weg – lass es mich wissen, wenn es Neuigkeiten mit Lynnie gibt, ja?«

»Aye, aye, Käpt'n«, sagt sie und salutiert, als ich gehe.

31. KAPITEL

Ich habe versucht, meine Mum anzurufen, um sie vorzuwarnen, dass wir kommen, doch sie ist nicht an ihr Handy gegangen. Ich habe ihr auch eine SMS geschickt, aber keine Antwort erhalten. Eigentlich hätte ich das gestern Abend schon tun sollen oder zumindest heute Morgen, aber … na ja, ich hatte anderes im Kopf. Viel zu viel anderes.

Deshalb habe ich jetzt, als Dad auf den kleinen Parkplatz an der Bucht fährt, nicht die geringste Ahnung, wie es laufen wird. Saul ist unglaublich aufgeregt, mit einer Hand umklammert er den Arm seines Gorillas, mit der anderen hält er seinen Großvater fest.

»Das ist unser Strand, Opa!«, sagt er und zeigt auf die Uferlinie. »Und unser Meer!«

»Es ist wunderschön, Saul«, antwortet mein Dad begeistert. Er war schon einmal hier, zumindest am Strand, doch das war kurz nach unserem Umzug, und Saul erinnert sich nicht daran.

»Und das ist der Weg zu unserem Café«, fügt er hinzu und zeigt den Berg hoch. »Und das sind unsere Schneeflocken.«

Dad betrachtet den Berg und das Café und die Schneeflocken und lächelt.

»Das sieht sogar noch schöner aus, als ich es mir vorgestellt habe. Glaubst du, sie haben Kuchen?«

»Sie haben ALLE Kuchen! Alle Kuchen der Welt! Komm, komm … sie warten auf mich!«

Mein Dad und ich sehen uns über Sauls Pudelmütze hinweg an, wie er davonstürmt und den Pfad hochklettert wie eine kleine Ziege. Wenn du mit drei kein Egomane sein kannst, wann dann?

Wir folgen ihm ein bisschen langsamer. Dad schneidet eine Grimasse, als die Seeluft ihm scharf in sein gebräuntes Gesicht weht. Es ist immer noch wunderschön hier, aber klimatechnisch sind das nicht die Kanaren.

»So, und wie soll sich das deiner Meinung nach jetzt abspielen?«, frage ich, als wir den Pfad hochgehen. Wir lassen uns Zeit. Sind wahrscheinlich beide ein bisschen nervös. »Bist du dir sicher, dass wir das überhaupt tun sollen? Warum vereinbaren wir nicht, uns später irgendwo anders mit ihr zu treffen? Das hier ist ein bisschen … öffentlich.«

»Ich weiß, Liebes«, sagt er und lacht mich an. »Deshalb habe ich mich ja dafür entschieden. Sie wird mich nicht in der Öffentlichkeit ermorden, nicht?«

»Ich weiß es nicht, Dad. Vielleicht wird sie das. Und wenn sie das tut, bist du selbst schuld. Ich fühle mich bei dem Ganzen nicht wohl.«

»Das verstehe ich, Katie, und du musst auch nicht mitkommen, okay? Fühl dich frei zu gehen. Überlass es den Erwachsenen, das zu klären.«

Ich gebe unbeabsichtigt ein Schnauben von mir. Den

Erwachsenen. Ha. Er mag sich ja verändert haben, doch es braucht mehr als ein paar Wochen, um mich zu überzeugen, dass er nicht mehr derselbe Dad ist, den ich seit Ewigkeiten kenne – der Dad, der schnell aufbraust, der schnell wütend wird, der laut und verletzend sein kann und der genauso streitlustig ist wie meine Mum.

Er sieht mich schnell an, und ich weiß, dass er mich gehört hat. Dass er weiß, was ich denke. Dass er sich wohlweislich dagegen entscheidet, sich mit mir über seine neu gewonnene Reife zu streiten, während wir endlich unter dem schmiedeeisernen Schild hindurch in den Garten treten.

Der Garten liegt an einem Tag wie diesem verständlicherweise verlassen da. Es sind keine Hunde zu sehen, und nur der aufblasbare Weihnachtsmann begrüßt uns, seine kurzen Arme schwanken im Wind wie bei einem T-Rex, und seine wallende rote Mütze ist mit Schnee bestäubt.

Saul ist bereits vorgerannt. Ich sehe durch die Fenster, wie Laura ihn umarmt. Wir folgen ihm hinein, und ich schaue mich augenblicklich nach meiner Mum um. Ich habe das Handy in der Hand für den Fall, dass ich den Notruf wählen muss, und bereits geplant, mit Saul schnell einen Spaziergang zum Strand hinunter zu machen, falls es so aussieht, als könnte es hässlich werden.

Ich will nicht, dass er sieht, wie sie sich streiten – und ich bin fest entschlossen, das zu verhindern.

Laura richtet sich auf und streicht sich die Locken hinter die Ohren, während sie uns beide anlächelt. In ihrem Blick liegt eine Frage, und ich sage: »Laura, das ist mein Dad. Colin. Ist Mum da?«

Sie blinzelt und kaut auf ihrer Lippe herum, während

sie nickt, und im Grunde sieht sie so nervös aus, wie ich mich fühle. Ich habe Mum ein paar Tage nicht gesehen, nicht, seit sie hier eingezogen ist – ich war beschäftigt und hatte das Gefühl, dass wir beide ein bisschen Abstand gebraucht haben, um uns von unserem erzwungenen House-Sharing zu erholen. Ich habe ihr nicht einmal von dem Treffen mit Jason erzählt, weil ich wusste, dass sie eine eindeutige Meinung dazu haben würde, und weil ich mich nicht von meinem Plan abbringen lassen wollte.

Lauras Gesichtsausdruck sagt mir jedoch, dass sie definitiv alle hier über ihre häusliche Situation unterrichtet und Dad wahrscheinlich als ein böses, untreues Monster hingestellt hat, das ihr das Herz gebrochen hat.

»Nett, dich kennenzulernen, Colin«, bringt Laura heraus und starrt ihn an, als würde sie nach seinen Hörnern suchen. »Ja, Sandy ist hier – sie wollte gerade etwas frische Milch holen … und sollte gleich wieder da sein. Komm, Saul, sollen wir für dich und Marmaduke mal nach einem Snack sehen?«

Sie nimmt ihn an der Hand, und ich forme ein schnelles »Danke« mit den Lippen.

Dad hat Lauras kühle Reaktion nicht wirklich bemerkt. Ich vermute, ihm ist nicht einmal klar, dass sie kühl war, weil er nicht weiß, wie herzlich Laura sonst ist.

Doch vor allem weil er genau wie die meisten Leute, die zum ersten Mal in das Café kommen, zu sehr damit beschäftigt ist, sich umzusehen. In der Weihnachtsversion ist es besonders imposant, und er scheint total verwirrt.

Als Laura mit Saul im Schlepptau verschwindet, sieht er mich an und sagt: »Netter Ort. Großartige Atmosphäre. Und wann ist deine Mutter zu Sandy geworden?«

»Mein Gott, Dad, lass mich nachdenken – wahrscheinlich zur gleichen Zeit, als du in Fionas Wohnzimmer gesessen und mit einer Horde Fremder über deine Gefühle gesprochen hast? Veränderung ist keine Einbahnstraße, weißt du.«

Als meine Mutter hinter der Theke auftaucht, wird mir klar, dass ich nie etwas Wahreres gesagt habe. Meine Mutter hat sich verändert – in eine Art Chamäleon, das seine Farbe je nach der Umgebung wechselt. Hier in Cheries Bude zu wohnen, hat eindeutig seine Wirkung gehabt.

Das aufdringliche Make-up ist verschwunden; ihr Haar ist frei von Haarspray, und sie trägt ein gebatiktes T-Shirt, das sie offensichtlich aus Cheries Schrank gemopst hat. Es ist ihr etwas zu groß und wird in der Taille von einem Gürtel aus Muschelschalen zusammengehalten. Passende Muschelohrringe baumeln in ihren Ohren, und offene Birkenstocks, wie sie sie früher niemals getragen hätte, komplettieren das Outfit. Kurz zusammengefasst sieht sie genau wie die Art Frau aus, die in ein Achtsamkeits-Retreat auf die Kanaren fahren würde.

Sie bleibt abrupt stehen, als sie uns sieht, und ich beobachte entsetzt, wie sie die Plastikmilchflasche, die sie in der Hand hält, fallen lässt. Alles scheint in Zeitlupe zu passieren – ihr geschockter Blick, ihre Finger, die loslassen, die Flasche, die sich dreht und zu Boden fällt, die Milch, die in einem weißen Fluss über ihre Füße läuft.

Eine ganze Ewigkeit scheint niemand zu reagieren, doch wahrscheinlich sind es nur Sekunden. Frank, der an seinem üblichen Tisch in der Ecke sitzt und Zeitung liest, springt auf und hebt die Flasche vom Boden auf, damit nicht noch mehr Milch ausläuft. Cherie, die an der Kaffeemaschine

Cappuccinos gemacht hat, greift nach dem Handtuch, das danebenhängt, wirft es über die ausgelaufene Milch und stapft darauf herum, um das Gröbste aufzusaugen.

Laura kommt ihr mit einer ganzen Küchenrolle zu Hilfe, wie es aussieht, und wischt die restliche Milch auf.

Meine Mum scheint plötzlich die Hektik um sie herum zu bemerken und zuckt zusammen, während sie die Hände vor das Gesicht schlägt und in Tränen ausbricht.

Cherie hält mit Aufwischen inne, nimmt sie in den Arm und drückt sie fest an sich. Ich habe keine Ahnung, was sie zu ihr sagt, doch ich wäre überrascht, wenn nicht die Worte »weinen«, »vergossene Milch« und »bringt nichts« darin vorkämen.

Was immer es ist, es scheint zu wirken, denn Mum taucht blinzelnd und blass, aber gefasster, aus der Umarmung auf.

Ich mache ein paar Schritte auf sie zu, doch eine Mischung aus dem noch immer feuchten Boden und ihrem Blick hält mich davon ab, näher zu kommen. Es ist ein Blick, der mir sagt, dass sie sich betrogen fühlt, und ich fühle mich grauenhaft. Als hätte ich sie enttäuscht.

Ich werfe schnell einen Blick zurück zu meinem Dad. Er ist genauso entsetzt, obwohl ich nicht sicher bin, worüber. Genau genommen scheint nur Saul okay zu sein, er nutzt Marmadukes Füße, um den letzen Rest der verspritzten Milch aufzusaugen. Der Gorilla wandert also heute Abend in die Waschmaschine.

»Hi, Mum«, sage ich und höre das Beben in meiner Stimme. »Tut mir leid, wenn wir dich überfallen haben. Ich habe dich angerufen und dir SMS geschickt und …«

»Es ist nicht ihr Fehler, Sandra«, sagt mein Dad und tritt

vor. »Mach Katie keine Vorwürfe. Ich habe darauf bestanden zu kommen. Es tut mir leid, dass ich das getan habe … ich wollte dich nicht erschrecken …«

Mum starrt ihn an, und ich bin richtiggehend erleichtert, als ich so etwas wie Ärger in ihrem Gesicht aufflammen sehe. Ärger ist gut. An Ärger bin ich gewöhnt. An blass und schwach und betrogen nicht so sehr.

»Nun, wie hast du denn erwartet, dass ich reagiere, Colin?«, blafft sie und zeigt mit einem zitternden Finger auf ihn. »Ich habe dich seit Ewigkeiten nicht gesehen, und dann tauchst du einfach so aus heiterem Himmel hier auf? Hast du mit einem roten Teppich gerechnet?«

Cherie, Frank und Laura beobachten neugierig diesen Wortwechsel, spüren den bedeutungsschweren Stimmungswechsel, die stürmischen Gefühle, die die Worte begleiten. Lauras Blick begegnet meinem, und sie lächelt mich vorsichtig und mitfühlend an.

»Saul – magst du mir helfen, Biskuitteig zu machen?«, sagt sie und streckt ihm die Hand hin.

»Kann ich die Eier zerbrechen?«, fragt er begeistert.

»Natürlich kannst du das …«, antwortet sie und schneidet mir über die Schulter hinweg eine Grimasse. Laura weiß genauso gut wie ich, dass es in einer Riesenschweinerei endet, einem Dreijährigen zu erlauben, die Eier aufzuschlagen. Aber damit ist er beschäftigt, es macht ihm Spaß, und es lenkt ihn davon ab, was auch immer als Nächstes hier passiert.

Es beraubt mich auch der Entschuldigung für einen schnellen Abgang, wird mir klar. Einige Tische im Café sind mit Gästen besetzt, die alle so tun, als wären sie nicht von dem sich anbahnenden Drama fasziniert, und Cherie geht zu ihnen hinüber, zweifellos um ihre Getränke gratis nachzufüllen. Frank sieht mich an, zieht fragend die Brauen hoch, und ich nicke.

»Du weißt, wo du mich findest, wenn du mich brauchst«, sagt er leise und geht zu seinem Tisch und seinem herrenlosen Tee zurück.

Schließlich beruhigt sich die Stimmung, und niemand kümmert sich mehr um uns, wie wir zwischen den feuchten Handtüchern, dem Berg an Küchenrolle und den vereinzelten Rinnsalen von verschütteter Milch stehen.

»Können wir uns irgendwo hinsetzen und reden?«, sagt mein Dad und hält in einer Geste der Kapitulation die Hände hoch. »Ich muss dir ein paar Dinge erklären. Und mich entschuldigen.«

Mum starrt ihn weiter wütend an, doch ich sehe, wie die Wut abflaut. Wahrscheinlich ist es sein rechtzeitiger Gebrauch des Wortes »entschuldigen«, der dazu führt. Das, oder sie plant, ihn über die Klippe zu stoßen.

Sie nickt barsch und stapft zu dem Tisch, der von allen Gästen am weitesten entfernt steht. Normalerweise werden neue Besucher mit Kuchen und cremigen Getränken und einem herzlichen Willkommen begrüßt. Aber nicht heute – alle sind viel zu vernünftig, um sich diesem Pulverfass zu nähern.

Und als mein Dad mir bedeutet, ihnen zu folgen, beschließe ich, dass das auch für mich gilt.

»Nein, Dad«, sage ich bestimmt. »Ihr habt euch selbst in diese Schwierigkeiten gebracht. Und ihr müsst da selbst wieder herauskommen. Ich werde tun, was du vorgeschlagen hast, und es den Erwachsenen überlassen, das zu klären.«

Sein Gesichtsausdruck ist absolut sehenswert, als ich still stehen bleibe, die Arme entschlossen vor der Brust verschränkt. Er tut mir fast leid.

Ich schaue mich um und bemerke, wie alle ganz bewusst nicht zu uns hinsehen. Bewusst versuchen, eine bereits unangenehme Situation nicht noch schlimmer zu machen.

Mir ist das nicht wirklich unangenehm, obwohl ich weiß, dass es das sein sollte. Ich bin verärgert und entnervt und fühle mich gefangen. Gefangen in einer Situation, die mir nicht gefällt, umzingelt von einem Drama, an dem ich keinen Gefallen finde, in einem Kessel der Emotionen, die mir nur zu bekannt vorkommen.

Ich muss eine Grenze zwischen ihrem und meinem Leben ziehen, doch ich weiß nicht genau, wie ich das machen soll, da sie mir hierhergefolgt zu sein scheinen. Ein Teil von mir möchte sich Saul schnappen und sofort verschwinden. Ich könnte die Schlösser auswechseln oder umziehen oder meine Ersparnisse dazu nutzen, uns falsche Pässe zu kaufen und ein neues Leben im ländlichen Kanada zu beginnen. Einen Anfang machen, fern von meiner Mum und meinem Dad, von Jason und Jo und sogar von Van. Fern von allen Komplikationen.

Da meine Ersparnisse wahrscheinlich nur reichen würden, um ein neues Leben in Wales anzufangen, und ich keine Ahnung habe, wie ich an falsche Pässe für uns kommen soll, bleibe ich, wo ich bin.

Außerdem wäre es in mehrerer Hinsicht unfair, jetzt abzuhauen. Vor allem Saul gegenüber, den ich vor Vergnügen glucksen höre, während er die Eier gegen Lauras Rührschüssel schlägt.

Ich drehe meinen Eltern den Rücken zu – ich will sie

nicht ansehen, ihre Körpersprache analysieren, ihren erhobenen Stimmen zuhören und Veränderungen in ihrer Haltung registrieren, die ich als vertraute Warnzeichen wiedererkenne. Ich will nicht wieder zum Teenager werden, am Küchentisch sitzen und versuchen abzuschätzen, ob es sicher ist zu bleiben oder ob ich mich mit Kopfhörern in meinem Zimmer verbarrikadieren muss.

Stattdessen gehe ich zu Franks Tisch hinüber. Er sieht von seiner Lektüre auf und nickt mir einladend zu. Er teilt einen Teil seiner Zeitung ab – Reisen und Freizeit, sehr nett – und gibt ihn mir. Dann schneidet er das Kirschscone, das Cherie ihm gebracht hat, in zwei Teile und schiebt den einen zu mir herüber.

Er streicht den Sportteil glatt und zwinkert mir über die Zeitung mit seinen leuchtenden blauen Augen zu.

»Lass sie das selbst klären«, sagt er, bevor er weiterliest.

Das klingt nach einem großartigen Rat, denke ich, als ich mit einem Artikel über umweltfreundliche Touren zu den Nordlichtern beginne.

32. KAPITEL

Nach dem anfänglichen Kräftemessen im Comfort Food Café passieren merkwürdige Dinge mit meinen Eltern.

Sie reden miteinander. Und reden. Und reden noch mehr. Es kommt mir wie eine seltsame und glückliche Fügung vor, dass sie über verschiedene Routen und aus verschiedenen Gründen beide einen Punkt in ihrem Leben erreicht haben, an dem sie offen für Veränderung sind.

Dad wohnt bei mir und Mum im Café, doch sie treffen sich oft und offenbar ohne Blutvergießen.

Ich hüte mich davor, die Linie zu übertreten, die ich selbst für mich gezogen habe, und mich weiter involvieren zu lassen, doch als Dad mir heute beim Weihnachtsgeschenkeeinpacken hilft, fühle ich mich in der Lage, ihn zu fragen.

»So«, sage ich, als ich Tesafilm abbeiße, während ich die Enden des Papiers um Sauls neues Gartenwerkzeug festhalte, »was ist mit Mum und dir?«

Er lächelt mich an und packt weiter einen Satz von Plastikzootieren in Geschenkpapier mit hellroten Weihnachtsmannköpfen.

»Ich dachte, du wolltest nichts hören«, antwortet er.

»Ich dachte, du überlässt es den Erwachsenen, das zu klären.«

»Stimmt. Und wie es aussieht, habt ihr das. Und jetzt bin ich … überrascht?«

Er nickt, packt zu Ende ein und legt das Paket auf den wachsenden Stapel auf dem Boden zwischen uns. Saul ist auf Willows Wunsch bei Willow und Lynnie im Cottage. Sie haben die Untersuchungsergebnisse bekommen, die so positiv waren, wie sie sein konnten. Sie wird im neuen Jahr operiert. Jetzt, wo sie herausgefunden haben, was das Problem ist, und ihr Schmerzmedikamente geben können, hat sich ihre Laune gebessert, und sie hat gefragt, ob »der kleine Junge, der wie ein Engel aussieht« nicht vorbeikommen und helfen kann, Mince Pies zu backen.

Wir nutzen die Zeit so gut wie möglich, um alles für den großen Tag vorzubereiten und die beiden roten Santa-Socken zu füllen, die Saul in ein paar Tagen unter dem Weihnachtsbaum finden wird.

»Es ist eine Schande, dass es dich überrascht, dass wir uns wie zivilisierte Menschen benehmen«, sagt er, wobei er echt traurig klingt.

»Ja, schon … aber besser spät als nie, schätze ich?«, antworte ich und drücke seine Hand. »Denkst du, ihr werdet … du weißt schon … wieder zusammenkommen?«

Er denkt darüber nach, lehnt sich auf seinem Stuhl zurück und starrt die violetten Vorhänge an.

»Ich weiß es nicht, Liebes. Das ist ein langer Weg. Wir müssen eine Weile getrennt voneinander sein und sehen, was passiert, denke ich. Sehen, ob das Substanz hat. Was meinst du denn? Sollten wir wieder zusammenkommen?«

Ich muss gestehen, dass mein erster Impuls der ist,

»Nein!« zu schreien. Doch dieser Impuls kommt von dem feigen Teil in mir, der Schwierigkeiten damit hat, ihnen und ihrem neu entdeckten Verhalten zu vertrauen. Dem Teil, der das Gleiche denkt, was ich als Teenager gedacht habe, als ich alt genug war zu verstehen, was los war: *Ihr beide solltet nie im selben Zimmer sein, ob ihr nun verheiratet seid oder nicht – bitte, lasst euch scheiden, um unserer aller willen.*

Ich schaffe es, das nicht laut auszusprechen, doch das Ausbleiben einer Antwort bleibt nicht unbemerkt.

»Du denkst nicht, dass wir das sollten«, sagt er resigniert. »Und ich schätze, ich kann dir das nicht einmal verübeln. Du hast zu viel gesehen, zu viel gehört. Ich kann nicht erwarten, dass du innerhalb von ein paar Tagen vergisst, was über die Jahre alles Schlimmes passiert ist, nicht?«

Er hat recht, doch ich komme mir deswegen gemein vor. Als würde ich irgendwie nicht an sie und an ihre Zukunft glauben, ob nun zusammen oder getrennt.

»Okay, was immer passiert, ich bin froh, *dass* etwas passiert«, sage ich und packe ein Bilderbuch mit Astronauten ein. »Und hör nicht auf mich – ich bin eine Pessimistin.«

Ich erwarte, dass er lacht oder mir sagt, dass ich das nicht bin, oder einen Witz macht. Stattdessen guckt er ernst und antwortet: »Ja, das bist du. Und das erschüttert mich bei dem Ganzen am meisten. Die Art und Weise, wie wir dich beeinflusst haben. Deine Mum hat gesagt, dass du Willows Bruder, Van, magst. Sie hat gedacht, dass ihr vielleicht sogar zusammenkommt. Doch du hast ihn nicht ein einziges Mal erwähnt, seit ich hier bin, und ich hoffe, der Grund ist nicht der, dass du denkst, dass alle Beziehungen dazu verdammt sind, genauso zu werden wie die zwischen mir und deiner Mutter.«

Ich beiße mit viel zu viel Begeisterung etwas Tesafilm ab und klatsche ihn auf die Astronautenbücher. Ich will nicht mit meinem Dad über Van reden. Ich will mit niemandem über Van reden. Ich will nicht einmal wirklich an Van denken. Es verwirrt und verletzt mich immer noch und brennt, als hättest du dich an einer heißen Pfanne verbrannt.

Ich habe ihn ein paarmal getroffen. Im Cottage, als ich vorbeigekommen bin, um Lynnie zu besuchen. In der Drogerie, wenn er Auburn abgesetzt und auf eine Tasse Tee hereingeschaut hat. Und natürlich im Café, wo jeder jeden sieht.

Wir haben geplaudert und gelacht und Neuigkeiten ausgetauscht. Er hat sich hier und da nützlich gemacht wie immer. Er hat Edies Fenster repariert, bevor sie im neuen Jahr nach Hause kommt. Er hat mir mit Sauls unschätzbarer Hilfe eine Katzenklappe in die Hintertür eingebaut, sodass Tinkerbell jetzt kommen und gehen kann, wie er will. Natürlich ist er seitdem nicht ein Mal draußen gewesen, eigensinnig, wie Katzen nun einmal sind.

Wir haben über seine Mum gesprochen und was als Nächstes passieren wird. Wir haben über meine Mum gesprochen und was als Nächstes passieren wird. Wir haben über Weihnachten gesprochen und über das Wetter, über Saul und den neuen Star-Lord, den Tom für Briarwood eingestellt hat.

Wir haben uns gesehen. Wir haben miteinander geredet. Aber es war nie mehr so, wie es früher war. Ich meine nicht nur das Küssen und die aufgeregte Erwartung, was als Nächstes passiert. Ich meine die zwanglose Intimität, die ich gerade erst angefangen hatte zu akzeptieren, bevor ich sie wieder verloren habe, schätze ich.

Wir geben uns beide große Mühe, es so wirken zu lassen, als ob alles normal wäre – aber das ist es nicht. Und das tut weh.

»Erde an Katie … Erde ruft Katie!«, sagt mein Dad und stößt mich ins Hier und Jetzt zurück. Ich sehe zu ihm hoch und lächle.

»Entschuldige. Ich habe mich im Weltraum verirrt … ich denke, wir sind fertig … nicht? Ich schaffe es nicht, noch ein Teil einzupacken.«

Er lächelt zurück und fragt: »Heikles Thema?«

»Nein«, sage ich und stehe auf eine Weise auf, von der ich hoffe, dass sie energisch aussieht. »Da gibt es nur nichts zu reden.«

Da gibt es nichts zu reden, sage ich mir selbst noch einmal. Nichts zu weinen. Nichts zu betrauern. Nichts zu bedauern. Es ist nur das Leben, das weitergeht wie üblich.

Ich bin absolut nicht unglücklich. Ich bin absolut nicht einsam. Ich vermisse ihn absolut nicht.

Ich sage absolut nicht die Wahrheit, nicht einmal vor mir selbst.

33. KAPITEL

Am Weihnachtsabend hat Sauls Aufregung ihren Höhepunkt erreicht. Er verwickelt mich in zahlreiche Gespräche über den vollgepackten Zeitplan des Weihnachtsmanns, und ich brauche meinen ganzen Einfallsreichtum, um mich zumindest an einer Antwort zu versuchen. Es dauert jedoch nicht lange, bis ich gezwungen bin, auf Antworten zurückzugreifen, in denen immer wieder »weil er zaubern kann« vorkommt.

Wir haben ein Programm auf dem iPad, das uns die Route des Weihnachtsmanns heute Abend anzeigt und das seinen jeweiligen Standort »in Echtzeit« aufspürt, was ihn noch aufgedrehter macht. Er erzählt mir, dass er sich fragt, ob der Weihnachtsmann vielleicht ein Astronaut ist, und macht sich ernsthaft Gedanken, wie Rudolph sein Geweih unter einen Astronautenhelm bekommt, und verhält sich auf eine Weise zwanghaft, wie alle kleinen Leute das zu dieser Zeit des Jahres nun einmal tun.

Ich habe ihn mit auf einen langen Strandspaziergang genommen, auf dem wir mit dicken Stöcken unsere Namen in den mit Schnee bedeckten Sand geschrieben haben. Ich habe ihn mit zu Edie genommen, die aus dem Krankenhaus entlassen worden ist und sich bei ihrer Nichte erholt. Ich habe ihn mit ins Café genommen, wo zu seiner Freude auch Toms Hund, Rick Grimes, und Willows Border Terrier, Bella Swan, waren.

Ich habe ihn mit in die Drogerie genommen, wo er Auburn geholfen hat, ihre Geschenke einzupacken. Wenn ich geholfen sage, meine ich natürlich, dass er sie dabei aufgehalten hat, aber auf eine so bezaubernde Weise, dass alles vergeben ist.

Ich habe ihn mit auf einen Abenteuergang durchs Dorf genommen, wo wir mit dem Handy Fotos von den geschmückten Häusern gemacht haben, die wir später ausdrucken und aus denen wir eine Collage machen können.

Ich habe ihn mit in Matts Praxis genommen, wo Lizzie Midgebo für ein festliches Fotoshooting eine Weihnachtsmütze aufgesetzt und einen Lamettakragen umgelegt hat.

Ich habe ihn so quasi an jeden Ort mitgenommen, der mir eingefallen ist – und er ist immer noch total aufgedreht. Schlimmer als von Zucker.

Jetzt bestehe ich darauf, dass er mindestens zwei Minuten still sitzen bleibt, ein paar Trauben und Kräcker isst, etwas Saft trinkt und sich im Wohnzimmer *Buddy – der Weihnachtself* ansieht.

Als er das akzeptiert hat und glücklich über Buddy und seine Freunde kichert, bin ich völlig fertig. Ich mache mir in der Küche einen Kaffee und lasse mich auf einen Stuhl fallen, lege den Kopf auf den Tisch und frage mich, wann ich Saul wohl ins Bett bringen kann.

Ich selbst könnte auf der Stelle einschlafen – doch es ist erst kurz nach sechs. Ich muss sehen, dass er zur Ruhe kommt, und ihm etwas zu essen und zu trinken geben, bevor ich auch nur in Erwägung ziehen kann, ihn ins Bett zu bringen. Ich werfe einen Blick zu ihm hinüber, wie er sich in seinem T-Shirt mit dem T-Rex mit einer Weihnachtsmütze vorne drauf zu einem Ball zusammengerollt hat. Tinkerbell liegt neben ihm, und Saul sieht glücklich und zufrieden aus.

Trotz meiner Müdigkeit muss ich lächeln. Habe ich mir das nicht für ihn gewünscht? Diese Art von Weihnachten – mit ganz viel Magie, Freundschaft, Aufregung und fuchsroten Katerhaaren? Er lebt in einer kleinen Welt voller Lachen und Spaß und Erwartung, und diese Welt habe ich für ihn geschaffen. Ich habe die hässlichen Dinge von ihm ferngehalten und ihn in Behaglichkeit eingehüllt, habe sein Leben fröhlich und sicher gemacht. Ich habe es gut gemacht.

Doch jetzt muss ich mich durch die schwierige nächste Stufe navigieren und dafür sorgen, dass das so bleibt. Und das ist in den letzten Tagen zunehmend schwieriger geworden.

Zunächst sind da die Sachen, die ich mit mir ausmachen kann. Die Sachen, die mit meinen eigenen Problemen zu tun haben, an denen ich hart arbeite. Sachen wie dass ich vor der Weihnachtsfeier im Café morgen kneifen möchte, weil ich mich davon leicht überwältigt fühle. Sachen, wie dass ich im neuen Jahr Fahrstunden nehmen werde, nur damit ich immer schnell abhauen kann, wenn ich das brauche. Sachen wie dass ich jedes Mal das Gefühl habe, dass jemand mich in den Magen boxt, wenn Van erwähnt wird.

Ich hatte nie etwas mit Van, nicht wirklich. Nicht tatsächlich – eigentlich ist nichts passiert. Doch die Dinge müssen nicht real sein, um wehzutun, oder? Und vielleicht ist der springende Punkt der, dass ich jetzt begreife, dass das, was ich mit Van hatte, Hoffnung war. Hoffnung, dass ich mich ändern könnte, Hoffnung, dass ich zu jemandem eine Beziehung aufbauen und einen anderen Weg einschlagen könnte.

Diese Hoffnung nicht mehr zu haben zieht mich herunter – so ein Feigling gewesen zu sein, dass ich sie bereitwillig aufgegeben, sogar noch nachgeholfen habe. Ich habe mit der Idee gespielt, ihn anzurufen, mich mit ihm zu verabreden. Ihm zu sagen, was ich fühle. Ihm zu sagen, dass ich getan habe, worum er mich gebeten hat, und mir über ein paar Dinge klar geworden bin – dass ich bereit bin, mich auf uns einzulassen und zu sehen, was passiert.

Aber das habe ich nicht. Weil ich nicht bereit bin. Ich stecke irgendwo dazwischen – ich leide ohne ihn, bin aber nicht davon überzeugt, dass ich mit ihm zusammen sein sollte. Und Van bei der Weihnachtsfeier im Café zu sehen macht einen großen Teil dessen aus, was mich an morgen stresst, wenn ich ganz ehrlich bin.

Das und meine Eltern. Nach einer offen gestanden berauschenden Zeit der Ruhe zeigen sich wieder die alten Risse. Ich denke, dass sie nie verschwunden waren – sie haben es nur beide geschafft, sie für eine Weile zu vertuschen. Eine Art Flitterwochen.

Sie haben Spaziergänge gemacht, sind abends in den Pub gegangen und haben geredet. Mum hat ihm in Cheries Wohnung Abendessen gekocht, und Dad hat gelächelt, wenn er nach Hause gekommen ist. Einmal habe ich sogar gesehen, wie sie Händchen gehalten haben, als sie von dem Café zur Bucht hinunterspaziert sind. Ich wusste nicht recht, was ich davon halten sollte, und habe beschlossen, so zu tun, als wäre es nicht passiert.

Die meisten Kinder wären wahrscheinlich begeistert bei der Aussicht, dass ihre zerstrittenen Eltern wieder zusammenkommen. Bei den meisten Kindern stand, seit sie alt genug waren zu wissen, was eine Scheidung ist, allerdings auch nicht auf ihrer geheimen Weihnachtswunschliste, dass ihre Eltern sich scheiden lassen.

Als Saul und ich heute ins Café gekommen sind, schienen die Dinge sich allerdings geändert zu haben. Bei unserem Eintreten saß Mum zurückgelehnt auf ihrem Stuhl, die Arme vor der Brust verschränkt, die Nasenlöcher geweitet und die Augen zusammengekniffen. Dad schlug den Salz- und den Pfefferstreuer so fest zusammen, dass ich das Klirren hören konnte, während er aus dem Fenster starrte, um bewusst jeden Augenkontakt mit ihr zu vermeiden.

In dem Moment, in dem Saul auf sie zurannte, schienen sie sich zusammenzureißen und zu versuchen, was immer die Spannung ausgelöst hatte, abzuschütteln. Aber ich kenne sie zu gut; ich kenne die Zeichen zu gut – ich konnte die schwelende Feindseligkeit spüren, den sich langsam aufgestauten Ärger. Ich weiß, wozu das gewöhnlich führt, und zwar zu nichts Gutem.

Ich schätze, der Auslöser war der, dass mein Dad ihr gesagt hat, dass er am ersten Weihnachtstag zurück nach Bristol fährt. Er hat zugestimmt, auf der Feier im Café vorbeizuschauen, will aber zu einem späten Mittagessen mit Fiona und ihrer Freundin fahren. Wahrscheinlich hat er angenommen, dass Mum entspannt damit umgehen würde, da er ihr die Situation erklärt hat – nämlich dass sie definitiv nicht ineinander verliebt sind und dass er sie definitiv nicht wegen Jeff Goldblum verlassen hat.

Was soll ich sagen? Ganz offensichtlich ist er blind dafür, wie weit es mit Mums neu entwickeltem Selbstbewusstsein tatsächlich her ist. Mir war klar, dass sie nicht glücklich darüber sein würde, aber ich schätze, ihm nicht.

Zumindest haben sie das, worüber auch immer sie gestritten haben, auf Eis gelegt, solange wir da waren – und ich hoffe, dass sie das auch heute Abend tun werden, wenn sie beide zum Abendessen herkommen. Es wird das erste Mal sein, dass ich seit ihrer Nicht-ganz-Wiedervereinigung allein mit ihnen bin, und ehrlich gesagt, freue ich mich nicht darauf. Es gibt zu viele Möglichkeiten, dass etwas schiefläuft.

Meine Eltern sind nicht die Einzigen, die mich zurzeit stressen. Jo hat mir auf Facebook eine Freundschaftsanfrage geschickt, die ich akzeptieren musste, sodass wir jetzt eine große, glückliche Cyber-Familie sind. Damit hätte ich leben können – doch die Nachricht, die sie mir heute Morgen geschickt hat, war nicht so leicht zu verdauen. Zum einen wollte sie uns frohe Weihnachten wünschen und fragen, ob es okay ist, mit Saul zu chatten, wenn er seine Geschenke geöffnet hat. Was okay ist – das ist nicht unangemessen.

Weniger erfreulich war der zweite Vorschlag – dass Saul vielleicht irgendwann im neuen Jahr ein Wochenende mit ihnen verbringt. Vielleicht auf halbem Weg, hat sie gemeint – irgendwo in der Mitte. Ich kann Saul entweder bringen oder auch bleiben, wenn ich das möchte.

Keine der beiden Optionen klingt verlockend. Die Vorstellung, ein Wochenende mit meinem Ex, seiner schwangeren Frau und Saul zu verbringen, ist nicht gerade reizvoll. Doch die, ihn alleine bei ihnen zu lassen, ist es noch weniger. Ich habe ihr schließlich eine unverbindliche Antwort geschickt und gesagt, dass wir nach Weihnachten darüber reden. Vielleicht haben sie sich bis dahin ja entschlossen, nach Australien auszuwandern.

Um Sauls willen lächle ich weiter. Mache ich weiter. Es ist Weihnachten. Er ist drei. Das Ganze sollte keine Kehrseite haben.

Ich hieve mich hoch und öffne die Kühlschranktür. Laura war gestern kurz hier und hat mir ein Ultraschallbild gezeigt – und wie sie nun einmal ist, ist sie nicht mit leeren Händen gekommen. Sie hat einen Hühnereintopf mitgebracht, der nur darauf wartet, aufgewärmt zu werden.

Heute, beschließe ich in dem Wissen, dass meine Eltern bald hier sein werden, ist der richtige Zeitpunkt für diesen Hühnereintopf zu glänzen.

Ich erwärme ihn und beginne währenddessen damit, meine Geschenke fertig einzupacken. Saul pennt allmählich ein, langsam, aber sicher. Er kämpft dagegen an, doch er verliert den Kampf. Er reibt sich die Augen, drückt seinen frisch gewaschenen Gorilla an sich und zeigt alle Anzeichen eines Kleinkinds, das ins Bett muss, das aber auf keinen Fall will.

Ich verpacke ein paar Kleinigkeiten für meine Eltern und bin froh, dass Cherie und der Rest beschlossen haben, dass wir uns nichts schenken. Das Geld fließt bei uns nicht im Überfluss und meine Zeit auch nicht – und nicht nach dem perfekten Geschenk für die Café-Meute suchen zu müssen war eine echte Erleichterung.

Aber ich habe ein Geschenk für Van. Es musste von Hand angefertigt werden, sodass ich es schon vor Wochen bestellt habe. Ich schüttele es, dann stelle ich es auf den Küchentisch. Es ist eine Schneekugel – von Tansania. Die Schneeflocken, die im wirklichen Leben nie dort fallen würden, wie ich einmal annehme, funkeln und glitzern, während sie auf den Rücken von kleinen Zebras und Löwen landen.

Als ich sie bestellt habe, fand ich die Idee skurril und lustig – doch jetzt macht sie mich traurig. Ich nehme die Kugel in die Hand und stecke sie in eine Geschenketüte. Ich will sie nicht ansehen, und ich will nicht an Van denken, und ich will nicht traurig sein.

Ich räume die Geschenke und den ganzen Verpackungskram weg und gehe ins Wohnzimmer. Der Eintopf riecht göttlich, Saul schläft fast, und Tinkerbell hat seinen letzten Kampf mit dem Weihnachtsbaum aufgegeben. Alles ist relativ ruhig.

Ich lasse mich in den Sessel fallen und beobachte Saul eine Weile. Er sieht so verschlafen und zufrieden aus, und ich versuche, mich darauf zu konzentrieren, wie aufgeregt er morgen früh sein wird.

Gerade als ich es geschafft habe, meine Laune von *irgendwo in der windstillen Zone* zu *ganz passabel* hochzuschrauben, höre ich, wie sich die Haustür öffnet und meine Eltern eintreffen. Es vergehen ein paar Momente, in denen sie offensichtlich ihre Mäntel und Stiefel ausziehen und sich den Schnee von den Köpfen schütteln, bevor sie zu uns ins Wohnzimmer kommen.

Ich sehe sofort, dass es schlecht zwischen ihnen steht. Ich bin wie ein fein eingestellter Rezeptor, was ihre Schwingungen angeht, und die, die sie jetzt aussenden, versetzen mich in Alarmbereitschaft.

Dad nickt mir zu und stapft direkt in die Küche. Er knallt mit den Schranktüren, und irgendwie schafft er es, selbst aus dem Teekochen einen aggressiven Akt zu machen.

Mum sagt Hallo und sieht zu Saul hinüber. Er winkt ihr verschlafen zu. Sie hat die Hände in die Hüften gestemmt und schaut auf ihn hinunter. Ich kann ihre Anspannung spüren, doch ihm zuliebe bringt sie zumindest ein Lächeln zustande.

»Ich mag deinen Gorilla«, sagt sie und bückt sich, um das pelzige Tier in Sauls Arm zu streicheln.

»Den hat mein Dad mir gekauft«, sagt Saul leise, ohne den Blick von dem Fernseher abzuwenden. Er ist so gut wie weg.

»Ja«, sagt sie und dreht sich zu mir um. »Ich habe davon gehört. Von deinem Opa.«

Ihre Hände sind in die Hüften gestemmt, ihre Augen zusammengekniffen, und sie sieht mich an, als sei ich eine kleine Maus und sie eine hungrige Königsboa. Jeder würde denken, dass sie sauer auf mich ist, weil ich ihr nichts von Jason erzählt habe.

Aber ich kenne sie zu gut. Ich weiß, dass sie verärgert und möglicherweise verletzt ist, dass ich mich ihr nicht anvertraut habe. Aber hier geht es um mehr – das ist die Art Stimmung, die die Luft in Erwartung eines großen, lautstarken Krachs knistern lässt. Ich bin einfach das nächstbeste Ziel – ich nehme an, das Ziel, gegen das sich ihr Ärger wirklich richtet, ist in der Küche und misshandelt gerade meinen Wasserkocher.

Doch für die Zwischenzeit scheine ich ihr zu reichen. Ich bin dazu wirklich nicht in der Stimmung und werfe einen Blick auf meine Uhr. Ich sehe, dass es auf sieben zugeht. Zeit, den kleinen Mann ins Bett zu bringen, beschließe ich.

Er widerspricht, als ich ihn hochnehme, um ihn nach oben zu tragen, aber nur halbherzig. Er schlingt die Arme um meinen Nacken, und ich merke, wie seine kleinen Finger sich in mein Haar graben, wie sie das immer tun, wenn er sehr müde ist.

Ich spüre seinen warmen Atem in meinem Nacken, und als ich ihn die Treppe hochtrage, denke ich wieder einmal, wie groß er geworden ist. Im Moment kann ich ihn noch tragen, aber er ist kein Baby mehr. Alles ist so flüchtig – es fühlt sich gleichzeitig wie gestern und ewig her an, dass er noch so klein war, dass ich ihn auf einem Arm tragen konnte.

Er ist so erledigt, dass er es ohne Proteste zulässt, dass ich ihn ausziehe. Er hebt freiwillig die Arme, damit ich ihm den Pullover ausziehen kann, und hält sich an meinen Haaren fest, während ich die Knöpfe seines karierten Schlafanzugs zuknöpfe. Er sieht sehr weihnachtlich aus, in seinem schicken schwarz-roten Schlafanzug.

Ich verstrubbele ihm die Haare und gebe ihm einen Kuss und ziehe die Bettdecke bis zu seinem Kinn hoch.

Er unterdrückt ein Gähnen und hält meine Hand fest.

»Mummy«, sagt er dösig, »wann kommt der Weihnachtsmann zu uns? Können wir nachsehen?«

»Natürlich können wir das, Liebling«, sage ich, hole mein Handy heraus und suche nach der App mit dem Weihnachtsmann-Such-Tool. Ich lege mich neben ihn und kuschele mich an ihn, während wir beide auf den Bildschirm schauen.

Wir sehen, dass der Weihnachtsmann inzwischen nicht

mehr so weit von uns weg ist – er ist in unserer Richtung unterwegs.

»Er wird bald hier sein«, murmelt Saul und seufzt zufrieden.

»Das wird er, Liebling«, antworte ich und streiche ihm das Haar aus der Stirn. Ich beschließe, noch ein paar Minuten bei ihm zu bleiben, bei meinem kostbaren Jungen, das meiste aus jedem Moment der Unschuld herauszuholen, den ich mit ihm teilen kann. Im Handumdrehen wird er im Park Cider trinken und sich seine Weihnachtsbeute aus irgendeinem Katalog aussuchen, statt die Route des Weihnachtsmanns zu verfolgen.

Ich lege meinen Kopf neben seinen auf das Kissen und beobachte, wie er versucht, die Augen offen zu halten, aber verliert. Seine Lider schließen sich, sein Atem wird ruhig und sein Gesicht auf eine Weise schlaff, die mir sagt, dass er im Schlummerland ist.

Und dann höre ich von unten die ersten erhobenen Stimmen, die mir sagen, dass meine Eltern streiten. Ich beiße mir auf die Lippe, schließe die Augen und kämpfe gegen die Anspannung an, die von mir Besitz ergreift.

Wenn ich einfach hier liegen bleibe und mich ruhig verhalte, geht es vielleicht vorüber, doch aus zu vielen Jahren der Erfahrung weiß ich, dass es das nicht tun wird – aber heute ist Weihnachten. Ich darf also hoffen.

DRITTER TEIL

– Los?

34. KAPITEL

Mir reicht's. Mein Kopf hämmert, meine Augen tun weh, und jeder Zentimeter meines Körpers, vom Kopf bis zu den Zehen, fühlt sich an, als wäre er total verkrampft.

Ich höre nur das Gebrüll, die spitzen Schreie, die die festliche Musik übertönen. Es ist eine Playlist von Weihnachtsliedern, die ich auf meinem Handy habe und mit denen ich versuche, alles andere auszublenden. Die Mischung ist grauenhaft: der erhabene Gesang von *Hark! The Herald Angels Sing* wechselt mit lauten Beschimpfungen ab.

Saul schläft, wenn auch unruhig, wie nur Kinder schlafen können – ich sehe, wie seine Augen sich hinter den Lidern bewegen, seine kleinen Fäuste sind geballt, und hin und wieder zucken seine Beine wie bei einem träumenden Hund. Es ist der Abend vor Weihnachten – vielleicht träumt er vom Weihnachtsmann, der in seinem Schlitten über die Dächer fliegt. Jedenfalls hoffe ich das. Ich hoffe, dass er nicht gleich aufwacht und das ganze Geschrei und Gepolter und die wütenden Stimmen hört. Ich habe hart gearbeitet, um ihn hiervor zu beschützen, doch es hat mich eingeholt, mich aufgespürt.

Ich bin in meinem eigenen kleinen Haus, aber ich fühle mich hier nicht mehr sicher. Ich bin in meinem eigenen kleinen Haus, und da sind zu viele Stimmen. Zu viele Konflikte. Ich bin in meinem eigenen kleinen Haus, und ich verstecke mich oben, kauere mich unter den Laken zusammen, von alldem paralysiert.

Ich bin in meinem eigenen kleinen Haus, und ich muss hier raus. Ich muss weg. Ich muss weglaufen.

Das Problem ist, dass ich nirgendwo hinkann – und überhaupt keine Möglichkeit habe wegzukommen. Ich bin in diesen Raum eingesperrt, mit Saul, von meinen eigenen Gefühlen – so sicher, als hätte ich den Kleiderschrank vor die Tür geschoben.

Das geht jetzt seit fast zwei Stunden. Ich verstehe nur einzelne Worte von dem, was unten gesagt wird, und keins davon ist nett. Keins ist achtsam oder zielführend oder gehört in die Münder von Menschen, die sich geändert haben.

Ich möchte einfach hinuntergehen und ihnen sagen, dass sie den Mund halten sollen, ich möchte sie hinauswerfen. Ich möchte sie selbst anschreien und ihnen sagen, wie sehr ich ihr Verhalten verabscheue, wie wütend ich bin, dass sie ihr persönliches Drama an diesem Abend aller Abende in mein Haus gebracht haben.

All das möchte ich tun, aber irgendwie schaffe ich es nicht. Vielleicht bin ich ein Feigling. Vielleicht bin ich erschöpft. Vielleicht habe ich keine Ressourcen mehr übrig.

Vielleicht ist dieses Muster, mich zu verstecken und alles mit Musik zu übertönen, einfach zu sehr in meiner DNA verankert, als dass ich etwas anders machen kann.

Ich werfe einen schnellen Blick zu Saul hinüber und

sehe, dass es ihm gut geht. Er schläft tief und fest, weder der Lärm von unten noch meine Musik haben ihn geweckt. Es geht ihm gut – ich bin diejenige, der es nicht gut geht.

Auf Zehenspitzen schleiche ich mich aus seinem Zimmer in mein eigenes. Ich setze mich auf das Bett und starre aus dem Fenster. Ich hole einen Rucksack aus dem Schrank und beginne zu packen. Ich stecke ein paar Kleidungsstücke von mir und Saul hinein. Und das gerahmte Foto von meiner Oma, das neben meinem Bett steht. Ich stelle den Rucksack auf den Boden und trete danach, mehrmals, vorsichtig, um die Kleider zu treffen und nicht das Foto.

Unten ist Stille eingetreten, und ein Teil von mir fragt sich, ob es sicher ist herauszukommen. Herunterzuschleichen und einen Blick ins Wohnzimmer zu wagen. Doch ich weiß es besser – ich habe das zu oft erlebt. Ich weiß, dass es nur vorübergehend ist, während beide zu Atem kommen.

Die Tür knarrt und geht auf, und Tinkerbell springt auf mein Bett. Er rollt sich zu einem riesigen fuchsroten, flauschigen Ball zusammen und sieht zu mir hoch. Ich könnte schwören, dass er traurig aussieht, aber wahrscheinlich projiziere ich nur meine Gefühle auf ihn.

Ich stehe auf und öffne die Kleiderschranktür. Die beiden großen roten Säcke stehen dort drinnen – die Säcke mit Sauls Geschenken. Ich möchte sie herausholen und nach unten bringen, mir Saul schnappen und um mein Leben laufen. Ich möchte das so sehr, dass es fast schon ein Verlangen ist.

Ich habe das schon einmal gemacht, und langsam denke ich, dass ich es vielleicht wieder tun sollte. Ich habe hier eine Katze und Freunde und einen Job. Aber jetzt sind hier auch meine psychopathischen Eltern und ein Mann, der irgendwie zu meinem Ex geworden ist, ohne dass er je mein Freund war. Da sind Komplikationen und Bindungen und Verantwortlichkeiten.

Ich bin mir nicht sicher, ob ich irgendetwas davon noch will. Alles fühlt sich bitter und freudlos an, und ich komme zu dem Schluss, dass ich eine Närrin bin, jemals gedacht zu haben, dass es anders sein könnte. Gedacht zu haben, ich könnte dem Schicksal dieses jetzt wieder einsetzenden Brüllwettkampfs da unten entkommen.

Ich höre den vertrauten schrillen Schrei meiner Mum, den ich immer als ihren Kriegsschrei angesehen habe, und warte mit zur Seite geneigtem Kopf auf das, was unweigerlich kommen wird – das Geräusch, das mir sagt, dass gerade etwas zu Bruch gegangen ist.

Und tatsächlich höre ich kurz darauf ein Krachen und einen dumpfen Aufschlag. Kein Porzellan, das zerbricht, meine Teller und Gläser dürften demnach noch ganz sein. Es könnte ein Buch gewesen sein oder die Obstschale aus Holz. Ich stelle mir all die Äpfel und Mandarinen vor, die über den Teppich rollen.

Ich möchte weglaufen, aber ich bin mir nicht sicher, dass ich das kann. Die Logistik ist eine Herausforderung. Es ist Heiligabend, es schneit, und ich weiß nicht, wo ich hinsoll. Ich habe die Schlüssel zu der Drogerie, ich könnte dort ein Lager aufschlagen. Ich habe die Telefonnummer eines Taxisunternehmens in Dorchester, das mir das Doppelte berechnen, mich aber von hier wegbringen würde. Ich könnte zunächst einmal nach Bristol fahren, in das Haus meiner Eltern. Ich könnte sie sich selbst überlassen und morgen überlegen, was ich tun soll.

Ich könnte Saul warm einpacken, die Weihnachtssäcke in einen fremden Kofferraum laden und verschwinden. Es ist nicht so, dass meine Eltern mein Verschwinden bemerken würden – so viel habe ich inzwischen gelernt. Sie bekommen nichts mehr mit, einschließlich ihrer eigenen Tochter und ihres eigenen Enkelkinds, wenn sie dieses Stadium erreicht haben.

Tinkerbell würde es gut gehen, sage ich mir. Ich könnte Matt eine SMS schreiben und ihn bitten, ihn zu holen. Auburn könnte für die Arbeit, die ich mache, jemand anderen finden – es geht schließlich nicht um Raketentechnik. Ich würde wohl für etwas Überraschung sorgen. Laura würde vielleicht weinen. Doch letztendlich würde es niemanden wirklich kümmern – alle würden sich an meine Abwesenheit gewöhnen. Sie haben einander und ihr eigenes turbulentes Leben, und nach einer Weile wäre es so, als hätte ich nie hier gelebt.

Und vielleicht, denke ich, während eine Träne meine Wange hinunterläuft, wäre Van sogar erleichtert. Er versucht, mir ein Freund zu sein. Er versucht, beständig zu sein. Aber wäre es rein hypothetisch nicht besser für uns beide, einen Neuanfang zu machen? Was immer wir vielleicht gehabt haben, wir haben es vergeigt. Es mag mein Fehler sein. Es mag seiner sein. Es mag absolut schlechtes Timing sein. Doch jetzt ist es vorbei – bevor es richtig angefangen hat.

Es ist besser, jetzt zu gehen, bevor alles richtig schiefläuft.

Ich zerre die Säcke mit den Geschenken aus dem Schrank und starre sie an. Ich stelle mir vor, welche Wirkung das alles auf Saul haben würde. Wenn ich es nur irgendwie beschönigen, es als Spiel, als Abenteuer, als aufregenden Teil des Weihnachtsspaßes hinstellen könnte.

Ich lasse mich zurück auf das Bett fallen und könnte vor Frustration schreien. Nein. Natürlich kann ich das nicht. Ihn Heiligabend aufzuwecken und an einem eiskalten Abend in ein Taxi zu setzen? Ihn von allem wegzubringen, was er liebt, von allem, was er gewohnt ist?

Das wäre nicht fair. Das wäre nicht in Ordnung, nicht einmal ein kleines bisschen. Von unten dringt wieder boshaftes Geschrei herauf, mein Dad brüllt irgendetwas, und wie aufs Stichwort folgt das Geräusch, das verkündet, dass jetzt wirklich etwas zerbrochen ist. Vielleicht sind meine Teller und meine Gläser doch nicht mehr so sicher.

Als Kind hatte ich meine Taktiken, die Zeit herumzubekommen, die ich oben im Exil war. Ich habe Musik gehört, in Zeitschriften gelesen oder Hausaufgaben gemacht. Einen Großteil der Zeit habe ich sogar verschlafen – mit Kopfhörern, um die Geräusche von unten auszublenden.

Jetzt kann ich es nicht riskieren, Kopfhörer aufzusetzen. Ich kann es nicht riskieren, Saul nicht zu hören. Ich bin hier oben gefangen, ohne etwas tun zu können.

Ich greife erneut nach dem Rucksack, und aus irgendeinem Grund drücke ich ihn an mich, als wäre er ein Baby, das ich herze. Ich gehe damit zum Fenster und blicke hinaus. Der Schnee fällt jetzt dicker, sammelt sich auf Dächern und Bürgersteigen und dem schwingenden Schild der Drogerie. Unter anderen Umständen sähe es sogar schön aus. Weihnachtlich, so wie englische Weihnachten immer in amerikanischen Filmen dargestellt werden.

Ich sehe die vertrauten Lichter in den vertrauten Häusern, sehe die sich bewegenden Silhouetten in den erleuchteten Fenstern. Wenn ich meine Ohren anstrenge und die Weihnachtslieder auf meinem Handy für eine Minute ausschalte, kann ich das Lachen und die fröhlichen Stimmen aus dem Pub fast hören – oder mir zumindest einbilden. Es dürfte voll da drinnen sein, das Kaminfeuer wird lodern und zischen, jeder Tisch wird besetzt sein, und das Personal an der Bar wird seine traditionellen Elfen- und Schneemannmützen tragen.

Ich bemerke ein Auto vor der Drogerie und stelle fest, dass es Auburns ist. Ich runzele die Stirn und blinzele, um besser sehen zu können, und beobachte, wie ein Licht in der Drogerie ausgeht. Seltsam. Ich hatte nicht einmal mitbekommen, dass das Licht an war, bevor es wieder dunkel geworden ist.

Ich sehe von meinem schwach beleuchteten Schlafzimmer aus hinaus und frage mich, wer wohl dort drinnen ist. Das ist sehr viel besser, als mich zu fragen, wie lange das Geschrei unten noch andauern wird. Bis jetzt gibt es keine Anzeichen, dass es bald aufhört – ich schätze, sie haben monatelang angestauten Dampf abzulassen.

Die Tür der Drogerie öffnet und schließt sich, und eine Gestalt taucht auf. Groß, breit, schwarz gekleidet. Es ist Van, obwohl ich keine Ahnung habe, was er da tut. Ich beobachte, wie er abschließt und sich umdreht, um zurück zu seinem Auto zu gehen. Er bleibt unter dem gelben Licht einer Straßenlaterne stehen, erstarrt in einem Kreis aus leuchtendem Schatten.

Der Schnee wirbelt um ihn herum, und er hält irgendeine Kiste in der Hand. Er hat sich seine Beanie-Mütze über die Ohren gezogen und trägt seine Thermoweste.

Er steht still da und sieht zu meinem Haus herüber. Ich

fühle mich sofort schuldig, dass ich hier stehe und ihn heimlich beobachte, und frage mich, was er wohl denkt. Ob er weiß, wo ich bin, und ob es ihn überhaupt interessiert. Ob er mich vermissen würde, wenn ich ginge. Wie lange es dauern würde, bis es ihm überhaupt auffiele.

Ich merke, dass ich weine, als ich dastehe und zu ihm hinunterschaue, und wünsche mir so sehr, ich wäre der Typ, der auf ihn zugehen könnte. Ihm sagen könnte, wie sehr ich ihn schätze, wie viel er mir bedeutet und wie sehr ich gerade jetzt einen Freund brauche.

Aber der Typ Mensch bin ich nicht. Ich bin nicht stark genug, um so schwach zu sein.

Ich wische mir die stummen Tränen aus den Augen, und in dem Moment sieht er hoch. Er sieht mich. Er winkt mir einmal zögernd zu.

Ich winke zurück und schließe die Vorhänge und lasse mich auf das Bett fallen. Ich bin so traurig, dass mir selbst meine Eltern egal sind.

35. KAPITEL

Ich habe mich in den Laken verheddert, meine Augen brennen, sind rot, und ich kriege sie kaum auf, als mein Handy klingelt. Ich ignoriere es, doch es reicht, um mich zu wecken – oder zumindest etwas wacher zu machen.

Ich habe nicht tief geschlafen. Nicht richtig. Ich bin immer wieder in einen rastlosen Halbschlaf gedriftet, und jetzt fühle ich mich desorientiert und verwirrt. Ich blinzele, öffne und schließe ein paarmal die Augen und sehe auf die Uhr. Es fühlt sich wie vier Uhr morgens an, aber es ist erst kurz nach elf.

Ich höre, wie meine Eltern immer noch heftig streiten – offensichtlich haben sie eine Menge zu klären. Ich setze mich auf und schlage mir ins Gesicht. Ich muss richtig wach werden und nach Saul sehen.

Bevor ich meine Reserven mobilisiert habe – mein Körper will wirklich nicht kooperieren –, klingelt mein Handy erneut. Ich hebe es hoch und sehe auf das Display. Van.

Ich möchte es wieder ignorieren – ich fühle mich zu angeschlagen, um mich heute Abend auch noch mit meinen Gefühlen für Van auseinanderzusetzen –, doch irgendetwas sagt mir, dass er immer weiter anrufen wird. Und außerdem könnte es auch etwas Wichtiges sein.

Ich gehe dran und sage nervös: »Hi? Ist alles in Ordnung? Ist deine Mum okay?«

»Alles okay. Sie ist mit Willow und Auburn und dem Hund zu Hause.«

»Aha, und wo bist du?«

»Sieh mal aus deinem Fenster«, sagt er, er klingt amüsiert.

Ich stehe auf und gehe auf wackligen Beinen zum Fenster. Ich ziehe den Vorhang zur Seite und sehe ihn auf der Straße stehen, das Handy in der Hand, während er mir mit der anderen zuwinkt.

Er steht neben Toms altem Bus, der so hell und farbenfroh geschmückt ist wie der Schlitten des Weihnachtsmanns, in dem der Rotary Club im Dezember immer durch unsere Siedlung gefahren ist.

Rosa, gelbe und blaue Lichterketten, die hektisch blinken, reichen um den Wagen herum. Ihr strahlender Glanz wird vom Schnee verschluckt, während sie durch die Flocken hindurchscheinen und sie bunt färben.

Allen Widrigkeiten zum Trotz muss ich lächeln – das erste Lächeln seit geraumer Zeit.

»Ich bin gekommen, um dich zu retten«, sagt er einfach und sieht von der Straße aus zu mir hoch. Es ist seltsam zu sehen, wie seine Lippen sich dort unten in Echtzeit bewegen, während ich seine Stimme hier in meinem Ohr höre. »Ich war vorhin draußen und habe deine Eltern gehört. Um ehrlich zu sein, glaube ich, dass man sie selbst in Applechurch gehört hat. Ich … na ja, du hast mir erzählt, wie sie waren, doch ich denke, nichts hätte mich auf diesen

Lautstärkepegel vorbereiten können. Mein Gott. Kann Saul dabei schlafen?«

»Kann er, Gott sei Dank«, antworte ich immer noch groggy und immer noch verwirrt, was er da treibt.

»Okay, pack deine Sachen. Nimm die Geschenke. Nimm Saul. Und komm zu mir. Wir laufen zusammen weg, nur für eine Nacht. Ich lege jetzt auf, sodass du nicht Nein sagen kannst. Wenn du nicht rauskommst, bleibe ich einfach hier und schlafe die Nacht im Wagen.«

Prompt lässt er Taten folgen und legt auf. Ich starre das Handy an. Ich starre ihn an. Ich starre den geschmückten Bus an.

Dann tue ich genau das, was er gesagt hat. Ich tue es schnell, weil ich weiß, dass ich es mir ausreden werde, wenn ich innehalte – wenn ich mir erlaube, darüber nachzudenken. Ich werde mir einreden, dass das eine schreckliche Idee ist. Ich werde eine Million Gründe finden, warum es falsch ist.

Zuerst laufe ich mit den Weihnachtsgeschenken zweimal die Treppe hinunter. Dann ziehe ich meine Turnschuhe, einen Mantel und eine Mütze an, bereit, in eine Nacht hinauszugehen, von der ich weiß, dass sie eiskalt ist.

Dann gehe ich in Sauls Zimmer und wecke ihn. So weit das möglich ist. Er schläft noch und klammert sich an mich, als ich ihm einen dicken Pullover über den Kopf und dicke Socken an die Füße ziehe. Er klammert sich an meinen Hals, als wir die Treppe hinunterschleichen, flüstert mir etwas ins Ohr, als wir an der Wohnzimmertür vorbeikommen.

Ich bleibe einen Moment stehen und höre, wie Mums

schrille Stimme meinem Dad erklärt, dass er ein »unnützes Stück Scheiße« ist, und wie er schroff antwortet, dass er nicht lügen müsste, wenn er sie als seelenlose, bösartige Zicke bezeichnen würde.

Wenn ich jemals noch einen Anstoß gebraucht habe, das ist er.

Tinkerbell ist hinter mir die Treppe heruntergetappt und sitzt auf der untersten Stufe. Seine grünen Augen glitzern, als er zusieht, wie wir uns davonschleichen. Ich halte die Tür ein paar Sekunden auf, als wollte ich ihn einladen, uns zu begleiten, doch er beginnt, sich die Pfoten zu lecken. Ich deute das so, dass er beschlossen hat, dortzubleiben, wo die Heizungen sind, und lasse ihn. Er ist ein Kater. Es wird ihm gut gehen.

Van wartet draußen auf uns, er reibt in der Kälte die Hände gegeneinander. Ein riesiges Lächeln breitet sich auf seinem Gesicht aus, als er uns sieht, und ich zeige auf die Taschen in der Diele.

Ich trage Saul in den Bus, und Van folgt uns mit allen drei Taschen auf einmal wie ein Weihnachtsmann mit Superkräften.

Im Bus selbst ist es noch weihnachtlicher. Es gibt einen künstlichen kleinen Weihnachtsbaum, der auf einem Klapptisch steht und mit karierten Schleifen und glitzernden Engeln geschmückt ist, und an allen Fenstern ist Lametta befestigt.

Es gibt ein Doppelbett, das sich wahrscheinlich auch zusammenklappen lässt, wie ich vermute, und auf das ich Saul sanft lege. Die Heizkörper haben offenbar Überstunden gemacht, und es ist warm und gemütlich hier drinnen – warm und gemütlich und ruhig.

Saul bewegt sich, als ich ihn zudecke, und sieht sich mit großen blauen Augen um.

»Ist er da?«, murmelt er und greift nach meiner Hand. »Ist der Weihnachtsmann da?«

»Noch nicht, Liebling«, antworte ich, streiche ihm das Haar glatt und beruhige ihn. »Aber wir haben auf der Weihnachtsmann-App gesehen, dass er schon ganz nahe ist … und … Van ist vorbeigekommen, um zu fragen, ob wir ihn nicht suchen wollen. Wie klingt das?«

»Schön. Weckst du mich, wenn wir ihn gefunden haben?«

Van sitzt auf dem Fahrersitz, und alle Türen sind geschlossen. Er dreht sich zu mir um, zieht seine Mütze aus und lacht.

»Bereit für die Jagd auf den Weihnachtsmann?«

Ich nicke und lache zurück. Das ist verrückt. Das ist Wahnsinn. Das ist wahrscheinlich total falsch.

»Und wie«, sage ich.

36. KAPITEL

Van fährt mit uns nach Briarwood. Es schneit noch immer, aber er kennt den Weg zu der Lichtung, wo Tom den Bus monatelang stehen hatte.

Sie liegt abgelegen auf einer bewaldeten Wiese, die Äste der Bäume sind schwer vom Schnee, und das Mondlicht dringt durch sie hindurch und sprenkelt den Boden. Es ist dunkel und ruhig, die einzigen Geräusche kommen von dem gelegentlichen Ruf einer Eule, dem Schrei eines Fuchses oder dem Schnee, der von den Ästen rutscht. Ich spähe neugierig aus dem Fenster, und alles sieht unglaublich magisch aus – als hätte er uns wirklich an einen verzauberten Ort gebracht.

Alle Sorgen, dass Saul durcheinander sein könnte, nicht zu Hause aufzuwachen, lösen sich auf – das hier ist so viel besser. Das sieht wirklich so aus, als könnte sich ein Weihnachtsmannjäger hier auf die Lauer legen.

Saul schläft tief und fest, zusammengerollt unter den Decken. Er sieht so viel friedlicher aus als zu Hause, wo der Krach von den Streitereien unten in seine Träume gedrungen sein muss.

Van kommt in den hinteren Teil geklettert und setzt sich

neben mich auf das Bett. Im Wagen brennt gedämpftes Licht, das ausreicht, ihn lächeln zu sehen und zurückzulächeln. Er streckt die Hand aus und streichelt sanft mein Gesicht. Ich schmiege mich hinein und gebe ihm einen Kuss in die Handfläche.

Ich fühle mich so viel besser jetzt. Ob der Grund der ist, dass ich meinen Eltern entkommen oder dass ich mit ihm zusammen bin, weiß ich nicht. Und ich habe nicht vor, den Moment damit zu zerstören, das zu analysieren. Manche Dinge befinden sich jenseits meiner Kontrolle.

»Er sieht glücklich aus«, sagt Van mit einem Blick auf Saul.

»Das tut er. Danke. Dass du uns geholt hast. Ich hätte dich nie darum gebeten.«

Er lacht und runzelt die Stirn.

»Ich weiß!«, antwortet er, greift nach meiner Hand und hält sie fest. »Du würdest dir wahrscheinlich eher einen Finger abhacken, als um Hilfe zu bitten. Aber als ich dich gesehen habe … wie du dort am Fenster gestanden und den Rucksack an dich gedrückt hast … na ja, du hast ausgesehen, als müsstest du weg. Als ich zurückgekommen bin, habe ich sogar gedacht, dass du in der Zwischenzeit vielleicht schon gegangen bist – du hast ihn so verzweifelt an dich gepresst; er hat mich an diese Notfalltaschen erinnert, die die Spione in den Filmen haben. Du weißt schon, diese Taschen mit einem Haufen Geld in verschiedenen Währungen, einem Revolver und einem falschen Pass?«

Ich nicke, weil ich genau weiß, was er meint. Ich habe mich oft nach so einer gesehnt.

»Leider sind in meiner nur frische Socken. Aber … ja.

Ich musste weg – ich wusste nur nicht, wie. Ich wusste nicht, wie ich gehen sollte, ohne Saul Weihnachten zu verderben und die Nacht auf der Lippenstiftcouch in der Drogerie zu verbringen. Mum und Dad ... waren ... ja, sie waren wirklich in Fahrt.«

Er schüttelt den Kopf, das alles scheint ihn zu verwirren.

»Es ist mir nicht entgangen«, sagt er und drückt meine Hand. »Ich habe noch nie Menschen so laut oder so böse schreien hören. Es tut mir so leid, dass du so aufgewachsen bist. Hast du jemals überlegt ... ich weiß nicht ... ihnen zu sagen, dass sie sich verpissen sollen?«

Ich lache laut über die für ihn untypische Wortwahl und halte mir die Hand vor den Mund, um Saul nicht zu wecken.

»Habe ich. Und ich denke, morgen muss ich das wirklich tun. Heute Abend hatte ich einfach nicht die Kraft dazu. Da war zu viel anderes, das mich beschäftigt hat, und ich habe mich in den größten Feigling der Welt verwandelt.«

»Warum?«, fragt er. »Was hat dich denn beschäftigt?«

Ich sehe ihn an, mit seinen strahlenden Augen, dem kastanienbraunen Haar und dem freundlichen Lächeln. Ich sehe ihn an, und mir wird klar, wie viel besser ich mich fühle, wenn wir zusammen sind. Mir wird klar, dass von hier wegzugehen auch bedeuten würde, von ihm wegzugehen – und das könnte mich zerbrechen. Hier geht es nicht um Saul oder meine Eltern oder Jason und Jo oder meine höchst neurotische Einstellung zum Leben. Hier geht es einfach um eine Entscheidung: ob ich bereit bin, ein Risiko einzugehen, und versuchen will, glücklich zu sein, oder ob ich es lasse.

»Vor allem du«, antworte ich ruhig. »Und ich. Und dass alles so verkorkst ist. Ich weiß nicht, wie alles so schnell schieflaufen konnte … bevor wir dem Ganzen überhaupt eine Chance geben konnten, richtig zu laufen. Ich war eine Idiotin, und es tut mir leid. Du hast gesagt, dass wir uns über ein paar Dinge klar werden müssen. Du hast gesagt, dass *ich* mir über ein paar Dinge klar werden muss. Dass du bereits tiefer involviert bist, als du gedacht hast.«

»Das habe ich gesagt, ja«, antwortet er und sieht durch das Fenster auf die mondbeschienene Lichtung hinaus, als wollte er sich auf schlechte Nachrichten vorbereiten.

»Okay. Du hattest recht. Und ich habe getan, was du gesagt hast. Ich will nicht lügen – ich wollte weglaufen. Ich wollte nach meiner wenig professionellen Notfalltasche greifen und gehen. Zum Teil wegen meiner Eltern und der neuen Situation mit Sauls Dad. Zum Teil weil ich ein großer Feigling bin und das Gefühl hatte, zu tief in das Leben anderer hineingezogen zu werden. Hier.

Aber vor allem deinetwegen, denke ich. Du hast mich provoziert, Van – du hast mich dazu gebracht, über uns nachzudenken, darüber, was wir füreinander sind, obwohl ich das nicht wollte. Du hast mich zurückgestoßen, und das hat mir klargemacht, wie sehr ich dich will. Wie sehr ich dich brauche. Ich bin nicht stolz darauf, aber so bin ich nun mal gestrickt – widersprüchlich, schätze ich.«

Er richtet seinen Blick wieder auf mein Gesicht, und unsere Blicke begegnen sich. Seine Hand hält immer noch meine, doch sein Gesichtsausdruck ist unergründlich. Ich habe das Gefühl, dass mir die Luft wegbleibt, und frage mich, ob ich es versaut habe. Ob ich zu lange gewartet habe. Ob er zu dem Schluss gekommen ist, dass ich mehr

Mühe mache, als ich wert bin. Ob er wieder mit der Blonden von Abba zusammen ist.

»Aha«, antwortet er schließlich, »dass ich nicht mit dir geschlafen habe, hat dir gezeigt ... dass du mit mir schlafen wolltest?«

»Das wusste ich bereits, Van«, antworte ich und verpasse ihm einen Stoß. »Ich dachte, das hätte ich klar genug gemacht. Aber jetzt ... weiß ich, dass es mehr ist als das, okay?«

Er lacht und nimmt mich in die Arme und küsst mich auf den Kopf.

»Logo. Natürlich tut es das nicht. Das habe ich ja versucht, dir zu sagen. Obwohl es lange gedauert hat, bis du es kapiert hast, nicht?«

Ich lächle und schlinge meine Arme um seine Taille und bleibe eine Zeit so. Denn ... warum sollte ich das nicht?

»Ich weiß. Was soll ich dazu sagen? Ich lerne eben langsam. Danke für die Geduld.«

»Ist schon okay«, antwortet er und zieht mich enger an sich. »Niemand ist perfekt. So. Und wo stehen wir jetzt? Nicht, dass ich einen Lebensplan und einen Heiratsantrag erwarte, Katie – ich will nur sichergehen, dass ich nicht eines Tages aufwache und einen Zettel finde, auf dem steht, dass du nach Vatikanstadt oder irgendwo andershin umgezogen bist.«

»Das würde ich nie tun«, sage ich. »Vielleicht nach Cardiff. Aber ... ich schätze, wir bleiben hier. Ich und du und Saul. In einem Bus im Wald. Und verbringen Weihnachten zusammen. Das ist der erste Schritt.«

»Damit gebe ich mich zufrieden«, sagt er und zieht sich widerwillig von mir zurück. »Und in diesem Sinne sollten wir besser sehen, dass das mit Weihnachten klappt. Da ist ein kleiner Mann, der eine Riesenüberraschung erwartet, wenn er aufwacht. Ich habe den Wagen für ihn geschmückt, und du hast die Geschenke – glaubst du, das ist okay für ihn? Ist das magisch genug?«

Ich schaue mich um, betrachte den kleinen Weihnachtsbaum und das Lametta und den wunderschönen verschneiten Wald draußen. Ich schaue Van an und erkenne, was für ein besonderer Mensch er ist – dass er selbst jetzt, nach unserer großen Erwachsenendiskussion, noch an Saul denkt. Er ist, um es einfach auszudrücken, so ziemlich der beste Mensch, dem ich je begegnet bin, denke ich.

»Das ist magisch genug«, antworte ich und beuge mich zu ihm hin, um ihm einen Kuss zu geben. »Für uns alle.«

37. KAPITEL

Wir wachen zur gleichen Zeit auf wie Saul, was nicht überraschend ist, da er auf dem Bett herumspringt, uns aus Versehen ins Gesicht tritt und vor Aufregung kreischt.

Wir haben uns jeder auf eine Seite von ihm gelegt, während sich unsere Hände in der Mitte getroffen haben, ein kuscheliges menschliches Dreigespann, zusammengerollt wie ein Wurf Welpen.

Jetzt, gefühlsmäßig eine Stunde später, sind wir wieder wach. Saul schreit: »Er war hier, er war hier!«, und hüpft zum Ende des Betts, um an die beiden Säcke mit den Geschenken zu kommen. Dann hält er inne, dreht sich zu uns um und sieht uns verwirrt an.

»Wo sind wir?«, fragt er und beginnt, sich umzublicken. »Und warum bist du hier, Van?«

Van gähnt und streckt sich und befreit sich von den Decken.

»Wir sind im Wald. Wir haben auf der Weihnachtsmann-App gesehen, dass er hierhin zuerst kommt. Und ich bin hier, weil ich nicht verpassen will, wie du deine Geschenke aufmachst. Ist das okay?«

Ich merke, dass ich an diesem Punkt die Luft anhalte

und nach irgendeinem Anzeichen von Bestürzung bei Saul suche, hoffe, dass er nicht ausrastet. Ich hätte mir keine Sorgen zu machen brauchen. Er nickt, springt vom Bett und stürzt sich auf die Säcke. Kleine Leute sind so viel vernünftiger als große.

Die nächste Stunde verbringen wir in einem Wust aus weggeworfenem Geschenkpapier, weil Saul alles, was ich mit Zeit und Mühe verpackt habe, mit gnadenloser Effektivität auspackt. Es dauert eine Weile, da er mit allem erst einmal spielen will, wenn er es ausgepackt hat. Er hat ungefähr siebenhundert Prozent mehr Energie als wir, sodass wir nicht in der Position sind zu argumentieren.

Als er fertig ist, macht Van uns allen Toast, den wir draußen im Schnee essen. Ich habe Sauls Winterstiefel aus der Diele mitgenommen, und er lässt Dampf ab, indem er herumrennt, Fußabdrücke im Schnee hinterlässt und Schneebälle macht und an niedrigen Ästen rüttelt und lacht, wenn der Schnee herunterfällt.

Als er schließlich ruhig genug ist, um länger als zwei Sekunden still zu sitzen, kommt er wieder herein und rollt sich mit einem der Astronautenbücher auf dem Bett zusammen.

Ich nutze die Ruhepause, um Van seine Tansania-Schneekugel zu geben. Sie gefällt ihm sehr, und das freut mich. Ich erwarte nicht, etwas von ihm zu bekommen, doch er zaubert einen weißen Umschlag mit einer Karte hervor.

»Das habe ich vor einiger Zeit für dich erstanden«, sagt er verlegen und gibt ihn mir. Ich öffne den versiegelten Umschlag und erwarte irgendeine Weihnachtssüßigkeit. Als ich eine bunte Karte mit einem Bild von Herbie, dem VW Käfer aus dem Film, darin finde, bin ich äußerst verwirrt. Ich mache sie auf und halte ein Blatt Papier in der Hand, das eindeutig zu Hause mit dem Computer ausgedruckt worden ist. Ich überfliege es und lache.

»Fahrstunden?«, sage ich lachend. »Willst du mich loswerden?«

Er lächelt – ein träges, lässiges Lächeln, bei dem mir von innen ganz warm wird. Die Art Lächeln, die so viel mehr verspricht, als ich gedacht hatte zu verdienen.

»Nein«, antwortet er, »ganz im Gegenteil. Ich habe gedacht, wenn du fahren lernst, fühlst du dich nicht mehr so eingesperrt. Und dann ist es wahrscheinlicher, dass du bleibst.«

»Aha. Verstehe. Eine paradoxe Intervention … sehr clever. Danke. Ich wollte das ohnehin machen, es ist also perfekt. Obwohl ich mich jetzt schlecht fühle, denn das ist erheblich teurer als eine Schneekugel.«

»Nicht so sehr«, sagt er lachend. »Ich bin nicht reich. Wenn du es in zehn Stunden nicht schaffst, musst du selbst zahlen. Egal … ich bin froh, dass du dich freust.«

Ich freue mich. Ich freue mich über das alles. Freue mich, an diesem Ort zu sein, mit diesen Menschen. Freue mich, wie sich mein ursprünglich furchtbares Weihnachten entwickelt hat. Und über die Ahnung, was die Zukunft für uns bereithalten könnte. Die Probleme sind alle noch da – meine Eltern sind immer noch Psychopathen. Jason und Jo wollen immer noch Teil von Sauls Leben sein. Lynnie ist immer noch krank. Doch obwohl diese Probleme immer noch da sind, sind sie irgendwo anders da. Sie sind jetzt nicht hier, bei uns, an diesem Ort und in diesem Moment.

Ich möchte ihn so gerne küssen. Ich möchte die Arme um ihn schlingen und ihm sagen, wie viel er mir bedeutet.

Aber da liegt ein kleiner Junge auf dem Bett, flach auf dem Bauch, die Beine in der Luft, und plant seinen ersten Trip ins All.

Ich gebe mich damit zufrieden, Vans Hände in meine zu nehmen und seine Finger zu küssen.

Saul sieht uns über die Schulter an, und seine Augen werden ganz groß.

»Hat Van kalte Finger?«, fragt er, als er sieht, was ich tue. Ich küsse immer Sauls kleine Hände, um sie aufzuwärmen, also muss ihm das logisch erscheinen.

»Ja, Liebling. Genau«, sage ich sanft. »Von dem ganzen Schnee.«

»Okay. Wir müssen bald los«, sagt er. »Ins Café. Sie warten auf mich.«

Er wendet sich wieder seinem Buch zu, und ich denke, dass er wahrscheinlich recht hat. Sie werden auf ihn warten. Auf mich. Und das ist absolut in Ordnung.

38. KAPITEL

Das Café sieht im Schnee so schön wie auf einer Postkarte aus, der Pfad den Berg hoch glitzert im matten Sonnenlicht, das durch die Wolken dringt.

Das Meer ist grau und weiß und rollt auf den schneebedeckten Sand, die Bucht ruhig, bis auf ein paar Hundebesitzer und einige verzweifelte Eltern, die versuchen, ihre Kinder sich müde spielen zu lassen.

Wir kommen gemeinsam an, lassen den Bus auf dem kleinen Parkplatz stehen und gehen in einer Dreierreihe hoch zum Café. Wir haben Saul zwischen uns genommen, seine kleinen Hände liegen in unseren, und wir schwingen ihn durch die Luft, während er springt und lacht. Für ihn ist das nur ein weiterer wunderschöner Tag mit seiner Mummy und seinem Van. Für mich fühlt es sich anders an – wie der Anfang von etwas. Von etwas Wunderschönem.

Van hat sich einen der Weihnachtssäcke über die Schulter geworfen, damit Saul allen seine Geschenke zeigen kann, und ich trage eine Kiste mit Trillerpfeifen.

Um die zu holen, war er gestern Abend in der Drogerie – Willow und Lynnie haben Mince Pies und Schneemann-Muffins für die Party gebacken, und Auburn wollte nicht mit leeren Händen kommen. Da sie keine begnadete Hausfrau ist, hat sie Van in die Drogerie geschickt, um stattdessen die Lollis zu holen.

Sobald sie von seinem Plan gehört hatte, mich vor meinem zweifelhaften Heiligabend-Spaß zu retten, hatte sie Van schnell geholfen, den Bus zu schmücken, und die Trillerpfeifen für Saul eingepackt. Doch gestern Abend sind wir nicht dazu gekommen, irgendwelchen Unfug damit zu treiben, sodass die Kiste noch ungeöffnet ist.

Wir bleiben vor den Türen des Cafés stehen, während Saul sich an unsere Hände klammert und versucht, uns hineinzuziehen. Vans Blick sucht meinen.

»Bist du bereit?«, fragt er ernst.

Ich weiß, was er fragt. Bin ich bereit, durch diese Türen zu treten und ein Teil von alldem zu werden? Bin ich bereit, mich gemeinsam mit ihm der Welt zu zeigen? Bin ich bereit, meine Eltern wiederzusehen? Bin ich bereit für was auch immer als Nächstes kommt?

Ich nicke und lächle und sage: »Ja. Das bin ich.«

Er lächelt zurück, und wir gehen hinein. Saul reißt sich sofort von uns los und stürmt direkt auf Laura zu. Er rast in ihre Arme und kuschelt sich auf ihren Schoß, und ich sehe, wie er ihr alles von seinem magischen Weihnachten im Wald erzählt. Ich sehe genau, wann er erwähnt, dass Van da war, als er aufgewacht ist, weil Laura zu mir hochblickt, die Augenbrauen bis unter die Locken hochgezogen, die Augen weit aufgerissen, während ihr Mund ein großes »Oh!« formt.

Ich nicke und zeige ihr den hochgereckten Daumen, und sie erwidert die Geste. Es sieht so aus, als wären wir jetzt auch offiziell ein Paar, denn wenn Laura etwas weiß, kann sie einfach nicht den Mund halten.

Alle sind bereits da. Die Teenager sitzen für sich in einer Ecke und spielen etwas, das verdächtig nach Schnick, Schnack, Schnuck aussieht. Matt unterhält sich mit Frank, eine Dose Guinness in der Hand. Cherie serviert Ingwerkekse, gefolgt von Willow, die dem Aussehen nach eine Kanne mit Orangensaft in der Hand hält, die aber zweifellos zur Hälfte voll mit Sekt ist.

Tom sitzt bei Lynnie und Auburn, und Rick Grimes hat sich zu seinen Füßen neben der Liebe seines Lebens, Bella Swan, zusammengerollt. Midgebo ist da und folgt Cherie und Willow in der Hoffnung auf einen tragischen Tablettunfall, bei dem alle Ingwerkekse vor seinen Pfoten landen.

Zoe und Cal tanzen zu »Fairytale of New York« von The Pogues und brüllen sich dabei den Text ins Gesicht. Scrumpy Joe arrangiert Flaschen von seinem Cider auf einem Tapeziertisch, eine grüne Lamettaschlange um den Kopf gebunden.

In der Ecke bei den Bücherregalen sehe ich Edie, sie sitzt wie eine Königin auf einem Thron aus Kissen, eine karierte Decke über dem Schoß und ein Glas Sherry in der Hand. Becca ist bei ihr, und der Anblick geht mir zu Herzen. Edie ist wieder da, sie sieht zerbrechlich, aber okay aus, und zum ersten Mal bin ich überzeugt, dass sie wieder ganz gesund wird. Sie entdeckt mich über die Menge und hebt ihr Glas in meine Richtung. Ich winke zurück und suche weiter den Raum ab.

Schließlich entdecke ich sie – sie sitzen zusammen an einem Zweiertisch nahe dem Fenster. Niemand hält sich in ihrer Nähe auf, selbst in diesem vollen Raum nicht. Es ist, als würden sie ein Kraftfeld schlechter Energie ausstrahlen, das die Leute fernhält. Mum beugt sich vor, ihre Fingerspitzen trommeln auf den Tisch, ihre Lippen bewegen sich schnell. Ich weiß nicht, was sie sagt, doch ich schätze, dass es nicht »fröhliche Weihnachten und Friede allen Männern« ist.

Dad sitzt ihr gegenüber, zurückgelehnt, die Arme vor der Brust verschränkt, als wollte er rein räumlich versuchen, so viel Abstand zu ihr zu schaffen wie möglich. Ich kann sehen, wie viel Mühe er sich gibt, nicht zu antworten, doch ich bin nicht überzeugt, dass es anhält. Er ist wie eine tickende Zeitbombe, die darauf wartet hochzugehen.

Ich gehe auf sie zu, entschlossen, das ein für alle Mal zu klären. Ich habe diesen Scheiß lange genug mitgemacht, und dieser Moment ist so gut wie jeder andere, ihnen das klarzumachen.

Ich ziehe mir einen Stuhl an ihren Tisch und setze mich. Beide starren mich an, als wäre ich ein Außerirdischer von einem anderen Planeten. Schließlich macht Dad den Mund auf: »Katie! Wo warst du? Wir haben deine SMS bekommen, dass es dir gut geht, aber wir hatten keine Ahnung, wohin du verschwunden warst …«

»Nein, hatten wir nicht …«, fügt Mum hinzu und schneidet eine Grimasse. »Das war sehr egoistisch von dir – Saul einfach mitzunehmen, wo wir uns doch so auf ein Weihnachten mit ihm gefreut hatten!«

Ich schüttele den Kopf und seufze und hebe die Hände hoch, um sie zum Schweigen zu bringen. Ich kann sehen, dass sie in dieser Stimmung ist, in der ich ihr sagen könnte, dass sie wunderschöne Augen hat, und sie es trotzdem schaffen würde, daraufhin einen Streit anzufangen, weil es sich in ihren Ohren verletzend angehört hat.

»Nein, Mum – hör auf«, sage ich, bevor sie neu ansetzen kann. »Hört einfach auf, alle beide. Wann genau habt ihr überhaupt gemerkt, dass ich nicht mehr da war?«

Beide schweigen eine Weile. Mum findet plötzlich den Blick aus dem Fenster faszinierend, und Dad stellt den Salz- und Pfefferstreuer anders hin. Jep. Habe ich mir doch gedacht.

»Aus eurem Schweigen schließe ich, dass es entweder gestern Abend spät oder heute Morgen war. Ich gehe auch davon aus, dass ihr so mit eurer Schlammschlacht beschäftigt wart, dass ihr nicht einmal gehört habt, wie wir gegangen sind.«

»Das ist nicht fair!«, meldet Mum sich wütend zu Wort. »Das war keine Schlammschlacht … wir hatten viel zu klären … es war …«

»Sie hat recht«, unterbricht Dad sie und legt seine Hand auf ihre. »Es war eine Schlammschlacht, Liebes. Und wir haben nichts geklärt, nicht?«

Mum sieht aus, als wollte sie ihm widersprechen, und ich beschließe, sie nicht zu lassen.

»Hört zu, Mum, Dad … es ist mir wirklich egal, wie ihr das nennen wollt, okay? Mich interessiert nur, dass das in meiner oder Sauls Nähe nie wieder vorkommt. Wenn ihr euch gegenseitig beleidigen oder ohrfeigen oder durch eine Million Papierschnittwunden umbringen wollt, ist das eure Sache, nicht meine. Und ich lasse es nicht zu, dass ihr es zu meiner macht.«

Beide schweigen eine Weile, dann antwortet Mum: »Aber

willst du denn nicht, dass wir das klären, Katie? Willst du denn nicht, dass wir wieder zusammenkommen?«

Ich sehe sie an – die traurigen Augen, ihren neuen Flower-Power-Look, das Gesicht, das nur zum Leben zu erwachen scheint, wenn sie wütend ist –, und ich frage mich, was ich darauf antworten soll. Möchte ich, dass sie wieder zusammenkommen? Um ganz ehrlich zu sein, nein. Ich denke, dass sie einander lange genug unglücklich gemacht haben und wahrscheinlich getrennte Wege gehen und nach dem Vergnügen und der Erfüllung suchen sollten, die sie im Leben finden können, solange sie noch jung und gesund genug sind, das zu tun.

Aber das sage ich nicht – denn das ist nicht meine Aufgabe. *Eheberatung* gehört nicht zu der Jobbeschreibung einer Tochter, oder zumindest sollte es das nicht.

»Ich weiß es nicht, Mum. Ich kann dir nicht sagen, was ihr tun sollt oder wie ihr es tun sollt. Ich kann nicht euer Leben für euch leben. Alles, was ich sagen kann, ist Folgendes: Lasst mich und Saul damit in Ruhe. Ich will nie mehr in euer Drama involviert werden. Wenn das bedeutet, dass wir uns nicht mehr sehen können, dann ist das so. Ich hoffe, dass dem nicht so ist, weil ich euch beide sehr lieb habe – aber mir reicht's. Von jetzt an konzentriere ich mich auf mein eigenes Leben. Ich schlage vor, ihr tut das Gleiche.«

Dad nickt, er sieht traurig, aber schicksalsergeben aus. Mum beißt sich auf die Lippe, und ich kann sehen, wie sie gegen den Drang ankämpft, mir eine patzige Antwort zu geben. Sie kann mir nicht zustimmen, doch zumindest fängt sie keinen Streit an – was ein Schritt in die richtige Richtung ist, vermute ich.

Bevor sie einen Schritt in die falsche Richtung machen kann, stehe ich auf.

»Gut. Ich habe gesagt, was ich zu sagen hatte. Jetzt werde ich etwas Zeit mit meinen Freunden und meinem Sohn verbringen und den Tag genießen. Fröhliche Weihnachten.«

Ich entferne mich von ihrem Tisch und mische mich unter die Leute, schreite zwischen dem Gelächter und dem Geplauder und der Ausgelassenheit meiner Freunde hindurch. Unaufgefordert umarme ich Cherie, als ich an ihr vorbeigehe, und sie ist sprachlos. Ich sage Edie, wie fantastisch sie aussieht. Ich hole die Kiste mit den Trillerpfeifen und gebe sie Auburn. Ich sehe, wie Laura Saul auf ihrem Schoß ein Astronautenbuch vorliest, und gebe ihnen beiden einen Kuss auf die Wange.

Ich gehe zu Van, der eine Flasche von Joes Cider trinkt und sich mit Frank unterhält.

Ich nehme ihm die Ciderflasche aus der Hand und küsse ihn – richtig. Danach blickt er zu mir herunter – verwirrt und begeistert zugleich.

»Womit habe ich das verdient?«, fragt er lachend. »Nicht, dass ich mich beklage.«

»Das war ein Dankeschön für das beste Weihnachten meines Lebens«, antworte ich.

Mir ist klar, dass ich für Aufsehen gesorgt habe, ich höre Cherie im Hintergrund johlen und jauchzen, Edie kichern und Auburn unermüdlich in ihre Trillerpfeife blasen. Und dann höre ich eine Stimme, die zu hören ich biologisch programmiert bin. Ich höre Saul.

»Mummy«, sagt er, er klingt glücklich. »Hat Van kalte Lippen?«

»Ja, Liebling«, antworte ich, während Van mir den Arm um die Schultern legt und mich näher an sich heranzieht. »Das hat er.«